EL ORO DEL CIELO

Jenny Tinghui Zhang

EL ORO DEL CIELO

Título original: *Four Treasures of the Sky*

Traducción: Carmen Loretta Amat Shapiro

Adaptación de la portada original de Vi-An Nguyen: Planeta Arte & Diseño
Ilustración de portada: © MM_Photos/Shutterstock.com
Fotografía de la autora: Mary Inhea Kang

Bajo el sello editorial PLANETA M.R.
Avenida Presidente Masarik núm. 111,
Piso 2, Polanco V Sección, Miguel Hidalgo
C.P. 11560, Ciudad de México
www.planetadelibros.com.mx

Primera edición en formato epub: julio de 2022
ISBN: 978-607-07-8860-4

Primera edición impresa en México: julio de 2022
ISBN: 978-607-07-8855-0

Impreso en los talleres de Litográfica Ingramex, S.A. de C.V.
Centeno núm. 162-1, colonia Granjas Esmeralda, Ciudad de México
Impreso y hecho en México – *Printed and made in Mexico*

A mis padres

Parte 1

Zhifu, China
1882

1

Mi secuestro no ocurre en un callejón. No ocurre en la oscuridad de la noche. No ocurre estando a solas.

Cuando me secuestran tengo 13 años y estoy de pie a la mitad de un mercado de pescado de Zhifu, sobre Beach Road, observando a una mujer voluptuosa que apila filetes de pescado blanco. La mujer se agacha, coloca las rodillas a la altura de las axilas, y acomoda su mercancía para que las mejores piezas queden en la cima del montón. A nuestro alrededor, una docena de pescaderos hacen lo propio, con sus montones de pescado retorciéndose suspendidos dentro de las redes. Bajo estas han colocado cubiletes para recolectar el agua que escurre de los cadáveres de los pescados. El suelo brilla con el agua que proviene de aquellos que todavía están vivos. Al agitarse en el aire destellan como fuegos artificiales de plata.

Todo el lugar huele a humedad y carne cruda.

Alguien anuncia a gritos el huachinango.

—Está fresco —dice—. Viene directo del golfo de Pechili.

Otra voz se sobrepone con mayor volumen y claridad.

—¡Auténtica aleta de tiburón! ¡Aumenta la potencia sexual, hace que la piel luzca más sana, incrementa la energía de tu pequeño emperador!

Es poesía a los oídos de los sirvientes, que vienen al mercado de pescado enviados por sus amos. Algunos cuerpos se encaminan en dirección de la voz que habla sobre la aleta de tiburón, empujando y embarrándose con los otros a la espera de un aumento, un ascenso en la jerarquía o un mejor trato. Todo ello podría encarnarse en la calidad de esa aleta de tiburón.

Mientras los demás gritan, yo continúo observando a la mujer pescadera, que sigue acomodando su pila. Su mercancía no se encuentra suspendida en una red, como la de los demás pescaderos, sino amontonada sobre una lona. Con sus movimientos, algunos pescados se resbalan de la pila y caen en las orillas de la lona, donde permanecen vulnerables y desatendidos.

El hambre presiona las paredes de mi intestino. Sería muy sencillo agarrar uno de esos pescados. En el tiempo que me tomaría acercarme, tomar alguno de los que están lejos de ella y luego salir corriendo, esa mujer apenas podría ponerse de pie. Toco con la punta de mis dedos las monedas de plata en el interior de mi bolsillo antes de dejarlas volver a caer hacia el fondo. Debería ahorrar este dinero, no gastarlo en pescado flácido. Solo tomaría uno o dos, nada que ella no pudiera recuperar al día siguiente. El océano contiene bastantes.

Pero antes de que pueda decidirme, la mujer me nota. Sabe de inmediato quién soy, ve mis tripas retorciéndose, una insistencia que depura todo lo que toca. Mi cuerpo me traiciona. Es tan esbelto como un junco. Reconoce aquello que se ve en todos los niños callejeros que se atreven a entrar al mercado de pescado, y antes de que yo pueda voltear en otra dirección, se me planta enfrente. Está jadeando.

—¿Qué quieres?

Sus ojos son como ranuras. Me asesta un golpe. Sus manos tienen el tamaño de un sartén.

Yo esquivo un golpe, dos golpes.

—¡Lárgate! ¡Lárgate! —me grita. Detrás de ella, el pescado blanco centellea esperando sobre su pila. Aún hay tiempo de tomar un par y salir corriendo.

Pero para este momento ya nos vieron todos los demás vendedores.

—Yo vi a ese bribón aquí ayer —exclama alguien más—. ¡Agárrenlo y le damos una buena tunda!

Los pescaderos alrededor rugen que están de acuerdo. Emergen de atrás de sus pescados y forman una barricada entre la mujer y yo. Me he quedado demasiado tiempo aquí, pienso, mientras que los hombros de los pescaderos se juntan como formando una muralla. Voy a tener que ofrecer muchas explicaciones a mi amo Wang, si es que algún día llego a casa. Si es que aún me permite vivir ahí.

—¡Agárrenlo! —Alguien más grita con vehemencia. La mujer da un salto hacia delante, con las manos bien abiertas. Sus encías son rojas. Detrás de ella, las caras de los pescaderos se hinchan con anticipación. Yo cierro los ojos y me preparo.

Pero no llega lo que estoy esperando. En cambio, siento una presión descender sobre mi hombro, cálida y segura. Abro los ojos. La mujer está congelada con los brazos abiertos. Los pescaderos jadean al unísono.

—¿Dónde has estado? —inquiere una voz. Viene de arriba, tiene el color de la miel—. He estado buscándote por todos lados.

Levanto el rostro. Un hombre esbelto de frente amplia y barbilla puntiaguda me sonríe desde su altura. Es joven, pero tiene el porte de alguien más viejo. He escuchado cuentos de seres inmortales que descienden del cielo, de dragones que se convierten en guardianes que toman forma humana. He oído de aquellos que protegen a gente como yo.

El hombre me hace un guiño.

—¿Conoces a este bribón? —Resopla la mujer. Ahora sus brazos cuelgan a sus costados, colorados y deformes.

—¿Bribón? —Ríe el hombre—. Él no es un bribón. Es mi sobrino.

Los pescaderos que me rodeaban gruñen, comienzan a dispersarse y regresan a sus desatendidos puestos de pescado. Hoy no habrá razón alguna para divertirse.

—Huachinango, huachinango. —Ofrece nuevamente aquella voz.

Pero la pescadera no le cree al hombre. Puedo verlo. Lo mira con recelo, después voltea hacia mí y me reta a mirar en otra dirección. Por alguna razón, la mano sobre mi hombro, su quietud cálida, me dice que si hago eso, nunca más volveré a salir de este lugar. Así que continúo mirando a la pescadera. No parpadeo.

—Si tiene usted un problema —continúa el hombre—, puede hablar con mi padre, el amo Eng.

Y con eso, como si el hombre hubiera pronunciado un encantamiento, la pescadera mira en otra dirección. Yo parpadeo una, dos, tres veces, pues mis ojos están secos.

—Lo lamento mucho, hermano Eng —dice la mujer, haciendo una reverencia—. Es que está muy oscuro aquí y el aroma del pescado hace que no piense adecuadamente. Voy a enviarle al amo Eng mis mejores pescados para compensar este terrible error mío.

Salimos del mercado juntos, este alto forastero que hace guiños y yo. Mantiene su mano sobre mi hombro hasta que estamos otra vez en la calle. Es mediodía y la luz del sol se extiende iluminando todo de color verde y dorado. Una mujer mercader pasa junto a nosotros con una marrana a cuestas. Sus ubres se balancean.

Estamos en el centro de negocios de extranjeros de Zhifu, Beach Road. Sobre las tejas de los edificios y el consulado británico, un torbellino de campos verdes se extiende hacia montañas lejanas. El rugido de algodón de la playa resopla a nuestras espaldas y la brisa marina es una gran exhalación que nos envuelve. El aire de esta zona está cargado de sal. Todo se me adhiere y yo me adhiero a todo.

Vine porque aquí siempre hay algo que hallar. En los lugares donde abundan los extranjeros encuentro monedas de plata, pañuelos bordados o guantes que se extraviaron. Los objetos frívolos con los que los occidentales adornan sus cuerpos. Hoy encontré dos monedas de plata. Tintinean en mi bolsillo, junto a las cuatro monedas que me dio el amo Wang. El día de hoy podría llamarme adinerado.

Inspecciono en la luz del día a este extraño que hace guiños. Me da la impresión de ser rico, pero no se viste como los otros hombres de dinero que he visto antes. En vez de portar un *chang shan* de seda, usa una camisa blanca y de su cuello pende una tela brillante. Su chamarra negra es pesada y la lleva abierta en vez de abotonada hasta el cuello. Y sus pantalones son ajustados. Lo que resulta más extraño de todo es su cabello, no lo lleva largo y atado en una cola, sino a ras de la cabeza.

—¿Qué piensas, querido sobrino? —pregunta mi salvador, quien continúa sonriendo.

—Soy una niña —digo bruscamente. No puedo evitarlo.

Él se ríe. La luz del sol se refleja sobre dos dientes amarillos. Pienso en los cuentos en que los hombres tienen dientes amarillos, y en que esos dientes fueron hechos de piezas de oro.

—Eso ya lo sabía —responde—. Pero que fueras un chico funcionó mejor para ambos en este caso.

Me observa con atención, sus ojos brillan con decisión.

—¿Tienes hambre? ¿Estás sola? ¿Dónde está tu familia?

Le contesto que sí, que muero de hambre. Estoy ávida de su compasión. Hay cosas que quiero preguntarle también: «¿Quién eres?, ¿de dónde saliste?, ¿quién es el amo Eng y por qué la pescadera reculó con tanta rapidez cuando mencionaste su nombre?».

—Déjame contarte —dice, mientras coloca su mano otra vez en mi hombro. Sugiero que comamos fideos, hay una buena tienda en la siguiente calle.

Algo me dice que no debo tomar a la ligera esa invitación. Asiento con la cabeza y le ofrezco una sonrisa tímida. Es respuesta suficiente. Me lleva más lejos del mercado de pescado y paseamos juntos por la calle. Pasamos la oficina de correos, otros tres consulados extranjeros y una iglesia. Los transeúntes se detienen a observarnos antes de volver a sus labores, momentáneamente impresionados por este extraño dúo de padre e hijo, uno vestido como un personaje del teatro, el otro pálido y temeroso. A nuestras espaldas, las olas del mar forman espuma.

A cada tienda de fideos que pasamos, le pregunto a mi salvador si hemos llegado. Y a cada tienda que pasamos contesta «no, pequeño sobrino, aún no hemos llegado». Seguimos caminando hasta que ya no sé dónde estoy, y para cuando terminamos de caminar, entiendo que nunca llegaremos a la tienda de fideos.

Es el primer día de la primavera.

2

Esta es la historia de una piedra mágica. Es una historia que me contó mi abuela. También es la historia de mi nombre.

En la historia, la diosa Nuwa intenta reparar el cielo. Derrite las piedras y las moldea para formar 36 501 bloques de construcción, pero solo usa 36 500, dejando una piedra en el olvido.

Esta piedra podía moverse a placer. Podía crecer hasta tener el tamaño de un templo o reducirse al tamaño de una cabeza de ajo. Se había sometido al servicio de una diosa, después de todo. Pero puesto que fue olvidada, se arrastraba de un día al siguiente, pensando de sí, que era indigna y avergonzándose por no ser usada.

Un día, la piedra se cruzó con un sacerdote taoísta y un monje budista. Su poderosa magia les causó tal impresión que decidieron llevarla consigo en sus viajes. Ergo, la piedra entró en el mundo de los mortales.

Mucho tiempo después, nació un niño, que como tenía un trozo de jade mágico en el interior de la boca, la gente dijo que era la reencarnación de esa piedra.

¿Qué más? El chico se enamoró de su prima más joven, Lin Daiyu, una niña enferma a la que se le había muerto su madre. Pero la familia del niño no aceptó su amor e insistió en que se casara con una prima más saludable y adinerada, llamada Xue Baochai. El día de la boda del niño, la familia disfrazó a Xue Baochai debajo de varias capas de gruesos velos para hacerle creer que se trataba de Lin Daiyu.

Cuando Lin Daiyu se enteró de aquel plan, cayó enferma en cama y escupió sangre. Finalmente murió. El niño, quien no tenía idea, se casó creyendo que él y su nueva esposa serían felices e inseparables. Cuando se dio cuenta de la verdad, enloqueció.

Casi un siglo más tarde, debajo de la morera de una pequeña aldea de pescadores, una mujer joven terminó de leer esa historia y tomó su barriga con ambas manos, pensando *Daiyu.*

Al menos así fue la historia que me contaron.

Siempre he odiado mi nombre. Lin Daiyu era débil. Yo no quise ser como ella en absoluto. Me lo prometí. No quería ser melancólica, celosa ni vengativa. Y nunca me dejaría morir a causa de un corazón roto.

—Me nombraron como conmemoración de una tragedia. —Solía quejarme con mi abuela.

—No, querida Daiyu, te nombraron en honor a una poeta.

Mis padres nacieron en Zhifu, cerca del océano. Me gusta imaginármelos así: la marea los empujaba con gentileza el uno hacia el otro hasta que un día se miraron de frente, como si hubiera sido un imperativo venido del agua. Después de casarse abrieron una tienda de tapices y la manejaron juntos. Mi madre tejía los tapices y mi padre se los vendía a las esposas de los oficiales del gobierno y a otros comerciantes adinerados. Mi madre se hacía cargo de que cada diseño, fuera un ave fénix, una grulla o un crisantemo, resaltara en la tela. Los fénix se elevaban en el aire, las grullas se encogían y los crisantemos florecían. Bajo su dirección, los tapices cobraban vida. No fue una sorpresa que la suya se convirtiera en la tienda de tapices más popular de Zhifu.

Entonces, debido a razones que no me explicaron y yo no pregunté, mis padres se mudaron a un pueblo pequeño de pescadores justo a las afueras de la ciudad. Lo único que yo sabía era que mi madre no quería mudarse. Zhifu se estaba llenando de extranjeros y estaba pasando de ser un pueblo costero a ser un puerto con mucha gente, y ella quería que el niño que dormía en sus entrañas asistiera a una de las escuelas occidentales que comenzaban a abrirse por toda la ciudad. Embarazada, con las manos hinchadas al punto de imposibilitarle tejer la seda en el telar *kesi*, esperó mi llegada a este mundo. Los hombres de la mudanza subieron su telar y sus hilos en una carreta pequeña y ella volteó a ver su amada tienda una vez más.

Era el final del verano cuando mi padre, mi madre y mi abuela llegaron a la pequeña villa de pescadores a seis días a las afueras de Zhifu. Dentro del vientre de mi madre, yo había pasado de ser un frijol a un pequeño puño. Llegué a este mundo el siguiente otoño, siendo una niña de la campiña. Cuando al final emergí —me dijo mi madre—, se imaginó a sí misma bebiendo agua salada y vio el líquido resbalando por sus entrañas hasta formar un charco en mi boca, de forma que yo siempre supiera cómo encontrar mi camino de vuelta al mar.

Debió haber funcionado. Nuestro pueblo estaba situado junto a un río que alimentaba el mar, y en esos primeros días caminé en la ribera de aquel río con frecuencia, siguiendo a las gaviotas de cola negra hasta llegar al océano. Abrazaba la orilla del agua, enumerando sus riquezas: la vida, la memoria, incluso la ruina. Mi madre hablaba del mar de manera romántica, mi padre hablaba de él con reverencia, mi abuela, con precaución. Yo no sentía ninguna de esas cosas hacia el mar. De pie, debajo de las gaviotas, las salanganas y las golondrinas, yo solo me sentía a mí misma: una persona que no tenía nada, no cargaba con nada y no ofrecía nada. Yo simplemente estaba comenzando.

Vivíamos en una casa de tres muros que miraba hacia el norte. No éramos ricos, pero tampoco pobres. Mi padre continuó el negocio de tapices, pese a vivir en un pueblo donde nadie tenía suficiente dinero para pagar por los diseños de mi madre. Pero el negocio, parecía, iba mejor que nunca. Nuestra casa se convirtió en una parada obligada de los burócratas en su peregrinaje de encargos gubernamentales hacia o desde Zhifu. A veces paraban a descansar de su viaje, y otras, a comprar un regalo para sus esposas y concubinas en casa. Quedaban fascinados en cuanto miraban las peonías rosadas de mi madre, sus faisanes plateados o sus dragones de oro —reservados exclusivamente para los oficiales que gozaban de los cargos más altos—. Aún recuerdo a los clientes regulares: un hombre corpulento de barbilla rolliza, el hermano mayor que tenía una pierna más corta que la otra, el tío que siempre quería mostrarme su espada.

También había otros hombres, y a veces mujeres, que acudían a nuestra casa para hablar con mis padres entre susurros. Esos visitantes no vestían con la ropa oficial de la corte, sino con *shan ku* oscuro y sencillo; por eso parecían más hermanos y hermanas de la iglesia que oficiales. Se llevaban tapices con frecuencia, y yo me preguntaba si mis padres estaban haciendo donaciones para la caridad. Había un invitado que siempre me traía caramelos y dulces. Yo esperaba sus visitas con emoción y quedé fascinada la mañana en que me lo encontré en nuestro comedor encogido frente a la avena y los rábanos en vinagre.

—Mi viaje a casa es largo, pequeña —me dijo al ver la sorpresa en mi rostro—. Tus padres son muy generosos.

—No hay necesidad de hablar con ella. —Se impacientó mi abuela desde la cocina.

Él pidió disculpas, pero cuando mi abuela no estaba prestando atención, me entregó otro dulce por debajo de la mesa, un secreto entre los dos.

Quizá fue por ese encuentro que mi abuela comenzó a llevarme a su jardín cada vez que teníamos visitas. En Zhifu no teníamos espacio para todos los vegetales y hierbas que ella quería plantar, pero aquí la tierra era suya. En el lote baldío detrás de nuestra casa ella mezcló la tierra y la rellenó de semillas. Cuando tuve la estatura suficiente para mirar por la ventana, ya había consumido una vida entera de pimientos verdes y menta molida, aunque en ese entonces no conociera sus nombres.

En ese jardín aprendí a cuidar las cosas vivas. Me dejaba perpleja que hubiera objetos a los que se les considerara vivos, pero que tardaran tanto en mostrar su capacidad de vivir. Yo quería la inmediatez, quería que un capullo se convirtiera en una fruta madura en tan solo un día. Pero había muchas cosas sobre jardinería que mi abuela quería mostrarme que nada tenían que ver con la jardinería, y la paciencia era una de ellas. Cosechamos ginseng peludo, tulipanes que parecían sandalias blanquecinas y pepinos de arrugada piel. Plantamos pimientos verdes en el sol y secamos ejotes en varas de madera; sus largos cuerpos asemejándose a los dedos de una mano se estiraban sin esfuerzo para alcanzar la tierra. Los tomates eran sensibles y tenían muchas necesidades, así que los cuidábamos con avidez, acariciando sus cáscaras verdes y amarillas, de las que emanaba una energía misteriosa.

Me resultaban más interesantes las hierbas gracias a sus propiedades curativas. Teníamos arbustos de *ma huang* con rígidas ramitas y semillas que asemejaban pequeñas linternas de color rojo, y también teníamos *huang lian*, que usábamos para los tintes y la digestión. Cosechábamos *chai hu*, una planta peculiar con un tallo que se trenzaba a través de las hojas, cual cola de cometa, para prevenir la enfermedad del hígado. La más frágil era la *huang qi*, una planta de tallo peludo y pequeñas flores amarillas. Eran las que mayor trabajo le daban a mi abuela, pues a la *huang qi* no le gustaba la humedad de nuestro terreno, y sus semillas debían frotarse con una piedra áspera y sumergirse en agua por la noche. La *huang qi* era muy popular entre los comerciantes y vecinos que se la compraban a mi abuela. Molían su raíz seca hasta pulverizarla y tomaban ese polvo mezclado con ginseng para fortalecer su cuerpo. «Una hierba infinita», solían llamarla.

—Estás aprendiendo a ser una verdadera ama —me decía mi madre. Ella era pequeña y delgada, con piel color leche, salvo por sus manos, que estaban salpicadas de finas manchas rojas. Cuando era mucho más chica, me permitía sentarme en sus piernas para ver cómo trenzaba la seda, cepillándola hacia abajo con una lanzadera, como lo harías con el pelo de un caballo. Cuando cumplí diez años, por fin tuve la edad para ayudarla con tareas más complejas, como hervir la seda para suavizarla.

Fue mi madre quien me enseñó a ser buena con las manos. Ella me enseñó cómo cortar papas en tiras y a doblar papel para hacer abanicos. El trabajo de jardinería me heredó callos en las palmas, pero mi madre los frotaba con una piedra hasta que mis manos estuvieran listas para los trabajos delicados nuevamente.

—No importa la dureza de las manos —me decía—. Es la bondad de tu corazón lo que te hace delicada.

Mientras mi madre me enseñaba a usar las manos, mi padre me enseñaba a usar la mente, y me sorprendía en momentos de quietud con preguntas que me frustraban y me mantenían ocupada.

—¿Cuál es la diferencia entre un niño y un adulto? —me preguntó cuando cumplí once años. Una vez que no me acabé la cena, me preguntó sin voltear a mirarme cuántos granos de arroz saciarían a un pueblo. En otra ocasión corrí por el pasto descalza y regresé a casa llorando, pues una espina se me había enterrado en el talón izquierdo, así que me preguntó cuándo es que un padre siente más dolor. Me seguía con sus ojos curiosos e inteligentes, como si pudiera ver en mí una raíz pequeña a punto de brotar y florecer.

Estos son los recuerdos favoritos de mi tiempo en casa; cuando era cuidada y amada por todos. Gracias a sus enseñanzas todos los símbolos de ese amor se quedaron en mí. El pueblo podría desaparecer y nuestra casa ser barrida por el viento, pero si estábamos los cuatro: mi madre, mi padre y mi abuela, capaces, fuertes y unidos por nuestro amor, sabía que podía hacer cualquier cosa.

En los momentos de mayor quietud, mi madre me invitaba a regresar a su regazo y me trenzaba el cabello con listones. Empezó con peinados sencillos, una o dos trenzas, pero a medida que fui creciendo fue añadiendo oro, cuentas, borlas y flores. Comencé a pensar que mis peinados eran un reflejo del amor de mi madre. Cuanto más elaborado fuera el peinado, más vasto era su amor.

—Si viviéramos en Zhifu —solía decir mientras ajustaba el listón en mi coronilla—, tus múltiples talentos atraerían a más pretendientes de los que podrías manejar.

Siempre hablaba de esta forma, soñando con lo que nuestras vidas serían si nos hubiésemos quedado. Con frecuencia la escuchaba hablar de Zhifu con cariño, pero en mi cabeza, ese lugar era un sueño borroso al que era incapaz de acceder.

Si viviéramos en Zhifu, pensaba yo, mis pies ya habrían sido rotos y vueltos a formar. Yo sabía lo que les hacían a los pies de las niñas en la ciudad. Ser una dama de casa equivalía a tener los pies siempre rotos, casarse con un hombre adinerado, parir a sus hijos y luego envejecer con los pies convertidos en trozos de masa seca y quebradiza. Yo no deseaba ese futuro para mí. En nuestro pueblo, las familias más ambiciosas quebraban los pies de sus hijas a la edad de cinco años, el mejor momento para romperlos. A los cinco años los huesos aún no se endurecen demasiado y la niña tiene la edad suficiente para aguantar el dolor. Crecería para convertirse en una mujer con pies pequeñísimos, una esposa o concubina perfecta para un hombre de ciudad adinerado. Si una amiga tenía los pies recién rotos, yo no la vería en un espacio de varios días, y aunque pasara a su casa, no podía quedarme, pues la podredumbre de la piel y el hueso era abrumadora. Con el tiempo, esa podredumbre pasaría a ser una papa, que se convertiría en una pezuña, de forma que cuando salíamos a jugar mis amigas no podían correr y saltar o volar, en vez de eso debían mantenerse sentadas, con los pies vendados y sin vida sobre la tierra, esperando el día en que sus padres las vendieran.

Mis padres no quebraron mis pies, quizá por miedo a darse cuenta de que no podía sobrevivirlo, quizá porque no tenían planeado abandonar el pueblo algún día. Yo estaba feliz con ello. No tenía deseo alguno de ser el juguete de un hombre de la ciudad. Soñaba con convertirme en pescador y vivir el resto de mis días sobre un bote, con los pies grandes y orgullosos, mi único medio para balancearme y hacerle contrapeso al vaivén de las olas.

❧

Después, cuando cumplí 12 años, mis padres desaparecieron. La cocina se quedó vacía, su habitación a oscuras y la cama sin haber sido deshecha, la oficina de mi padre estaba sin cerrojo y abierta y los papeles desperdigados por todo el lugar. El telar de mi madre abandonado a su suerte. Esa mañana fue igual a las otras, salvo que mis padres se habían ido y no regresaron en la noche, ni al día siguiente ni a la noche siguiente tampoco.

Yo esperé sentada sobre los escalones del frente de nuestra casa; después, en el interior del taller de mi madre; más tarde, caminando en círculos en la cocina hasta que me dolieron los pies. Por último, pasé el tiempo doblando y desdoblando la cobija sobre su cama. Mi abuela me seguía, rogándome que comiera algo, tomara aquello, me acostara a dormir, descansara, lo que fuera.

—Debes decirme a dónde fueron —gemí. Lo único que pudo hacer fue ponerme una taza de té entre las manos y masajearme el cuello.

Esperé con la cabeza gacha. No dormí en tres días.

La mañana del cuarto día, dos hombres arribaron a nuestra casa; llevaban dragones tejidos en las túnicas. Pisotearon el interior de nuestra pequeña casa, sus dragones se retorcían y daban vueltas mientras los hombres aventaban nuestras ollas y abrían a tajos nuestras almohadas. Rompieron el telar de mi madre, aun cuando vieron que no había nada escondido en su interior. Yo podía presentir que los vecinos miraban el espectáculo desde sus ventanas, con los ojos bien abiertos y temerosos.

—Sabemos que viven aquí —dijo uno de los hombres—. ¿Sabes cuál es el castigo por esconder a criminales?

—No hay nadie aquí más que nosotras —protestó mi abuela una y otra vez—. Mi hijo y su esposa murieron hace años. ¡Perdimos todo en el fuego!

Voltearon a mirarme y me pelaron los dientes. El hombre que nos había interrogado se acercó a mí. Yo no podía dejar de mirar el dragón de su manga, de color dorado y con los ojos negros y la lengua como un látigo a medio vuelo.

—Escúchame —dijo—. Yo conozco a tu padre. Debes decirme dónde está.

No sonaba amenazador, sino calmado y en control. Entonces recordé a todas las personas que habían pasado por nuestra casa. Ellos también conocían a mi padre. Podrían decirnos dónde estaba. Recordé al hombre que había encontrado en nuestro comedor una mañana y que me había regalado dulces. Podíamos empezar por él.

Abrí la boca para decirles lo que yo sabía. Pero, ya fuera por cuenta propia o a causa de algún ser inmortal, no salió sonido alguno. Algo que pareció una mano invisible se hizo de mi cuello y lo apretó cuando intenté inhalar. Sacudí la cabeza, intentando sacudirme las palabras.

—No sirve de nada —le dijo el otro hombre a su compañero—. Una mujer loca y un enano mudo. ¿Estás seguro de que esta es la casa?

El primer hombre no contestó. Me observó fijamente, luego llamó con un gesto al otro hombre. Ambos dieron la vuelta y salieron por la puerta del frente. Mientras sus túnicas brillaban al sol, yo observé los dragones volando lejos.

—No debes jamás hablar de tus padres con nadie —me dijo la abuela una vez que se habían ido—. A partir de ahora debemos comportarnos como si nunca más pudiéramos verlos. Es lo mejor para todos.

Pero yo no quería escucharla. Yo creía que mis padres iban a regresar. Hice su cama y planché sus prendas. Trencé en mi cabello el listón más difícil, uno que sabía que a mi madre le agradaría. Incluso intenté reparar su telar con pegamento que encontré en el estudio de mi padre. Yo estaría allí a su regreso y ellos se alegrarían de verme. Y así fue ese día y así fueron las cosas a partir de entonces.

Cuando llegó el otoño y mis padres llevaban tres meses fuera, pensé en la mujer con la que compartía nombre. En la historia, la madre de Lin Daiyu muere cuando ella es muy joven y su padre muere también poco después. Me pregunté si mis padres habían desaparecido a causa de mi nombre. Me pregunté si desaparecieron porque estaba destinado a ser así.

—Si te permites pensar esas cosas —dijo mi abuela—, probablemente hagas que se vuelvan realidad.

—Como si no fueran reales ya —contesté. Nunca había odiado tanto a Lin Daiyu.

Esa primavera llegó una carta. El remitente era desconocido. Mis padres habían sido arrestados.

—Cualquier día de estos —dijo mi abuela—, cualquiera de estos días, las personas que arrestaron a tus padres van a venir por ti también.

Yo no entendía nada y mi abuela no me daba respuestas. Me vestía con atuendos de niño y me entregó una chaqueta acolchada. Me rapó la cabeza. Observé mi cabello caer en trozos negros con forma de media luna sobre el suelo. Intenté no llorar mientras pensaba en mi madre y en cómo ya no tendría cabello para que ella lo adornara si algún día volvía.

—Ve a Zhifu —me dijo mi abuela mientras rellenaba unos zapatos negros de hombre con algodón para que quedaran a mi medida—. Desaparece en la ciudad. Eres buena con las manos. Vas a encontrar un trabajo honesto.

—¿Qué va a hacer la abuela? —le pregunté.

—Hará lo mismo que siempre ha hecho —dijo—. La abuela va a plantar hierbas buenas para ayudar a la gente a sanar. No hay mucho que puedan hacerle a una vieja loca como yo. Eres tú de quien van a tener que preocuparse.

El vecino Hu llegó en su carroza a mitad de la noche. Me subí a la parte de atrás con un costal de ropa, *man tou* y un par de monedas provenientes de las tiendas de mis padres. Mi abuela intentó darme más, pero cerré las manos formando un puño y me alisé los bolsillos. Iba a necesitar ese dinero cuando volvieran los hombres con las túnicas de dragones.

—No me escribas cartas —dijo mientras me colocaba un gorro. Ya extrañaba mi cabello largo, extrañaba el calor que ayudaba a guardar en mi cuello. Aún estábamos en la recta final de un invierno muy duro y la brisa de la noche me hizo temblar.

—Nuestras cartas serán interceptadas. En vez de escribirnos, hablemos mejor cuando empiecen las lluvias.

—¿Y si no llueve a donde vaya? —le pregunté—. Solo podremos hablar de vez en cuando.

—Así es como deberá ser. De otro modo mi corazón se rompería.

Pregunté si volvería a verla algún día. Estaba llorando. Sabía de amigos que fueron enviados lejos cuando eran jóvenes, sus familias estaban desesperadas a causa de esa boca extra que alimentar. Jamás me imaginé que a mí también me enviarían lejos. Pero ahora mis padres no estaban y yo, recostada en la parte trasera de la carroza del vecino Hu y arropada en mi chaqueta tejida, supe que mi vida estaba virando hacia algo nuevo y mucho más complejo. Los días de jugar en la zanja detrás del pueblo se habían esfumado. No volvería a ayudar a mi abuela a servir el té frente al atardecer anaranjado. Nunca más vería a mis amigos. No volvería a dormir en mi cama. Nuestra casa era un caparazón deshabitado. Este año no estaría en casa para mirar el primer pimiento salir de la tierra, y menos aún estaría presente para ser la primera en probarlo; semiamargo, fresco, salvaje. De alguna manera, pensar en el pimiento hizo que mis sollozos se convirtieran en gritos.

Mi abuela puso sus manos sobre mis ojos, como si con ello pudiera secar el pozo de mis lágrimas. Después ajustó la lona para cubrirme con ella.

—Cuando sea seguro volver, lo sabrás —dijo.

No pude saber, en medio de la oscuridad, si ella también lloraba, pero su voz sonaba entrecortada.

Apreté el costal de ropa y el *man tou*, aún cálidos, contra mi pecho, mientras la carroza del vecino Hu me alejaba del lugar, e intenté mantener en mi mente los rostros de mis padres, mi abuela y la imagen de mi casa. Ese trozo de piel que se formaba en la ranura de los ojos de mi padre cuando sonreía. El sitio cálido entre el cabello de mi madre y su nuca. La tranquilizadora luz en la habitación de mis padres cuando despertaba de una pesadilla. Las imágenes rotaban en mi cabeza, como cuentas de un rosario al cual aferrarse. «Nunca los olvidaré», me repetía.

La carroza del vecino Hu saltó con una roca y la lona que me cubría se deslizó, revelando el cielo sin estrellas de la noche. Levanté la cabeza para mirar mi casa una vez más. En la oscuridad, la figura de mi abuela parecía encogida y suave. Caí en cuenta de que nunca antes la había mirado desde la distancia.

Iba a necesitar ayuda con el jardín. La chaqueta abultada y tejida que yo traía encima le pertenecía a ella. ¿Tenía suficiente ropa cálida para el siguiente invierno? Debí haberme asegurado de que alguien fuera todos los días a ver que todo estuviera en orden con ella. Las lágrimas volvieron a empapar mi rostro. Observé a mi abuela encogerse hasta que la oscuridad la engulló, hasta que solo pude imaginar que era ella quien seguía ahí de pie frente a nuestra casa, esperando y observando, sin moverse de su lugar por no estar segura de que nos hubiéramos ido. Recé para que lloviera pronto.

3

Esta es la historia de una chica que llegó a Zhifu en la parte trasera de una carroza.

El viaje duró seis días. Yo me acostaba en la parte trasera de la carroza del vecino Hu, entrando y saliendo de mis sueños, comiendo *man tou* de mi costal, pensando, pensando.

Tendría que convertirme en una nueva persona. Ya no podía seguir siendo Daiyu, iba a tener que convertirme en alguien más, alguien imposible de relacionar conmigo. Iba a convertirme en Feng, un niño, así estaría más segura. Sin casa, sin padres, sin pasado. Sin abuela.

El quinto día, llegó la lluvia. Uno de los ejes se quebró y la carroza se volteó conmigo adentro. El vecino Hu se arrodilló junto a la carroza, maldiciendo, y arregló el eje. Una vez más bajo la lona, con la ropa enlodada y húmeda pegándose a mi piel, escuché la lluvia; parecían dedos arremetiendo contra un trozo de madera, y sonreí pensando en mi abuela. «Te extraña tu Daiyu», susurré. Cerré los ojos imaginando su respuesta.

El sexto día desperté con el sol brillando sobre mi frente y con el aroma del océano. Olerlo me hizo sentir que nunca abandonamos el pueblo de pescadores, pero esa familiaridad no duró mucho tiempo. El vecino Hu removió la lona y me ayudó a salir de la carreta. Estábamos en una especie de callejón. A nuestro alrededor se escuchaba una mezcla de voces hablando en dialectos que yo nunca antes había escuchado.

—Buena suerte —me dijo, dándome una palmadita cariñosa en la espalda—. Voy a decirle a tu abuela que llegaste bien.

Me miró con desesperanza, como si esta fuera la última vez en que me vería con vida. Intenté que no notara que me di cuenta, así que hice una reverencia, le di las gracias y me disculpé por los problemas que le había causado. El vecino Hu regresó a su carroza y la sacó del callejón.

«Feng, un niño nacido del viento», me dije.

Bien. Empieza.

⁂

—Hola —llamé al interior del restaurante de dumplings—. Me llamo Feng y me gustaría trabajar para ustedes.

—¿Por qué te contrataría? —se rio el chef—. ¿Para que puedas cortarme el pescuezo mientras duermo y robarte mi dinero?

—Hola —llamé al interior de la tienda de tapices—. Me llamo Feng y conozco una o dos cosas sobre los telares.

—¡Lárgate! —Me escupió el dueño de la tienda—. No hay espacio para la basura como tú.

Ocurrió lo mismo cuando entré en cafés o casas de té o tiendas de especias. Necesitaba darme un buen baño, ropa nueva, zapatos que no olieran a lodo. En mi desaliño no lucía distinta de los pillos que rondaban las calles, aquellos que parecían mantenerse vivos a causa de su hambruna. Los veía entrar y salir de las tiendas, con los bolsillos llenos de los tesoros que habían robado. Podrían robarle a la ciudad entera sin dejar rastro alguno, si no fuera por los vigilantes dueños de tiendas, que los sacaban a escobazos. Eran los mismos dueños de tiendas que me echaban sin siquiera escuchar lo que tenía que decir.

Intenté recordar todas las cosas que mis padres me habían dicho sobre Zhifu. Sabía que poco a poco se había llenado de extranjeros mientras se convertía en uno de los puertos más grandes de China. Me senté junto al océano, donde atracaban los barcos llenos de algodón y hierro y de donde partían cargados de aceite de soya y fideos vermicelli. Entre sus angostas calles resaltaban las tiendas destinadas a satisfacer cualquier deseo o capricho. Había un lugar para comprar vino, otro donde podías mirar cualquier clase de sombrero fino en cualquier color o textura. Apretujada en el local de al lado había una tienda de hierbas medicinales que olía a jengibre y tierra. Inhalé el aroma por un momento y recordé el jardín de mi abuela, antes de que la chica detrás del mostrador sacara su escoba. Sobre todas estas tiendas descansaba otro nivel de lo que parecían apartamentos y oficinas. Algunos tenían una pequeña terraza que se abría paso hacia la calle. Nunca antes había visto tantos edificios juntos y tan poco del cielo.

También, por primera vez en mi vida, vi extranjeros. *Wai ren*, les llamaban mis padres. Asestaban las tiendas con sus grandes y confianzudos cuerpos, y con su piel, que parecía haber sido frotada hasta la carne viva. Yo desconocía que el cabello podía no ser negro, pero sobre la cabeza de estos extranjeros había lodo, sándalo, cuero desteñido o paja. Incluso vi un hombre con el cabello del color de las zanahorias. No podía dejar de verlo, solo me detuve cuando me miró a los ojos.

Vagabundeé entre esas curiosas calles guiada por los sonidos de la ciudad; los vendedores llamaban a los transeúntes, se escuchaba música, palabras no familiares se escurrían de bocas que no lucían como la mía. Vagabundeé entrando y saliendo de edificios con la misma expresión esperanzada, pero todos los lugares dijeron lo mismo: «Aquí no hay lugar para gente como *tú*».

Cuando llegó la noche, me arrastré debajo de un carro de fruta abandonado. Mi estómago estaba lleno de manzanas y peras magulladas, que fue lo único que pude comprar con el dinero que me dio mi abuela. No hacía tanto frío como las noches anteriores. Abracé la chamarra abultada y tejida y soñé que los dos hombres regresaban a nuestra casa y se llevaban a mi abuela.

El día siguiente ocurrió más de lo mismo. Me hallé en el distrito de negocios, donde los edificios se enfilaban sobre las calles. Tenían formas y texturas raras, con sus ventanas que a veces eran cuadradas, a veces redondas y a veces parecían flores encerradas en barras retorcidas de metal. Caminé frente a una oficina extranjera de correo hecha de bloques de cemento gris y con ventanas que parecían zapatos redondos. Mientras me preguntaba por estas ventanas, emergió de ahí un hombre de cabello rubio. Hablaba consigo mismo y su bigote parecía otro músculo más, pues se flexionaba al ritmo de sus labios. Por un momento me pregunté si los extranjeros me tendrían lástima. ¿Me ofrecerían refugio, comida o trabajo? Pero mientras ese pensamiento cruzaba mi mente, el hombre rubio me notó y comenzó a caminar en dirección a mí. Salí corriendo antes de que pudiera acercarse más, alarmada por el deseo que vi en sus ojos.

¿Qué hacer? Me habría gustado que mi abuela me diera más información antes de partir. Ojalá mis padres me hubieran dicho más sobre Zhifu o que yo pudiera recordar mejor. Lo que más deseaba era que nada de esto hubiera ocurrido, que fuera posible volver a ser la familia que solíamos ser, cuando Zhifu era solo un cuento y mi única preocupación era mantener vivo el jardín.

¿Y qué si estaba enojada? Lo estaba. Estaba enojada con mis padres por haberse ido y con mi abuela por haberme enviado lejos y no haber venido conmigo. Estaba enojada con esos hombres que entraron en nuestro preciado hogar y lo destruyeron.

Esta vida nueva de vagabundeo sin sentido no era lo que yo me había prometido a mí misma. Alguna vez había soñado con quedarme con el negocio de tapices de mis padres, quizá incluso crear diseños hermosos yo misma. Quería atrapar pescado en el océano, intercambiarlo por harina, azúcar y algas marinas con las familias de mis amigos. Siempre estaríamos satisfechos y nos convertiríamos en una familia que podría superar las estaciones, los imperios, incluso la muerte.

Cuando llegó la noche del quinto día, había caminado tanto que sentía como si hubieran apedreado mis talones. Me percibía a punto de desvanecerme, como si mi cuerpo no tuviera peso y mi cabeza fuera una neblina de luz trémula que me impidiera distinguir por cuáles caminos ya había dado tumbos antes. «Voy a morir de hambre antes de encontrar trabajo», me dije. Era un cuerpo flotante, una hebra de hilo a merced del viento, y a nadie a mi alrededor parecía importarle o notarlo. «Quizá ya desaparecí», pensé con crueldad. Si el cuerpo se devora a sí mismo desde el interior hacia el exterior, ¿cuál será la última parte en desaparecer?

Soñaba con los dumplings de mi abuela, esas bolsitas regordetas y pesadas, rellenas de cerdo y cebollín o camarón y calabacita. Me encantaba comer sus dumplings recién salidos de la olla para que el jugo y los vapores que escurrían del primer mordisco bastaran para escaldarme. Podía volver a olerlos si cerraba los ojos; su sabroso calor, el laminado suave de la piel del dumpling, la promesa de lo que había en su interior.

No era solo mi imaginación, en verdad los estaba oliendo. Mis ojos se abrieron y todo volvió a ser vívido. Ahí, apenas a unos pasos adelante de mí y a la izquierda, había una casa de dumplings. Mientras avanzaba, trastabillé, pero me detuve; el empleado estaba barriendo y ya había extinguido las linternas del interior. La tienda estaba cerrada.

Si el hambre me había hecho entrar en la niebla, ahora el hambre me estaba sacando de ella. Me escurrí por el callejón junto a la tienda, hasta que este me escupió en un corredor mugroso que olía a naranjas podridas. Podía sentir mi estómago pulsar al mismo ritmo que mi corazón.

Ahí, esperé.

Llegó el dueño de la tienda, como sabía que iba a ocurrir. Había terminado de barrer y ahora caminaba al exterior a través de la puerta trasera acarreando una bandeja de dumplings desechados. Echó el contenido sobre el montón de basura y regresó al interior, cerrando la puerta por dentro. Yo miré a mi alrededor. La noche comenzaba a caer y no había nadie más en el callejón.

Corrí como un rayo, la boca me salivaba. Los dumplings habían caído sobre un trapo sucio, pero aun así lucían perlados, casi hinchados. A pesar del olor a fruta podrida y agua sucia, yo estaba famélica. Tomé todos los dumplings y los metí a mis bolsillos. Esa noche dormí sobre los escalones de una iglesia, con los dumplings abultando felizmente mi estómago.

4

Mi abuela tenía razón. Yo era buena con las manos. Tal era el regalo que me había hecho mi madre. Cuando desperté en la mañana, con la cabeza ya más despejada debido a mi estómago satisfecho, conté con mis manos todas las cosas que era capaz de hacer con ellas.

Era capaz de doblar dumplings y de imprimir pétalos en las puntas de los baozi; podía pelar la cáscara de las manzanas con un cuchillo pequeño, romper los extremos de los ejotes sin perder mucho de la carne. Estos dedos iban a ayudarme a sobrevivir. Lo único que necesitaba era alguien que me diera una oportunidad.

Corría de una tienda a la siguiente, siempre perseguida por los gritos de los trabajadores: «Lárgate, nadie te quiere aquí, no regreses más».

—Soy buena con las manos —le dije en tono de ruego a la séptima u octava, tal vez novena empleada en un lugar, que preparaba fideos a mano—. Yo solía tejer con mi madre; mis dedos servirán para preparar los fideos.

—Eres muy delgado y pequeño, incluso para ser un niño callejero —contestó ella, y sus ojos recorrieron mi cuerpo como si fueran una sombra—. Sabes bien que nadie va a admitir a un cachorrito hambriento como tú, necesitas aprender disciplina antes de que alguien pueda confiar en ti.

Fue más amable que el resto. No sacó la escoba ni me amenazó con despellejarme.

—Esto es lo más que puedo hacer por ti —dijo, y apuntó hacia la puerta. Me estaba pidiendo que me fuera. Yo hice una reverencia y me di la vuelta para salir.

—No tan rápido —me gritó desde el fondo cuando ya salía a la calle—. ¿Puedes ver a qué me refiero? Ahí, en la puerta. ¿No lo ves?

Sí lo vi. Primero pensé que era la imagen de un árbol, pintado con brochazos largos y firmes, cual raíces asiéndose de la hoja de papel. Pero a medida que me acerqué, me di cuenta de que no era un árbol, sino un carácter chino, uno que no podía reconocer. Su escritura no se asemejaba a ningún otro carácter que yo conociera. La tinta era negra y gruesa; cada línea, gancho y punto engrosado donde se necesitaba o adelgazado donde se requería, perfecto en peso y balance. De alguna forma, aunque no supiera nada del carácter o de la persona que lo había creado, me sentí en paz. El dibujo se escurrió por mis entrañas, llenándolas de armonía.

—Ese fue un regalo —dijo la dependienta—. Escuché que el artista necesita algo de ayuda.

Pregunté dónde podía encontrar a ese artista, a la espera de que su buena voluntad no se hubiera acabado.

Jaló su delantal, vigilando por si algún cliente había ingresado a la tienda. No había ninguno.

—Tengo una hija de tu edad —me dijo—. Esa es la razón por la que no puedo correrte. Busca un edificio rojo con el techo de color cacahuate. Eso es todo lo que voy a decirte. El destino decidirá si tú eres el indicado para encontrarlo.

Fue el primer toque de esperanza que me permití sentir desde mi llegada a Zhifu. Salí con tanta prisa de la tienda de fideos hechos a mano que casi golpeo a un hombre que estaba cargando una jaula con gallinas.

—¿Ha visto algún edificio de color rojo con el techo color cacahuate? —pregunté con desesperación.

—Lárgate antes de que te golpee —me gruñó.

Si la persona que yo buscaba de verdad era un artista, entonces sabía exactamente a dónde tenía que ir para encontrar a alguien que me ayudara. Esquivé el pie del hombre y corrí hacia la tienda de tapices donde había pedido trabajo mi primer día en Zhifu.

El dueño se encontraba de pie, como si hubiera estado esperándome. Levantó una mano, listo para golpearme y hacer caer cualquier tesoro apreciado que yo me robara.

—Ya te había dicho que no aceptamos vagabundos —me advirtió. Las mangas de su *chang shan* aletearon, dándole la apariencia de un gran pájaro.

—Por favor —dije jadeando—, ¿podría decirme dónde encontrar un edificio rojo con un techo color cacahuate? Es uno donde podría vivir un artista de la caligrafía.

El dueño me observó con atención por un momento, confundido y con sospechas.

—¿Para qué quieres saber eso? ¿Quieres robarle a un buen hombre su arte?

—No —contesté. Pensé en mi madre. Sentirme rodeada de tapices una vez más me hizo recordarla con una fuerza aguda y dolorosa. Una vez más, estaba en su habitación, sentada sobre su regazo, observando cómo sus manos danzaban hacia delante y detrás del telar, con uñas como perlas y su pecho cálido a mis espaldas. Las vibraciones de sus zumbidos suntuosos producían un sonido que se asemejaba a una canción de cuna.

—Oye, ¿qué haces? —preguntó perplejo el dueño, sacándome de mis recuerdos—. ¿Por qué lloras?

Tenía razón. No había caído en cuenta, pero mi rostro estaba húmedo y sentía la boca floja. El peso de los últimos días me presionó contra el suelo, hizo que me hundiera en dirección al centro de la tierra. Yo no deseaba nada de esto.

—Lo siento, señor —dije, limpiándome las lágrimas con una palma—. Conocí a alguien que tejía tapices justo como los suyos, solo que hacía flores, pájaros e incluso dragones.

Al escuchar eso, el dueño pareció suavizarse.

—Conociste a alguien que tejía tapices —repitió—. ¿Aquí, en Zhifu? ¿Cómo se llama? ¿Lo conozco?

—No —respondí sacudiendo la cabeza—. Y probablemente nunca lo conozca. Desapareció no hace tanto. Pero me enseñó mucho sobre cómo usar mis manos. Y por eso estoy aquí, señor. Estoy buscando trabajo pero primero debo aprender disciplina. Estoy buscando un lugar donde pueda ser de ayuda con las manos. ¿Sabe dónde está el edificio rojo con el techo color cacahuate? Dígame y lo dejaré en paz, y si algún día vuelvo, seré más disciplinado y digno de confianza, lo prometo, señor.

La noche estaba por llegar. Vi cómo el dueño escuchaba mis palabras y esperé el golpe y el grito prohibiéndome volver a la tienda. El tiempo entre nosotros se ensanchó.

Pero nunca llegó el golpe que yo esperaba. En cambio, el dueño abrió la boca.

5

Cuando desperté a la mañana siguiente, un hombre me estaba mirando, su pie estaba a mi costado.

Me levanté de golpe. El hombre me miró a través de sus gafas; tenía las manos enlazadas detrás. Traía puesto un *chang shan* gris con flores de color durazno tejidas en las mangas. Se parecía, pensé, a mi padre.

—¿Por qué duermes sobre los escalones de mi escuela?

No sonaba enojado o disgustado, solo curioso.

—Lo lamento, señor —repuse, haciéndome a un lado rápidamente—. Por favor, no llame a los guardias.

—Espera —dijo, ofreciéndome una mano para levantarme. Sus dedos estaban manchados con tinta negra—. No contestaste mi pregunta.

Le dije que me llamaba Feng y que estaba buscando trabajo. En ese punto la mentira me resultaba muy natural; lo decía como si fuera verdad.

—He venido a su escuela a ser su aprendiz.

—Pero no estoy buscando un aprendiz —contestó—. ¿Por qué pensaste eso?

—Una mujer en una tienda de fideos hechos a mano —le respondí—. Ella me dijo que usted estaba buscando ayuda.

—Ya veo. Me pregunto por qué pensaría eso. Bueno, Feng, que buscas trabajo, lamento decepcionarte. No estoy contratando.

Miré mi ropa. Las piernas de mis pantalones estaban polvosas por haber dormido sobre las escaleras. Y una idea surgió en mí.

—Espere —dije—. Si no está buscando un aprendiz, entonces quizás busque alguien que le ayude a mantener su escuela limpia. Vine porque vi la belleza de su arte en el interior de la tienda de fideos. Jamás había visto esa clase de escritura. Creo, sin duda, que un lugar que produce tal belleza debería lucir de la misma forma.

Nunca antes había sido tan atrevida con un adulto. Me mordí el labio a la espera de la represalia por mi ingenio.

Pero sus manos no se movieron. En cambio, sus ojos pasaron de la mugre de mis pantalones a la de los escalones.

—¿Qué hace de ti la persona indicada para esa tarea?

Pensé en mi madre y mi abuela.

—Soy bueno con mis manos —le dije.

—Entonces extiéndelas —respondió.

Lo hice con zozobra. Eran las manos de una niña: los nudillos eran suaves y estaban acolchados, cualquier resquicio de callo del jardín había desaparecido hacía mucho tiempo. No había reflejado un solo día de trabajo duro en esas manos. El hombre se agachó y les dio la vuelta, inspeccionando las palmas, apretando la piel de mis pulgares. Las observó por un tiempo que para mí fue eterno, tan largo que comencé a preguntarme si se habría quedado dormido. Pero al enderezarse nuevamente estaba bien despierto y tenía un gesto de satisfacción en la cara.

—No mentiste —dijo—. ¿Quisieras un trabajo, Feng, el de las buenas manos?

El sol comenzaba a salir, salpicando su melena gris y ocre. Miré los anteojos del hombre sin preguntarle qué había visto en mis manos, y en cambio respondí que sí.

—Entonces ponte de pie —me ordenó. Y yo hice lo que me pidió, muy consciente de que por primera vez en mi vida estaba poniéndome de pie con propiedad.

—Tu nombre significa «viento» —continuó—. Y espero que te muevas como el viento; nada de pereza ni inseguridad. Cuando se trabaja para mí, se trabaja en serio.

Su nombre era amo Wang, y el edificio rojo con el techo color cacahuate, su escuela de caligrafía.

Entramos juntos. La luz se filtró en el aula a través de las persianas de las ventanas, dejando a su paso franjas blancas sobre la duela. El salón estaba dividido en doce módulos, cada uno con un pincel, lo que asumí que era un tintero, largos trozos de papel de arroz y otros materiales que no reconocí. De los muros colgaban tapices del techo al suelo llenos de caracteres negros. Los caracteres eran heroicos y elaborados, suspendidos en su danza. Parecían haber sido hechos por fuerzas mayores a sí mismos.

La habitación personal del amo Wang estaba situada al otro lado de ese salón, separada por una mampara. La pasamos sin detenernos. La última habitación estaba llena de útiles, tinteros sin usar, rollos de papel de arroz. Ahí era donde yo iba a dormir.

—La clase inicia cuando el sol termina de despuntar y termina frente a la primera señal de oscuridad —me dijo el amo Wang, mientras buscaba una escoba en la habitación de trebejos—. Todos los días, antes del inicio de clases, vas a barrer los escalones del exterior y también el patio. Cualquier otra cosa que quieras hacer con tu tiempo es cosa tuya, pero sábete advertido: tus acciones serán un reflejo de mi escuela a donde quiera que vayas.

Encontró la escoba y me la entregó. El mango era grueso; apenas y podía cerrar los dedos a su alrededor. Intenté esconder esto del amo Wang, temerosa de que eso significara que ya no podía tener el trabajo. Pero él dio la vuelta y me guio hacia la parte trasera de la escuela, a un patio hecho de piedra. Cada baldosa tenía un carácter dibujado en su centro. En medio del patio había una fuente con dos dragones que se enroscaban sobre cuatro ollas. Un pequeño jardín rodeaba la fuente. Pensé en mi abuela con una profunda melancolía, luego obligué al recuerdo a desaparecer. Era momento de concentrarse.

—Ninguna pieza de loseta debe quedar con suciedad —decía el amo Wang—. Como observaste con tanta astucia, una escuela de caligrafía debe reflejar la belleza que crea en su interior mediante la presentación del exterior.

Asentí sin siquiera pensar en preguntar por qué, entonces, había dejado que la escuela se ensuciara tanto, ni por qué el techo color cacahuate estaba tan deteriorado que parecía hundirse. Hablaba como si cada palabra fuera la última y eso bastó para mí.

En ese punto, el sol ya estaba bien arriba en el cielo, así que inundaba el patio con luz.

—La clase está por comenzar, Feng —dijo—. Tienes un lugar en dónde estar, tú, que eres bueno con las manos.

Hice una reverencia porque sentí que era lo correcto y me encaminé hacia los escalones del frente, tomando el mango de la escoba con ambas manos. Sobre mi cabeza, el sol seguía mis movimientos. El día era bellísimo; las flores, bellísimas; la caligrafía, bellísima; las losetas, bellísimas. A pesar de todo, no me habría molestado que empezara a llover.

La mañana siguiente hice lo que se me indicó. Desperté antes de que el sol despuntara, saqué la escoba del armario y fui al frente de la escuela. Barrí cada escalón tres veces y miré cómo el polvo que levantaba mi escoba nublaba la mañana, lo que me recordó a mi madre sacudiéndose la harina de las manos. Cuando volví al interior de la escuela, encontré un plato grande de avena y brotes de mostaza esperándome afuera de mi habitación.

Todos los estudiantes del amo Wang eran hombres. Entraban al edificio en fila, moviéndose con precisión, como si se hubieran modelado a sí mismos basándose en los caracteres que dibujaban. Erectos, con un gesto serio en el rostro, obedientes, se arrodillaban en sus estaciones y se arremangaban a la espera de su instructor.

—Buenos días, alumnos —decía él al entrar.

—Buenos días, amo —replicaban al unísono.

—¿Quién miró la salida del sol esta mañana? —preguntó esta vez con la voz firme.

—Yo no, amo —contestaron a una voz.

—Les pido que mañana vean la salida del sol, y al día siguiente también, y todas las mañanas que sigan a esa —les dijo el amo Wang—, y así, un día podrán entender cómo los caracteres que ustedes pintan pueden llenar un mundo entero.

Los estudiantes estaban en silencio, pero yo estaba fascinada. No solo era la manera en que hablaba, con el equilibrio de un nenúfar flotando en el estanque, sino lo que había dicho. No entendí qué había querido decir con esa frase, pero supe que si algún día existía alguien que diera respuestas sobre la vida, iba a ser él.

A partir de entonces, juré que había encontrado mi lugar en la escuela del amo Wang. Siempre era lo mismo: las mañanas eran para barrer, y después, cuando el sol se había desperezado y yo había engullido mi plato de avena y el pequeño platito de vegetales que lo acompañaba, me quedaba en el pasillo a ver a los estudiantes entrar, sintiendo envidia de la seguridad que portaban, de cómo venían de su casa e iban a regresar a ella.

Durante el día caminaba al centro de la ciudad. Las comidas con el amo Wang eran exiguas y simples; la comida siempre parecía desaparecer justo antes de que yo me sintiera satisfecha. Extrañaba la carne, y sobre todo extrañaba el pescado al vapor que había sido tan constante en mi infancia. Sentía nostalgia de los brillantes camarones y de los platitos de jengibre y ajo y de las bayas de espino. El acto de comer siempre había sido una celebración entre mis padres y mi abuela, pero para el amo Wang era apenas una tarea que cumplir antes de empezar a hacer las cosas importantes.

—El hambre es buena —me dijo la primera vez que pedí una segunda ración de arroz—. Permite que el espíritu del artista se enfoque—. Nunca volví a pedir más comida después de eso.

Era esa misma hambre la que me llevaba al centro de la ciudad cada día. Quería consumirlo todo; los panes y pasteles de ajonjolí y los fideos hechos a mano, las palabras irreconocibles de los extranjeros y el penetrante aroma a carne del océano. «Así que esta es la ciudad que mis padres amaban», pensé. Sería capaz de devorar toda la comida de los puestos, atiborrarme de cada travesaño de madera que sostenía los edificios y aun así querría más. Esto era la novedad. Era la posibilidad. Era más grande que el hambre en mi panza; estaba también en mi corazón y sabía que un día esta hambre iba a rebasarme. Pero no aún. No todavía.

Por las tardes volvía a la escuela y me paseaba por el patio, memorizando los caracteres de las baldosas en el suelo. Algunas veces, los estudiantes aventaban una manzana medio mordisqueada al patio. Si el clima lo permitía y el amo Wang abría las ventanas, podía escuchar la clase y me dejaba engullir por su carácter decidido.

De estas sesiones aprendí que el pincel, el lápiz, el papel y la piedra de entintar eran conocidos como *los cuatro tesoros del estudio.* Aprendí que además de hacer las pinceladas correctas en el orden debido, el artista también era responsable de mantenerse balanceado a sí mismo para crear una buena caligrafía.

—Aprender caligrafía —desafiaba el amo Wang— no consiste tan solo en aprender los métodos de la escritura, sino también en el cultivo del carácter de uno mismo.

Veía en esto una filosofía, no solo una práctica. Era algo útil para el resto de la vida de un calígrafo, la tinta remplazaba la sangre; el pincel, los brazos. Ser un calígrafo equivalía a practicar los principios de la caligrafía en cada acción, reacción y decisión, ya fuera dentro o fuera de una página.

—Esta es la clase de personas en las que pueden convertirse —dijo el maestro Wang a sus estudiantes—, la clase de persona que cada vez que se acerca al mundo lo hace como si se tratara de una hoja en blanco.

Para él no existía nada como la ansiedad, el peligro, la preocupación o la pérdida. Si los principios de la caligrafía se practicaban, siempre habría una respuesta. «Miren el carácter y dejen que lo que conocen los guíe». Lo mismo es aplicable para la vida: «Miren el resultado que desean y dejen que los guíe lo que conocen». Y, sobre todo, practiquen.

—¿Qué produce una buena escritura? —les preguntó a los estudiantes.

—Una mano firme —contestó alguien.

—La paciencia y un buen ojo —dijo alguien más.

—Una buena base —intentó un tercero.

—Todas son respuestas verdaderas —respondió el maestro Wang—. Pero se les olvida lo más importante: ser un buen ser humano. En la caligrafía, uno debe respetar lo que escribe y a la persona para quien escribe. Pero sobre todas las cosas, uno debe respetarse a sí mismo. Se trata de la tarea monumental de unificar la persona que son y la persona que podrían ser. Piensen: ¿en qué clase de persona podrían convertirse, ambos, ustedes y el artista que serán?

Lo que siguió a ese discurso fue un silencio anonadado. Con eso los estudiantes tenían suficiente para rellenar sus sueños durante décadas. ¿Y yo? Al fin obtenía una respuesta y un camino que seguir; uno que me ayudaría a superar la carga de mi nombre y del destino que le acompañaba. Si la caligrafía era la clave para separarme de Lin Daiyu, entonces pondría en práctica las enseñanzas del amo Wang. Me convertiría en alguien que no se doblegara frente a la voluntad del destino y de las historias que lo nombraron, en vez de eso sería mi propia persona, con un legado construido por mí misma.

Y quizá, entonces, mis padres volverían a mí.

6

Comencé de inmediato. En el patio, con la larga rama de un abedul en una mano, tracé por encima los caracteres de las baldosas, agitando y moviendo la rama como si pudiera conjugar algo del fondo de la tierra. Parecía tonto, y sabía que seguro lucía extraña: un niño con rasgos de niña, una niña que parecía niño, jugando a escribir y pensando que él o ella podía ser valiente. La rama se sentía ajena a mi mano y los movimientos eran extraños. Cuando la clase terminó y los estudiantes salieron, no tuve suficiente tiempo para esconder lo que había estado haciendo. Me encontraron rascando las baldosas con mi rama y comenzaron a reírse, apuntando a la rama que pendía de mi inexperta mano. Solté la rama y corrí al interior, buscando la escoba, mordiéndome el labio, furiosa conmigo misma.

La Daiyu de unos meses atrás, aquella que aún tenía una abuela a su lado y una cama cálida propia, habría dejado el sueño de dominar la caligrafía. Intentar algo con esmero —y que alguien más se mofara— nunca fue parte de los razonamientos de esa Daiyu. Pero algo me ocurría, y había estado ocurriéndome desde que mi abuela me despidió en esa carroza hacia Zhifu. Estaba hambrienta de aquello que la caligrafía traería a mi vida, y como sabía que nunca me convertiría en la esposa de un hombre de la ciudad, también sabía que la caligrafía debía ser mi futuro. No sería fácil, tendría que practicar mucho, tal como el amo Wang había dicho.

Mis primeros días en Zhifu me habían preparado para ese momento; cada uno de los dueños de negocios que me había corrido, al lanzarme la mirada de disgusto que enfrenté desafiante, también me entregó una piedra, hasta que por fin reuní las suficientes para construirme una fortaleza. «Que vengan sus burlas», pensé esa noche. «Al menos tengo mi fortaleza». Y era impenetrable.

La tarde siguiente, después de terminar mis tareas, estaba de vuelta en el patio, con mi rama de abedul en la mano. El día estaba más fresco de lo usual y las ventanas estaban abiertas. La voz del amo Wang flotaba desde el interior y dejé que me envolviera, guiando mi mano a través del aire.

—Mira con más cuidado —dijo—. Tu caligrafía va a revelar mucho sobre ti. Me basta con mirar brevemente lo que has escrito para determinar tus emociones y tu espíritu. Puedo calcular qué tan disciplinado eres e identificar tu estilo. Hay muchos más secretos que revelará tu escritura y tú también los conocerás cuando llegue la hora.

Guardé cada una de esas palabras. Esta sabiduría representaba para mí un tesoro, mi camino hacia delante en el mundo.

Nunca tuve una educación formal, pero bajo el tutelaje del amo Wang podía sentir cómo me convertía en la persona que creía querer ser. Esa persona era fuerte y noble, como mi padre; tenía un buen corazón y era habilidosa, como mi madre; alguien capaz de cuidar las cosas con una gentil sensatez, como mi abuela. Si yo podía convertirme en esa persona, pensaba, entonces al menos podría mantenerme cerca de ellos, incluso si ya no estaban cerca de mí. Y, pensé, ninguna de esas cosas tiene nada que ver con Lin Daiyu o con su historia.

Llegó el día en que ya no necesitaba trazar los caracteres de las baldosas para poder escribir. En cambio, miraba hacia el cielo, dejando que los caracteres aparecieran frente a mí, gruesos, musculosos y alineados, justo como aquellos que se escribían en el interior de la escuela del amo Wang. Esculpía y agitaba mi mano en el aire hasta que los caracteres llenaban el cielo. Me invitaban a asirme de ellos, a moldearlos de la nada. O, tal vez, a moldearlos usándome a mí misma.

Además de barrer los escalones de la entrada, mis tareas diarias se expandieron a la limpieza del salón después de que los estudiantes volvieran a casa. Me movía silenciosa a través del espacio, siempre con miedo de arruinar la tinta mojada que aún se mecía en el aire. Iba de una estación a la otra, recorriendo las doce estaciones con la escoba en la mano, absorta por los caracteres que los estudiantes habían olvidado. Para ese momento yo ya sabía los nombres y los propósitos de todos los materiales: pincel, papel, pisapapeles, almohadilla de escritorio, tinta, lápiz, piedra de entintar, sello y pasta para sello.

—Un pincel bueno es flexible. —Solía decir el amo Wang—. Con una pincelada debería producir lo que sea, ya sean orejas, garras o montañas. Mientras más suave sea el pincel, mayores posibilidades habrá de crear y mejores serán las variaciones de las pinceladas.

En el salón del amo Wang había pinceles de todos los tamaños. Algunos eran tan largos como un trapeador, con sus cabezas gruesas y romas, empapadas cuando las sumergían en los tinteros, que podían ser tan grandes como una cubeta. Otros pinceles medían menos que un nudillo y sus hebras se juntaban hasta formar una punta muy fina. Me gustaba que no siempre hubiera una respuesta correcta frente a la pregunta de cuál pincel usar.

—La respuesta no tiene que ver con el pincel —dijo el amo Wang a sus estudiantes—. La respuesta tiene que ver con qué es lo que demanda el papel.

El papel, el cuarto tesoro del estudio, también llegaba en muchas variedades. Los había fabricados en paja o pasto, en bambú e incluso en cáñamo. El amo Wang tenía favoritismo por el papel Xuan de una sola capa, sobre el cual la tinta sangraba con rapidez. «Para ser un maestro, un calígrafo debe ser capaz de controlar incluso la naturaleza más sensible».

Cierta noche noté que un estudiante había escrito de manera incorrecta el carácter que significa eterno 永. En vez de iniciar la pincelada en la parte de arriba y después llevarla a la base de la hoja, había escrito en la dirección contraria. Todo estaba al revés y la parte inferior estaba muy gruesa. Antes de pensar en detenerme, me arrodillé en el cojín frente a la estación y levanté el pincel que había dejado el estudiante. El cuerpo del pincel estaba hecho de bambú, y la cabeza, de algún tipo de cabello. El amo Wang alguna vez le dijo a los estudiantes que cuando fueran mayores podrían hacer un pincel usando el cabello de su hijo recién nacido. Eso sería uno de los mayores honores.

¿Tenía yo tantas agallas? Sumergí la punta del pincel en la piedra de entintar, donde aún quedaba un pequeño poso de tinta de la lección diurna. Taché el carácter sobre el papel del estudiante y lo reescribí, arrastrando mi brazo sobre el papel y sorprendida por el peso del pincel. Escribir con un pincel de verdad, no con una rama de abedul, era diferente. Debía tomar en cuenta muchas más cosas, como el movimiento de las cerdas del pincel y la naturaleza voluble de la tinta. Cada marca y error dejarían un trazo. Yo me había acostumbrado a simplemente mover la muñeca e imaginar que el resultado era perfecto. Ahora, con un pincel real en la mano, podía ver que aún había mucho más que aprender. Aun así, sentí que diferentes piezas de mi ser caían en su lugar, como si acabara de liberar un extraordinario secreto sobre mi propia persona.

Cuando terminé, me senté a mirar el carácter que tracé. Estaba lejos de la perfección, pero era formidable, con su tinta fresca inhalando y exhalando sobre el papel.

—Una vez usada sobre el papel —dijo el amo Wang a sus estudiantes—, la tinta dura siglos sin desvanecerse. Cuando se pasmen frente a un rollo particularmente impresionante, cuando las pinceladas parezcan hacerlos sangrar hasta la sequía, recuerden que cada carácter arrastra múltiples historias y que lo que miran son en realidad siglos enteros.

Eufórica, comencé a practicar los caracteres que aprendí de las baldosas en el patio, hasta que la página entera estaba llena. Solo cuando los grillos comenzaron sus vibraciones orquestales recordé que aún no había terminado mis tareas.

La mañana siguiente, la voz del amo Wang flotó al exterior desde las ventanas.

—¿Quién escribió estos? —le preguntó al estudiante que era dueño del papel sobre el cual yo había escrito. El estudiante insistió en que los caracteres eran suyos, pero el amo Wang le contestó que era un mentiroso.

—Eres orgulloso y egoísta, Jia Zhen —dijo el amo Wang—. Y tu caligrafía siempre va a reflejarlo. Debido a ello debo dejar de considerarte mi alumno.

Yo continué barriendo afuera y me olvidé de respirar.

El deshonrado estudiante llamado Jia Zhen me encontró después barriendo en el patio. No era el primer alumno a quien el amo Wang había corrido, pues tenía poca tolerancia hacia quienes violaran las reglas de su escuela, y como resultado, el número de alumnos había disminuido a solo seis. Y ahora, sin Jia Zhen, serían solo cinco.

—Sé que fuiste tú —me acusó, tirándome al suelo y pateándome—. Nadie va a venir a salvarte. Nadie va a extrañarte porque no tienes a nadie—. No podía dejar de patearme. Yo me hice un ovillo sin saber si mi cara estaba húmeda de sangre o de lágrimas.

Más tarde me encontró así el amo Wang, cuando la noche ya había caído y el salón permanecía sin barrer.

—Tu escritura no es mala —me dijo mientras me ayudaba a sentarme—, pero deberías escribir como si siguieras a tu corazón. Observa el arco que hacen los cormoranes en el cielo, traza el camino que sigue una hoja al caer, recuerda las líneas que dibuja en el viento el cabello suelto de una mujer. Eso es la caligrafía.

Dejé de limitarme a barrer al entrar en el salón una vez que caía la noche. Ahora también aprendía. Después de terminar las clases, el amo Wang se mantenía en su sitio de maestro, al frente del salón, y yo lo escuchaba, hechizada por el aroma a tinta y papel húmedo que permanecía en la habitación, mientras mi mano seguía a la suya a la hora en que conducía sus dedos a través del aire.

Aprendí que el poder de una calígrafa inicia en el momento en que logra que la voluntad del pincel se doblegue frente a ella; que las decisiones tomadas a partir de ahí, como qué tan húmeda está la tinta, cuánta fuerza aplicar con el pincel sobre el papel o qué tan rápido realizar los movimientos, son lo que imbuye a las pinceladas el espíritu de su forma final.

—Eso se llama *intención* —dijo el amo Wang—. A esto se le llama la *idea*—.

A la hora de impartir cátedra, no me miraba a mí, sino a algo sobre mi cabeza, como si hablara con la persona en la que yo algún día me convertiría. Sobre nosotros, los tapices de caracteres se agitaban en la brisa de la noche. Eran piezas que él había recolectado a través de los años, escritas por las manos de sus maestros y otros calígrafos más renombrados.

—Todo calígrafo, todo artista inicia de la misma manera —apuntó—. Se proponen crear arte. Pero tal intención hace que el arte se convierta en trabajo y no en arte. Lo que debes practicar es crear arte sin tener pensado un destino o un plan, confiando tan solo en tu disciplina, entrenamiento y buen espíritu. Esta es una fase a la que pocos calígrafos llegarán. Así luce haber seguido a tu corazón.

No tenía hijos. Yo no sabía nada sobre su familia. Por eso éramos perfectos el uno para el otro. En la noche, mientras él leía y se preparaba para las lecciones del día siguiente, yo me sentaba en mi catre y practicaba la escritura de los caracteres sobre la palma de mi mano.

—Cuando tu caligrafía se vuelva muy buena —me contó—, puede que tengas la oportunidad de escribir para oficiales importantes. Tu trabajo te hará destacar, Feng, el niño con las buenas manos.

Con cada lección yo me hacía más valiente. Ya no sería solo Feng, un niño sin pasado o futuro. ¿Cuántos caracteres conocía ya en ese punto? ¿Mil? ¿Dos mil? Mi abuela me había enviado a Zhifu tan solo a sobrevivir, pero ahora mis sueños se ensanchaban. Quería ser maestra, como el amo Wang. Quería que el mundo viera lo que yo era capaz de crear. «Estos son tus ojos y tus dedos, madre», pensaba al imprimir tinta sobre la hoja. «Esta es tu paciencia y fortaleza, padre. Y esta es la oportunidad de vivir que me diste, abuela».

—Tu meta final —concluía su clase el amo Wang— es alcanzar un nivel de libertad en el que tú y el artista que podrías llegar a ser, sean solo uno. A eso le llamamos *unificación*, cuando finalmente estés *contigo mismo.*

—Sí, amo Wang —contestaba yo antes de volver a cargar el pincel con tinta para iniciar de cero. Nunca lo cuestionaba, solo bebía sus palabras y dejaba que me guiaran a lo largo de los días. No me pagaba por mi trabajo, más allá de las lecciones, y yo nunca le pedía nada. Pero algunas veces, si escribía muy bien un carácter, me daba una moneda de plata. Yo guardaba todo el dinero que me fuera posible, imaginando un futuro en el que pudiera ser el amo de mi propia escuela de caligrafía, en la cual compraría solo los mejores útiles para mis estudiantes. La recompensa por seguir mi corazón, parecía, iba de carácter en carácter.

Debí imaginar que eso no iba a durar.

7

Lo que sé hasta ahora: me han envenenado.

Al despertar, lo hago en silencio. El sueño se agita en mis oídos, mi mente se esfuerza por alcanzar el mundo de la vigilia. Ni siquiera recuerdo haberme quedado dormida; tampoco recuerdo haber soñado.

Mi cuerpo se siente pesado, un peso que nunca había sentido. Cuando vivía en el pueblo de pescadores, solo me sentía ligera y alegre, rebotando entre el océano y los campos, y de ahí a los escalones afuera de nuestro hogar. Fui rápida para aprender y sobrevivir entre las calles de Zhifu. Ahora, el pegamento que recubre mi garganta es el mismo que me ata al lugar en el que estoy acostada. Arrastro mis ojos de esquina a esquina debajo de mis párpados, urgiéndolos a enfocar. Mi cráneo palpita, y la palpitación se repite en mis palmas y en las suelas de mis zapatos.

Intento ponerme de pie.

La primera cosa que noto: estoy acostada sobre un tapete en el suelo. Estoy en alguna clase de habitación.

La segunda cosa: la habitación está a oscuras. Puedo distinguir sombras de objetos sólidos y la tarima debajo de mí, pero no mucho más. En la oscuridad, esta habitación parece extenderse por siglos y siglos. Palpo mi cuerpo para sentir las otras cosas que soy incapaz de ver: camisa, pantalones, calcetines, zapatos. No me duele nada, excepto la cabeza. Nada se siente fuera de lugar, salvo que todo está fuera de lugar.

¿Qué recuerdo? Recuerdo haber completado mis tareas y mi caminata diaria desde la escuela del amo Wang hasta Beach Road. El mercado de pescado, la pescadera. Sus brazos balanceándose. El círculo de vendedores de pescado, ávidos por una pelea. El sorprendente peso sobre mi hombro. Un hombre con ropa extraña que me miraba desde la altura. Cabello corto. El rayo del sol. Dos dientes dorados. La promesa de comida. Caminar. Caminar. Caminar.

Presiono los dedos sobre mis sienes. No hay hinchazón ni piel lastimada. ¿Qué otra cosa recuerdo? Los edificios que pasamos: una iglesia, unos cuantos restaurantes, un boticario, un mercado de carne. El fuerte aroma del océano. Hubo una conversación, también, pero no recuerdo qué dijimos. Frente a todo recuerdo solo hay humo y sombra. La única cosa de la que tengo certeza es del rostro de ese hombre, de su gran frente y de su mentón puntiagudo. Y de su fuerza de atracción, como la de un dios.

Antes de poder recordar otra cosa, regresa el veneno en un torbellino de espuma rosa. Caigo nuevamente al suelo, mis ojos están nublados.

Cuando despierto la segunda ocasión, algo me sobrevuela. Tomo una bocanada de aire y el pecho se me cierra. Es el hombre de los guiños y ha llegado aquí para matarme.

Sin decir palabra, se acuclilla para tomarme de la camisa y levantarme con fuerza. Por un momento terrible me imagino que me avienta a un pozo sin fondo que sin duda existe en esta habitación, pero entonces mi espalda toca algo duro y frío. Puesta contra la pared, no soy más que una criatura débil.

—Respira —dice el hombre de los guiños.

Lo intento. Dos inhalaciones, una exhalación. Cierro los ojos y pienso en mi abuela contando con golpecitos sobre mis rodillas. «Dos dentro y una afuera, Daiyu. Repite».

—¿Dónde estoy? —Demando una respuesta. Mi voz está ronca.

Él no contesta. Escucho un rumor y luego una sacudida. La habitación por fin se ilumina. No es el calabozo que había imaginado, sino una habitación muy parecida a la que tenía en casa. Veo una mesa, una silla, mis piernas debajo de mí, la puerta. Sobre mí hay una ventana cuadrada cerca del techo que ha sido tapiada con pegamento y periódico. La habitación no es pequeña, pero parece estar reduciéndose de manera gradual entre el hombre de los guiños y yo, ajustando su tamaño a nosotros. Somos lo único que importa.

El hombre de los guiños se agacha, lleva una linterna en la mano. No es un inmortal convertido en dragón convertido en guardián convertido en humano que ha venido a salvarme. Bajo la luz de la linterna, su rostro podría estar en llamas.

—Quiero ir a casa —le digo.

—¿Cómo te llamas? —me pregunta, ignorándome. Su voz, que recordaba amable y blanda, ahora suena peligrosa—. ¿Cómo te llamas? —pregunta nuevamente.

Me quedo en silencio.

Me da un golpe con el dorso de la mano. Cuando sus nudillos se encuentran con mi mejilla, hacen un sonido como de chispa.

—Feng —susurro. Me obligo a no llorar.

—Bien. —Sonríe—. ¿Cuántos años tienes, Feng?

Temo lo que hará conmigo si le digo.

—Diremos entonces que tienes catorce años —le responde a mi silencio. La luz de la linterna parpadea—. Feng, el huérfano, tienes catorce. Y siempre tendrás catorce.

Ahora se pone de pie, y me mira desde la altura.

—Déjame ir a casa —le digo. Si ruego lo suficiente, pienso, él podría volver a ser el hombre amable que me salvó en el mercado de pescado.

Pero no lo hace. En cambio, pone un dedo sobre sus labios y comienza a alejarse. La luz de la linterna se encoge a cada paso suyo y la habitación desaparece lentamente a mi alrededor. Cuando llega a la puerta, lo único que puedo ver es un halo pálido de color amarillo.

—Por favor —llamo sin saber qué sigue, pero a sabiendas de que será peor—. Quiero ir a casa —vuelvo a decir.

El halo amarillo se sacude.

—Feng, el huérfano —contesta—, hay un largo trayecto antes de que podamos llegar a casa.

8

El carácter para oscuridad 黑 está hecho de boca, fuego y tierra. La boca descansa sobre la cima de la tierra. La punta de la tierra corta en dos la boca. Debajo de ambos, el fuego.

Pero las bocas son rojas. La tierra es café. El fuego es luz. Cuando aprendí el carácter, no podía entender por qué estás tres cosas creaban la oscuridad.

—Si la desconoces —me había dicho el amo Wang—, nunca serás capaz de escribir la palabra de la manera en que está destinada a ser escrita.

Cuando salió el hombre de los guiños, se llevó la luz consigo. Y creo que por fin sé por qué esas tres cosas se juntan para crear la oscuridad. Sentada en esta oscuridad ahora, puedo verme dentro de esa boca abierta, a la distancia de un suspiro de caer a las entrañas ardientes de la tierra. Trazo el carácter de la oscuridad con el dedo, y aunque no puedo verlo, sé que ahora es cuando por fin lo he escrito de la forma en que estaba destinado a ser escrito.

La oscuridad, o la manera en que el tiempo desaparece y algo más se suspende en lugar suyo. La manera de estar a solas.

Intento recordar: ¿cuánto tiempo ha pasado desde que me secuestraron? Era el mediodía. Ahora debe ser de noche. Ni siquiera sé si es el mismo día o la misma noche.

Abrazo mis rodillas a la altura de mi pecho y me aferro a los codos en esta oscuridad. Si me permito ser presa de mi pánico, nunca más encontraré el camino de vuelta.

—Busca algo real —me digo a mí misma—. Aférrate a eso y no lo dejes ir.

Un edificio rojo con un techo color cacahuate. El agua de la fuente en el patio, la hierba de eneldo creciendo en el jardín. Las voces entusiastas de los estudiantes al responder. El amo Wang impartiendo cátedra sobre dejar el vacío en la palma de las manos. El amo Wang, mi verdadero salvador.

Aprieto los ojos y ruego que venga a esta habitación conmigo. Ruego que me saque de aquí.

¿Qué habrá pensado cuando no aparecí a la mañana siguiente? ¿Se habrá preocupado por mí o habría pensado que estaba destinado a ser así? ¿Que aquel chico misterioso que apareció proveniente de la calle siguió con su vida, tal vez a continuar siendo un bribón en algún otro lugar? ¿Habrá pensado que morí? ¿Haría esto una diferencia? La vida en la escuela continuaría. «En la caligrafía, como en la vida, no podemos retocar las pinceladas», decía con frecuencia el amo Wang. «Debemos aceptar que lo hecho, hecho está».

Las chicas más grandes en el pueblo de pescadores siempre contaban la misma historia: años antes de que llegaran nuestros padres, una joven niña llamada Bai He vivía ahí. Era hija de un soldador y su piel parecía ser de cristal.

Si veías a Bai He en la luz del día, parecía que su piel se bebía la luz del sol. En la noche, brillaba más que la luna. Al sonreír, la luz llegaba como puntas de aguja a la parte superior de sus mejillas. La hija de un soldador no debería tener una piel tan buena, pero Bai He era la excepción. Había sido bendecida con algo puro. «Hay luz de estrella en el rostro de esa niña», solían decir los vecinos.

Cuando Bai He cumplió doce años, oficiales de alto rango provenientes de la ciudad comenzaron a frecuentar la casa de sus padres. La noticia de esta chica con piel hecha de cristal se esparció con rapidez y querían verlo con sus propios ojos. Las niñas del pueblo se juntaron afuera de su ventana, con los zapatos hundidos en la tierra, con la esperanza de tener un vistazo de los visitantes. Ya conocían a los niños granjeros, con sus bocas sucias de tierra; conocían a sus padres y sabían de sus palmas callosas. Pero jamás habían visto a hombres poderosos como estos.

Uno por uno entraron los hombres de la ciudad a la casa de Bai He, moviéndose con una seguridad absoluta. Cada paso era certero y cada movimiento era una declaración: «No le tengo miedo a nada». Era la confianza que otorgan la comodidad, el dinero y la buena vida.

Durante estas visitas, Bai He entraba a la habitación del frente con un velo cubriéndole el rostro. Los cuerpos de los hombres de la ciudad se ponían rígidos de anticipación, con los nudillos blancos descansando sobre las rodillas.

—La piel de nuestra hija es única en su tipo —decían sus padres—, nunca antes han visto algo así. Una piel de ese tipo con toda seguridad es un regalo de los inmortales que viven sobre nosotros.

Deslizaban frase tras frase ante los hombres de la ciudad, con tanta parsimonia que se sentía como si Bai He nunca fuera a retirarse el velo. Afuera, las chicas del vecindario chillaban con impaciencia y sus manos se aferraban a las ventanas. ¿A quién elegiría Bai He? ¿Cómo lucía el amor verdadero?

Por fin cesaron las palabras. Bai He se levantó el velo para revelar su rostro de cristal. Afuera las chicas clavaron los ojos con envidia. Adentro, la habitación permaneció muda mientras los hombres bebieron a tragos la visión que tenían delante. Las perlas del océano podían ser bellas, pero ninguna era tan bella como su rostro.

Todas las chicas del pueblo sabían que Bai He llegaría a lugares a los que ellas jamás podrían llegar. A su lado, su piel lucía sosa y pinta. Tendrían que rogarle al mundo. Pero Bai He siempre tendría al mundo en la palma de sus manos. Tras haber experimentado esa visión, las niñas del pueblo prometieron solo comer arroz blanco. Otras decidieron arrancar un cabello de la cabeza de Bai He. Todas pensaron que había una manera de robarse la magia contenida en su cuerpo.

La mañana siguiente, el pueblo despertó al escuchar gritos. Eran los padres de Bai He que corrían de puerta en puerta, frenéticos e histéricos.

—¡Se han robado a nuestra Bai He! —Lloraban—. Alguien se la llevó durante la noche.

El pueblo no contestó. ¿Qué se puede hacer si desaparece una chica con piel de cristal? «Si dejas que tantos hombres entren en tu casa, estás atrayendo los problemas», dijeron.

«Quizá ese fuera el precio a pagar por su piel de cristal», dijeron otros. Cerraron sus puertas y pusieron cobijas en las ventanas para ya no escuchar los tristes lamentos de sus padres. «No seas como Bai He», les advirtieron a sus hijas. «No intentes ser hermosa, ya ves lo que puede pasarte».

La historia de Bai He estaba hecha para espantar a las niñas de nuestro pueblo, yo sabía eso. Pero aun así, sentía agradecimiento por lo poco que me parecía a ella. La figura de mi cabeza era la de un huevo y mis ojos me hacían ver como si siempre estuviera cansada o llorosa. Con frecuencia mi rostro tenía la expresión de la solemnidad. Mi abuela solía decir que había cierta seriedad en mí y que eso delimitaba cada uno de mis movimientos.

Era mejor asemejarse a un niño taciturno que a una niña con piel de cristal. A Bai He se la llevaron porque destacaba demasiado. Y yo nunca sería así.

Hasta que sí lo fui.

Una vez más surge esa vieja angustia frente al recuerdo del pueblo de pescadores, la casa de tres pisos, y finalmente, el recuerdo de mis padres. El silencio inquietante de su habitación vacía. El telar acallado. El momento en que una pérdida tan grande se abrió paso en mi interior y nada, ni siquiera 36 501 piedras, pudieron reparar el abismo que quedó a su paso. ¿Por qué se fueron? ¿Por qué no me llevaron con ustedes? ¿Por qué resultó tan fácil dejarme? Los caracteres se apresuran frente a mí como si estuvieran ardiendo en llamas: decepción, traición, rechazo. Y, por último, vergüenza. Vergüenza por esta ira, por esta culpa. Por la necesidad de perdonarlo todo. Lo que sea que los haya hecho irse no fue culpa suya. Tengo que creer eso. Debo aferrarme a ello o nunca seré capaz de resurgir de entre tal desesperanza.

Presiono mi espalda contra el muro frío mientras los ecos del veneno vuelven a mí. Oscuridad, o la manera en que añorar puede crear un hueco ardiente en tus pulmones.

Al despertar de nuevo sé que hay algo en esta oscuridad conmigo. Estoy segura. Algo arrastra los pies por la habitación, se desliza subiendo y bajando por las paredes, supura a su paso por el piso de tierra. Necesito sentarme y observar, pero mi cuerpo está tan rígido y pesado que parece una tabla.

«Parpadea», me digo. «Ahora levanta tu mano». Mi mano se queda quieta.

Esta cosa se acerca a mí. Puedo sentir su aliento recorriendo mi cuerpo y un cosquilleo que inicia en los dedos de mis pies y viaja hasta mi ombligo. Ahora está encima de mí, viéndome desde la altura, regodeándose ante mi incapacidad de pelear. Le devuelvo la mirada y mis pupilas nadan entre la oscuridad que le da su poder a esa cosa.

«Muévete», quiero gritar. Pero el grito está atrapado en mi interior, justo como el resto de mi cuerpo. Me digo a mí misma que estoy inventándome todo esto. Que la oscuridad me ha enloquecido. Que el veneno ha hecho su trabajo. Pero también sé que, sea lo que sea esto, me ha estado siguiendo desde hace mucho tiempo.

—¿Lin Daiyu? —le pregunto a la oscuridad.

Aunque no me conteste, sé que tengo razón.

9

A través de la ventana tapiada, la luz entra temprano a la habitación. Por un cálido momento tengo la certeza de que estoy otra vez en mi vieja habitación, y que mis padres y mi abuela ya se han despertado y me esperan para que los acompañe a desayunar. Felicidad, auténtica alegría. Mis brazos se levantan y se extienden, tan cerca de poder tocar ese júbilo. Todo fue una pesadilla. Estoy segura. Estoy en casa.

Abro los ojos. Puedo volver a enfocar la habitación. La mesa y la silla siguen ahí, mi tarima también, y también lo está el piso frío de tierra que no perdona una. Mi júbilo se evapora. Yo, al igual que todo lo demás, sigo aquí.

Se abre la puerta y una mano desliza una bandeja.

—¡Espere! —grito. La puerta se cierra con un golpe antes de que las siguientes palabras salgan de mi boca. Me arrastro hasta la bandeja y observo el platón de avena. La engullo con un solo sorbo. Me arrastro de regreso a mi tarima y de alguna manera mi estómago se siente aún más vacío.

La puerta vuelve a abrirse y la misma mano toma la bandeja. Abro la boca para volver a gritar, pero antes de poder hacerlo, una mujer entra en la habitación.

Trae consigo un saco y un bastón. Su cabello tiene el color de la paja blanca. El grito muere en mi garganta. Donde sea que estoy, no puede ser tan malo si aquí también hay una abuelita, cavilo.

Esperaba de ella calidez y amabilidad, pero no me va a dar nada de eso. En cambio, sus ojos blancuzcos me atraviesan y entiendo que para ella no soy más que un perro. Está aquí, me dice con frialdad, para enseñarme inglés. Entonces apunta con su bastón a la silla y entiendo que debo sentarme en ella.

De su saco extrae un libro y lo acomoda en la mesa. En su interior hay caracteres que no conozco; algunos son angulares y otros son redondos y gordos. La mujer pronuncia en voz alta los caracteres, que después aprenderé, se llaman letras. Cada uno de ellos tiene el grosor de una aguja.

—Ahora tú —me dice, sacudiendo su bastón sobre mi cabeza.

—A. —Lo intento—. B, c, d, e. —Titubea mi voz.

La mujer me dice que vuelva a intentarlo. Hago los sonidos observando su bastón moverse al ritmo de cada letra.

—F, g, h, i, j, k. —Somos uno mismo, su bastón y yo.

Muchas horas después, al irse, y mientras la noche ilumina la habitación de púrpura y gris, me hago un ovillo y los sonidos hacen clic chocando unos con otros en el interior de mi cabeza.

A la espera, ahí, en medio de lo que no puedo ver, también está Lin Daiyu observándome.

—¿Qué sabes del idioma inglés? —me pregunta la vieja mujer.

—Se habla del otro lado del mundo —le contesto. Imagino barcos, humo, rostros blancos afilados con cabello del color de las hojas del otoño.

—El alfabeto del inglés —dice— es finito. Veintiséis letras, cada una clasificada a su manera, cada una con sus reglas particulares. Piensa en ellas como si fueran adultos. Piensa que las letras son maduras. Júntalas de manera específica para crear una palabra específica.

Debería ser sencillo, pienso.

Pero el primer problema: el sonido. Las letras no suenan como las palabras que formas y hay demasiadas combinaciones que considerar. Cada combinación hace nacer un sonido diferente y una diferencia en el significado. El alfabeto del inglés es finito, pero sus posibilidades son irracionales e infinitas.

> V: Coloca los dos dientes frontales sobre el labio inferior y exhala.
>
> Th: Coloca la lengua entre tus dientes y sopla.
>
> Tr: Aprieta los dientes con fuerza y respira.
>
> Dr: Haz lo mismo, pero gime.
>
> St: Bufa y detente, pero con fuerza.
>
> Pl: Como si imitaras el resoplido de un caballo.

En chino, cada sílaba es vital. Debes darle el mismo énfasis y peso a las que la rodean. Pero en inglés hay jerarquías en cada palabra y en todos los sonidos al interior de esa palabra. Los sonidos más importantes se dicen con mayor vigor, mientras que los no importantes quedan encerrados en medio, reducidos y escondidos. Tienen su propia melodía; cada oración tiene un tipo particular de ritmo, y cada palabra tiene su metrónomo propio. Al parecer, el inglés es una cuestión de cadencia y caos.

Imagino que cada palabra es un subibaja y no estoy segura de qué forma va a caer. Uno de los lados siempre será más pesado que el otro. La cuestión está en cómo decidir.

Nos detenemos una vez durante el día para poder comer, la misma comida de *man tou* al vapor y anchoas secas, ambos platillos son tan duros que destrozan mi paladar. La mujer no existe para mí fuera de sus lecciones; ella es el inglés y el inglés es ella.

Así es todos los días.

—¿Usted sabe si puedo irme a casa? —le pregunto—. ¿Sabe qué busca ese hombre conmigo? ¿Por qué tengo que aprender inglés?

El hombre, por supuesto, es el hombre de los guiños, a quien no he vuelto a ver desde mi secuestro. Comienzo a preguntarme si él siquiera era real o si lo soñé y de alguna manera me traje aquí a mí misma. Quizá, me digo en los momentos de desesperación, así es como tendría que ser porque era cosa del destino.

Todos los días la mujer pretende no oír mis preguntas. En cambio, hace sonidos y después me dice qué significan. Memorizo las palabras, conjuro sus imágenes en la oscuridad. CAT: naranja y solitario. WAGON: el vecino Hu. WIND: Feng, un niño nacido del viento.

Cuando más sola me siento, trazo las letras del inglés sobre el suelo de tierra. A su lado, escribo los caracteres chinos que coinciden con sus sonidos. El que más me resulta curioso es la letra I del inglés. Su sonido en chino es el carácter del amor. I, en inglés, para representar el pronombre de primera persona singular. Amor 愛 en chino, un corazón por regalar. I, en inglés, una independencia, una identidad. Amor, en chino, una rendición del ser frente al otro. Qué curioso, pienso, que estos gemelos del sonido representen cosas tan distintas. Otra verdad que aprendo del inglés y de las personas que lo crearon.

Para marcar cada día que pasa, descifro las idas y venidas de la vieja mujer, y tallo líneas en los muros. Paso mis dedos por encima de ellas, presiono mi rostro contra la madera hasta que sé que sus marcas han hecho mella en la piel de mis pómulos. Una vez, mientras hacía esto, me pareció escuchar el sonido de algo que rascaba a mi altura contra el muro, como si hubiera alguien del otro lado haciendo marcas igual que yo.

Cuando comenzamos a leer y componer oraciones ya hay cincuenta marcas.

Para el inglés, la pluralidad y el tiempo son de interés. No puedes hablar de una acción sin hablar al mismo tiempo de cuándo ocurrió. El pasado, el presente o el futuro pueden definir una experiencia entera. Esa parte es la más difícil.

—No basta con decir que alguien te dio algo. —Me informa la vieja mujer—. Tienes que expresar cuándo ocurrió. Todo se finca en el tiempo. Di *doy*. Di *da*. Di *dado*. Di *dio*.

Dar, da, dado, dio. Quiero preguntarle por qué. ¿Por qué importa tanto en inglés, pero no en chino? ¿Qué diferencia produce la cuestión del tiempo?

El carácter chino para el tiempo 時 está formado con el carácter del sol, para representar a las cuatro estaciones. El amo Wang me dijo que en la antigua China el tiempo se llevaba de acuerdo con la posición del sol en el cielo. Inherente a ese carácter está el entendimiento de que el tiempo es circular, de que sin importar cuánto se mueva el sol, siempre va a regresar al mismo punto.

En inglés el tiempo se escribe con cuatro letras. Una cosa finita hecha de cuatro letras finitas. «Tal vez esta sea la diferencia», pienso. Para los que hablan inglés hay un límite en el tiempo. Por eso importa tanto distinguir el pasado del presente y del futuro.

Después de entender esto, entiendo también que voy a poder escribir perfectamente el concepto de tiempo el resto de mi vida en ambas lenguas.

Así es como empiezo a entender inglés.

Un día, la vieja mujer me dice que estoy lista.

Le pregunto para qué. Ella no contesta.

Aquella noche, cuando la mujer se va, siento mis marcas hechas en la pared. El tiempo importa aquí. Importa lo suficiente para preguntar cuánto tiempo ha pasado.

Debajo de mis dedos hay trescientas ochenta marcas. Trescientos ochenta días desde que comencé a contar, desde que fui al mercado de pescado buscando el sabor del océano y un tazón de fideos que nunca llegó. Ahora los árboles deben lucir otra vez verdes y el pasto también. Afuera, el océano ha de estar ensanchándose. La escuela del amo Wang ha de tener todas las ventanas abiertas para airear el aroma de la tinta vieja. ¿Cuántas manzanas a medio comer ha de haber apiladas en el patio a causa de la nueva ola de estudiantes? La fuente de dragones ha de estar alegre y saltarina.

Dejo salir un sollozo y después lo cubro, pues el sonido es repugnante y desesperanzador. Ha pasado un año completo. El tiempo importa, así es como lo entiendo ahora. Me refiero a cuánto tiempo debe pasar antes de que ocurra el olvido.

10

La noche siguiente, el hombre de los guiños entra a mi habitación.

—¿Cómo te encuentras, pequeño sobrino? —me pregunta. Enciende una linterna y el color naranja ilumina su rostro. Ambos sabemos que entre los dos hay una separación de trescientos ochenta y un días.

Me obligué a creer que el hombre de los guiños siempre fue una figura repulsiva con muchas cabezas y una lengua hecha de llamas. Pero sigue siendo el mismo extraño alto y agradable que me encontró en el mercado de pescado. Lo único que ha cambiado es que ahora porta una pequeña cicatriz debajo del ojo derecho. «Si lo viera en la calle», me pregunto, «¿volvería a seguirlo?». Esto es lo que más me asusta. Incluso ahora, pienso que jamás sabré en qué es capaz de convertirse.

Se acerca a mí y se arrodilla para sostener la linterna a la altura de mi rostro. La luz es tan fuerte que me obliga a voltear. Barre la linterna hacia arriba y abajo, leyendo la longitud de mi cuerpo.

—Eres pequeño para tu edad —dice, pero no está hablando solo conmigo—. Quiero decir que cabes en espacios pequeños. —Se sienta sobre sus talones—. ¿Sabes por qué hemos estado enseñándote inglés, Feng, el huérfano?

Pienso que sí sé; pienso que he comenzado a descifrarlo. Pero me mantengo en silencio. No quiero volver a abrirme con él.

—De ahora en adelante —dice el hombre de los guiños cambiando a inglés—, solo hablarás inglés.

El aire entre nosotros se estremece. Yo asiento.

—¿Cuánto tiempo llevas en Estados Unidos?

—Nunca he ido a Estados Unidos —contesto en mi nuevo idioma. Las palabras serpentean entre nosotros y nos acercan el uno al otro.

—Sí, has estado ahí —dice suavemente—. Has estado en Estados Unidos cinco años. Dilo otra vez.

—He estado en Estados Unidos cinco años.

Me entrega un papel y un objeto que no es un pincel de caligrafía, sino un cilindro angosto con una punta afilada en uno de los extremos. Lo sostengo como sostendría un pincel y mi mano resulta larga e incómoda sobre su corta longitud.

—Escribe esto —dice—. Mi nombre es Feng. Tengo catorce años. He estado viviendo en Estados Unidos cinco años. Mis padres eran dueños de un negocio de fideos en la ciudad de Nueva York. Están muertos. Vine a San Francisco a trabajar en una tienda de fideos.

Hago lo que me ordena. No sé cómo escribir *San Francisco.* El hombre de los guiños toma el papel y la pluma y lo escribe por mí. Sobre la página, las letras se asemejan a un dragón largo y escamoso.

—Memorízalo. —Me instruye—. Practícalo. Grábalo en tu cerebro. Es lo que dirás si nuestros planes salen mal.

—¿Puedo irme a casa? —le pregunto.

Se pone de pie y ambas rodillas le truenan.

—Oh, claro que sí —dice—. Muy pronto estarás en casa.

—Sé que tienen a otros como yo aquí —espeto, no a modo de pregunta, sino de demanda. Los sonidos del otro lado de mi muro eran reales, los gritos que escuché cuando mi puerta se abría y cerraba, todo era real. El mundo que existe fuera de mi habitación es uno en el que no estoy sola.

Voltea hacia mí y su rostro es ilegible. Por un momento, me pregunto si por fin lo he dejado sin palabras. Pero entonces su boca se curva y agita un dedo frente a mí; la larga sombra de su dedo danza siniestra en los muros.

—Quizá *sí* hay otros —contesta—. O quizá estás completamente solo.

Entonces sale de la habitación. Yo parpadeo en la oscuridad, intentando comprender el significado de lo que sea que es esto.

Esa noche, sueño. ¿O recuerdo? Lin Daiyu viene a mí y por fin puedo verla en la luz. Es pequeña, ligera, parece un pajarito. Intento alcanzarla. Por primera vez estoy feliz de verla. «Dime qué hacer, hermana», le ruego. «Esta vez voy a seguirte».

Ella da la vuelta y camina alejándose de mí, y su cabello se agita en el viento. Yo corro detrás de ella, llamándola. Pero le grito en inglés y sé que ella no puede entenderme. Intento regresar al chino, pero las palabras se forman en mi boca antes de que pueda detenerlas. Quiero preguntarle cómo escapar de esta prisión, cómo alejarme del hombre de los guiños. Quiero que me guie a la misma libertad que ella ha encontrado, una que existe solo en la muerte.

Por cada paso que yo doy, ella da dos más, como si ella acelerara y yo aminorara el paso. «Lin Daiyu», le llamo y mis piernas están agitadas, «¿de verdad vas a darle la espalda a tu hermana?».

Al escuchar esto se detiene. Da la vuelta para mirarme. La Lin Daiyu que veo se parece a mí y al mismo tiempo es distinta. No tiene mis ojos oscuros, sino ojos azules. En su rostro su nariz está más abajo. Sus labios son tan suaves y rosados como los de un pez. Mi Lin Daiyu abre la boca, pero no sale nada de ella. En cambio, de sus narinas, de las esquinas de sus ojos, de sus orejas, comienza a brotar sangre.

Alguien está gritando. Caigo en cuenta de que esa persona soy yo.

Cuando despierto, mi camisa está pegada a mi pecho como si fuera una película húmeda. En la oscuridad, mi respiración es difícil y entrecortada.

—¿Estás ahí? —susurro—. ¿Por qué no me ayudas?

La habitación está vacía. Lin Daiyu no puede ayudarme ahora, ni nunca ha podido ayudarme. «Nunca ha sido real», me digo a mí misma, «pero yo sí soy real. Por primera vez, desearía que intercambiáramos lugares».

11

La puerta vuelve a abrirse la noche siguiente, pero esta vez no se cierra.

Entran tres hombres. Son jorobados y corpulentos; sus cuerpos tienen la forma de un peñasco. El hombre de los guiños los sigue con su linterna en una mano.

Me ordena ponerme de pie. Lo hago y las articulaciones de mis caderas hacen un chirrido. Ahora paso casi todo el día sentada y estar de pie hace que me duelan las piernas. Me entrega un paquete de algo suave y enrollado.

—Ponte esto —dice.

La luz de la linterna me recuerda a la luna llena, el tipo de luna llena que luce tan grande y pesada que parece que alguna noche va a caerse del cielo. Por un momento se me ocurre una idea descabellada, me pregunto qué ocurriría si golpeara su mano para hacerlo tirar la linterna al suelo y quebrarla; si podría incendiar todo el lugar conmigo adentro.

—Ahora —dice el hombre de los guiños. Los tres hombres detrás de él se soban los puños.

Hago lo que se me indica, levantándome la húmeda camisa del torso. Le siguen los pantalones. Los deslizo con facilidad, viendo cómo caen al suelo.

Desnuda frente a ellos volteo a ver mi cuerpo. Ha pasado mucho tiempo desde la última vez que me vi en la luz. Hay dos pequeños estanques de piel en mi pecho, cada uno cubierto de herrumbre. La red de mis costillas se asoma a través de la piel de mi torso. Mi panza, pequeña y suave, cae libre dentro del marco de los huesos de mis caderas. Apenas y puedo ver la parte superior de mis muslos. Solo mis pies lucen grandes, como si le pertenecieran a alguien mucho más grande que yo. Pero son del mismo tamaño. Es el resto de mi cuerpo el que se ha encogido en torno a ellos.

Por instinto, mis manos se mueven para cubrir las partes de mi cuerpo que me parecen más íntimas. Me golpea un pánico nuevo, algo que me he preguntado desde el día de mi secuestro.

Los ojos del hombre de los guiños me recorren.

—Ya habrá tiempo de engordarte después —dice. Apunta con el dedo al paquete de ropa—. Ahora ponte eso.

La ropa en el interior del paquete es negra y me queda gigante. Al ponérmela me da la sensación de que tengo aún menos cuerpo que antes. Ahora el hombre de los guiños me ordena que me arrodille frente a ellos. Lo hago y mis rodillas se clavan contra la tierra.

Uno de los tres hombres se acerca a mí con un par de tijeras. Yo me encojo.

—No te muevas. —Me advierte.

Se para detrás de mí y levanta un mechón de mi cabello, tieso por la grasa y tan largo que me llega al mentón. Desliza las tijeras por mi cabello. Yo escucho un corte. Cuando miro hacia el suelo encuentro un trozo de color negro en el piso. El rostro de mi madre aparece de pronto frente a mí. Le ruego que mire en otra dirección.

Las tijeras controladas por el hombre hacen ese sonido de *snip, snip, snip*. Caen más trozos negros sobre el suelo. Con cada trozo que cae, el rostro de mi madre se desvanece un poco más, hasta que ya no puedo verla.

Al terminar, el hombre de las tijeras vuelve al lado del hombre de los guiños.

—¿Cuál es tu nombre? —me pregunta el hombre de los guiños.

—Feng —contesto en automático.

—¿De dónde eres?

—De la ciudad de Nueva York.

—¿Dónde están tus padres?

—Muertos.

—¿Por qué estás aquí?

—Para trabajar en una tienda de fideos.

—Muy bien, muy bien —dice el hombre de los guiños con una sonrisa en los labios—. Ahora de verdad estás listo, Feng.

Hace un gesto a los tres hombres, que salen de la habitación. Se rasca el cuello. Entonces se dirige a mí.

—¿Alguna vez has estado con un hombre, sobrino?

Creo que era esto lo que había estado esperando. Desde el momento en que me secuestró el hombre de los guiños, esto estaba destinado a ocurrir. He visto la forma en que los perros luchan en las noches, he escuchado los maullidos de los gatos, como si estuvieran desollándolos vivos. El niño campesino con ojos de color manzana quemada que una vez me siguió detrás de la rueda hidráulica y puso su mano en mi vientre. La sangre que empezó a palpitarme tras de su caricia.

Ahora imagino al hombre de los guiños meciéndose sobre mí, con sus ojos de aceite perforando los míos, el bigote de su labio superior raspando mi piel. El peso no bienvenido de su cuerpo.

—No —contesto, rogando que ese sea el final de la historia.

Suelta una risita como si hubiera podido leer mi mente.

—No estoy hablando de mí, sobrino. Hablo de hombres blancos. ¿Sabes de los hombres blancos? ¿Sabes lo que les gusta?

El hombre de los guiños desaparece y es remplazado por el hombre rubio que vi afuera de la oficina postal internacional de

Zhifu. Jadea y gruñe. Su panza engulle mi abdomen, y yo misma soy engullida por él; mi cuerpo ya no es mío sino parte del suyo. Sacudo la cabeza.

—No, no, no.

—Es algo que vas a aprender —dice el hombre de los guiños. Se lleva un dedo a la solapa del traje—. Te van a enseñar. Los hombres blancos aman gastar su dinero en gente como tú. Aman a las pequeñas como tú. ¿Serás la mejor que yo tenga? Pienso que sí. Ahora ven aquí y déjame mirarte bien.

Me pongo de pie y camino lentamente hacia él. No puedo dejar de pensar en lo que acaba de decir. Dijo «ellos». Dijo «pequeñas». Dijo «dinero». Todo se derrumba como si se tratara de cenizas volando en el aire.

Mirado de cerca, el hombre de los guiños parece un zorro. La cicatriz debajo de su ojo podría ser una brizna de hierba. Sin advertirme de ello, pellizca con una mano mi rostro. Su toque hace que todo se suspenda en mi cuerpo. Siento que mi corazón está protestando y mi presión sanguínea se eleva.

—¿Vas a comportarte?

Asiento con la cabeza intentando no morderme los cachetes, que están apretados contra mis dientes. Me suelta y saca algo de uno de sus bolsillos.

—Cierra los ojos. —Me ordena.

Puedo sentirlo frotando algo contra mi rostro y cuello. Huele como brea. Me da la vuelta y continúa frotándolo contra mis hombros.

—Las manos —dice.

Doy la vuelta y le ofrezco mis manos. Él frota la sustancia, que ahora puedo ver que es negra, sobre mis palmas, la lleva hasta mis uñas y pinta con ella la parte interior de mis dedos. Toda la escena me recuerda el invierno, cuando mi abuela solía frotar mis manos después de que yo pasara mucho tiempo afuera. Colocaba una de mis manos dentro de las suyas y comenzaba a frotarla como si estuviera intentando crear fuego, hasta que cada mano volvía a mí roja y casi quemada.

Pero esa no es mi casa y ese hombre no es mi abuela. Tampoco es el amo Wang, quien me dijo que un día las palmas de mis manos me harían famosa.

Mis manos caen de nuevo a mis costados.

Los tres hombres regresan cargando una gran cubeta que les llega a la cadera.

—Está listo, Jasper —dice uno de ellos al hombre de los guiños. Yo observo la cubeta y siento cómo se abre un hueco en mi pecho.

—Creo que ya sabes qué hacer —dice el hombre de los guiños que se llama Jasper.

Sí sé. Sé que no hay otra cosa que pueda hacer. Entre quedarme en esta cárcel para siempre o usar esa cubeta, que podría llevar a cualquier otra cosa, voy a elegir la cubeta.

Camino hacia ella. De cerca luce mucho más grande y yo apenas y llego a su borde. Uno de los hombres se arrodilla frente a mí y ata mis muñecas y mis tobillos con una cuerda. Cuando termina se pone de pie y mete las manos debajo de mis axilas, levantándome. En sus manos no soy mucho más que una muñeca de trapo. Me deposita en la cubeta. Quepo bien si me siento con las rodillas pegadas al pecho. Huele a humo y a quemado en su interior.

La cabeza de Jasper aparece en la parte de arriba, mirándome desde la altura.

—No te muevas ni hagas ruido —me dice.

Otro sonido de arrastre y tintineo.

—Baja la cabeza —ordena. Un millón de piezas de algún material comienzan a llenar la cubeta. Me atrevo a mirar; son pedazos pequeños de carbón, filosos y con forma de caramelo. Los trozos calzan en los espacios vacíos entre mis miembros, primero apilándose en mis pies, después cubriendo lentamente mis piernas, mi cintura, mis brazos y mi pecho, hasta que puedo sentirlos presionando mi garganta. Cuando termina el vaciamiento no puedo moverme. Si alguien mirara dentro de la cubeta, no podrían verme, sino que verían algo negro y borroso junto al carbón.

—Me cuesta mucho trabajo respirar —le digo a Jasper. El carbón hace ruido mientras hablo.

No dice nada, pero se agacha y abrocha una cuerda con una pequeña bolsa de yute a mi cuello. La bolsa está pesada, pero huele fresca y fría, como menta. Mi pecho se abre, como si alguien hubiera tomado mi boca y respirado aire dentro de ella.

—Dentro hay una piedra especial —dice Jasper—. Es algo para ayudarte a respirar. Y también para ayudarte a pensar en mí.

Inhalo el aroma a menta que viene de la bolsa de yute. Lo odio.

—Si escuchas un golpeteo, quiere decir que la tapa va a abrirse. Mantén la cabeza abajo. Si a tu llegada, de alguna forma las autoridades te descubren, debes recitar lo que te dije. Si intentaras escapar, te mueres. Si haces un ruido, te mueres.

Como si eso no fuera ya la muerte.

Lo último es un paño de tela que Jasper mete en mi boca y ata en su lugar con la cuerda. Se echa hacia atrás para inspeccionar su trabajo y sus dedos siguen en mi mejilla. Antes de entender qué está ocurriendo, golpea mi cabeza contra la pared de la cubeta. Yo grito, pero no se escucha gracias al nuevo trozo de tela que llevo en la boca. Jasper se endereza; luce satisfecho.

—Ya están listos para ti —dice uno de los hombres arriba de mí. Escucho un golpe y veo el marco circular de la tapa asomarse contra la orilla de la cubeta. Los hombres gruñen. La tapa se hace cada vez más grande encima de mí, eclipsando la luz de fuera.

La cabeza de Jasper vuelve a aparecer en el pequeño espacio delgado que queda. Me evalúa: mi cuerpo enterrado y pequeño, mi rostro ennegrecido, la parte blanca de mis ojos es lo único que se distingue entre el carbón.

Esta es la historia reescrita: un día, un hombre alto encuentra a una niña que pretende ser un niño en medio de un mercado de pescado. Él puede adivinar el hambre de la niña por la forma en que su cuerpo se engulle a sí mismo. Él también sufre de hambre; de un hambre que sabe cómo esconder. Salvo por los ojos. Esta vez, la niña que pretende ser un niño es capaz de adivinar su hambre también. Cuando voltea a verlo de frente en la luz del sol, ve la verdad y corre. El hombre se queda con las manos vacías. La niña regresa a casa.

Desde el fondo de la cubeta miro hacia esos ojos ahora. «El arte es la evidencia de la mente que lo creó», me dijo una vez el amo Wang. Quien haya creado los ojos de Jasper supo dejar una pista, algo que para ser visto requiere que entornes los ojos. Pero ahí estaba. Siempre estuvo ahí. Ese día, en el mercado de pescado, simplemente no supe qué tenía qué mirar. Su nombre es Jasper y me secuestró. Quiero decir su nombre; quiero pronunciarlo sonido por sonido para que sepa lo que yo sé: que en medio de su nombre en inglés está el sonido que representa la muerte y el morir en chino.

Pero el carbón me aprieta; detiene mi voz.

—Nos vemos en América, sobrino —dice Jasper, guiñando el ojo una vez más.

La tapa se desliza hasta cerrarse por completo.

Parte II

San Francisco, California
1883

1

El hombre fuera de la ventana ya ha hecho esto antes. Lleva el sombrero tan bajo que cubre parte de su rostro; oscurece su nariz, pero la delgada línea de su boca aún es visible y está húmeda. Quiere decir que no es ajeno a lo que está a punto de hacer. Significa que sabe exactamente qué quiere y cómo obtenerlo.

El hombre levanta un dedo torcido. Nos enderezamos para prestar atención. El dedo hace un remolino en el aire, entonces enumera y rastrea, como buscando un recuerdo perdido. Al pasar por donde estamos nosotras, temblamos, de alguna forma podemos sentir el calor de su caricia a través del vidrio.

Entonces se detiene.

Una pausa, luego la confirmación. Tras la ventana, inhalamos al mismo tiempo. Cada quien cree que está apuntándole.

No obstante, no es a nosotras a quien quiere. Quiere a Swallow, la chica a mi izquierda. Cuando caemos en cuenta de ello, nuestros cuerpos languidecen con alivio. Pero no el de Swallow. Ella le sonríe al hombre y hace una reverencia, pero yo puedo sentir cómo su cuerpo se tensa; se trata de una consciencia que inicia en los hombros y recorre el resto del cuerpo.

Afuera, un guardia grita instrucciones detrás de nosotras.

Salimos en fila de la galería, nuestros vestidos de seda susurran a cada paso. Nos ponemos de pie en la habitación principal y ahora el hombre de fuera también ha entrado. Se le queda viendo a Swallow como si supiera todo sobre ella, todo sobre nosotras.

Debería mantener la cabeza baja, pero no puedo dejar de mirar. Swallow le dirige una sonrisa remilgada al hombre, su cuerpo ya está alistándose para entregarse, para dejar de pertenecerle a ella. Una sombra con forma de campana desciende de algún sitio, como siempre ocurre. Es madame Lee y está aquí para llevar a Swallow con el hombre, cuyos ojos ahora la recorren completa. «Perro hambriento», pienso yo.

—Qué buena decisión —dice madame Lee. Su voz es baja y aterciopelada—. ¿Le gustaría mirarla más de cerca?

El hombre masculla, después asiente con la cabeza.

—Date la vuelta para nuestro cliente —le dice a Swallow. Frente a todos, Swallow da una vuelta, empieza por la cadera, después sus hombros, por último, la delgada línea de su cuello, expuesta y madura. Su cabello arreglado brilla contra su cabeza como si fuera un río en la noche. Se maquilló con tonos suaves de púrpura y dorado, y sus labios son color vino. Vestida con pantalones de seda morados y una blusa de seda bordada con flores, podría ser una princesa alistada para la corte.

—Así que —pregunta madame Lee en un tono ahora fuerte y apremiante—, ¿se queda con ella?

El hombre se lame los labios; su lengua es afilada y pálida. Mete la mano al bolsillo de su chaqueta y extrae un fajo de dinero que madame Lee recibe con ambas manos. Entonces el hombre toma la mano de Swallow. De entre todas las manos, las suyas lucen particularmente pequeñas.

Mantenemos la cabeza baja mientras se dirigen hacia arriba, a las habitaciones.

Entonces madame Lee voltea a vernos a nosotras. Sus narinas se expanden con rapidez.

—El resto de ustedes —su voz ha vuelto a su suavidad, es melódica, pero mortal— debe volver a su lugar.

Así que volvemos a la pequeña galería con su ventana que da a la calle.

Una a una las chicas a mi alrededor son elegidas. Una a una dan vueltas enfrente de los hombres, y los hombres asienten, entregándole su dinero a madame Lee, y luego llevan a su chica al piso superior. Los guardias observan mirando de pie como lo hacen todas las noches. Yo desconozco sus nombres.

Poco a poco, de niña en niña y de hombre en hombre, el techo se hace cada vez más pesado con los golpeteos y gemidos.

Al final de la noche, solo quedan otras dos chicas y yo. Una de ellas es Jade, una chica más grande que tiene arrugas en los labios por la frecuencia con que se los muerde. Ya lleva tiempo aquí; quizá sea la que más tiempo lleva aquí. Hoy es el décimo cuarto día que no tiene un cliente, aunque alguna vez fue la estrella del burdel. Las otras creen que algo tiene que ver su vientre hinchado y el hecho de que ha dejado de sangrar cada mes.

—Necesito trabajar hoy —gime—. ¿A dónde se han ido todos los hombres? No saben de lo que se pierden.

La otra chica, llamada Pearl, simplemente llora sobre sus antebrazos. Su único cliente no vino esta noche, como había prometido.

Por encima de nosotras, los ruidos de las niñas forman una sinfonía. Algunos son de tono bajo y gutural. Otras aúllan como perros. Unas cuantas podrían estar cantando; debajo de ellas, los gruñidos de los hombres, a veces su ira y sus gritos, y luego el golpeteo, el violento golpeteo que parece no terminar nunca.

Cuando llegué, odiaba el ruido. Ahora tengo que hacer un esfuerzo para acordarme de escucharlo.

—*Ta ma de* —Escupe Jade—. Van a correrme si no consigo un cliente pronto—. Voltea hacia Pearl, cuyo llanto se hace más ruidoso. —¿Tú por qué lloras, niña? Al menos tienes a alguien que viene aquí con una cartera abultada.

Uno a uno los hombres reaparecen al bajar las escaleras, acomodándose la ropa, cepillándose el cabello, poniéndose los sombreros. Yo no soporto mirarlos, la glotonería en sus rostros, la manera en que se enderezan, como si regresaran de una batalla que ganaron. Regresar a la luz del día, donde pueden esconderse en el sol.

—Es bueno venir con frecuencia —le dice madame Lee a cada uno de ellos y sus labios sonríen tensos. Yo me siento en la esquina de la habitación con un aire lúgubre, y cuando uno de los hombres me observa un poco de más, me volteo.

Después, cuando el sol comienza a coronar la bahía, madame Lee me pide que la siga a su oficina, donde se sienta detrás de un gran escritorio hecho de madera oscura. La oficina es pequeña y luce aún más pequeña gracias a los dos guardias en la puerta, y a la presencia de madame Lee. Es más grande que las mujeres que vi en Zhifu, pero no hay voluptuosidad en ella, solo amenaza.

—¿Qué piensas del negocio de anoche? —me pregunta, enrollando un cigarrillo entre sus dos dedos enjoyados.

—Bien, madame Lee —respondo. Una vez, a una niña la azotaron por no llamarla *madame*. Al día siguiente, la sangre y pus era visible debajo de su blusa.

—Siéntate —me dice—. Siéntate y habla conmigo.

Aquí hay peligro. Peligro si me siento y peligro si me alejo caminando. Me siento.

Madame Lee le da una larga calada a su cigarrillo. El cigarrillo produce un delgado sonido apenas audible, y el extremo se ilumina de anaranjado antes de oscurecerse de nuevo. Imagino que el aire a su alrededor es tóxico y su presencia, lo suficientemente mortal como para deteriorar las plantas y envenenar las flores.

—Cuando llegaste a mí eras muy delgada —dice—; eras tan delgada que yo podía levantarte con dos dedos. Ahora mírate. Una chica saludable de buen color y con la lengua rosa.

—Duermo y como bien gracias a madame Lee —contesto sin sentimiento alguno.

—Sí —dice ella—. Claro que sí.

Una pausa mientras ella da otra calada. Observo el humo ondeando en el espacio que queda entre nosotras.

—No es barato rentar un cuarto en esta ciudad —me cuenta—. Tener un edificio completo para nosotras; bueno, dudo que algún día seas capaz de imaginar cuánto cuesta eso. Pero gracias a la generosidad de la *tong* Hip Yee, una sociedad secreta china, podemos vivir aquí en paz y cómodas. ¿Qué piensas, Peony? ¿Te gusta vivir aquí?

—Sí —miento.

—La sociedad secreta nos alimenta. Nos viste. Nos protege. Sí, te protegen, Peony. Yo te protejo.

—Gracias, madame Lee —digo con una reverencia.

—Qué niña tan educada —dice ella. Sin advertencia alguna, aplasta el cigarrillo sobre la mesa y el cilindro se deshace en una pila de ceniza debajo de sus dedos. De cerca, sus manos revelan una piel que se adelgaza con la edad, que se arruga como la nata en la leche caliente. Las manos la traicionan; sin importar cuánto polvo se aplica, nosotras siempre sabríamos que puede morirse, como cualquier otra persona.

Sé lo que quiere que diga. Me da miedo decirlo.

—Hoy has terminado de aprender —dice ella arrastrando las uñas sobre la superficie de la mesa—. Mañana tendrás tu primer cliente. Mi pequeña niña que habla inglés tan bien. Solo con esos ojos tristes vas a hacernos ricos.

Otra pausa. La odio por decirme estas cosas; mis ojos, que no tienen nada de únicos, tan míos, ahora me resultan vulgares y corruptos gracias a ella. Pero lo único que soy capaz de decir es: «Sí, madame Lee».

Ella lo sabe. Incluso se deleita con ello. Porque ambas sabemos qué va a ocurrir si yo no obedezco: hay cabañas llamadas jaulas, donde las niñas están escondidas como si fueran ganado. Los únicos clientes que tienen son marineros, niños adolescentes y borrachos. Sé que los cuerpos de esas niñas están gastados, rotos y enfermos, y la mayoría es llevada a un hospital que no tiene nada de hospital, sino que es una habitación deprimente sin ventanas en los callejones traseros del barrio chino. La puerta se cierra y dentro hay una lámpara, un vaso con agua y una taza de arroz hervido. La muerte nunca espera mucho tiempo para llevarse a esas niñas.

—Una chica como tú no duraría ni una sola noche en las jaulas —dice madame Lee como si pudiera escuchar mis pensamientos—. Aquí yo te alimento. Te doy ropa bonita y limpia. Te maquillo para que luzcas linda. Te doy una cama. ¿Cuántas niñas chinas pueden decir que tienen lo mismo? No somos como esos hoyos miserables de Bartlett Alley. Somos el mejor burdel de toda la ciudad. Aquí tienes lo mejor de todo. Mira a tu alrededor. No va a ponerse mejor que esto.

—Tiene razón, madame Lee —le digo—. Voy a trabajar duro para pagarle su generosidad.

—Ya sabía que serías una niña buena —dice ella mientras extiende un brazo para acariciar mi cabeza. Sus ojos se encienden de placer. Puedo sentir su palma abierta sobre mi cráneo, como un pulpo que desciende sobre mí enredándome con su cuerpo para sofocarme.

—Mañana —exhala— vamos a estrenarte.

Me suelta. Me pongo de pie y puedo sentir que mis pantalones de satín verde están empapados. Ella me observa caminando hacia la puerta, me mira mientras batallo para abrirla. Antes de que pueda salir, vuelve a llamarme.

—Una cosa más. A partir de esta noche vas a tener la habitación de Jade.

—Pero ¿dónde va a dormir Jade? —le pregunto. El burdel está dividido en tres pisos, la mayoría de nosotras compartimos una habitación en el segundo y tenemos otras dos para entretener a los clientes. El tercer piso con sus habitaciones privadas, está reservado para las mejores niñas, como Swallow, Iris y Jade, antes de que empezara a crecerle el vientre. Solo las niñas que pueden atraer a los clientes más caros pueden tener una habitación privada. Yo no he tenido ni siquiera un cliente.

Madame Lee no contesta. Los guardias saben que esta es la señal de que madame Lee ha terminado conmigo y me empujan para atravesar la puerta y cerrarla. Yo me encamino al piso de arriba, a la gran habitación donde dormimos y comienzo a recoger mis cosas, que no son muchas: mi ropa de trabajo, mi maquillaje, los listones y las horquillas para mi cabello. La habitación de Jade está al final del pasillo del tercer piso y es una de las más grandes. Cuando llego a ella, toco a la puerta, esperando encontrarla dentro.

—¿No te dijo madame Lee? —dice Iris, que asoma la cabeza de la habitación contigua—. Ayer se llevaron a Jade a la mitad de la noche.

—Oh —contesto—. No, no me dijo nada.

—De cualquier forma, no puede trabajar aquí con esa cosa creciéndole dentro —dice Iris—. ¿Qué hombre va a querer estar con una puta usada?

Se ríe y desaparece en el interior de su habitación. Yo hago lo mismo. Pero esta no es mi habitación, es la de Jade, a quien acabo de ver hace unas horas y que ahora va en camino a las jaulas, donde va a tener clientes que paguen veinticinco centavos, cincuenta, si tiene suerte. Me pregunto qué le va a ocurrir al bebé. «Las mujeres de las jaulas no duran más de dos años», me dijo alguien cuando acababa de llegar a la barraca. «O te mueres de alguna enfermedad o te mueres a causa de un hombre». Y al escuchar eso, me pregunté cuál era la diferencia.

Enciendo la linterna. La habitación de Jade es linda y está pintada de color escarlata oscuro de pared a pared. Una ventana enrejada mira hacia la calle gris abajo. Aún huele como ella. Hay una nota cítrica rondando el aire. Ella llevaba aquí mucho tiempo, mucho más que cualquiera de nosotras.

No podía tener más de veinte, veintiún años. ¿Dijo algo de tener familia en China? No puedo recordar. Comienzo a olvidar qué información pertenece a cuál chica. Somos un clan de cuerpos e historias anónimas, y quizá todas estamos camino al mismo lugar. ¿Importa? Es solo cuestión de tiempo antes de que a todas nos lleven a mitad de la noche y nos reemplacen con una niña más joven y bonita.

Por un mes completo he logrado mantenerme a salvo, sin ser tocada. Cuando llegué me prometí hacerme lo más pequeña posible. Si un hombre me miraba, yo haría de mi gesto algo horrible. No era tan complicado dejar que mi rostro reflejara lo que sentía en mi interior. Pero fui tonta al creer que tenía poder de decisión. Fui comprada por una razón y ahora tengo que cumplir esa promesa.

En ese momento pienso en Bai He, la chica de la piel de cristal en los cuentos de mi pueblo. Alguna vez creí que su piel era una carga. Pero ahora, sentada aquí pensando que para esta hora el día de mañana ya no tendré mi infancia, estoy dándome cuenta de una verdad: la carga de Bai He no era su piel. Su carga fue ser una niña. Y si tal cosa es una carga, entonces ninguna de nosotras está libre de ella, ni siquiera yo.

2

Esta es la historia de una cubeta de carbón que flotó a través del océano.

El viaje a San Francisco tomó tres semanas, o eso me informaron. Desde aquella habitación en Zhifu, bien empacada dentro de la cubeta de carbón, fui colocada en la parte trasera de una carreta, y cuando por fin dejamos de movernos, pude escuchar el crescendo del océano.

Voces por todos lados, no muy diferentes del ruido en el mercado de pescado. Eran comerciantes, pero esta vez, la mayoría de las voces sonaban extranjeras.

—Coloca esa allá —dijo alguien cerca de mí—. Estas dos van a aquel barco. ¿Cuál es tu nombre?

Ahora responde la voz de Jasper.

—Es un cargamento a San Francisco —dijo—. Es propiedad del amo Eng y su patrimonio para entrega a la *tong* Hip Yee.

—Claro que sí, señor —respondió la primera voz, pero esta vez acobardada—. Todos estamos al tanto de su entrega especial.

Me levantaron y el carbón cayó en cascada por mi cuello. Otra vez me llevaban lejos, pero algo en el bramido del océano, en las hostiles voces en diferentes idiomas que le acompañaba, me hicieron entender que el siguiente tramo del viaje sería uno del que difícilmente volvería.

Si hubiera sabido todas las cosas que ahora sé habría llorado. Pero lo único que podía ver era la pared interior de la cubeta. Fue lo único que Jasper me permitió mirar. Lo último que creo haber oído fue la voz de alguien —quizá la de él— cantando un adiós.

Más tarde, cuando la tapa se deslizó para abrir la cubeta, me imaginé saltando fuera. Pero incluso aunque intenté levantarme, el carbón en ese momento presionaba mis muslos hacia abajo. No estaba lejos, pensé, de convertirme yo misma en un trozo de carbón.

Uno de los hombres de Jasper me miraba desde la altura.

—Ni pienses en pedir ayuda —dijo mientras bajaba la mano para desatar la cuerda de mi boca—. Si lo haces, te mueres.

Yo asentí. Lo que fuera con tal de quitarme el trapo de la boca.

—Come —dijo. En la otra mano llevaba un *man tou* del tamaño de un calcetín enrollado; la piel del *man tou* lucía gris y desmoronada. Me le quedé viendo y luego me abalancé sobre él.

Cuando terminé, cosa que no tardó mucho en ocurrir, el hombre volvió a agacharse. Esta vez vi que tenía una cantimplora en la mano. Volví a abalanzarme, pero esta vez empujó mi cabeza hacia atrás.

—Yo me encargo —dijo.

Yo asentí y eché aún más la cabeza hacia atrás, desesperada por sentir algo que refrescara mis entrañas. Tocó mi labio para que abriera la boca. Quería que toda el agua del mundo entrara en mi cuerpo en ese momento. Pero acabó incluso antes de que pudiera enjuagarme el *man tou*. El hombre volvió a levantar la cantimplora y le puso la tapa. Después volvió a meter el trapo en mi boca y lo aseguró con la cuerda.

—Voy a volver cada dos días —dijo—. Tal vez tres. No hagas ruido.

Y después cerró la tapa de nuevo.

¿Qué puedo decir de estar en un espacio tan pequeño y a oscuras? Estaba retorcida, con las rodillas en la barbilla y la espalda encorvada como la cola de un mono. Después de un tiempo, el dolor de mis rodillas dobladas se hizo tan insoportable que me pregunté si podía patear y romper la cubeta con toda la fuerza que se estaba acumulando en mis piernas. Pero era solo un deseo. El dolor me entumió después del primer día, luego se aligeró hasta convertirse en un murmullo. Al dormir, algo que hacía todo el tiempo, descansaba la cabeza en las rodillas, y el movimiento del océano me mecía hasta una playa distante que no era en realidad un descanso, sino un estado febril entre la vigilia y el sueño.

Entonces veía cosas. Los recuerdos volvían con facilidad, pero yo era incapaz de distinguir la realidad de la ficción. Todo se suspendía frente a mí, la melodía distante de la memoria y el deseo.

Vi a mis padres antes de que se los llevaran, la sonrisa desnuda de mi padre y el vello gris en su mentón. Vi las manos de mi madre aparecer y desaparecer como pájaros mientras trabajaba en su telar. Y vi a mi abuela, con los brazos llenos de jardín y el rostro tostado por el sol. Me pregunté si desde que dejé Zhifu habría llovido. Así que le hablé a mi abuela. Le conté lo mucho que la extrañaba y también todo lo que me había ocurrido desde la última vez que la vi; pero omití las partes más horribles, porque no quería que se preocupara. Las lágrimas hicieron su aparición repentinas y calientes, y yo las recibí con mis labios, imaginando que eran cerdo o pescado salado.

Vi al amo Wang y también la escuela de caligrafía, olí la frescura áspera de la tinta en largas columnas de papel. Las ventanas del salón estaban abiertas y detrás de sus marcos había más rollos secándose en el patio. Intenté recordar todos los caracteres, pero no eran más que arañas sobre la nieve.

A quien no vi, sin embargo, fue a Lin Daiyu. Sabía por qué. En la historia, Lin Daiyu nunca sale de China, sino que muere ahí. Mientras el barco me alejaba más y más de casa, me pregunté si por fin ella y yo habíamos sido separadas. La Daiyu más joven habría estado feliz y se sentiría orgullosa, pues al fin nos habíamos deshecho la una de la otra y nuestros caminos se habían separado. Pero ahora que Lin Daiyu ya no estaba aquí, la Daiyu más madura sentía miedo.

Eso siempre fue lo que quise ¿no? Era lo que significaba estar sola por primera vez en la vida.

El tercer día, la tapa de la cubeta se deslizó para abrirse una vez más y el hombre volvió a aparecer como había prometido con otro *man tou* y con la cantimplora.

—¿Quieres ponerte de pie? —me preguntó cuando terminé.

Asentí con la cabeza. Se agachó sobre la cubeta, tomó mi brazo y jaló de él. Sentí que estaban levantándome y un dolor espantoso se disparó por mis rodillas a punto de hacerme caer. Mis piernas llevaban tanto tiempo sin estirarse que ahora estaban haciéndolo muy a pesar suyo, y con cada incremento de fuerza se vulneraba un hueso, un músculo sin usar o un tendón dormido. Me mordí los labios para no gritar, dejando que solo las lágrimas hablaran por mí. Y por fin pude parame de nuevo. Y entonces pude ver.

El hombre me soltó. Yo me aferré al borde de la cubeta y puse todo el peso sobre mis manos.

Por las paredes chirriantes y la oscuridad supe que estábamos en un nivel inferior, una bodega, a decir por su aspecto. En mi limitado campo de visión pude ver las tapas de otras jaulas, contenedores y cubetas como la mía. Algunas estaban apiladas una encima de otra y otras estaban solas. Me pregunté cuántas llevaban mercancías de verdad, comida de verdad, especias de verdad, y cuántas llevaban niñas como yo. ¿Serían todas niñas de Jasper? ¿Les pertenecerían a otros hombres malos?

—Es suficiente —ordenó el hombre—. Vuelve a la cubeta y deja de mirar.

—Por favor, vuelva mañana —le rogué antes de que metiera el trapo en mi boca. No podía imaginarme otros tres días sin comida, agua o ponerme de pie. Mis pantalones tenían mierda y estaban agrios por las pocas veces que había evacuado cuando no había nada más que hacer.

No contestó. Sentí otra vez cómo me desplomaba en el interior de la cubeta y el aroma del poco excremento que tenía encima me alcanzó.

—Quédate callada —dijo. Y entonces deslizó la tapa.

Las cosas siguieron así. El hombre venía más que nada de noche, cuando el barco estaba en silencio, y me alimentaba y me dejaba ponerme en pie un par de minutos cada vez. En una ocasión incluso me sacó de la cubeta y me ordenó dar un par de saltos. Lo hice y sentí que había adquirido unas piernas que no me pertenecían, por la forma en que mi cadera chocaba contra mis huesos, incómoda y dolorosa. Pasé largos periodos sin evacuar nada, pues mi cuerpo estaba debilitado por solo alimentarse de *man tou* y agua. Nada que digerir, nada que excretar. La bolsa de yute alrededor de mi cuello, con su fresco olor a menta, destapaba un poco mi caja torácica, y eso era lo único que evitaba que me sofocara.

Entonces comenzó el delirio. Al principio fue frenético, como si mi mente intentara destrozarse a sí misma. Sentía calor en el interior de mis orejas y una tormenta detrás de mis ojos. Todo parecía demasiado caliente al tacto. *Esto es la muerte,* recuerdo haber pensado.

Entonces comenzó la dicha. Fui levantada de mí misma y floté por encima de todo. Pude ver el océano y el barco, e incluso pude verme a mí misma, encogida, exhausta y delgada, encorvada sobre mis rodillas. Pero se sentía bien. Incluso era bello. La persona dentro de esa cubeta era alguien más. Yo estaba protegida, era libre y conectada a todo. Olvidé el hambre y el dolor. Lo único que conocía era la efervescencia.

Recordé entonces, incluso con mayor claridad que cualquier otro momento de mi vida, un día, antes de que todo esto ocurriera, en que mi padre trajo a casa cerezas porque sabía que a mi madre le gustaba comerlas. A mí me daban igual las cerezas, siempre estaban demasiado dulces o demasiado ácidas, y las semillas solo hacían que la fruta fuera aún más engorrosa. Me disgustaba la manera en que su carne roja manchaba mis dedos y las comisuras de mi boca.

Pero a mi madre le encantaban. Y ella haría lo que fuera por comerlas. Cuando mi padre trajo esas cerezas a casa aquel día, la vi más alegre de lo que jamás la había visto. Casi explotó en júbilo junto a su telar, aplaudiendo y brincando. La sonrisa en su rostro fue tan amplia como la luna.

Y mi padre colocó las cerezas en un tazón y nos juntamos alrededor del tazón. Cada uno tomó una cereza aún con rabo. Vi a mi madre frotar una entre las palmas de sus manos, como si estuviera rezando con ella. Entonces la dejó caer en su boca aun sosteniéndola del tallo, y después de un segundo, eso fue todo lo que había: un tallo.

—Te tragaste la semilla —le dije, anonadada. Yo siempre tenía pesadillas de cosas que se me atoraban en la garganta.

Sonrió ante mi horror.

—Algunas veces pienso que si me trago las cosas que amo, crecerán en mi interior —dijo.

—No seas como tu madre —me advirtió mi padre, pero él también estaba sonriendo.

Crecí, pero nunca acabaron de gustarme las cerezas; aun así amaba ese recuerdo de mi madre, mi padre y mi abuela, a quien las cerezas le gustaban más que los duraznos blancos, pero menos que las manzanas y yo. Todos estábamos juntos y alrededor de algo que solo hacía muy feliz a uno de nosotros, pero así nos hacía también felices. «Verte comer me satisface el estómago», solía decirme mi madre. Entiendo lo que quería decir. Cuando al fin me salí de ese recuerdo, me sentía satisfecha.

Otras veces, pensaba en Lin Daiyu y le pedía que viniera a mí. Podría sacarme de ahí y flotaríamos por encima del mundo, nuestros cuerpos tan esbeltos como el papel, tan ligeros como el último día del verano. Quería verterme completa en su boca, dormir dentro de su cuerpo durante años y años. Quería que ella me hiciera crecer en su interior. En la cresta de mi confusión, creo que desee amarla.

Pero Lin Daiyu no vino.

El carácter de la dicha 樂 representa hilos de seda en la cima de un árbol. Como la música de un bosque, la melodía que sobrevuela la copa de los árboles. «El carácter luce de la manera en que se siente la dicha», me dijo el amo Wang. «Como si estuvieras por encima de todo, como si no pudieras evitar incendiarte».

Sonreí al pensar en esto. Y cuando el hombre deslizó la tapa de la cubeta por última vez, debió verme así: los ojos cerrados, las lágrimas corriendo por mi rostro, vestida con carbón, y un cazo en donde debería estar mi boca.

Debió sentir temor al verme.

Un día, el barco dejó de moverse.

Para ese momento yo ya desconocía si todavía tenía un cuerpo. Pero sí estaba segura de que era importante mantener lo que aún tenía. Volví en mí y esperé.

Un golpeteo, después risas. El rumor de los hombres entrando en la bodega. Su ruido regresó a mi cuerpo la sensación del miedo, que no había sentido en semanas. Escuché el sonido de las pesadas grúas levantando y llevándose las cajas. Escuché a un hombre decirle a otro que no se preocupara por esta, que dejara que él se la llevara.

—Esta es especial —dijo.

—Aquí apesta —contestó el otro.

A mí me levantaron y me llevaron una vez más; pero en esta ocasión no sucedió solo en mis sueños. Y ese debió ser el momento en que me desplomé de nuevo. No estaba volando. Estaba dentro de una cubeta llena de carbón y orina; en mi estómago no había nada, en mi cabeza, nada, en mi corazón tampoco. No era el inicio glorioso que sentí cuando estaba junto al océano, sino un vacío que no prometía rellenarse. Me sacaron del barco y cuando el sol tocó la cubeta, sentí que la costa entera estallaba en llamas.

Por un momento breve estuve de vuelta en Zhifu. Fue el sonido de las gaviotas lo que me confundió, sus gritos mientras se zambullían y se elevaban. Después el rumor de espuma del océano y el gruñido del muelle cuando se mece. El aire estaba fresco.

—Aquí, aquí —gritó alguien en inglés. Sentí cómo me llevaban hacia esa voz nueva.

—¿Esta es? —preguntó.

Quien fuera que me estaba cargando, gruñó para afirmar.

—Bien —dijo la voz—. Déjela aquí.

Un intercambio de palabras. El sonido del relinchar de un caballo. Sentí que me bajaban y finalmente todo se detuvo. Después de semanas de ser movida por el océano, al fin estaba quieta.

—Jasper espera que los honorables miembros de la *tong* Hip Yee queden satisfechos con su entrega —dijo una voz. Y una vez más, pensé que podía escucharlo: alguien cantando un adiós.

Se escuchó un látigo. Otra vez nos movíamos, pero el aroma del océano se hacía cada vez más débil. Al interior de la cubeta, el carbón volvió a ajustarse a mi cuerpo.

Estaba en América.

¿Qué más puedo contar? ¿Será que debo hablar de cómo me llevaron a un corral de espera, lo que llaman una barraca, en el callejón San Luis del barrio chino? Olía a orina y excremento, y también a cáscara de melón agria. ¿Debo hablar de cómo aventaron la tapa de la cubeta, cómo el sol me quemó los ojos, cómo me jalaron de los brazos para sacarme? Mis piernas no respondieron, así que me ataron a un poste, y la cuerda alrededor de mi cintura hizo mella en el espacio vacío entre mis costillas y mi cadera.

¿Debo hablar de cómo me desnudaron, me quitaron la ropa pútrida llena de mierda y cortaron el collar de la bolsa de yute? ¿Debo hablar de cómo me echaron agua fría y de cómo una parte de mí se alivió de saber que aún era capaz de sentir algo? ¿O debo hablar de la barraca en sí misma? ¿De cómo me aventaron allá dentro con otras chicas como yo, todas desnudas, temblando, empapadas?

Más bien, voy a hablar de la mujer que vi entrar al edificio. Estábamos todas ahí, en el suelo, acorraladas en medio. El sitio era húmedo y no había ningún mueble. Había cincuenta niñas o más. Nuestros chillidos rebotaban en las paredes desnudas, y todas nosotras también estábamos desnudas y en los huesos, esperando la muerte. Estábamos nosotras en medio y luego estaban ellos: los hombres que nos rodeaban, viéndonos. Pensé en el mercado de pescado de Zhifu y en la manera en que los pescados apilados reposaban; en cómo yo y otros caminábamos alrededor de cada vendedor, viendo los pescados con hambre, con la mente ya afiebrada pensando en su sabor; en cuánto tiempo tardaríamos en quitarles las escamas, si la carne sería o no buena, si los ojos se reventarían al interior de nuestra boca, qué tan graso sabría el cerebro, qué tan suaves serían los huesos, si serían lo suficientemente débiles como para romperse entre nuestros dientes y ser dispuestos en un montón húmedo sobre la mesa. Esto fue lo que me recordó. Ser un pescado.

Noté a la mujer porque era la única en el grupo de hombres que entró al edificio. Su rostro era hermoso, su boca grande e ineludible, sus ojos entrecerrados y delineados. Noté a la mujer por lo que llevaba puesto: un vestido blanco con un bordado de fénix color plata, y pensé que sin duda debía ser despiadada, pues elegía usar el color de la muerte. Y la noté porque los hombres se apartaron, por su mera existencia, por la manera en que caminó entre ellos: como el viento que separa las sábanas tendidas al sol.

Algunos hombres apuntaban a una chica aquí o allá, y entonces uno de los hombres se adelantaba, arrastrando a la niña hasta quien fuera que la hubiese elegido. La pasaban de mano en mano hasta su dueño nuevo, y ella estaba encogida y llorando, y a cambio el hombre que la había arrastrado recibía un fajo de papeles, que luego descubrí que era dinero. Nos estaban vendiendo una a una, a algunas en grupos, y yo solo podía pensar en qué iba a ocurrirles a las que no fueran vendidas al final del día. ¿A dónde irían?

La mujer no había apuntado a una sola niña. Estaba parada al frente y sus ojos escudriñaban los cuerpos de cada una. Su rostro estaba en blanco y sus brazos cruzados a la altura del pecho. Había algo diferente en esta mujer, no solo en la forma en que estaba parada, con el manierismo de una emperatriz, sino también porque no parecía notar a ninguno de los hombres a su alrededor, que continuaban observándola por el rabillo del ojo. La odiaban, pero solo porque le temían, entendí entonces.

Y terminó por levantar la mano y asentir.

—Tú —dijo uno de los guardias, caminando hasta la chica a mi lado. Ella se hizo a un lado para esquivarlo, llorando. La tomó de la muñeca y ella cayó al suelo, así que la arrastró hasta la mujer, quien entonces hizo un chasquido con los dedos. Dos hombres aparecieron detrás de ella. Tomaron a la niña, que ahora estaba gimiendo, y desaparecieron a la parte trasera del gentío.

Yo sentí algo caliente y levanté la vista. Los ojos de la mujer estaban en mí y no parpadeaba. Había crueldad en ella, decidí. El hombre, que no se había apartado de su lado, se puso de puntillas para susurrarle algo al oído. Ella no me quitó los ojos de encima. Y entonces levantó la mano y asintió.

Casi de inmediato, el hombre estaba frente a mí y sus manos sobre mi muñeca.

—Tú —dijo, ya arrastrándome hacia la mujer. Sentí cómo cooperaba mi cuerpo. Si intentaba correr, mis piernas se disolverían.

Me paré frente a la mujer tan derecha como me fue posible. No iba a llorar.

Sus ojos me evaluaron, se detuvieron en mis pies, después en mis piernas, mi torso, mis pechos y finalmente mi rostro.

—¿Eres la que habla inglés? —preguntó. Su voz era profunda y resonaba, había un poder de desarme en ella.

—¿Y bueno? —Se impacientó el hombre agitando mi muñeca—. ¡Contesta!

—Sí.

—Muy avanzada —dijo el hombre orgulloso—. Más que cualquier otra niña aquí. Estudió con los mejores en China. Seguramente va a complacer a sus clientes blancos.

—Puede ser —contestó la mujer—, pero está muy flaca. Mis niñas deben tener carne sobre los huesos. ¿Será que debo llevar mis negocios alimentándola hasta que engorde? Eso no suena como una buena oferta por el precio que piden.

—Ah, madame —protestó el hombre—. Su precio es final.

—Entonces solo me llevaré a la otra —repuso la mujer, dándose la vuelta.

—No. Espere, puedo ofrecerle un trato.

La mujer se detuvo.

—Dos mil en vez de dos mil cuatrocientos —ofreció el hombre—. No puedo bajar más. Si bajo más mi jefe se enojará.

La mujer sonrió.

—¿Qué piensas? —preguntó dirigiéndose a mí—. ¿Ese precio te parece justo?

La miré boquiabierta. Ambas sabíamos que yo desconocía qué significaba ese monto.

—Dos mil, entonces. —Aceptó, haciendo otro chasquido con los dedos. Los dos hombres que había visto antes emergieron de la nada y me tomaron de los hombros.

—Espera —le dije a nadie.

Los dos hombres me arrastraron hasta un carruaje con caballos que esperaba afuera. Me arroparon y me subieron al vehículo, donde estaba sentada la primera niña, con las extremidades cruzadas sobre el resto del cuerpo. No hablamos la una con la otra. Hacerlo habría confirmado que esto era real.

El carruaje rechinó con el peso de la mujer, quien daba instrucciones al jinete. Ahora nos movíamos, alejándonos del edificio.

Avanzamos por la calle. Los caminos estaban torcidos, y nos echaban para delante y detrás mientras subíamos y bajábamos por cada colina. Había una neblina densa sobre nosotras, que engullía el carruaje. Si tan solo subiéramos un poquito más en cada colina, pensé, alcanzaríamos las nubes de algún modo. Y entonces podría volar lejos.

El carruaje dio vuelta en otra calle y yo respiré con dificultad, olvidando que no estaba ya en Zhifu. Los edificios aquí se veían como los que yo había visto en China; las mismas linternas que colgaban al frente de las tiendas, los mismos banderines rojos pintados con caracteres dorados cubriendo los edificios. A mi alrededor, una mezcla de chino e inglés; los hablantes salían y entraban de cada idioma sin esfuerzo, como las piedras cuando las lanzas sobre el agua. Vi a un hombre sentado sobre un banco, royendo semillas de girasol con los dientes. Alguien más tocaba una flauta, pero no vi de dónde provenía el sonido. Incluso pude apreciar el fino aroma del *su bing*. Estábamos en América, pero ¿cómo era posible que esta América se pareciera tanto a China?

Por fin nos detuvimos afuera de un edificio café y dorado a la mitad de una calle muy transitada. Las puertas del carruaje se abrieron y la mujer salió para pararse frente a nosotras. La otra niña resopló viendo hacia el suelo. Yo miré desafiante a la mujer, como retándola a hacer algo.

—Bueno —dijo—. A ambas les hice un favor. ¿No están agradecidas?

Ninguna contestó.

—Madame les hizo una pregunta —Gruñó uno de los hombres—. ¡Contéstenle!

Yo miré con intensidad a la madame. En otro mundo, imperios habrían sucumbido frente a ella. En este mundo, en la luz del sol que comenzaba a iluminarlo todo, su sonrisa se extendió abarcando su rostro entero, apelmazando el resto de sus facciones. Para mí era grotesco.

—Ya aprenderán —sentenció la mujer.

Los hombres se abalanzaron al interior del carruaje y nos sacaron. Yo me tropecé sobre los escalones del edificio y me apresuré al frente para evitar caerme, pues mis piernas seguían lánguidas por la falta de uso. Fue entonces que miré al edificio donde nos habíamos detenido. No había luces prendidas en su interior; a un transeúnte podría parecerle abandonado. Un letrero afuera decía *Lavado y planchado* y, de hecho, el aroma de algo jabonoso mezclado con barro envolvía el lugar. En ambos flancos, algo parecido a posadas.

—Adentro —ordenó la mujer. Dio la vuelta e ingresó al edificio.

—Vamos —le dije a la otra niña, tomándola de la mano. Estaba pegajosa por los mocos y las lágrimas. Yo respiré profundamente, sintiendo mi pecho ligero sin el collar y la bolsa de yute. Esto me dio una especie de valentía. La chica se echó hacia atrás, gimiendo, pero yo la arrastré conmigo a través de la puerta principal.

Ese era nuestro nuevo hogar. Alguien iba a mostrarnos nuestras habitaciones.

3

Nadie sabe cómo madame Lee se convirtió en madame Lee, pero hay rumores, como aquel en el que ella no siempre fue una madame. Era solo una de nosotras.

—Era mortalmente hermosa —decía Jade.

—Era la amante de un capitán poderoso —le seguía Iris.

—¡Cobraba una onza de oro solo para que un hombre pudiera mirarla! —terminaba Swan.

En alguna parte de ese rumor, madame Lee se convirtió en una de las prostitutas mejor pagadas de San Francisco. Con ese dinero abrió su burdel propio y empezó a trabajar con la *tong* Hip Yee para importar niñas. Y, aunque madame Lee nos aterra, la *tong* nos aterra aún más. Sabemos que controlan el barrio chino; llevan el negocio de los restaurantes, las guaridas de opio, las casas de juego, los burdeles y las lavanderías y las lavanderías-burdel. No puedo ver la *tong*, pero puedo sentirlos como siento la presencia de Jasper sobre mí: una mano invisible alrededor de mi cuello, una palma fría contra la parte baja de mi espalda. A veces podemos escuchar sus voces en la calle y los fuertes tronidos que las acompañan, que hacen hoyos en el mismo cielo. Apenas la semana pasada uno de las *tongs* le hizo una emboscada de ráfagas a un restaurante y mató a los dueños de una *tong* rival que estaban dentro.

En el día, el burdel de madame Lee se transforma. También nos transformamos nosotras; pasamos de ser mujeres con el rostro maquillado a niñas que lavan ropa. Algunas de las niñas han hecho el trabajo antes, mientras que otras como yo están aprendiendo a hacerlo por primera vez.

Descubrí muy pronto que el burdel de madame Lee no existe, al menos no en términos legales. Tan solo es una lavandería y solo se nos permite hablar de él en esos términos. Muchos años antes de que yo llegara, la ciudad de San Francisco había intentado ser más estricta con los burdeles, aunque, me dijo Swan, eso solo había sido un teatro. En realidad, muchas personas que pertenecían al gobierno y a la policía trabajaban con las *tongs* para asegurarse de que el negocio marchara sin sobresaltos. Algunos incluso ganaban diez dólares por cada niña vendida.

No solo nosotras nos escondemos bien a simple vista. Todos en esta ciudad se esconden a simple vista. Los hombres que vienen a visitarnos en las noches se convierten en demonios y sus sombras son del tamaño de una caverna. En el día son comerciantes, académicos y hombres de negocios. Empiezo a entender que para ellos todo mundo tiene dos caras: la cara que enseñan al mundo y la cara que llevan por dentro, la que guarda todos los secretos.

Yo todavía desconozco quiénes son mis dos caras, o cuál es cuál.

Si la policía pasara por aquí, algo que no ocurre con mucha frecuencia, lo único que verían sería una lavandería llena de niñas de dieciséis que corren por todos lados, con el cabello recogido y el sudor coronando nuestros rostros sonrojados. Madame Lee es dueña de los tres pisos que tiene el edificio, lo que le facilita mantener esa mentira. En la planta baja está el vestíbulo y la sala de espera, que tiene la fachada de la lavandería durante el día. Se necesitan tres niñas para voltear la habitación, primero enrollando los exuberantes tapices y alfombras para después esconder los jarrones y jades en alacenas. Llenan la habitación con ropa y sábanas. El toque final: empujar un gran librero para tapar las escaleras que llevan a nuestras habitaciones. Lo único que puede ver alguien que entra es una operación monótona pero pulcra, impulsada por la necesidad y la eficiencia. Debemos montar un espectáculo convincente, porque una vez un inspector se detuvo aquí e hizo un rondín por la tienda; salió diciendo que no muchos lugares seguían haciendo lavandería manual. «Quizá debería comenzar a traer su ropa sucia a nuestra lavandería», declaró, y eso hizo.

Madame Lee cree que es mejor lavar a mano que confiar en las máquinas de vapor que las otras lavanderías han comenzado a comprar. Lavamos y planchamos en la habitación trasera, trabajando al lado de calderas de agua hirviendo. Las planchas de mano son muy pesadas y deben ser calentadas una y otra vez con carbón cada vez que la temperatura baja; pero no tanto que quemen la ropa. Siento que, de alguna forma, el trabajo de lavandera es mucho más exhaustivo y demandante que el trabajo que debemos hacer en la noche. Quizá es porque yo aún no he tenido que hacer ningún trabajo real durante la noche, me esfuerzo por recordar.

Cuando expreso esto último, Swan me dice que soy *sha*. Es la mayor y no tiene problema en tomar ventaja de ese título, dándonos el trato de tontas hermanas menores. A ninguna se le permite hablar su idioma nativo en el interior del burdel, pero a Swan le gusta coquetear con las reglas, y cambia entre el chino y el inglés cuando madame Lee no está para escucharla. Creo que hace esto para demostrar que aún conserva algo que le pertenece.

—Ahora te sientes así —continúa—. Va a cambiar cuando comiences a tener clientes.

Cuando lavamos la ropa no usamos maquillaje; llevamos el rostro limpio y nuestra frente luce brillante. «Deben lucir lo más sencillas posible», nos advierte madame Lee. A plena luz del día, seguimos siendo solo niñas. Muchas de las niñas se rasuran las cejas para poder dibujarse arcos en la noche. Algunas tienen los pies vendados.

Swallow tiene el rostro limpio y fresco, y sin maquillaje encima puedo ver tres pecas que bajan por su mejilla. Pearl, la chica que lloraba cuando me bajé del carruaje con ella, se ve incluso más chica de lo que es, su nariz es un brillante botón color durazno. Swan, que de noche puede ser mordaz, luce como si acabara de levantarse de una siesta: su piel está hinchada y suave sin el polvo de arroz. Es buena para doblar la ropa, así que trabaja con las niñas que doblan la ropa. Pearl trabaja con las niñas que lavan. Swallow y yo estamos con las que planchan. Uno sabe quiénes planchan porque las manos y los antebrazos enrojecidos lo delatan. La piel siempre luce sensible y sus huesos están amoratados. De noche nos lijamos los callos y nos ponemos polvo blanco en los dedos. Mis manos ahora son más grandes, puedo cargar más que antes. Han cambiado mucho desde aquellos días en que ayudaba a mi madre, trabajaba en el jardín o sostenía un pincel de caligrafía. «Aún tengo buenas manos», me recuerdo a mí misma. «Estas aún son mis manos».

En la lavandería, las niñas se permiten olvidar lo que les espera a la noche. Intercambian chismes y chistes, exhalan con gesto exasperado y teatral cuando el trabajo parece ser demasiado. Me recuerdan a las hermanas mayores que nunca tendré. E incluso podría decir que disfruto del trabajo frente al agua hirviendo con que enjuagamos la ropa o el esfuerzo de estar todo el día encorvada, porque aquí es donde puedo conocer al resto de las niñas.

Swan ya lleva tres años en América; la secuestraron en Beijing cuando tenía diecisiete.

—Wo yi wei me estaba integrando a un grupo de teatro —nos cuenta—. Yo nací para ser famosa—. Y es famosa, al menos en el burdel. Los clientes disfrutan de su lengua mordaz, que usa para hacerlos sentir como si fueran niños escolares portándose mal.

De todas las chicas aquí, es Swan la que más sabe de los asuntos del burdel; quién se va, quién llega, quién se queda. Actúa prepotente gracias a ese conocimiento, como si de alguna forma la hiciera especial, pero todas la hemos escuchado gritando en sueños. Tiene miedo, igual que el resto de nosotras.

Iris, mi vecina, es una huérfana. No recuerda cómo llegó al burdel. Solo recuerda que un día andaba en las calles de Kaiping y al siguiente una mujer —¿madame Lee?— la llevaba de la mano hacia un edificio grande que olía a miel. Sonríe mucho y tiene la voz chillona. Le gusta chismosear y tengo la sensación de que incluso le gusta estar aquí. Hace poco nos contó cómo cincuenta hombres de dos *tongs* rivales se pelearon por una niña esclava china en un callejón de Waverly Place. Nos lo contó como diciendo que ella quería ser esa esclava.

Pearl es la más chica, otra que fue secuestrada por un secuaz de la *tong*. Extraña mucho a sus hermanos y hermanas en Guangzhou. A veces la escucho llorar cuando piensa que no podemos oírla. Pearl quiere ser bailarina y cree que puede hacerlo. Su único cliente le promete una y otra vez que sus conexiones con la compañía de danza un día van a rendir frutos. Así que Pearl espera y lo lleva a su habitación semana tras semana.

Todas fuimos traídas aquí por una persona que consideramos nuestra salvación, solo para darnos cuenta de nuestro error y de cuánto nos va a costar ese error. Al escuchar sus historias, caigo en cuenta de que la *tong* tiene cientos de Jaspers que esperan en la calle para secuestrar a niñas pequeñas. Todas éramos especiales. Ninguna era especial.

Swallow es el misterio. Es tan blanca como el hueso y es muy silenciosa, no es callada, sino silenciosa. No tiene un futuro o una historia de los cuales hablar. Es la que tiene más clientes; quizá debido a su silencio. En ella hay algo que podría rescribirse una y otra vez.

En mis primeros días en el burdel quise conocerla. Era un personaje que yo no era capaz de leer o escribir; su rostro mutaba durante el día y la noche; algunas veces era solo una niña, otras una mujer de sauce. Más chica o más grande que yo, estaba aquí por decisión o circunstancia, no lo sabía yo. Si extendía la mano e intentaba recorrerla, lo único que encontraba al final era un puño cerrado.

—Yo escuché que llegó aquí ella solita —susurraban algunas de las niñas —. Entró y pidió ver a la madame del burdel. ¿Qué clase de niña haría eso?

Otras niñas decían que Swallow era egoísta, que quería que todos los clientes fueran solo para ella. «Insiste siempre en tener más clientes», graznaban. Siempre se colocaba junto a madame Lee, aceptaba la mejor ropa y las mejores joyas para atraer a los clientes que pagaban más.

Yo también creía esto, hasta que vi lo que hizo por Pearl. El cuarto día que estuvimos aquí, Pearl fue elegida por un hombre del tamaño de una puerta. Ella debía sonreír tímida, como nos habían instruido, en cambio se tiró al suelo a gimotear. Él iba a ser el primero, pero por su tamaño parecía que hasta podía romperla. Yo sentí cómo las otras niñas se hicieron a un lado, como si al estar cerca ella aumentara la probabilidad de que el hombre las eligiera.

Solo Swallow dio un paso al frente.

—Yo me encargo de ti —le dijo a través del vidrio—, mientras no le cuentes nada de esto a nuestra madame.

Al guardia que nos esperaba afuera de la galería le prometió algo similar.

El intercambio no disgustó mucho al cliente. Entró y actuó como si siempre hubiera querido a Swallow. Madame Lee nunca se enteró y Pearl se quedó en silencio, abochornada, pero en silencio.

Swallow no trabajó al día siguiente. Las otras niñas lavaron, doblaron y plancharon mordiéndose la lengua. El cliente era rico, lo sabían por el brillo en sus zapatos.

—Perra egoísta —espetó Jade al ver la estación vacía de Swallow—. Pasó toda la noche recostada y ahora se queda dormida, engordando. Se quedó con tu cliente, pequeña Pearly, ¿no entiendes eso?

Yo acabé mi trabajo temprano. En vez de regresar a nuestra habitación fui hasta el tercer piso y me detuve en la habitación de Swallow. Quería ver si era cierto lo que decían, si estaba acostada mientras el resto de nosotras nos quemábamos las manos con el agua caliente. Su puerta estaba entreabierta. Caminé despacio, dejando que el tiempo se expandiera y estrechara ante mí.

No estaba en la cama. La encontré ante el tocador; frente a ella se extendían sus varios polvos, lápices y labiales. Estaba preparándose para la noche que se avecinaba. Su reflejo lucía muy cansado, tenía círculos negros debajo de los ojos.

Fue difícil mirarla, y más aún retroceder. Encorvada junto a su puerta, tan próxima a ingresar en el espacio que ella ocupaba, entendí por qué era la favorita de los clientes. Incluso con un rostro exhausto y a medio maquillar, ella te intoxicaba. No era solo su mentón pequeño o sus labios tiernos, su cuerpo grácil, tampoco las encantadoras sonrisas bien utilizadas. Era toda su forma de ser: ese misterio cuidadoso, su gesto indescifrable incluso estando a solas. Cada uno de sus movimientos venía de la mano de una pregunta nueva que necesitaba ser respondida. Vi una niña que era una mujer, una que poseía autoconocimiento extremo. Ese era su poder. Esa era la razón de su silencio: no era silencio, sino alegría de llevar una existencia auténtica.

¿Y los clientes? ¿Los hombres? Querían consumir ese poder. Por eso la elegían una y otra vez. ¿Podía culparlos? Swallow llevaba en su interior algo que podía alimentar a un pueblo entero eternamente si se atrevía a compartirlo. Si pudieran hacer que ella lo compartiera.

Bajó la mano y la metió al polvo blanco, revelando el otro lado de su rostro. Yo suprimí un grito. Uno de los lados de su rostro estaba inmaculadamente maquillado, blanco y prístino, pero el lado desnudo estaba amoratado con diferentes colores: café, violeta y azul.

Así me di cuenta, no se quedó con el cliente de Pearl porque ambicionaba su protección. Se lo quedó porque vio mejor que el resto de nosotras lo que él era: un borracho y un bruto.

Después de eso, Swallow dejó de ser un misterio para mí. Solo tenía que fijarme bien. Las niñas decían que siempre se paraba cerca de madame Lee para excluir al resto. Yo sabía otra cosa. Se colocaba más cerca de madame Lee porque así nos protegía a las demás de la ira de la madame, como cuando le aventó agua hirviendo a una niña por hablar en un tono bajo. Las niñas decían que Swallow era vanidosa y que no comía para que su rostro fuera más bello. Yo sabía otra cosa. Lo que ella no comía acababa en nuestros platos. Y cuando las niñas decían que Swallow era arrogante y alzada, que nos odiaba a todas, yo sabía la verdad: cuidar de los demás implica verte vulnerable, y en un lugar como ese no podías darte ese lujo. Entonces Swallow debía permanecer fuerte y distante; lo hacía por todas nosotras, pero sobre todo, lo hacía por ella misma.

Silenciosa, solemne, sensual, así era Swallow. Cuando por fin entendí sus motivos, también descubrí cómo escribir su nombre 燕. Un pájaro oscuro con una boca que asemeja un par de tenazas. Alas bien abiertas. Una cola elegante. Algunos dirían que el carácter era simplemente el dibujo de un pájaro, pero yo sabía que había una verdad alterna: para escribir el carácter del nombre de Swallow, uno debía incluir también fuego debajo. Ella jamás se dejaría quemar; en cambio, sería el mismo fuego.

Vi quién era y pensé: «Es la clase de persona que yo quiero ser».

Estoy en la misma estación de planchado que Swallow, pero mi mente está lejos de la lavandería. Está en mi conversación con madame Lee la noche anterior. Ya he escuchado suficiente de las otras chicas sobre lo que ocurre cuando una niña está a solas con un hombre, el dolor que debe soportar, el rastro de sangre que deja. A mí ni siquiera me han besado antes.

—¿Estás pensando en esta noche?

Al levantar la vista, veo que Swallow me habla. Quiero gritarle a alguien: «¡Swallow me habló! ¡Swallow me habló!», pero me detengo. Ese momento se siente como que debería quedar entre nosotras, como si estuviera obsequiándome con algo que solo yo debo recibir.

—¿Cómo supiste? —le pregunto. Tengo miedo de usar demasiadas palabras o de usar palabras no adecuadas y que ella se vaya.

—Tuve un presentimiento cuando ella pidió hablar contigo.

La imagino acostada, despierta después de que todos los hombres han dejado su habitación y ya solo queda ella, su cuerpo contra el tapete, aun viva y recordando todo. ¿Cómo puede un cuerpo sobrevivir? Swallow coloca la plancha sobre la camisa. Exhala y el vapor se levanta sobre la superficie, una nube engulle sus manos.

—¿Va a ser tu primera vez?

Yo asiento.

—Nunca lo he hecho —le digo. Entonces deseo no haber hablado. Mi abuela me enseñó que la verdad sobre mi pasado, sobre mi identidad real, es lo único que tengo para protegerme. Cualquier pedazo que regale roe esa protección.

Ella vuelve a levantar la plancha y la coloca junto a la camisa. Observo sus manos empuñando la plancha, admiro su capacidad y suavidad. Me recuerdan a las de mi madre.

—¿Tienes miedo? —pregunta levantando la vista para mirarme. Los moretones de su rostro, que comienzan a sanar después del asalto, ya lucen de color rosa. Casi podrían verse bonitos en la luz del día.

—Sí —respondo—. No sé qué hacer.

Ella estira la camisa sobre la mesa y la inspecciona en busca de arrugas. Para mí luce perfecta, una sábana de blancura pura. Entonces la coloca en la siguiente mesa, donde algunas de las niñas están doblando y su chismorreo crepita sobre nuestra conversación.

—Pásame otra camisa —me indica, apuntando con el dedo. Yo alcanzo una de la pila y la coloco sobre la mesa.

—Lo único que tienes que hacer —dice, alisando la camisa—, es lo que sea que ellos quieran. De hecho, es la tarea más sencilla de todas.

—Pero no entiendo qué quiere decir eso.

—Se trata de fingir, eso es todo —responde—. No es real. Para ellos es real, pero para ti no tiene que serlo. Así es como debes pensarlo. Como si no pasara nada. No se trata de ti y tú no te reduces a esto. Fuera de esto, tú sigues siendo tú.

—Sigo sin entender —contesto.

—Cuando te lo hagan —dice levantando sus manos y colocando una sobre la otra—, va a dolerte; en especial si es tu primera vez. Vas a sentir que explotas allá abajo, y vas a querer gritar y llorar. Pero no lo hagas. Eso a veces los hace enojar, a veces los hace querer hacerlo más. Tienes que olvidar que duele. Tienes que ir a otra parte. ¿Tienes algún lugar que sea un refugio?

—Sí —le digo, pensando en el patio de la escuela del amo Wang, en el jardín de mi abuela, en el cálido abrazo de mi madre y en su telar yendo y viniendo.

—Bien —me dice, y sus manos regresan a la plancha—. Ve a ese lugar y espera. Tu cuerpo sabrá qué hacer. Aunque tu mente es la que importa. Aún no comienzas a sangrar, ¿verdad?

Sacudo la cabeza.

—Qué bueno. Al menos eso es una cosa menos de qué preocuparse.

—¿A dónde vas a refugiarte tú? —le pregunto. Quizá estoy atravesando un límite, pero no quiero detenerme.

Ella quita la plancha. Observo sus dedos deslizarse sobre la camisa recién planchada, estirando los pliegues.

—Yo voy a dormirme —contesta mirándome a los ojos.

Tenemos solo una hora entre la lavandería y el burdel. Durante ese tiempo cada niña talla su cuerpo para quitarse el aroma a vapor rancio del día. Cada niña que tiene suerte, a quien no se le considera demasiado gorda, recibe un tazón de arroz. Se pone la ropa que fue extendida sobre su cama —a veces una blusa y pantalones de seda, otras veces un vestido de satín—. Lo que sea que madame Lee crea que es apropiado para los clientes que llegarán esa noche. Cada niña se sienta frente a su espejo y saca el arsenal de maquillaje que le han obsequiado: hoyitas de rubor para las mejillas y los labios, polvo de arroz para la cara, pintura negra para los ojos y las cejas. Algunas aplican el rubor en el labio superior completo y solo un punto del tamaño de una cereza en el de abajo. «A los hombres blancos les gusta eso», dicen. «Así parecemos incluso más chinas».

Las más grandes se peinan solas. Las más jóvenes e inexpertas, como yo, esperamos turno mientras la estilista se mueve entre nosotras. A veces, cuando sus manos se extienden sobre mi cabello, cierro los ojos e imagino las manos de alguien que me ama masajeando mi cráneo hasta hacer de él una masa.

Esta noche debo usar una blusa de manga larga color durazno con botones blancos y un collar forrado, y una falda que hace juego. Odio la ropa que madame Lee nos obliga a usar, diseñadas a su gusto y cosidas por mujeres viejas que viven en esta misma calle. En China, la ropa que usamos sería motivo de burla, pues serían fácilmente identificadas como imitaciones de mal gusto. Aquí hacen enloquecer a los hombres blancos.

Cuando me miro el espejo con mi ropa y maquillaje ya puestos, puedo ver una niña con los ojos envueltos en color negro y los párpados del color del vino. Las cejas son una marquesina encima de los ojos. Esta niña es tan blanca como la porcelana y sus labios de color sangre se ven brillantes. Tras dos años de pretender ser Feng, un niño nacido del viento, me impresiona mucho verme de esta manera. Al moverme, me pregunto si realmente soy yo quien se mueve.

Alguna de las veces que me quejé por mi nombre, mi abuela me dijo que todo mundo creía que Lin Daiyu era un hermoso nombre. Creo que algo tiene que ver lo morbosa que puede resultar su historia. ¿Sería tan hermosa si no hubiera muerto por el hombre que amaba?

Ahora comienzo a entender que la tragedia embellece todo. Quizá por esa razón, noche tras noche, pintamos nuestras cejas como grandes arcos que hacen que nuestros ojos luzcan más tristes.

Trazo el carácter *hombre* sobre la palma de mi mano 男. El hombre: un campo y un arado, el arado es el símbolo del poder.

Alguna vez pensé que el amor era simple: un abrazo, un beso gentil en la frente. Nunca supe siquiera que podía existir algo que fuera tan contrario al amor, algo como esto. Una violación del cuerpo, una explosión de carmesí. Quienquiera que sea ese hombre será quien entre en mí y también será quien me quite todo. Ahora podría llorar por mi virginidad perdida, pero no me lo permito. Sentir luto por eso sería darle poder a quien sea que quiera tomarlo.

Un hombre sin poder es solo un trozo de campo arable.

Elegir entre esto y la jaula no es una opción. En vez de ello, me obligo a pensar que algún día habrá una salida. Lin Daiyu encontró la suya: se permitió morir. ¿Yo? Todavía no estoy lista para eso.

Esta noche no voy a ser Daiyu. Esta noche pueden llamarme Peony.

Cuando bajo y entro en la habitación principal, las otras chicas ya están esperando. Todas estamos transformadas, como si la diferencia entre el día y la noche pudiese encarnarse en una persona. En su vestido de seda con una flor bordada en el pecho, Pearl luce pequeña. Iris se pone de pie y su muñeca tintinea con los brazaletes. Swan trae puesto más maquillaje que cualquier otra y el botón de su labio inferior se mueve mientras ella se limpia sus dientes con la lengua. Swallow mira hacia otro lado y su mentón está inclinado. No hablamos de Jade, quien falta, aunque ninguna de nosotras se mueve para tomar el lugar que ella usualmente ocupa.

Le sonrío débilmente a Pearl. Ella me mira con sus ojos redondos, ya llenos de lágrimas. Se está preguntando si su cliente vendrá esta noche y la salvará de la ira de madame Lee. En algún punto, pienso, tendrá que ser valiente.

Entra madame Lee. Cada noche, antes de que el burdel abra sus puertas, habla con nosotras para recordarnos la verdadera razón por la que estamos aquí. Durante ese tiempo también nos inspecciona, asegurándose de que nuestras muñecas sean tan blancas como nuestros rostros, que no hayamos ganado demasiado peso donde sí importa, que luzcamos frescas, placenteras al ojo, deliciosas. Está orgullosa de nosotras, nos dice con frecuencia.

—Algunas de ustedes habrán notado —comienza— que esta noche falta alguien. Quiero que miren el espacio en el que normalmente está Jade. Anoche sacamos a Jade porque me estaba robando.

Al escuchar esto, algunas chicas cambian de postura. Una se tapa la boca al toser.

Madame Lee no se da cuenta o pretende ignorarlo.

—Jade dormía aquí, comía aquí, usaba mis recursos, pero no estaba ganando dinero para mí. Casi tres semanas seguidas terminó la noche sin ganar nada. Imagínense eso. Imagínense darle todo a alguien y que ella no te dé nada a cambio. Eso es lo mismo que robar.

Ninguna responde. Lo que sea que diga madame Lee siempre es la verdad.

—Como saben —continúa—, esta no es la primera vez que ocurre. Muchas chicas me han robado y yo les di el castigo que merecían: me deshice de ellas. Les cuento de Jade porque ella llegó aquí antes que ustedes, pero aun con eso sufrió las consecuencias de sus actos. No quiero que se pongan cómodas pensando que siguen aquí porque llevan más tiempo que nadie más. De ustedes espero que todas trabajen duro y ganen el dinero que me deben por vivir aquí y beneficiarse de mi bondad.

Inhala.

Nosotras nos dedicamos a observar nuestros zapatos y la alfombra, donde enredaderas de color dorado y rojo se entrelazan entre sí. Trazo el carácter de jade contra mi pierna 玉: un emperador con un guion atravesado en una de las esquinas, que debe lucir como tres trozos de jade entrelazados. Es el mismo jade que vive en mi nombre real.

—¿Entendido? —pregunta. Cada una puede sentir su mirada sobre la cabeza. Asentimos en grupo.

—Bien —dice—. Ahora vayan a ser niñas dulces con nuestros clientes.

Nos colocamos en nuestro orden oficial antes de entrar a la habitación con la ventana: las niñas más jóvenes van al frente, las más experimentadas van en medio y las altas van atrás. Yo voy a pararme al frente de la fila, pero madame Lee me detiene.

—Peony —me llama.

Las chicas chillan, observándome mientras entran en fila en la habitación. Incluso Swallow, que ha hecho esto cientos de veces, voltea a verme antes de desaparecer. Cuando ya han salido y solo quedamos madame Lee y yo, camina hacia mí luciendo los dedos ensortijados con anillos.

—Tengo una oferta interesante para ti —dice—. Siéntate.

Lo hago, con cuidado para no arrugar mi falda. Madame Lee permanece de pie, observando mi cuerpo con los ojos relucientes.

—Esta noche tenemos un cliente especial —me informa—. Es el hijo de alguien que ha sido muy generoso con la *tong* Hip Yee. La *tong* me ha ordenado darle una chica gratis, como para mostrar su gratitud. Ese cliente —continúa— pidió algo muy específico, algo que solo tú puedes proveer. ¿No sientes curiosidad de qué sea eso?

Puedo escuchar la voz de Swan penetrando en mi oído. «Yi ci», canta, «un cliente me pidió sentarme en su pecho y *tu* mi desayuno. ¿Pueden creerlo? Y cuando al fin lo logré, él *da ku* de placer!».

—Ya todos saben que yo tengo las mejores chicas —dice madame Lee ante mi silencio, poniendo la mano sobre mi muslo—. Pero nuestro nuevo cliente es muy peculiar. Solo quiere hacerlo con una chica que nunca haya estado con un hombre blanco.

Presiona con más fuerza y sus anillos perforan mi carne.

—¿Entiendes por qué eres perfecta? —dice madame Lee—. Todas mis chicas se han acostado con muchos, muchos hombres. Salvo tú, Peony. Tú, a quien nunca han estrenado. Esta noche serás el regalo perfecto para nuestro cliente especial.

Entonces suelta mi muslo. Acaricia mi mejilla y luego frota sus dedos, enrollando el polvo de arroz que los cubre.

—Deberías considerarte afortunada —me dice—. La *tong* quedará muy complacida.

Hago lo que se espera de mí. Asiento con la cabeza, mantengo los codos pegados a mi cuerpo, sonrío.

—Lo trataré muy bien —digo, pensando en dónde estará Jade en este momento. Haré lo que sea para no acabar en un lugar así.

—Buena chica —dice madame Lee, alcanzando mi mejilla para acariciarla una vez más. Yo aprieto mis manos una contra la otra hasta que mis uñas casi me perforan la piel solo para evitar mirar en otra dirección.

—Nuestro cliente está por llegar—continúa—. Tú serás suya la noche completa.

Antes de irse, voltea hacia mí una vez más. Intento lucir fuerte y valiente, tal como he visto que lo hace Swallow.

—Y, Peony —dice, y mi nombre escurre de su boca—, harás lo que sea que él te pida.

Me deja ahí esperando. Imagino el tipo de hombre que pediría a una niña virgen y si será o no gentil conmigo. O si me golpeará como aquel hombre golpeó a Swallow. Pienso en el golpe que hizo que la mitad de su rostro luciera como agua turbia por el moretón, preguntándome cómo luciría en mi rostro.

Las lámparas de aquí tienen pantallas de color rojo y negro para que todo luzca como un secreto. Se usan para esconder las imperfecciones de nuestros rostros, diría Swan. «En la oscuridad, hasta las manzanas magulladas lucen bien».

Cada sonido de un carruaje que pasa fuera, cualquier risa o grito hacen que mi cuerpo se tense y que mis extremidades se aprieten más. «¿Cómo voy a poder hacer esto?», me pregunto. ¿Podría morir por hacerlo? No sé si tendré siquiera la fuerza suficiente para levantarme del sofá cuando el cliente entre por fin.

Veo un reflejo relucir sobre el pesado sillón de madera que tengo enfrente. Mis ojos reaccionan, cada nervio alerta frente a los cambios de la atmósfera, intentando memorizar cada detalle de esta habitación, de mí misma, antes de que todo cambie. Mañana esta habitación no lucirá igual. Mañana yo no seré la misma persona en mi interior.

El reflejo crece y se expande sobre el sillón. Entonces ya no es un reflejo, sino una forma y una tonalidad. Blanco y expandiéndose en blancura. Podría ser humo de alguna varita de incienso que se quema o alguna sombra de la gente que pasa por la calle. Podría ser una niña de algún cuento, una niña que ahora sería llamada mujer. Cierro los ojos buscando la calma. Cuando vuelvo a abrirlos, veo a Lin Daiyu frente a mí.

Hola, me dice. Su voz suena ronca, como si hubiese estado llorando o no la hubiera usado en mucho tiempo.

Mis hombros se colapsan contra el sofá. Me había convencido de que al atravesar el mar por fin nos habíamos separado, pero hela aquí, con el rostro tan blanco como el pecho de un cisne; su cabello negro platinado inexplicablemente húmedo. No luce como la Lin Daiyu de la historia, sino que se parece a la Lin Daiyu de mi sueño: ojos azules, nariz más larga y aquellos labios rosados. Su chaqueta de satín y su falda brillan en la tenue penumbra de la habitación. Por chal trae una red de pescar.

—¿Has estado nadando? —le pregunto tontamente. Después, recordando dónde estoy y qué está por ocurrir, me levanto y agito los brazos frente a ella—. Debes irte —digo deseando que ocurra lo contrario. Después de todo, ella está aquí y ya no estoy tan sola. Ambas cruzamos un océano solo para acabar aquí.

—No seas tan dramática —contesta—. Solo estoy aquí porque pediste mi ayuda, te guste o no.

Miro por el rabillo del ojo el reloj de pared. Casi las nueve. El cliente no tarda en llegar. Pero Lin Daiyu no debe estar aquí cuando lo haga. No sé aún si solo existe para mí o si los demás podrán verla también. ¿Dónde podría esconderse?

Como si conociera la respuesta, Lin Daiyu se pone de pie en su lugar junto a la silla y camina hacia mí. Es una versión más joven de mí misma, quizá la que existía antes de todo esto, quiere correr. Pero algo más —¿será ella?— se lo impide.

Ahora está frente a mí, sus ojos azules lucen caídos. Cuando te recuerdan por ser el rostro de la tragedia, tu cara siempre debe estar buscando el centro de la tierra, pienso. Entonces pone sus manos húmedas sobre mi rostro y me abre la boca. Nos miramos a los ojos: ella, la historia que luce como yo; yo, la chica con un cuerpo vacío. Hubo un tiempo en que la odiaba, otro donde le tuve pavor y otro más donde sentí tanto delirio que podría haberme enamorado de ella. Ahora no sé cómo me siento. Pero Lin Daiyu no espera a que yo me entere. Se mete a mi boca antes de que yo pueda hacer algo y desaparece.

Madame Lee sale apresurada de su oficina y sus mejillas lucen rojas.

—¡Ya está aquí! —chilla. Corre a la puerta del burdel, con una de sus manos sobre el imperdible que lleva en el cabello y la otra llamándome para que me ponga de pie—. ¿Estás lista?

Me levanto y siento cómo Lin Daiyu se estira en mi interior.

¿Qué piensas?, pregunta a la altura de mi cuello. *¿Estamos listas?*

4

El hombre no es un hombre, sino un niño.

Me doy cuenta por la forma en que se para, como si el cuerpo le creciera más rápido que el resto de sí mismo, y como si todavía no se sintiera cómodo en él. El *chang shan* púrpura le queda grande de los hombros; se ve como un alambre envuelto en una sábana. El chico se mantiene de pie y observa. Luce desafiante y temeroso a la vez, como si estuviera esperando que alguien dudara de él.

Me impresiona mucho verlo aquí. Sus ojos tienen la forma de un pescado diminuto, su cabello es entre castaño y negro, me recuerda a los hongos llamados orejas de Judas. Verlo hace que mi corazón salte y recuerde a mi familia y mi casa. Puede que no sea mucho mayor que yo.

El niño no está solo. A ambos lados suyos hay dos hombres, sus rostros son blancos e idénticos. Pienso en el carácter de los gemelos 雙, la pareja de pájaros que reposa sobre la cima. Al vuelo, los pájaros se siguen e imitan, y así es cómo estos hombres blancos se mueven también: dos brazos izquierdos cruzándose sobre los brazos derechos, dos pechos que suben y bajan con el mismo aliento caliente. El niño luce como si quisiera alejarse lo más posible de ellos.

—Bienvenidos —dice madame Lee a la tríada. Hace una reverencia.

Los dos hombres blancos no contestan su reverencia.

—¿Es ella? —pregunta uno de ellos.

Al interior, Lin Daiyu inclina mi cabeza pues mis ojos están a punto de mirar al cielo.

—Ella es Peony —dice madame Lee y su voz es tan cargada como el verano mismo—, un regalo de la *tong* Hip Yee. Lo hará a la perfección.

—¿Escuchaste? —le dice el otro al niño—. Es tuya para hacer lo que quieras con ella, Mule. ¿Puede acercarse? *Pee-oh-knee*, acércate.

Madame Lee voltea a verme y asiente. Yo arrastro los pies en dirección a sus voces y mis zapatos de tela no hacen un solo ruido sobre las gigantescas alfombras del suelo.

—Viene a la orden —dice el primero con alegría—. ¿Puedes darte la vuelta? Date una vuelta para nosotros, niña bonita.

Imagino a Swallow, la manera en que sus caderas guían el óvalo, cómo su espalda se transforma en una serpiente que danza a mitad del aire. Me muevo hacia la derecha y giro, haciendo sobresalir mi cadera.

—Excelente. —Los escucho decir—. Oh, eso es magnífico.

Cuando los vuelvo a mirar de frente, volteo hacia arriba buscando los ojos de mi cliente. Tiene una cara débil, de esas en las que la barbilla se pierde en el cuello. Puedo contar tres pelitos creciéndole sobre el labio superior y todos van en diferentes direcciones. No me mira, en vez de a mí, mira al espacio a mi lado; los labios le tiemblan. Entiendo que tiene tanto miedo como yo.

—Regresamos en la mañana, Mule —dice uno de los hombres blancos, empujando al niño al frente. Él se tropieza y cae sobre mí. Por instinto, lo cacho.

Los dos hombres blancos ríen.

—Parece que sí va a encargarse de ti esta noche.

Yo tomo la mano del niño, tiene la suavidad de una pancita, y lo guío escaleras arriba.

&

Se sienta sobre mi cama. Yo estoy de pie junto a la puerta. En la habitación junto a nosotros, Iris ha comenzado ya a entretener a su primer cliente de la noche. Sus risitas atraviesan los muros. El niño y yo no nos miramos.

En mi interior, Lin Daiyu vuelve a respirar. Observo mis pies caminando hacia el frente, caminando hacia donde él está sentado sobre la cama. Lin Daiyu respira en mi cuello. Estoy levantando la mano, ahora estoy colocándola sobre su hombro.

Él se espanta cuando la siente.

—¿Qué… qué haces? —pregunta.

—¿No es esto lo que quería?... —pregunto.

… *señor*, añade Lin Daiyu.

Ahora él saca el pecho y se endereza. Intenta lucir rudo.

—¿Cómo puedo estar seguro de que tú eres lo que yo quiero? —me responde—. Quiero una chica que nunca se haya acostado con un hombre blanco. Yo sé que todas las putas como tú se acuestan con hombres blancos, les permiten deshonrarlas. Yo no voy a acostarme con una niña que se ha dejado ensuciar de esa forma.

—Yo no me he acostado con un hombre blanco. —Le juro—. Nunca me he acostado con nadie.

Me mira intensamente y el hombre fuerte se deshace. El niño vuelve a surgir en él.

—¿Yo voy a ser el primero?

—Sí. —Algo se hunde en mí—. Tienes mucho que enseñarme, le digo.

Él se desinfla.

—Yo tampoco he estado con nadie nunca antes —confiesa.

Nos miramos a los ojos, ambos sentimos curiosidad, nos preguntamos qué hará el otro. Si sigo hablando con él, pienso, puedo demorar el acto, empujarlo aún más lejos con mis palabras.

—¿Por qué estás aquí? —le pregunto—. ¿Quiénes eran esos hombres que te acompañaban?

Él parece aliviarse también con la demora.

—Son mis hermanos —contesta—, mis medios hermanos.

—¿Tus padres son chinos?

—Mi madre. Mi padre es blanco.

—¿Cómo? —respondo. Busco la evidencia de su blancura. Abajo solo alcancé a ver las cosas que hacían que me resultara familiar: cabello negro, mejillas anchas, el color de mi hogar en sus ojos. Ahora comienzo a buscar en él aquellas cosas que lo hagan un extranjero: el puente de la nariz alto, el ceño pronunciado. Él podría ser un borrón de ambos rostros.

—Mi padre conoció a mi madre en China. —Puedo ver que atesora esa historia, pero también que le resulta dolorosa. Es suficiente para distraerlo de este asunto—. Yo solo era un niño cuando regresó a América y me trajo con él. También tengo una hermanita, pero ella sigue en China. A ellas las dejó allá.

—Pero ¿quiénes —insisto— son tus medios hermanos?

El niño hace un gesto y las comisuras de su boca se oscurecen.

—Mi padre ya tenía una familia aquí. No apreciaron que trajera a casa a un pequeño niño mitad chino. Ahora dicen que no creen que sea un hombre. Dicen que mis partes masculinas están defectuosas y no sirven.

No puedo evitar mirar al suelo.

—Lo siento —dice. Puedo ver que tiene lágrimas en los ojos—. Estoy hablando demasiado. Siempre hablo de más.

—¿Por eso estás aquí? ¿Para sacarlos de su error?

Se voltea y limpia sus ojos con una de sus mangas.

—Sí —me contesta—. Dicen que no seré un hombre hasta que no me acueste con una niña.

Siento simpatía por él. Yo he sufrido, sí, pero al menos sé que alguna vez fui amada.

El niño vuelve a mirarme, ahora sus ojos están secos e inyectados.

—¿Y a ti qué te importa? —dice gruñendo—. ¡Desnúdate!

El gruñido suena forzado, es falso. No siento miedo de él, pero le obedezco. Me desabrocho la blusa y la dejo caer en silencio, después hago lo mismo con la falda. Él cierra los ojos, no se atreve a verme. Desde que entré al burdel, madame Lee me alimentó cuatro veces al día y me dejaba comer avena extra en el desayuno y dos raciones de carne en la cena. «Necesitas desarrollarte aquí y aquí», me decía, apuntando o pellizcándome. «Ningún hombre quiere acostarse con un niño». Al pasar de los días vi cómo mis piernas y mis brazos engordaban. También los pechos me empezaron a crecer, inflando dos pequeños montículos que entonces descansaban incómodos y nuevos sobre mi pecho.

Cuando al fin estoy desnuda frente a él, lo único que me mira son los pies. A nuestro lado se escuchan los gemidos de Iris.

El niño se pone de pie y hace un gesto hacia la cama. Ahora tiene una cara de acero y las lágrimas han vuelto a correr sobre sus mejillas.

«¿En dónde me refugio?», me pregunto, pensando en las palabras de Swallow. Me acuesto. «¿Qué lugar me apetece?».

El niño se trepa sobre mí y sus piernas obligan a las mías a abrirse. Sus brazos me cercan. Su boca huele a pera. Yo me obligo a buscar un sitio para refugiarme.

Su rostro se desploma y su nariz golpea la mía. Sus mejillas pulverizan mi rostro. Creo que eso fue un beso. Sus manos están por todos lados, pero no quieren hacerlo. Siento que la sangre de sus palmas están hirviendo.

—¡Carajo! —maldice, y sus manos se mueven hacia sus pantalones. Yo no quiero mirar. En cambio, presto atención al sonido de un botón atravesando su ojal, y luego, el susurro que la tela produce cuando él los desliza.

Recuerdo ver a mis padres amándose cuando era más joven, la forma en que mi madre se acurrucaba entre los brazos de mi padre. Mi padre levantaba su cabeza y ponía un beso sobre su frente y luego otro en sus labios. Me gustaba la manera en que se veían juntos, sus cuerpos inclinados el uno sobre el otro, buscando al otro como quien se rinde, con el mismo gesto que tienen los árboles para buscar la fuente de agua. Así, pensé entonces, es como uno debe amar.

«¿En dónde puedo refugiarme?». Definitivamente no es en esa escena de mis padres amándose. Ese recuerdo es demasiado sagrado. Nada que contenga a mi abuela. El rostro del niño se acerca a mí de nuevo, pero ahora jadea, y yo sigo sin hallar un refugio. «¡Piensa! ¡Piensa!». No quiero estar aquí cuando ocurra. Lo único que puedo hacer es cerrar los ojos con fuerza y esperar que sea suficiente para hacerme desaparecer.

Esto es lo que ella ha estado esperando. En mi interior, Lin Daiyu vuelve a resoplar y puedo sentirla deslizarse por mi cuerpo, sus extremidades se inflan en mi interior. *Déjame intentarlo,* me dice.

Y yo pienso: «Creo que estoy feliz de dejar que te quedes aquí un tiempo».

Algo me pica en la mejilla. Abro los ojos. El rostro del niño se suspende sobre el mío y tiene los ojos bien abiertos. Siento otra gota sobre mi frente. Me doy cuenta de que está llorando.

—No puedo hacerlo —dice. Se quita de encima de mí y la cama gime con el cambio de peso—. No puedo hacerlo, no soy tan hombre, como dicen ellos.

Yo también me siento.

—No es porque seas menos hombre —le digo. En mi interior Lin Daiyu se mofa, pero se retracta.

—Nunca seré un hombre si no puedo hacerlo —afirma, mirando hacia otro lado.

—No tienes que hacer nada. Puedes decirles que lo hiciste. Y si me preguntan, diré lo mismo.

Me mira a los ojos.

—¿Cuántos años tienes, hermanita?

—Catorce —le contesto. Y es la verdad.

—La misma edad que mi hermana —dice él—. Cada tanto me llegan sus cartas, preguntándome cuándo iré a casa o cuándo podrá visitarme. Pienso que no quiero que venga a visitarme.

¿Qué piensas tú? Yo temo que acabe en un lugar como este. —Se ríe, pero de inmediato mira hacia el suelo—. Discúlpame, puedes volver a vestirte.

—No te disculpes. —Me pongo de pie para volver a vestirme y abotonar mi blusa hasta el cuello. Pienso en Jasper, en cómo debí huir de que me tocara y dejar que aquellos vendedores de pescado me atraparan.

Quizá tu hermana sería más lista que yo, le contesto al recordar lo tonta que fui.

Al día siguiente, madame Lee está contenta. En el desayuno le muestra mis sábanas manchadas al resto de las niñas. Yo ruego que nadie note que el tono de la sangre que perdí es el mismo del rubor que uso en los labios.

—Dijo que eras todo lo que estaba buscando —dice ella, sonando como un gato—. Sabía que no me defraudarías, Peony, orgullo mío. La *tong* estará muy complacida.

—Sí, madame —digo yo, pensando en las lágrimas del niño en mi rostro, la elasticidad de sus muslos, su hermanita—. Gracias, madame.

Las niñas me tienen celos ese día. Durante mi turno en la lavandería, volteo para verlas observándome, sus bocas susurran maldiciones detrás de sus manos blancas-rosadas. Yo miro hacia abajo y encuentro mi concentración sobre la camisa que estoy planchando.

—¿Cómo te fue? —pregunta Swallow.

—Fue más fácil de lo que pensé —le digo.

Swallow se ríe frente a mi respuesta sencilla, después intenta esconderlo. Veo que algunas chicas nos miran con resentimiento. Swan es una de ellas.

Madame Lee me llamó *su orgullo.* ¿En qué convertía aquello a las chicas que han estado teniendo clientes todo este tiempo? Le lanzo a Swan una mirada arrepentida, pero ella mira hacia otro lado y pretende no haberme visto.

Pero se siente bien haber hecho reír a Swallow. Se siente bien compartir con ella esta medalla de equidad. Por primera vez siento que tal vez encontré a una amiga aquí.

Aquella noche, madame Lee vuelve a retenerme cuando las chicas se forman.

—El cliente de anoche va a volver hoy —dice, y su sonrisa luce más apretada esta noche—. La *tong* quiere que vuelva a ofrecerte sin cobro.

Me gustaría que no dijera estas cosas frente a las otras niñas. Alguna bufa entre dientes. Swallow le pone una mano en el rostro para detenerla.

Cuando llega el niño, otra vez está cercado por sus dos hermanos mayores.

—¡Así de bueno fue! —le dicen a madame Lee—. ¡Nuestro niño desea otra ronda!

—Ahora que lo pienso —dice uno de ellos, mirándome lascivamente—, quizá yo también quiera una ronda con esta. Si es tan buena como dice Mule que es.

—Si tú me tienes —digo sin mirarlo a la cara—, ¿a quién tendrá tu hermano? No tendrá a una niña que nunca se haya acostado con un hombre blanco, ¿recuerdas?

El medio hermano está lívido. Da un paso al frente, me toma del brazo y sus dedos me llegan al hueso.

—¿Qué me dijiste, puta china?

Un golpe, luego un aullido. Uno de los guardias lo ha golpeado en el rostro. El medio hermano está sobre el suelo, apretando una palma contra una de sus sienes.

—Disculpe, señor —dice madame Lee, pero no es una disculpa en absoluto—. Solo los clientes que pagan pueden tocar la mercancía.

El medio hermano escupe en el suelo. El otro medio hermano lo ayuda a ponerse de pie. Empujan al niño al frente, maldiciendo.

—Tú también vas a recibir lo que te toca —me dicen—. No pienses que olvidaremos.

~

—Les dije que lo hicimos —dice cuando entramos a mi habitación—. Y ellos respondieron que debería volver si fue tan bueno como yo dije. Y yo contesté que volvería. Pero en realidad, creo que solo quiero platicar contigo.

Se llama Samuel, de ahí que le digan *Mule.* Tiene dieciocho, un hombre solo por la edad. Su padre es un banquero poderoso, uno que ayuda a la *tong* a diversificarse y esconder las ganancias de sus actividades ilegales, incluyendo esta. No sabe si volverá a ver a su madre y a su hermana.

—¿Puedo preguntarte quién eras antes de todo esto? ¿De dónde eres? ¿Dónde está tu familia?

Quiero confiar en él, pero también recuerdo cómo haber confiado en un extraño fue lo que me trajo aquí. Entonces le cuento del océano, la manera en que el agua golpeaba y rugía y sobre la cadencia de las gaviotas mientras flotaban en lo alto. La boca se le hace agua al escuchar mis historias. Nunca ha comido el pescado de ese lado del mundo. Le digo que tienen el sabor del corazón del océano, si es que el océano tiene corazón.

—¿Qué se siente tener un padre blanco y una madre china? —le pregunto a mi vez. Después de lo que he visto en el burdel, no puedo imaginar a un hombre blanco ser gentil con una mujer china.

—En realidad no lo sé —dice mirándose las manos—. Era muy joven cuando mi padre me trajo aquí. Ni siquiera recuerdo cómo luce mi madre.

—¿Y tu madrastra?

—Me odia. Me llama *mancha,* mugre de Oriente. Yo le llamo demonio de cabello amarillo con hielo en los ojos. Solo que me gustaría decírselo a la cara.

—Seguro la odias mucho.

Él asiente.

—Quiero irme. —Y en sus ojos reluce un gesto infantil—. ¿Has escuchado de Idaho? Allá va un montón de hombres chinos.

Necesitan hombres que trabajen en las minas allá. Pienso que podría hacer eso. Podría trabajar en una mina, mostrarle al mundo qué tan hombre puedo ser.

—¿Idaho? —repito.

—Está al este. Bueno, un poco al oeste. ¿Alguna vez escuchaste de Boise? Se supone que es un centro de chinos. Lo llaman el salvaje Oeste. Un lugar en el que puedes ser quien tú quieras.

I-da-ho. Si reproduzco esos sonidos en chino, significa *amar a un gran mono.* Pensar en eso me hace reír.

—Suena bien, ¿no? —dice Samuel, mirándome—. Todos los días hay grupos que se van. Pienso que pronto voy a unirme a uno. Cualquier otro lugar debe ser mejor que aquí.

—Pero aquí tienes dinero, comida y una casa —respondo—. ¿Vas a renunciar a eso para trabajar en una mina?

—Tú tienes lo mismo. —Hace un gesto a la habitación—. ¿Vas a decirme que quieres quedarte aquí?

Después de que Samuel se va, me quedo acostada en la cama, escuchando el canturreo de Iris mientras se despeina. Ha tenido varias noches buenas seguidas y estoy segura de que madame Lee va a premiarla en la mañana del siguiente día.

No puedo dejar de pensar en lo que dijo Samuel. Una vez que se vaya a Idaho, ¿qué pasará conmigo? ¿Deberé tener más clientes por el dinero que madame Lee no recibió dado que fui un regalo? No importa. Mi tiempo aquí está limitado. Un día ya no seré deseable para los hombres, y cuando llegue ese día, terminaré pidiendo limosna en las calles hasta que me llegue la hora de morir.

Lin Daiyu duerme a mi lado. Cada tanto deja escapar una tosecita y yo la siento en mis costillas inferiores. La misma enfermedad que la siguió en la infancia parece existir aquí con ella.

—Descansa —le digo. No necesito que esté despierta para saber que ninguna de las dos puede quedarse aquí.

5

Samuel me visita cada noche. Solo así logra que sus medios hermanos lo dejen en paz. E incluso su padre está de algún modo orgulloso, me dice. No le cuesta nada que su hijo se convierta en un hombre.

—La *tong* Hip Yee está muy agradecida con tu padre por su generosidad —le dice madame Lee cada noche antes de entregarme. Pero a pesar de ello, veo cómo su sonrisa es cada vez más angosta.

Las visitas diarias de Samuel significan que madame Lee no puede venderme a otros clientes. Soy la única niña del burdel que no gana dinero, pero como soy un regalo de la *tong*, también soy la que está mejor protegida. Las otras chicas, a excepción de Pearl y de Swallow, han dejado de hablarme. Incluso Swan, que no era mala conmigo —¿alguien le agradará a esa niña algún día?—, ya ni siquiera me mira. Para ellas yo de alguna forma me convertí en la niña favorita de la *tong* sin siquiera trabajar de verdad.

—Pues seguramente no es muy buena —dice una de las niñas en la lavandería—. Iris dice que apenas puede escuchar algún ruido cuando él está allá dentro. ¿Qué hace? ¿Arrullarlo?

—No las escuches —me dice Swallow. Como ambas estamos aisladas, nos hemos hecho más cercanas. De muchas maneras pienso que ella es la única que puede entender. Comienzo a anticipar las mañanas en que podemos demorarnos con la ropa; mientras hablamos en susurros, lo que forma una red que nos une.

—¿Cómo lo soportas? —Alcanzo a ver los ojos entornados de unas cuantas niñas exprimiendo unos pantalones.

—He estado aquí desde que tenía seis años —responde. Está cabizbaja y tiene el ceño fruncido mientras se enfoca en la plancha caliente que sostiene con las manos—. Pronto aprendes a soportar las cosas.

Esta es la primera pista que Swallow me ha ofrecido sobre su vida antes del burdel. Me sorprende, pero no le digo. Seis años. Tiene sentido, entonces, que no parezca tenerle miedo a madame Lee y que madame Lee, a cambio, la trate diferente al resto de nosotras. Swallow no solo es buena en su trabajo: fue criada para ello.

Aquella noche, cuando las chicas se alinean para que madame Lee las revise, creo que al fin puedo verlo. Hay un delicado acuerdo entre madame Lee y Swallow, algo a lo que ninguna de nosotras sabría que hay que prestarle atención. Es algo que había visto antes en mi propia madre: la capacidad para siempre saber, incluso antes que yo, lo que iba a hacer. Había cariño, sí, pero también un conocimiento supremo en lo que creabas. Para madame Lee, Swallow era tan buena como una hija.

Pearl ocupa el lugar que por lo común es el de Swan mientras trabajamos en la lavandería. Yo miro a todos lados, pero no veo a Swan por ninguna parte.

—No ha tenido un solo cliente en diez noches seguidas —dice Swallow cuando nota que estoy buscándola—. ¿Crees que madame Lee iba a dejarla quedarse?, ¿con la edad que tiene?

Agacho la cabeza. Swan se ha ido y en el burdel será como si nunca hubiera estado aquí. En la mañana, una nueva chica será llevada a su cama. Primero Jade, ahora Swan. ¿Quién sigue? ¿Yo, una vez que Samuel deje de patrocinarme?

Ese día se hace el silencio en la sala de la lavandería. Las niñas hablan en voz baja. No chismean. Nadie tiene corazón para ello. La ausencia de Swan es un recordatorio más para el resto de nosotras: aquí no están seguras.

—Podrías venir conmigo a Idaho —dice Samuel cuando le cuento de Swan y de las jaulas—. Dejar atrás este lugar. No pueden lastimarte si no te tienen cautiva.

La idea ya me había cruzado la cabeza. Pero un deseo aún más grande hace palidecer la promesa de Idaho: la casa de tres muros que mira hacia el mar, mi abuela y yo. Encontrar a mis padres. Tengo que regresar a casa.

—¿Puedo llegar a China desde ahí? —le pregunto—. ¿Hay un puerto como el de acá?

—¿Por qué? —me pregunta, riendo—. ¿Intentas volver a China?

—No puedo quedarme aquí.

Se detiene un momento en lo que acabo de decir; en su rostro encuentro una expresión que no me resulta familiar.

—Claro, puedes llegar a China desde allá.

—Bien —digo, con una felicidad frágil despertando en mi interior—. Tendré que disfrazarme de hombre. Y voy a necesitar papeles nuevos.

—Yo puedo encargarme de todo eso —responde él—. Dame dos semanas y nos vamos. Va a ser lindo estar juntos. Yo puedo protegerte.

En San Francisco llueve todo el tiempo. Nunca son tormentas grandes, sino neblinas ligeras que penden del aire mucho después de que la lluvia ha cesado. Esta noche, después de que Sam se va, vuelve a llover, pero esta vez la lluvia es fuerte y rápida, y azota mi ventana con un *stacatto* de urgencia.

A la mañana y tarde siguientes, la lluvia continúa con fuerza. A las niñas les disgusta; dicen que hace que les duela la cabeza y que su cabello se aloque. En días como estos sienten alivio de estar dentro de una casa. Yo mantengo la cabeza gacha y hago mi trabajo, pero mi corazón está lleno de la lluvia y de mi abuela.

Cerca del fin de la tarde, madame Lee me saca del trabajo de la lavandería y me lleva a su oficina.

—El padre de tu niño está feliz —me informa—, lo cual quiere decir que la *tong* está feliz. Así que quiero agradecerte, Peony.

—Yo debería ser quien le agradezca a usted —respondo.

Encuentra esto chistoso y ríe, pero sus ojos permanecen con un gesto de dureza.

—Tan buena niña —dice con el mismo tono dulce que usó la última vez que hablamos. Sé que lo que sea que venga no será bueno.

—Has de haber notado que Swan ya no está con nosotros —continúa.

—Lo noté.

—La corrí —dice y hace un gesto de puchero—. Qué lástima, en verdad. Si tan solo hubiera controlado su bocota.

¿Fue su bocota o su rostro maduro? Yo volteo a ver mis zapatos. La razón no importa. Solo importa lo que diga madame Lee.

—La cosa es que —continúa, inclinándose hacia mí y poniendo su nariz muy cerca de mi rostro— Swan dejó unos clientes muy ricos. Y aquí me pregunto: ¿es justo que una de mis niñas más perfectas se desgaste con un enano medio chino? Todos esos clientes con bolsillos profundos… ¿te gustaría comprobar a qué saben ellos también?

—Pero yo soy el regalo de la *tong* a un solo hombre —replico—. Si me acuesto con otros hombres, ya no podré ser suya, madame —y añado el vocativo al final.

Ella no esperaba escuchar esto de mí. La máscara cae al suelo y yo puedo ver el rostro real de madame Lee por primera vez, no el rostro que usa para hablar con los clientes, ni siquiera el que usa para hablar con nosotras. Este rostro es inexpresivo y lo único que le interesa es el negocio, el capital y el poder. Son las cosas que llenan de crueldad su rostro.

—Eres más tonta de lo que pensaba —estalla—. Entiende lo que te estoy diciendo: tengo hombres que están haciendo fila para pasar tan solo una noche contigo. Cada vez que vienen me preguntan por ti, y cada vez tengo que darles la misma respuesta: «No, señor, esa no está a la venta». ¿Sabes cuánto dinero están ofreciéndome? No, no lo sabes, porque no sabes lo que significa estar en mi posición. He aquí lo que harás: cuando no estés con ese niño, vas a comenzar a atender otros clientes. Y no vas a decirle nada al niño.

—¿Y si la *tong* se entera?

Entonces me golpea, volteándome el rostro completo.

—No creo que eso sea un problema —dice. Y entonces, tan rápido como se había caído, su máscara vuelve a su lugar—. Mírate, querida niña. Desde que atendiste a tu primer cliente, te ves cada vez más linda. Tus mejillas son más rosadas, tu cabello brilla más. ¿Puedes culpar a los hombres por desearte?

No hay más que yo pueda decir. En realidad, nunca hubo nada que yo pudiera decir. Este fue el plan de madame Lee desde siempre: apaciguar a la *tong* mientras se guarda dinero extra a expensas mías. Me pongo de pie para salir y siento que mi mejilla punza por la fuerza con la que me golpeó.

—Peony —me llama madame Lee antes de que yo cierre la puerta, y su voz ya no finge dulzura—. Esta noche será la última que pases solo con ese niño. Mañana vas a abrirte al mundo.

La mujer de cabello amarillo, la madrastra de Samuel, le hizo desayunar carnero podrido. Me cuenta que pasó toda la tarde vomitando mientras sus dos medios hermanos reían y le daban puñetazos en el estómago. Ahora está sentado sobre mi cama, con el cuello rojo y los ojos vidriosos, y el aliento le huele a cuero no curtido.

—Tiene que ser mañana —le digo. Casi no he escuchado lo que ha estado diciendo, sino que pensaba más bien en mi conversación con madame Lee—. Debemos irnos a Idaho mañana.

Samuel se detiene, mirándome con asombro. Le cuento lo que me dijo madame Lee y cómo mañana, si sigo aquí, mi cuerpo será destrozado por la peor clase de hombres. Puedo ver cómo los ojos se le inyectan de sangre de solo pensarlo. Está pensando en su hermanita.

—¿Hay un grupo con el que podamos irnos? —pregunto.

—Siempre hay —afirma—. Puedo encontrar uno y podemos unirnos. Eso no es lo difícil. La parte complicada va a ser obtener los papeles que necesitas con tan poco tiempo.

Le respondo que esa no va a ser la única parte complicada. La seguridad de madame Lee es fuerte. Los guardias esperan en la puerta principal y vigilan a cada cliente que entra y sale. Un hombre no puede entrar al burdel y salir como dos.

—Muy bien —dice Samuel, y se sienta—. ¿Qué hay del día?

—Durante el día es todavía más difícil—. Le explico que la lavandería también es una operación muy bien planeada. La operación entera se arruina si falta una chica. Si yo no llego al trabajo, madame Lee va a saberlo de inmediato.

Nos sentamos y pensamos en silencio. Iris tiene un cliente nuevo esta noche, y por cómo suena el asunto, es un borracho. Lo único que necesitamos es un momento en que los guardias no estén mirando, un momento en que pueda deslizarme a través de la puerta abierta. Soy lo suficientemente pequeña y puedo correr. Correré tan rápido como sea necesario para nunca volver a esta vida.

Sin aviso previo, Samuel se pone de pie de la cama de un salto.

—¡Lo tengo! —exclama bailando por todos lados—. ¡Lo tengo!

Me explica en ese momento su plan. No sé si sea un buen plan, pero accedo a seguirlo.

—Si lo logramos, te deberé mi vida —le digo.

—Peony…

No, pienso. *Daiyu.*

Bien.

Hagámoslo.

6

—Tengo que decirte algo —le digo a Swallow.

A la mañana siguiente, estamos de nuevo en la lavandería Swallow, yo y las otras chicas. El burdel tuvo una noche agitada. Muchas niñas se mecen en su sitio, pues durmieron apenas unas horas antes de que empezara el turno matutino. No pueden ocultarse los bostezos a boca abierta. Pearl se talla los ojos con la parte interior de la muñeca. Hoy Iris no tontea, sino que mira al frente sin expresión, sus ojos ni siquiera enfocan. Incluso Swallow tiene bolsas púrpuras debajo de los ojos.

—Decirme algo… —repite con lentitud, y sus ojos quedan fijos en la camisa que tiene entre las manos—. ¿Qué podría ser? ¿No estarás pensando en huir o sí?

No esperaba que lo adivinara. Pero si lo adivinó, pienso que eso seguramente significa que quiere hacer lo mismo que yo.

—En realidad, sí —le contesto.

Por un momento creo que no me escuchó. Se inclina sobre la camisa, alisándola sobre la mesa. Una columna de cabello negro le tapa el rostro. Se lo lleva detrás de una oreja.

—¿Cómo?

—Quiero contarte —respondo—. Pero solo puedo hacerlo si prometes venir conmigo.

Entonces voltea a verme y sonríe. Es una sonrisa triste y sabionda, como si todo este tiempo hubiera estado esperando a que yo le preguntara eso, desde el día que llegué aquí.

—Sabes que no puedo hacerlo, Peony.

—No. No lo sé. Nadie merece quedarse aquí.

—Yo sí —me responde.

Swallow es mi amiga y quizá algo más cercano. En las horas tempranas de la mañana, mientras estaba acostada en cama escuchando a los vendedores desenrollar sus toldos y raspar los *woks* calientes con los cucharones, imaginé cómo sería si pudiéramos irnos juntas. Podríamos cuidarnos la una a la otra, encontraríamos una nueva manera de sobrevivir. Podría enseñarle caligrafía y podríamos ganarnos con ello la vida. O podríamos iniciar nuestro propio negocio de lavandería. Todo mundo necesita lavanderas, sin importar dónde viva.

Pero ahora mi sueño se rompe en trozos. El *no* apacible de Swallow está haciéndome enojar. Siento que en algún oscuro lugar de mi interior algo espantoso se forma y se precipita hacia mi boca.

—Piensas que siempre serás joven y bella —susurro. Debajo, mi plancha exhala vapor. Miro a mi alrededor y encuentro los ojos de Pearl. No sé cuánto tiempo lleva viéndonos. Pero no me importa en ese momento—. Cada día que pasa —le digo a Swallow— hace que te desvanezcas más. Un día los hombres ni siquiera voltearán a mirarte. ¿Y entonces qué? Estarás en una jaula o en la calle ¡y luego morirás!

No era mi intención decir esas cosas. O quizá sí. Lo único que sé es que necesitaba convencerla de huir conmigo.

—¿Piensas que madame Lee va a estar a cargo de este negocio para siempre? —me pregunta. La camisa en sus manos ya está lisa, pero ella continúa presionando y alisándola con la palma.

Yo me detengo. Honestamente, no había considerado a madame Lee o el futuro del burdel. En mi mente, siempre existiría, justo como madame Lee existía desde y para siempre. Pero frente a la pregunta de Swallow me di cuenta de qué tan estrecha era mi perspectiva. Un día, madame Lee también va a expirar, justo como las chicas que echa a la calle. ¿Y entonces qué? El burdel tendrá que continuar; está la *tong* y otros benefactores y personas malas que se encargarían de ello. Así funciona el mundo.

—Ya sé lo que las otras niñas dicen de mí —dice Swallow—. Que vine aquí por mi propia voluntad. Que caminé directo a madame Lee y le pedí ser una puta. ¿Tú también crees eso?

Entonces me mira, y sus ojos son como piedras húmedas.

—Alguna vez lo creí.

—¿Quieres saber la verdad? Mi padre me trajo. Tenía tres hermanos mayores y no teníamos suficiente comida. Un día me arrastró desde nuestra casa, todo el camino, hasta los escalones de madame Lee. Me aventó a sus pies y dijo que aceptaría cualquier dinero que a ella le sobrara. Le dio doscientos dólares. Yo lo vi irse con el dinero en la mano. Ni siquiera volteó a verme.

No contesto, recordando la historia de Bai He y a las niñas que un día salieron de mi aldea para ir a la ciudad con sus padres y no volvieron jamás.

—Tres hermanos —dice Swallow con amargura—. Tres hermanos, y poner comida en sus bocas era más importante que mi propia persona.

La rabia es lo que me detiene; la rabia me impide verla a los ojos.

—La *tong* quiere comenzar a entrenarme para hacer de mí una madame en un par de meses —suelta por fin—. Quieren que madame Lee se haga cargo de un burdel nuevo del otro lado de la ciudad.

—¿Y qué contestaste? —le pregunto, pero ya sé la respuesta.

—Dije que lo haría.

Un grito. Ambas nos despabilamos. Una de las chicas se ha quemado la mano. Corre al lavabo y la pone debajo del chorro de agua fría. Yo miro la mano de la niña, roja y brillante. Estoy mirando, pero no veo.

—Así que quieres mantener vivo este lugar de tortura —sentencio.

—Estos lugares siempre estarán vivos. Pero al menos aquí, como madame, hay mucho que puedo hacer. Puedo hacer más por estas chicas que si estoy allá afuera.

—¡Mentirosa!

Estoy intentando mantener mi voz baja, pero mi esfuerzo es inútil. Alguna vez creí que Swallow era mejor que el resto de nosotras. Mejor que madame Lee, mejor que las niñas que se arañaban y mordían las unas a las otras por sus clientes. Pensaba que ella estaba por encima de todo eso. Solo entonces entendí lo tonta que fui al confiar en ella. No era nada más que otra madame Lee, y un día iba a tener un harén entero de niñas trabajando para ella, muriendo por ella. Vuelvo a trazar el carácter de su nombre 燕. Está el fuego, sí, pero todo ese tiempo estuve viéndolo de forma errónea. Hay una razón por la que el fuego está debajo del resto de los caracteres, debajo de la boca, y del norte y del número veinte. El fuego está ahí porque es ambicioso y busca quemarlo todo. Así es Swallow: consuntiva y destructora.

—Me das lástima —le digo.

—Sí, está bien que me la tengas —responde y vuelve a su camisa, frotándola con los dedos—. Hace mucho acepté que ese era mi destino. Si yo me fugara contigo ¿qué podría hacer? ¿Cómo contribuiría? Esta vida es lo único que conozco, Peony. Sé que ese no es tu nombre real. Swallow tampoco es mi nombre real. Salvo que sí lo es. Es el nombre que se me otorgó a mi llegada. Para ti es diferente: había una tú antes de esto y habrá una tú después de esto. Para ti irse es fácil. Irse es un escape. Para mí es lo opuesto. ¿No lo entiendes?

No puedo, no ahora. Pienso que no es más que una cobarde, demasiado atrapada en sus circunstancias para poder ver afuera de ellas. Quiero decirle que es mucho más que este burdel, que podría ser una Swallow a salvo, feliz y libre. Pero la niña frente a mí no es esa clase de mujer. No cree ser esa clase de mujer.

—Entiendo —respondo. Ahora la ira se hace más débil y comienza a reemplazarla un duelo—. ¿Irás a decirle a madame Lee o las otras lo que planeo hacer?

—Te puedo prometer que no —asegura—. Esta no es tu casa. No perteneces aquí. Tienes que seguir adelante, Peony. Yo sé que tú puedes seguir adelante.

En ese momento quiero llorar. El llanto bulle en mí de la misma manera en que lo hace el agua en una tetera antes de soltar su pitido de hervor. Pero lo contengo. Si logro escapar esta noche, si me alejo de este lugar y no vuelvo jamás, si logro olvidar quiénes son madame Lee, las otras niñas y los hombres, entonces, solo entonces, me permitiré llorar.

7

Después de acabar el turno de la lavandería, sentada sobre la cama de mi habitación, apenas y puedo respirar.

El plan. Debo recordar el plan.

Muchas cosas podrían salir mal. Y las consecuencias serán reales, mortales. Madame Lee me correría. O incluso podría matarme ella misma. Quizá alimentaría a los perros ferales del callejón detrás del burdel con mis restos; los perros que ladran y gimen durante toda la noche, aquellos cuyos gemidos no se distinguen de los que se escapan por las ranuras de las puertas cerradas junto a la mía.

Una y otra vez repaso en mi cabeza los escenarios que podrían ocurrir. «Si ocurriera esto, ¿entonces qué haría? Si pasa esto otro, ¿qué habría que hacer?». No hay espacio para el error.

—¿Sí sabes —dijo Samuel la noche anterior— que lo que ocurra depende de nuestra suerte, verdad?

—No hay tal cosa como la suerte —le contesté—. La suerte no es más que la oportunidad encontrándose con la preparación.

Era algo que había aprendido del amo Wang.

«No te concentres en la suerte», había dicho el amo Wang, «y concéntrate en cómo crear suerte para ti. ¿Piensas que un amo de la caligrafía se fía de la suerte? Lo que ocurre con el papel es que con la práctica se encuentra una invitación abierta en la hoja en blanco».

«Práctica», había dicho él. «La práctica hará que tengas calma, y esta te dará la energía para que tu espíritu esté completo».

«Práctica», pienso ahora. Me siento frente al tocador. El plan. El plan. El plan. No hay más opciones. Tiene que funcionar. Repaso cada segundo del plan, abro cada puerta, limpio cada repisa. Una y otra vez. Trazo un jabalí debajo de un techo contra la madera oscura. Techo: un punto rápido sobre la cima, luego una tapa fuerte y horizontal. Jabalí: la línea vertical con gancho, las múltiples líneas más pequeñas alejándose como plumas. Eso es lo que llamamos *hogar*. 家

Una y otra vez trazo ese carácter sobre la madera hasta que eso también se convierta en práctica, hasta que vuelva a la escuela de caligrafía en Zhifu y no a un burdel de San Francisco. La madera resuena bajo la fricción de mi dedo. Mi brazo hace los ademanes de un látigo y de una escoba, un ala a medio vuelo.

Si hubiera sido así, siempre así, yo habría sido feliz.

El amo Wang estaba en lo correcto: la práctica sí me calma. Mientras hago los trazos me alejo cada vez más de aquellas visiones de fracaso y desesperanza. En cambio, a cada trazo, a cada arista de la madera por la que pasa mi dedo, recuerdo la sensación de saber. De tener certeza. No he tenido certeza en mucho tiempo. ¿Qué seguridad o paz podría acarrear la certeza? «Esta», entiendo ahora, «es la que más he ansiado: la seguridad de saber». Y en este momento desconozco demasiado, si es que siquiera conozco algo.

Práctica. «Sí, amo Wang», pienso que mis brazos se mueven con independencia de mi cuerpo. Hasta este punto no he tenido muchas oportunidades para hacerlo, pero al menos he estado practicando.

Esta noche me maquillo con sencillez. Si escapamos no quiero que demasiadas personas me miren. Tiene que ser algo que pueda limpiarme rápidamente. Apenas una capa delgada de labial, poco polvo en el rostro. En vez de borrar mis cejas para pintarme otras, uso un pincel de carbón para delinearlas; algo que pueda limpiarme con un paño. Esta noche le digo a la estilista de madame Lee que quiero peinarme yo sola. Me peino hacia atrás y aseguro mi cabello con un peine de jade falso. Algo que haga que el pelo no me cubra el rostro a la hora de correr.

Al mirarme en el espejo, por primera vez veo qué tan diferente luzco de lo que recordaba. Ya no hay una niñita; tampoco hay una mujer. Hay algo en el medio. Hay una novedad en mí, un anhelo de lucha en mis ojos. Si fuera necesario, podría ser más inteligente que un tigre. Podría montar un águila y hacer que perdiera el rumbo a su nido. Me pregunto si es Lin Daiyu, que mira afuera desde mis entrañas, o si de verdad se trata de mí.

Una de las niñas ríe afuera de mi puerta. Me confunde y el anhelo de lucha desaparece de mi mirada. Parpadeo una vez, dos veces, y cuando vuelvo a ver mi reflejo encuentro solo un cordero modesto, apenas un gatito. Soy lo que ellos quieran que sea, justo como dijo Swallow, y quizá esa será mi mejor arma.

Cuando bajo las escaleras, las niñas ya están alineadas. Madame Lee camina por la fila inspeccionando a cada una. Swallow está en medio, pero no me mira.

—Pearl —dice madame Lee usando su abanico para golpear ligeramente el muslo de la niña—. ¿Te estamos dando demasiado cerdo?

—No, madame —chilla Pearl, aterrada. Intenta volver a acomodarse el vestido. Madame Lee hunde la punta de su dedo en el montículo del estómago de Pearl y su dedo desaparece—. Pienso que sí —continúa—. Vas a dejar de comer el almuerzo y la cena y solo tendrás desayuno. ¿Qué hombre quiere acostarse con un cerdo desaliñado? ¿Estás de acuerdo?

El pecho de Pearl sube y baja con tanta rapidez que pareciera que está intentando sacar todo el aire de sus pulmones. *No llores, no llores,* le ordeno en mi cabeza. Madame Lee camina hacia la niña siguiente y sus ojos la revisan. La niña tiembla, pero madame Lee está satisfecha. La siguiente es Cloud, una niña alta que tiene un ojo color azul y gris y el otro de colores negro y café.

—Cloud —dice madame Lee, y la niña suelta un gemido—. El cliente de anoche me contó una historia chistosa. Dijo que te negaste a complacerlo. ¿Sabes de qué estoy hablando?

La chica mira el suelo, temblando.

—Cloud —repite madame Lee. Y entonces la golpea. El sonido hace un eco en la habitación, un *crack* que nos separa en dos grupos. Nadie se atreve a moverse. Nadie salvo Cloud, quien suelta un gemido de dolor, y sus lágrimas empiezan a manar en cascada.

—Niña patética. —Madame Lee la mira con desdén—. No mereces trabajar aquí. ¿Crees que tú diriges este negocio? Cuando desobedeces a un cliente, me desobedeces a mí.

Madame Lee hace un ademán. Los guardias aparecen. Cloud comienza a gritar cuando los ve.

—Por favor, madame. Seré más obediente. Haré lo que sea que ellos quieran, por favor, déjeme quedarme.

Pero los guardias ya están arrastrándola a través de la lavandería hasta la habitación trasera. Escuchamos sus gritos hacerse cada vez más distantes, hasta que se escucha un golpe y todo regresa a estar en silencio.

Madame Lee vuelve a la fila.

—Ojalá eso sirva de lección para todas ustedes, niñas. Si desobedecen a un cliente, me desobedecen a mí.

Las siguientes niñas se salvan fácilmente. Una se pintó mal los ojos; otra trae un peinado que la hace lucir como la hija de un campesino. Eso se arregla fácilmente y madame Lee las hace prometer que no volverá a pasar antes de continuar su inspección. La última niña con quien se detiene es Swallow.

Todas dejamos de respirar. Swallow siempre está impecable; madame Lee nunca se ha detenido a criticarla. Parece que esto también es una sorpresa para Swallow, porque mira rápidamente hacia arriba antes de volver a bajar los ojos.

—Swallow, querida —madame Lee canturrea—. Mi honesta, obediente y trabajadora Swallow. ¿Hay algo que te gustaría contarme?

Swallow no responde. Sacude la cabeza.

—¿Nada que hayas escuchado? —vuelve a preguntar—. ¿Nada sobre alguien que quiere dejar esta bella casa nuestra?

Madame Lee sigue sin moverse. Se queda con Swallow. La mira y sonríe. Yo reconozco la sonrisa: es la misma que tiene Jasper. La misma sonrisa que me lanzó antes de que deslizara la tapa sobre mi cabeza.

Pero antes de que pueda decir otra cosa, la puerta del burdel se abre de golpe. Tres cuerpos caen dentro. Las chicas rompen la fila y corren en todas direcciones, sus vestidos de seda se escurren por los aires como anguilas coloridas. Los dos guardias se dispersan. Uno se apresura hacia las niñas y el otro da un brinco para proteger a madame Lee.

Yo alcanzo a ver un reflejo de cabello negro mezclado con rubio. Son Samuel y sus dos medios hermanos, y los tres están embrollados como nido de serpientes.

—¡Deténganlos! —grita madame Lee.

Los guardias se apresuran para separar a los tres hombres. Samuel está jadeando. Hay un líquido oscuro manando de su nariz. Me pregunto si estará herido, pero voltea hacia mí y asiente. Es mi señal. Me muevo de las escaleras hacia el medio de la habitación. Nadie me está mirando.

—¿Cómo se atreven? —Jadea madame Lee—. ¿Cómo se atreven a comportarse de esta forma en mi negocio?

—Vinimos por la niña —dice uno de los medios hermanos.

—La niña —repite madame Lee—. ¿Cuál niña?

—Esa niña —dice el otro medio hermano apuntando un dedo hacia mí.

La habitación vuelve a aquietarse, una sacudida de cabezas mientras todos voltean a verme. Puedo sentir los ojos de Swallow en mi piel.

—¿Ella? —dice madame Lee con incredulidad—. Tengo instrucciones especiales de mis jefes de que ella es para su hermano y ustedes lo saben. ¿Por qué no eligen otra niña, caballeros? Puedo darles cuatro, cinco, ¡lo que se necesite para satisfacer su apetito!

—Si eso es así —dice el primer medio hermano, sacudiéndose violentamente al guardia—, entonces ¿por qué nos dijo Mule que a partir de esta noche vas a prestársela a otros hombres?

Madame Lee los mira atontada. No hay cómo echarse para atrás ahora, pienso. El plan de verdad necesita funcionar. Cualquier cosa que falle va a resultar en su ira y en mi muerte.

—Lleva todo el día presumiendo lo buena que es en la cama —brama el otro medio hermano. Su voz es diferente a la de su hermano; es más baja, grave. Como la de un lobo.

—Queremos comprobarlo por nosotros mismos —ataja el primer medio hermano—. Queremos ver si es tan buena como dice él. Si es verdad que puede sacarle las entrañas a los hombres.

Las niñas, con las bocas abiertas de horror, miran a madame Lee. En el pasado la política era clara: si un cliente destruía la propiedad o le faltaba el respeto a la madame de cualquier modo, serían vetados de por vida. Estos dos hombres no están lejos de ello.

Madame Lee guarda un largo silencio. Entonces hace un gesto con la mano y los guardias se hacen hacia atrás.

—Han destruido mi casa y perturbado mi calma. Espantaron a mis niñas. Y ahora quieren hacer negocios conmigo. ¿Entienden que esto no luce bien para ustedes, caballeros?

—Quizá —dice el segundo medio hermano—. Pero me pregunto qué tan felices estarán sus jefes al enterarse de que usted lleva un negocio propio tras bambalinas y que está desobedeciendo sus órdenes. ¿Qué nos detiene de ir con ellos en este momento y contarles? Imagino que la echarán a la calle, o le cortarán la garganta o le cercenarán esos dedos enjoyados —dice esto escupiendo al suelo, a los pies de la madame—. *Madame* —agrega, sonriendo con superioridad—, ya quisiera ser tan afortunada.

Madame Lee no habla. Puedo ver que está repasando las palabras en su cabeza. Me pregunto si aceptará; si su sensatez será mayor que su orgullo.

—Muy bien. —Accede por fin y la temperatura en la habitación se disipa—. De ahora en adelante la chica será para ustedes cuando quieran. Les agradezco su discreción, caballeros. Será nuestro pequeño secreto.

—Un momento —ataja el mayor—. Deberíamos inspeccionar la mercancía antes de comprarla.

—Tiene razón —confirma el segundo medio hermano, frotándose las manos—. Todas estas putas lucen igual. Queremos verla de cerca.

Madame Lee voltea hacia mí. No tiene que decir nada porque yo ya sé qué tengo que hacer. Me encamino hacia los dos medios hermanos y hacia Samuel y siento en mis espaldas las miradas de todos en la habitación. A cada paso, me obligo a seguir. Me obligo a recordar cómo funcionan mis pies. A recordar cómo respirar. El plan. Tengo que apegarme al plan.

Y entonces estoy de pie frente a ellos.

Si me esfuerzo, si presto suficiente atención, puedo ver en sus pegajosos labios un poco de Samuel. Ambos me miran, y ambos están hambrientos.

—Así que… —dice el primero.

—Ah —asiente el otro.

Comienzo. Doy la vuelta que he practicado, la sonrisa secreta y la mirada baja (ensombrecida por el color cobre), mostrando el cuello. Todo como lo he practicado. Giro y en este punto puedo escuchar a los dos hermanos jadear. Al voltear veo la mirada de madame Lee: con los ojos más abiertos que nunca, con las mejillas coloradas por la agitación, pero complacida. Doy otra vuelta y trato de mirar a Swallow; ella no me mira, sino que mira al suelo, luego a los guardias y luego al suelo de nuevo. Y por fin doy un último giro y alcanzo a ver a Samuel mirándome; esa erala única mirada que había estado esperando todo este tiempo.

Asiento con la cabeza.

—¡No... pueden... tenerla!

Samuel se aviva de golpe y empuja al primero de los hermanos con su cuerpo pequeño y tenso. Los años de frustración, ira, tristeza y aislamiento están aquí reunidos, e impulsan su cuerpo hacia delante. Lanza por los aires al primero de los hermanos con tanta fuerza que va a estrellarse en la esquina extrema de la habitación, donde está amontonado el grupo de niñas. Finalmente cae sobre ellas aplastando a dos contra el suelo.

Pero Samuel no ha acabado. Empuja al segundo de los hermanos, quizá con más fuerza esta vez. Está todavía más lleno de ira y desesperación. Esta vez, el segundo hermano cae sobre uno de los guardias.

«¡Ahora!».

Esta es mi señal. Samuel me agarra de la mano y siento cómo me jala hacia atrás. Madame Lee hace un gesto con la cabeza y se abalanza sobre nosotros. Su boca forma una O espantosa. Los medios hermanos intentan levantarse y separarse de las niñas, y los guardias, sorprendidos y atontados —y a falta de una orden expresa de madame Lee—, tardan más tiempo del que deberían.

Lo que nadie entendió, ni madame Lee, ni los guardias o alguna de las niñas, es que la puerta se abrió cuando entraron de golpe los tres hombres, pero nadie la cerró. Solo lo entendimos Samuel y yo. Este es nuestro plan. Es la forma en que ganaremos.

Lo único que sé es que la mano de Samuel envuelve la mía; es la única señal que sigo. Me jala para salir por la puerta, ni siquiera sé si mis pies están tocando el suelo, y entonces estamos afuera; salimos del burdel, del horror, de los gritos de las niñas que nos siguen el paso, del rugido lívido de madame Lee que astilla cada hueso en esta ciudad.

Como en una explosión, los guardias salen del burdel tras oír las órdenes de madame Lee: «¡Agárrenlos! ¡Agárrenlos!», y nos persiguen. Algo que no soy yo se ha adueñado de mí; es algo que les permite a mis pies sostener el ritmo de los de Samuel y permite que mis brazos empujen con la misma fuerza que los suyos. Estamos corriendo, o volando, calle abajo, a través de las luces rojas y amarillas de los locales que nos rodean, a través del sonido de la música y la risa y el repiqueteo de ollas y sartenes, del tamborileo incesante, y en algún punto creo oír que alguien revuelve fichas de *mahjong*, las piezas deslizándose unas sobre otras. Nuestros cuerpos son guiados por una fuerza que nos rebasa. Volteo para ver a los guardias intentar igualar nuestra velocidad, pero ellos cada vez son más lentos y nosotros cada vez más rápidos. Tenemos magia de nuestro lado.

A nuestro paso, la gente se aparta con una sorpresa tardía. Samuel conoce el camino y sabe a dónde me lleva. Damos vueltas cerradas entre los callejones y emergemos en calles no familiares, retrocedemos, damos vuelta, vuelta, vuelta. Nunca había estado en las calles de San Francisco, y lo que no tuve en cuenta era cuán empinadas son sus colinas. Me queman las piernas y siento los muslos débiles, como si no fueran más que carne molida, y la carne a la altura de mis hombros y mi pecho protesta mientras mis brazos van de atrás hacia adelante, de atrás hacia adelante. Pero no nos detenemos. Seguimos corriendo. Corremos hasta que nos convertimos en desierto, hasta que nuestros pulmones son arena caliente y una serpiente se retuerce en mi garganta.

Y entonces somos solo nosotros y estamos a solas con nuestro aliento, que no es más que un chirrido. Samuel se lleva un dedo a los labios. Sus ojos están tan abiertos que asemejan platos.

Escuchamos. Esperamos pisadas, gritos, el sonido de cuerpos aventados sobre la tierra. Pero no hay nada. Aun así, no nos movemos. Tenemos que asegurarnos. Un minuto. Otros cinco.

Después diez. Nada. Otro minuto. Otros cinco, otros diez.

Otra vez, nada.

Entonces Samuel voltea a verme y tiene una sonrisa en el rostro; nunca antes lo había visto tan alegre. Puedo ver que el alivio recorre su cuerpo y cómo comienzan a relajarse todas las partes miserables que lo componen.

Somos libres.

Le sonrío a mi vez. Y entonces hago lo que prometí. Me permito llorar.

8

Samuel jala una piedra suelta del muro que está detrás de mí. Puedo ver cómo su mano desaparece y resurge con un paquete. Lo coloca en mis brazos.

—Ponte esto —dice.

Esta parte del plan fue idea mía. Nunca llevarían a una niña china a Idaho. ¿Pero qué diferencia hacía un segundo niño chino? Otro cuerpo para las minas.

Comienzo a desabrocharme el vestido. Estoy ansiosa por liberarme de este uniforme miserable. Pero algo me detiene. Al ver hacia arriba observo dos destellos en la noche, la parte blanca de los ojos de Samuel, que me siguen.

—Voltéate —le digo. No creo estar siendo grosera.

Los destellos se apartan. Demasiado despacio, me doy cuenta. Pero ahora no es el momento. Puedo hacerme cargo de ello después.

Termino de desabotonar mi vestido y lo deslizo por mi cuerpo, la tela se pega a las partes en las que el sudor hizo un charco que al secarse se endureció y formó una salmuera pegajosa.

Siento la fría brisa nocturna de la ciudad en mi piel. Volteo para cerciorarme de que los destellos no están sobre mi cuerpo. No lo están.

En lugar de mi vestido de burdel, me pongo la ropa que trajo Samuel: pantalones negros, un *chang shan* negro y zapatos de tela negros. Se siente muy bien volver a ponerse ropa que cubre el cuerpo, me siento como si estuviera nadando mar adentro y nadie, ni madame Lee o Jasper, pudiera alcanzarme jamás.

—Puedes voltear —le digo a Samuel.

Saco lo último del paquete, un par de tijeras, y se las entrego.

—Sé que está oscuro —digo, poniéndome de rodillas y quitándome la peineta del cabello—, pero hazlo lo mejor que puedas.

Lo escucho suspirar profundo, y entonces, por tercera vez en mi vida, siento cómo las filosas tijeras cortan el primer tajo en algún lugar cercano a mi mejilla. Algo suave se desliza por mi cuerpo; alcanzo a percibirlo mientras cae. Otro corte. Con este, mi cabeza comienza a sentirse más ligera. Todo se siente más ligero sin el peso del burdel encima de mí. Los cortes continúan y yo dejo de contarlos; en vez de ello, imagino a cuál niña le dará mi habitación madame Lee. Apuesto a que será Pearl.

—Ella lo sabía —le digo a Samuel mientras corta mi cabello—. Madame Lee… sabía que alguien iba a escaparse. Le preguntó a Swallow al respecto. ¿Cómo crees que supo?

—Las paredes no son gruesas —contesta. Se asegura de que los cortes estén derechos.

—De todas formas —murmuro—. ¿Qué les irá a pasar? —Pienso en Swallow, en si le dirá a madame Lee la verdad. Quizá lo haga. Es más ambiciosa de lo que creí.

—La *tong* que es dueña de ese burdel va a estar muy enojada —dice Samuel—. Si se enteran de que madame Lee estaba desobedeciéndolos, seguramente la castigarán.

—Ella dijo que pagaron un precio considerable por mí —le digo.

—Entonces quizá manden a alguien a buscarte.

Yo no contesto. No había pensado en esa parte del plan. Para mí el burdel empezaba y terminaba en ese edificio. Pero una vez que esas palabras escapan de la boca de Samuel, entiendo que es seguro que me seguirán. ¿Mandarán a Jasper?

—¿Cuándo acabará? —murmuro.

Samuel no dice nada. No tiene corazón para informarme que es inevitable que me sigan.

Cuando termina, Samuel carraspea. Yo me llevo la mano a la nuca y la sobo. Me siento igual que cuando mi abuela cortó mi cabello la primera vez antes de enviarme a Zhifu. La piel expuesta está firme y llena de vida. Toco mi cabello puntiagudo. Lo cortó más de lo que me habría gustado.

—Gracias. ¿Ahora qué?

Me dice que cerca de aquí hay una posada donde lo esperan tres hombres chinos, listos para partir hacia Boise en la mañana.

—No saben que vienes tú —dice, mirando al suelo—. Piensan que soy solo yo. No pude avisarles por falta de tiempo. Pero encontraremos la forma de resolverlo.

—Era lo mejor que podías hacer. —Lo calmo, tratando de no sonar preocupada.

—Casi se me olvida —dice, metiéndose la mano al bolsillo, de donde saca mi nueva identificación. Madame Lee tenía papeles falsos para todas sus niñas, pero sin su protección yo jamás volvería a ser Peony.

—¿Cómo pudiste conseguirlo tan rápidamente?

—Fui con una *tong* rival —dice orgulloso—. Les dije que les daría información sobre la *tong* Hip Yee y de quién les ayudaba a lavar su dinero a cambio de dos identificaciones nuevas. No fue una decisión complicada para ellos.

—Samuel —murmuro, imaginando a este niño flaco como un mondadientes—. Podrían haberte secuestrado o asesinado.

—Pero no lo hicieron. Y ahora tenemos cómo irnos. Prende un cerillo, por favor.

Hago lo que me pide y coloco la flama arriba del papel. En la parte de arriba dice ESTADOS UNIDOS DE AMÉRICA. CERTIFICADO

DE RESIDENCIA. Debajo aparecen los detalles de la persona en quien voy a convertirme, Jacob Li, junto a una foto de mi nueva identidad. En la esquina inferior izquierda está la foto de un niño joven. No nos parecemos en absoluto, pienso.

En ese momento siento algo agudo y repentino, como si todo lo anterior hubiese sido contado a través de la niebla que ronda la ciudad. Es más claro que nunca que ya no estoy en una habitación de Zhifu, que no estoy metida en una cubeta de carbón, que no estoy cautiva en un burdel. Aquí finalmente soy libre, pero con esa libertad viene un nuevo decreto: para mantenerme libre debo mantenerme escondida. «Qué rápido debo asumir esta nueva identidad», pienso. «No hay tiempo de airear a Daiyu».

Apago el cerillo y extiendo la mano para tomar el papel, pero Samuel lo dobla y lo pone en su bolsillo.

—Por ahora yo me haré cargo de los papeles de ambos —dice.

No sé en qué parte de la ciudad estamos, pero sí que es lejos del burdel y también que estamos alejándonos del océano. Llegamos a la posada, donde el vigilante nos pide ver nuestros papeles incluso antes de que nosotros digamos alguna palabra. Samuel monta un gran espectáculo para sacarlos y entregárselos con una seguridad pomposa, pero yo siento nervios. El niño de la foto no se parece a mí, pero es tan joven que podría haber sido yo en algún punto. El vigilante no nota la diferencia. Asiente y nos hace un gesto para que subamos las escaleras. Me doy cuenta de que no le agrada nuestra presencia.

Subimos al cuarto piso y luego caminamos a la segunda puerta a la izquierda. Samuel la abre y me hace señas para que entre.

Tres hombres, como había prometido. Todos chinos, como había prometido. Están sentados en el suelo y se sorprenden cuando entramos, parecen confundidos. En la esquina de la habitación hay un catre vacío y, junto a él, una mesa con una jarra de agua. Los hombres han extendido las sábanas y cobijas de la cama sobre el piso. Tres mochilas aguardan junto a la ventana.

—Llegas tarde —dice uno de ellos. Se ve mayor, con cabello grisáceo— y además trajiste a alguien.

—Buenas noches, este es… —dice Samuel.

—Jacob. —Me apresuro a completar, recordando mis papeles de identificación—. Jacob Li.

—Mmm —dice el hombre con canas. Entiendo que es el encargado—. ¿Quién eres, Jacob?

—Jacob —continúa Samuel con ligereza— es mi amigo. Escuchó de nuestro viaje a Boise y quiere unirse.

—Oh —dice el hombre del cabello gris, acercándose—. No tenemos espacio para un quinto integrante.

—Mírenlo —insiste Samuel—. Es pequeño.

—Puedo ayudar. —Intervengo, manteniendo la voz grave, como había practicado—. Puedo hacer lo que me digan.

El hombre de canas se burla. Ahora se me acerca aún más. Quiero hacerme hacia atrás, pero tengo la puerta a mis espaldas.

—Tienes tierra en los ojos, Jacob ¿sabías?

Ruego que mi rostro no se mueva, que mis labios no se abran de más en este momento de pánico estúpido. Me tallo lo que queda de mi sombra de ojos con la manga de mi *chang shan*, esperando que no hayan atado cabos todavía. El hombre de cabello gris vuelve a reír y luego regresa a donde estaba sentado cuando entramos.

—No importa. ¿Qué es un cuerpo más? Ustedes dos pueden dormir en el suelo. No hay suficientes cobijas para todos, así que tendrán que calentarse solamente con la ropa que traen puesta. O tal vez —y sus ojos adquieren un brillo especial—, puedan mantenerse calientes el uno al otro. ¿Eso te gustaría, niño? Estoy seguro de que sí.

Los otros dos hombres se ríen al oír eso. Caigo en cuenta de que el hombre del cabello canoso le dijo esto a Samuel. Y espero que Samuel conteste, pero sus mejillas se colorean y lo único que hace es asentir. Me hace un gesto y yo me arrimo hacia la esquina de la habitación, lo más lejos que puedo de los tres hombres, y muy consciente de que me observan, incluso cuando no me miran.

Me paso la noche sin poder dormir. Mi cabeza está demasiado llena del miedo por el porvenir. Los ronquidos de los tres hombres retumban por la habitación. El piso duro de madera se me clava en la cadera. Samuel tampoco puede dormir. Lo sé porque no lo escucho moverse.

Pienso en el burdel. Y en el rostro de madame Lee cuando vio lo que estaba ocurriendo, su ira y su miedo, sí, su miedo, mientras Samuel me jalaba para atravesar la puerta. El pánico de las niñas cuando los medios hermanos de Samuel cayeron sobre ellas y las maldiciones que estos profirieron. A la única que no vi fue a Swallow. ¿Qué estaba haciendo en los momentos previos a mi desaparición?

Si alguna vez regreso a San Francisco, tal vez encuentre que Swallow ya está a cargo del burdel, y tal vez ya no se llame Swallow, sino madame. Al menos sé que para ese momento Peony será solo un recuerdo distante. Ese pensamiento me agrada y me permito sonreírle a la oscuridad. En alguna parte de mi interior creo que puedo sentir a Lin Daiyu sonriendo conmigo también.

Nos levantamos antes de que salga el sol. En la oscuridad, la habitación luce distorsionada y las siluetas difusas de los tres hombres se levantan con parsimonia, gimen y se estiran. Samuel está sentado con los codos sobre las rodillas, observándome.

—¿Dormiste? —pregunta.

—Un poquito —miento.

Bajamos por las escaleras. La posada está en silencio y el vigilante no está por ningún lado. Cada hombre lleva una pequeña mochila, pero yo no tengo nada, solo la ropa que me dio Samuel.

Tengo que recordar encorvarme cuando camino para que pueda hacer mis pasos más pesados y estirar bien mi cuerpo. Mis hombros son espadas; mis brazos, martillos. Cada movimiento es una oportunidad de reivindicarme; cada momento de quietud, un signo de puntuación.

«Toda la caligrafía», me dijo alguna vez el amo Wang, «nos devuelve al Dao, a la naturaleza celestial de los seres humanos. Nos comunicamos con Dao haciendo bien los trazos. De aquí que una línea perfecta es el máximo de los logros».

Hacer un buen trazo: mover la punta del pincel a la mitad de cada pincelada. Esto evitará que alguna cerda obstinada cree un pico en el trazo. Un buen trazo, ya sea delgado o grueso, comunica fuerza interior. Pertenece a sí mismo por completo, y no hay espacio para la debilidad o el desaliño del espíritu.

«Este es el tipo de hombre que puedo pretender ser», decido mientras me muevo con los otros hombres. «Alguien fuerte y continuo, absoluto, no una chica sin origen, como Daiyu».

Pienso que está funcionando, porque los otros hombres no me miran cuando estamos de pie afuera de la posada. Estamos esperando algo. Samuel me mira; está temblando. En San Francisco las mañanas son frías sin importar cuál sea la estación y la humedad del aire podría ser hielo.

—No sobrevivirás en Idaho si crees que esto es frío —le dice el hombre del pelo canoso a Samuel—. ¡Madura, niño! Sé un hombre.

Yo le doy un golpecito a Samuel, es mi manera de decirle que ignore al hombre del pelo canoso. Se aleja de mí. Lo veo apretar la quijada para dejar de temblar.

Llega una carreta. El hombre que la conduce es blanco. Salta para bajarse del frente y se para junto a la carreta para inspeccionarnos.

—Pensé que dijiste que eran cuatro —le dice al hombre de cabello canoso. Se refiere a mí.

—Es pequeño —responde el hombre del pelo canoso. Apunta a Samuel—. Él tiene dinero.

El cochero camina hacia Samuel y nos mira a ambos.

—Cien. Cada uno.

Samuel se ríe nervioso.

—Señor —contesta—, es el doble de lo que los otros están pagando.

—Dije que cien —repite el cochero—. ¿O tienes problemas de oído, culí?

Samuel exhala. Mete la mano en el bolsillo y saca una bolsita. El cochero lo mira atentamente. Junto a él, me siento muy pequeña.

—Bien, eso está bien, niño —dice el cochero cuando Samuel le entrega el dinero—. Pues bien, súbanse.

Nos trepamos al interior de la carreta. Yo me siento con las rodillas en el mentón y con el trasero presionando la madera. El cochero se sube al asiento de enfrente y le grita *¡yah!* a sus caballos. La carreta se mueve, quejándose por el peso de nuestros cuerpos.

—Ese dinero era para comida y hospedaje cuando llegáramos a Boise —me susurra Samuel.

Yo me encojo, aunque sus palabras me causan pánico, a sabiendas de que el hombre de cabello canoso nos mira entornando los ojos. Está calculando algo. Yo intento sacar el mentón, esperando que me haga ver más masculino. Pero él no baja la mirada.

—¿Nos va a llevar hasta Boise? —le pregunto a Samuel. No tengo idea de qué tan largo es el trayecto. Samuel se ríe al interior de la manga de su camisa.

—No, nos está llevando a la estación de trenes.

—Alguna vez —me contó mi abuela—, mucho antes de que llegaras a este mundo, un mercader británico construyó unas gigantescas vías de tren afuera de la Puerta de Xuanwu, en Bejing. Quería mostrarle su tecnología a la corte imperial, pero al gobierno le dio miedo el tren. Les parecía demasiado especial y muy extraño. Así que lo desmantelaron.

Antes de este punto, siempre había imaginado algo entre una serpiente y un dragón, una criatura que podía volar en medio del mundo. Al llegar a la estación de trenes puedo escuchar el estrépito, sentir la tierra vibrando en mis propios huesos. Sé que tengo razón, un tren debe ser una bestia que se mueve y que está viva.

La carreta se detiene afuera de la taquilla. El hombre ata los caballos a un poste y viene a encontrarnos en la parte posterior para entregarnos nuestros boletos.

—Al llegar a Boise —dice—, díganles que los envió Jordy. Los llevarán al lugar indicado.

Uno a uno saltamos de la parte trasera de la carreta. Se siente extraño volver a estar rodeada de personas y tener tanta libertad. Por primera vez en mucho tiempo caigo en cuenta de que no estoy en deuda con nadie. Aquí rostros blancos y chinos se pasean cargando paquetes y maletas, avanzando o esquivando a otros mientras intentan subirse al tren. Me recuerda a mis primeros días en Zhifu, en los que la conmoción me impresionaba igual que el sonido de tantas voces. Vuelvo a sentirme como una niña.

Seguimos al hombre de cabello canoso hasta la taquilla, donde alguien inspecciona nuestros papeles, luego nuestros boletos y al final nos apresura a pasar. Y entonces lo veo. El tren. No es una serpiente o un dragón, ni algo entre esas dos opciones, sino una gran máquina oscura e imponente. Brilla al sol y exhala vapor. Debajo de sus mayúsculas ruedas puedo ver las vías de las que mi abuela me contó. Me pregunto cómo es posible que algo así pueda ser construido.

En chino se hace referencia al *tren* diciendo *carro de fuego*. Pienso que este es el carro de fuego más grande que he visto en mi vida.

Nuestro compartimiento está al final del tren. Dado que yo soy el hombre extra, tengo que compartir una cama. Los otros hombres no preguntan, sino que colocan sus mochilas en cada una de las literas. Samuel y yo nos miramos.

—Como les dije —dice el hombre de cabello canoso—, pueden calentarse el uno al otro—. Él y los otros dos hombres se ríen mientras suben a sus literas.

—Bueno —dice Samuel mirándome.

—Bueno —digo yo, evitando su mirada.

Nos sentamos en la litera y esperamos. El tren vibra en una frecuencia frenética, tanto que hace que me pique la piel de los pies. *Chu-chu-chu-chu*, exhala, como si estuviera jadeando y le solicitara a todos los que lo abordan que jadearan con él.

Cuando el tren al fin se mueve, me agarro de Samuel antes de recordar que un hombre no hace eso. Mi mundo entero está nuevamente en movimiento, justo como lo estuvo cuando estaba dentro de la cubeta de carbón en el barco, pero esta vez me prometo a mí misma: *no me quedaré atrapada.* Esta vez estoy yendo a algo mejor. Tiene que ser así.

De Daiyu a Feng, a Peony o Jacob Li. ¿Cuándo volveré a ser yo? Y si vuelvo a ser yo algún día, ¿sabré quién es esa persona?

Esa noche, Samuel y yo nos apretujamos en la litera. Me dice que tome la parte interior porque soy más pequeña. El hombre canoso toma la litera de arriba de nosotros y esta cruje cuando él se acuesta. El colchón se hunde un poco bajo su peso y yo tengo el impulso de picarlo, para asegurarme de que siga ahí. Nos espera un largo camino. Nunca les pregunté siquiera de dónde son.

—Ambos tienen suerte de ser tan pequeños, niños —nos dice desde arriba—. Si fueran hombres, no cabrían ahí.

Me mantengo callada.

Siento algo tibio en mi cintura. Es la mano de Samuel. Puedo sentir cómo me está preguntando, con esa mano, si está bien que esté tan cerca de mí. No nos hemos tocado así desde el día que entró en mi habitación y se trepó encima de mí. Me pregunta, con su mano en la parte baja de mi cintura, si recuerdo ese día o no.

Yo me llevo la mano a la espalda, tomo la suya y le doy un apretón. Después vuelvo a dejarla en su costado con la esperanza de que eso sea suficiente. «Duerme un poco», estoy pidiéndole. «Duerme un poco», me digo a mí misma.

9

La primera cosa que hago en Boise es buscar el océano.

Desde que recuerdo, siempre he tenido un océano a mis espaldas, siempre el aroma de la sal en el cabello. Estuviese en China o en América, siempre habría, al menos, un mismo cuerpo de agua. De esa manera, me gusta pensar, nunca estaré tan lejos de donde estaba.

Pero Boise no tiene un océano. No hay puertos ni gaviotas flotando en el cielo, no hay humedad en el aire. La mayoría de los rostros son blancos. Hay muy pocos rostros parecidos al mío, me doy cuenta cuando caminamos afuera de la estación. Estamos aquí como una anomalía, arrastrándonos en las calles en nuestros *chang shans*, y la coleta de uno de los hombres atrae la mirada de un niño pequeño de ojos verdes. Jala la falda de su madre y apunta hacia nosotros. Ella nos mira y lo apresura a seguir caminando, pero no sin antes apretar los labios y arrugarnos la nariz al vernos.

—Pensé que me dijiste que sería fácil llegar a China desde acá —le susurro a Samuel.

—Lo será —me contesta.

—¿Y dónde están todos los chinos? —demando una respuesta—. Me dijiste que había muchos aquí.

—Los hay. O los había.

~

En Boise hay muchos árboles. En la tarde de agosto la brisa se siente deliciosa y fresca. El otoño se anuncia ya por la ciudad: rojos, naranjas y amarillos imperiales cubren las copas de los maples y los álamos de Estados Unidos. El mundo entero parece haberse expandido, como si se nos hubiera otorgado más espacio para existir. Pienso que aquí podría lograrlo.

Llegamos a una posada en el centro, en cuyas afueras se reúnen grupos de chinos. Algunos están vestidos con pantalones y chaquetas, mientras que otros usan *chang shans* como nosotros. Muchos conservan sus coletas con forma de látigo. Me impresionan; son distintos de los hombres del lugar de donde vengo, pero aun así son iguales: piel, hueso, sangre, todo es familiar y cercano. Surge en mí un gran deseo. El de pedirles que me lleven a casa, hablar con ellos en un idioma que no sea inglés, simplemente pararme junto a ellos y sentir, aunque sea, un momento de alivio.

En el interior, el vigilante de la posada, quien también es chino, nos da la bienvenida. La posada está unida a un templo chino, pero mientras que los templos en Zhifu eran magníficos, con techos de tejas rizadas y bellos mosaicos, este templo solo es otro edificio de dos plantas que pasa desapercibido.

—¿Qué esperabas? —Bromea Samuel al ver mi confusión. Después, ya más serio, me explica que esta clase de templos se encuentra por todo Idaho y el Gran Oeste. Son historias que le escuchó a los chinos que volvían de esta región—. Podrías llamarlos *templos* o *lugares de reunión*. Incluso podrías llamarlos *casas de juego*. Es lo único que tenemos nosotros acá. Al menos en esos templos no se le permite la entrada a ningún hombre blanco.

—¿Dónde están los otros? —le pregunto.

El vigilante saca un mapa para que yo lo vea y traza un círculo en los pueblos y regiones que tienen templos. Yo tomo el mapa y lo guardo en el bolsillo de mi pecho, Samuel dijo: «lo único que tenemos nosotros» y yo recordé que ahora soy parte de ese *nosotros.* Me gusta pensar que estos templos están esparcidos por todo el estado, que incluso en un lugar tan poco familiar como este hay pequeños recordatorios de cómo podría sentirse mi hogar.

Samuel paga nuestra habitación con el dinero que nos queda. Me aseguro de que pida dos camas. Es pequeño y andrajoso, pero es la primera vez en algo de tiempo que podemos estar solos. Los otros tres hombres se apilan en una habitación junto a la nuestra, y la duela hace ruido cuando sus cuerpos se dispersan y acomodan en ella. En la mañana vamos a encontrarnos con el hombre que nos ayudará a encontrar trabajo.

—Bueno —dice Samuel tomando asiento en lo que presiento que será su cama.

—Bueno —digo yo con mi voz normal, no la voz grave que me he creado.

Estoy a salvo. Por fin, por fin, después de correr como un rayo y esconderme y esquivar. Estoy a salvo. Aquí no hay un Jasper ni una madame Lee ni medios hermanos. Pienso en el carácter chino para *volar* 飛; su cuerpo es un nido de alas, y lo trazo contra mi muslo, haciendo de mi dedo un pincel que sube y baja, sube y baja, y cada pincelada se hace más fuerte, feliz, libre, hasta que imagino que el carácter debe ser más grande que mi muslo, más grande que el catre, más grande, incluso, que esta habitación.

Aunque aquí aún no puedo ser yo misma, todo está bien. Al menos puedo imaginar que estoy hecha de alas.

Sueño con un bosque. Con grandes árboles cuyas ramas forman un dosel. El pasto está solo un poco húmedo. Yo estoy descalza.

No estoy sola. Lo primero que pienso es que me acompaña Lin Daiyu, pero me siento pesada, así que ella debe seguir en mi interior. Quien sea, soy incapaz de verlo. Pero puedo sentirlo y escucharlo junto a mí. Volteo, pero el sitio está cubierto por una neblina densa.

Este extraño al que no puedo ver y yo caminamos hacia algún lugar. A nuestro alrededor canturrean los pájaros y sus canciones no son reconfortantes, sino espeluznantes y burlonas.

Mi acompañante se detiene. Yo continúo caminando. Me dice algo, gritando, pero el grito es amortiguado y yo solo puedo escuchar un rugido en mis oídos, como el del océano de Zhifu, como una sábana que se mueve encima de mi cabeza y me sofoca.

A la mitad de la noche siento que algo está presionando mi espalda. Me pongo de pie de un salto, pero algo se desliza por mi cuello, una hoja de acero que está filosa y fría.

—Cállate —me susurra en el oído—, o le diré a todos quién eres.

Conozco esta voz. Le pertenece al hombre del cabello gris.

—¿Pensabas que no me iba a dar cuenta? —Jadea, su aliento está agrio—. Sabía que había algo diferente en ti.

Una sombra se desliza por la habitación. Samuel está aquí también, recuerdo. Samuel, mi gentil salvación, Samuel, el niño que llora y que me ha ayudado a llegar hasta aquí.

—Ayúdame —le llamo.

Pero no se mueve. En cambio, se hunde en el suelo. Mi corazón se hunde con él.

Y entonces el hombre del cabello canoso me arranca los pantalones. Después manipula con torpeza los suyos. Y ahora siento algo presionando mis nalgas, algo suave y blando y tibio. Una y otra vez puedo sentir su órgano tamborilear contra mí, ramplón y desesperado. Me doy cuenta de que es incapaz de hacerlo.

El hombre del cabello gris maldice. Entonces algo frío se desliza por mi espalda: una mano, los dedos están helados. Jala mi piel hasta que da un empujón entre mis piernas y puedo sentir ese frío entrar en el lugar que nadie nunca había tocado, hasta ahora.

Está apretado contra mi cabello corto, humedeciendo la parte trasera de mi oreja con su aliento. En mi interior sus dedos raspan mis paredes, como si estuviera intentando vaciarme de algo que quiere poner dentro de él mismo. Pienso en sus uñas sucias, la tierra debajo de ellas, los nudillos toscos de cada uno de sus dedos, lo siento todo. Sus uñas van a dejarme cicatrices. «Para», pienso. «Para, para, para».

Enfrente de nosotros, Samuel comienza a llorar.

Esto debe ser lo que lo despierta. Los dedos del hombre canoso continúan raspando mi interior y el dolor ahora es color blanco. Podrían estarme tallando desde adentro hacia afuera. Con cada golpe de su mano, puedo sentir que Lin Daiyu da empujones en mi interior, hasta que es más grande que las dos, hasta que se sienta y sale de mí, y ahora está mirando nuestros cuerpos desde la altura.

Espero a que saque el cuchillo y le corte la garganta. O que le arranque los dedos de las manos. O a que haga cualquier otra cosa distinta de lo que está haciendo, que es gritar *para, para, para* como yo. Henos aquí a las dos, ambas niñas huérfanas de padre y de madre, una un fantasma y la otra no lejos del final. «Míranos, Lin Daiyu», quiero decirle entre nuestros gritos. «Quizá después de todo no seamos tan distintas».

Cuando termina, y no sé qué significa que termine, porque solo puedo ver la luz de la vela extendiéndose por la silueta de Samuel, el hombre del cabello canoso se echa de espaldas y gira en dirección contraria, dejando una mancha lechosa sobre el colchón. Yo me escabullo de sus brazos flojos y me subo los pantalones por encima de la cintura. Se siente raro estar de pie. Estoy goteando.

—Gracias, niño —le dice a Samuel. Se abotona los pantalones—. Quizá ahora ya te llame hombre.

Lo único que puedo ver es a Jasper, y lo único que puedo sentir es su sonrisa de plata, cómo se reiría si pudiera verme ahora, cómo el hombre de cabello gris no es diferente de madame Lee, que tampoco es distinta del propio Jasper. Cómo la maldad de este tipo está conectada. El espacio entre mis piernas se siente vacío, inútil. El hombre de cabello gris me mira lascivamente como para decir: «deberíamos volverlo a hacer». Y entonces se va.

La figura desplomada contra la pared deja salir otro sollozo.

—Lo dejaste hacerme eso —le digo—. No hiciste nada para impedirlo. ¿Qué diría tu hermana?

Samuel se hace un ovillo y gime. Yo también estoy llorando.

—No eres mejor que tus medios hermanos del demonio.

Sobre nosotros flota Lin Daiyu. Al tocar la piel de Samuel, sus lágrimas explotan.

¡Deberías estar avergonzado!, grita. *¡Que la muerte te halle pronto!*

—Ya sabía —dice Samuel—. Dijo que solo quería entrar aquí y hablar contigo. Dijo que un hombre de verdad lo entendería.

—Estaba en lo correcto. —Escupo—. Antes eras bueno. Ahora no eres otra cosa que un hombre.

Retrocede al escuchar eso y yo me alegro de ello. El dolor en mi vientre estalla. El hombre del cabello canoso tomó la parte más preciosa de mí, algo que yo no quería darle. Que no estaba lista para entregar. Era mío, para empezar. ¿Por qué no podía pertenecerme por siempre, o al menos el tiempo que yo quisiera?

—Dijiste que me deberías tu vida si escapábamos. —Gime Samuel.

—No me refería a esto.

No levanta la cabeza para mirarme.

—Solo vete. —Llora—. Vete si tanto me odias.

La euforia de mi libertad nueva tiene largo tiempo de haberse ido. Ya no puedo confiar en él, justo como nunca debí haber confiado en nadie. Debía haber sido más lista. Yo soy más lista.

Lin Daiyu desciende del cielo y vuelve a escurrirse por mi garganta, y con ella desaparecen las lágrimas de ambas. Yo me coloco los zapatos y enderezo los hombros, vuelvo a convertirme en Jacob Li. Intento no pensar en el dolor que siento entre las piernas, en cuánto quiero llorar sin detenerme nunca. En cambio, intento sentir certeza con el peso de Lin Daiyu en mi interior. Antes de dar un paso afuera, meto la mano al bolsillo de Samuel y tomo mi identificación. Él no se mueve.

Afuera, el pasillo está quieto y a oscuras, pero no me sofoca. Por primera vez me alegro de ver la oscuridad. Doy un paso en la oscuridad.

«No estás sola», me digo a mí misma.

No estás sola, confirma Lin Daiyu. Detrás de nosotras, Samuel deja salir un lamento desdichado y miserable.

Yo cierro la puerta.

Parte III

Pierce, Idaho
Primavera de 1885

1

La dama está recostada y quieta sobre la cama. Quiere sentarse, pero su sirvienta le pide que no lo haga, recordándole que hacerlo la lastimará mucho. Sabe que es mejor escuchar, así que se mantiene tendida, mirando el tapiz que pende sobre su cama. Arriba, nubes color blanco algodón, y un campo de juncos. El viento lo agita todo. En el cielo de este tapiz cuelgan grullas negras, y sus cuerpos negros y esbeltos le recuerdan las cejas pintadas de una tía suya. Mira al cielo preguntándose cuándo desaparecerá la tierra de su garganta.

Lo que inició como un susurro —que el hombre que amaba está por casarse con alguien más— crece hasta el grado de ahorcarla. «Demasiado volumen, demasiado volumen», piensa. Los días en que ella creía que aquel hombre y ella podían estar juntos se han esfumado. Siempre hubo una profecía, siempre el destino interponiéndose. Ahora lo sabe. Jamás ocurriría.

Con la espalda sobre las almohadas de seda, siente que aquello denominado sangre repiquetea en su interior contra su piel. Quiere salir.

—Su majestad debería acostarse. —Insiste su sirvienta. Pero la dama no la escucha. Piensa que esta sensación debe ser lo que la gente llama *desilusión*. Es lo mismo que sintió frente a la muerte de su madre, pero de alguna manera, esta vez es peor. Lo único que entiende es que debe sacárselo.

La dama siente una gran hinchazón, como si el mundo entero estuviera hecho un ovillo en su interior. Ahora lo siente en el estómago, una masa de duelo. Ahora lo siente en el pecho, aplastándole la caja torácica. Ahora lo siente en la garganta, un costal de pulpa a punto de estallar.

La dama no sabe dónde termina esto, pero sabe que descubrirlo hará que se sienta mejor. Así que abre la boca y deja que salga de ahí: es algo rojo que sale disparado manchando su bata blanca y contra la colcha de seda color miel, e incluso atraviesa las medias que le cubren los pies. Sus sirvientas dan un brinco hacia atrás.

La dama piensa que se trata de lo más bello que ha visto jamás. Y ahora se siente mucho mejor. «¿Por qué me miran así?», quiere preguntarles a sus sirvientas. Pero ninguna palabra escapa de su boca cuando la abre. Solo aquella cosa llamada sangre, y ahora lo hace de manera feroz.

La dama puede sentir cómo su cuerpo envuelto en las almohadas, que ahora también están teñidas de rojo, se hunde en la cama. Inclina la cabeza hacia abajo y observa cómo el rojo empapa el frente de su bata. Primero se siente tibio contra su esternón y luego muy frío.

Ahora sus sirvientas se mueven con rapidez, se gritan cosas, se preguntan una a la otra qué hacer. Una de ellas pregunta si debería ir por él, la otra contesta que no es buena idea, dado que hoy es el día de su boda. Otras sirvientas lloran. La dama quiere pedirles que se callen, que la dejen disfrutar el momento, pero no le entienden. No la pueden ayudar, solo pueden sentir miedo.

La dama no siente miedo. Se permite volver a mirar al techo. Si entorna los ojos y desenfoca, puede hacer como si las alas de las grullas se movieran hacia arriba y hacia abajo. Los juncos se mecen de un lado a otro.

Piensa en el recién casado, en el hombre que alguna vez fue un niño. Había planeado esperarlo, siempre esperarlo. Y él también había prometido esperarla. La posibilidad de que él hubiera estado mintiendo desde el principio le cruza la mente, pero decide dejar esa posibilidad atrás. «Y, además», piensa ella, «ya no importa. Ya todo terminó. Gracias a los cielos que terminó».

Ahora sus sirvientas guardan silencio, no quieren ni moverse. La miran con ojos húmedos. Muchas están sollozando. Recuerda el día en que llegó, cuando solo era una niña huérfana de madre y enferma. Sigue siendo una niña huérfana de madre y enferma, pero al menos ahora sabe que no solo es eso.

Las grullas sobre ella se pliegan y se expanden, sus alas la invitan a subir. Las alcanza y puede sentir cómo se desvanece, siente que su cuerpo es elevado en dirección al cielo. Desconocía que era capaz de volar.

Después, cuando le den la noticia a su amado (no frente a su nueva esposa), le dirán que murió en paz. No le dirán que comenzó a toser sangre, que no pudo parar. No le dirán que se ahogó de adentro hacia afuera.

2

La tormenta llega en algún punto de la noche. Cuando me despierto, mis exhalaciones escapan en nubes de color gris. Afuera el mundo se ha congelado. Me quedo en la cama solo un poco más y cierro los ojos. Los dedos de mis pies están tiesos de frío.

En mañanas como la de hoy, desenvuelvo los recuerdos llenos del calor de mi infancia a la espera de que me calienten. He aquí uno: el calor que radia del *suan cai* que mi abuela ha encurtido en sus largos jarrones cafés. Más tarde, para la cena, las rizadas hebras descansan picantes y deliciosas junto al cerdo y las papas. Otro: el calor que mana de entre los dobleces de la bufanda que rodea el cuello de mi madre. El más importante: ver la nieve sentada en los hombros de mi padre. Mi cabeza volteando al cielo mientras que sus hombros calientan la parte trasera de mis rodillas. «Si pudieras levantarme un poco más», le insisto, «entonces podría ver cómo se ve la nieve antes de ser nieve».

Cuando el invierno llegó a nuestro pequeño pueblo de pescaderos, el frío no se movió. En cambio, quedó pendido del aire

Mi padre dijo que el frío se estaba uniendo a todas las gotas de agua que aún no encontraban su hogar en el mar, y aquello era responsable de que se nos pegara a la ropa, al cabello, incluso a los huesos. Yo amaba el frío, amaba que nos hiciera reunirnos en el interior de la casa. Mientras afuera bajaba la temperatura, en nuestro interior aumentaba el calor; los cuatro unidos en un círculo, como gatos que se lamen el calor.

Al abrir los ojos sigo en el armario de la tienda. Puedo ver la cobija roja encima de mí, mi ropa colgada en la pared, la madera oscura de la puerta corrediza. El sol ha salido, lo que quiere decir que yo debo apresurarme tras él.

Presiono mis manos contra la parte trasera de mis rodillas, esperando guardar un poco más el calor. Debajo de ellas imagino los hombros de mi padre.

Nam me informa que hoy no habrá envíos.

—Hay demasiada nieve y nadie puede entrar. ¿Podrías barrer el frente por favor, Jacob?

Me pongo las botas de lana y desaparezco en el interior de mi abrigo.

Pierce es un pueblo minero que apenas hace unos años se volvió popular. Ahora disfruta de los excesos de aquella popularidad. Nam y Lum me dicen que los días de minería se han esfumado, pues mucha de la tierra está exhausta por el auge de lo que ya ocurrió. Muchos de los que llegaron con el auge ya se han ido, pero el rastro de dinero y esperanza que trajeron consigo continúa aquí.

—Alguna vez hubo muchos chinos aquí —me dijo Nam antes—. Trabajaban en las minas y ganaban buenos salarios por su trabajo. ¡Todos venían a nuestra tienda! Ahora ya no queda nadie. Solo queda la barbería Cheng y la lavandería. Y nosotros.

—¿Eso es lo que hacían Lum y tú antes de tener la tienda? ¿Trabajaban en las minas?

No contestó, y más bien miró hacia algún lugar lejano, rememorando un recuerdo que yo sabía que jamás podría conocer. Yo no lo culpaba por ello. «Seguramente me veo igual», pensé, «cuando veo mi hogar en mi mente».

La tienda, llamada GRAN TIENDA DE PIERCE, está localizada en el interior de un edificio del centro que alguna vez perteneció a una perfumería que se fue a la quiebra; está apretujada entre una tienda de objetos de cuero y un sastre. Si la vieras por fuera no imaginarías que hay tanto espacio en el interior, pero la tienda sorprende por sí sola; al entrar uno ve que el área de compra es angosta, sí, pero también es larga. Es tan larga que Nam y Lum pueden colocar repisas y botes para la comida, para los objetos del hogar, e incluso algunas herramientas que venden. En la parte trasera hay un pequeño recoveco en el que ellos han acomodado canastas para varias hierbas e ingredientes medicinales —semillas de loto, dátiles deshidratados, cerezas de *goji*—, de forma que la tienda siempre tiene un aroma amargo, pero que también me hace recordar el jardín de mi abuela. Desde ahí, una cortina de cuentas separa ese cuarto del resto de la tienda. A la derecha hay una pequeña habitación que alguna vez fue un armario. A la izquierda, una habitación más grande donde duermen Nam y Lum. Un poco más al interior del pasillo hay una habitación para el inventario donde se guardan todos los cargamentos nuevos; y un poco más al fondo, hay una pequeña estufa y un cuarto de lavado. Yo duermo en el pequeño cuarto que alguna vez fue usado como armario. No es diferente de mi habitación en la escuela del amo Wang y por ello me encanta. El pasillo desemboca en el callejón trasero. Nam y Lum tienden ahí la ropa, y con ello crean su versión personal de una reja gracias a la cual el resto de las tiendas del vecindario no pueden vernos.

Afuera, yo uso la pala hasta que el sol pende sobre mi cabeza. Una a una, las cabezas emergen de sus puertas, lamentándose por los daños que ha dejado la nevada. La oficina de correos permanece cerrada. En la tienda de al lado, el sastre le comenta a su esposa que tendrán suerte si reciben al menos un cliente en el día. Desde su tienda vacía me saluda Cheng, el barbero. Al final de la calle, las cortinas de la tienda BIENES FOSTER se abren y el hombre en su interior mira por la ventana y maldice su suerte. Él tampoco recibirá envíos hoy. La nieve lo ha detenido todo.

Cuando vuelvo al interior veo que Nam está organizando el dinero junto a la caja registradora. Me observa mientras sacudo mi abrigo. La nieve cae en pedazos sobre el suelo.

—¿Hace frío? —pregunta. Le gusta hacer esto. Preguntar aunque ya conozca la respuesta. Es su manera de ser gentil.

Yo asiento. La punta de mis orejas está quemada por el frío.

—Puedo limpiar esto. —Ofrezco, haciendo un gesto al agua que encharca el suelo.

Me pide que vaya a ayudarle a Lum con el inventario que resta de ayer.

—Y asegúrate de tomar agua caliente —dice—. No es bueno que el cuerpo esté tan frío.

A quien se interesara por el curso de mi vida podría parecerle que una porción de esta se ha suspendido y redibujado aquí, ahora. Solo que el dibujo nuevo no es exacto; en lugar del amo Wang, tengo dos hombres del sur de China; ambos hablan un tipo no familiar de chino que está lleno de vocales rítmicas y tonos imperceptibles. En lugar de la caligrafía y los calígrafos, hay bienes enlatados, frutas secas, cachivaches y la gente que los compra. Y en vez de Zhifu, me encuentro en un lugar llamado Pierce, en un lugar llamado Idaho, en un lugar llamado América.

Pero el trabajo es el mismo. Barrer, limpiar y acomodar; en conjunto una repetición de mis días con el amo Wang y la escuela, y de cierta forma, siento algo que podría llamar alivio. Antes de que llegue el primer cliente, yo ya habré barrido y trapeado el piso dos veces, ya habré desempolvado las repisas, rellenado los contenedores con las semillas (el producto que mejor se vende) y limpiado las ventanas. «Inmaculado», Nam con frecuencia dice eso de mi trabajo. Cuando lo escucho, siento un orgullo silencioso. «¿Ya ve?», quiero decirle al amo Wang, a quien sueño ver entrar por la puerta algún día. «Las cosas que me enseñó no se desperdiciaron».

Ya sé que es un sueño poco probable, pues el amo Wang nunca dejaría la escuela. Pero más y más me sorprendo deseando que alguien pudiese ver todo lo que ahora soy capaz de hacer con lo que he aprendido.

Cuando todo ya está limpio y las puertas se abren, me voy al cuarto trasero, donde recibo los nuevos cargamentos y llevo el inventario. Si Lum no va a encontrarse con un vendedor o no va a enviar cartas a intermediarios de otros estados, me acompaña en esta parte del trabajo. Él ama, sobre todas las cosas, la belleza de la organización.

Este es su acuerdo tácito: Nam lidia con los clientes y Lum lidia con los números. En la parte trasera yo cuento el inventario, mientras Lum toma notas en su libro de contabilidad. Es un trabajo fácil, silencioso. En el almuerzo nos sentamos sobre cajas aun no abiertas y comemos arroz al vapor y huevos de pato con sal. Algunas veces comemos una rebanada de jamón de la carnicería al final de la calle. Nam nos acompaña, pero él siempre es muy rápido para comer. Ama saludar a los clientes.

Es de estatura pequeña y redondo, está en algún punto de su quinta década de vida, Nam tiene un rostro grande como el de un bollo y todos sus rasgos están en el centro exacto, así que siempre da la impresión de tener más piel que cara. Cuando se ríe, que es con frecuencia, me recuerda a un recién nacido: sus mejillas son opalescentes, sus ojos son pequeñísimos escarabajos y su boca se abre con una alegría descarada. Su coleta hace juego con el resto de él: robusta, generosa, optimista. Cuando lo observo dando coletazos, entiendo por qué es él quien lidia con la gente. Pareciera ser capaz de vender cualquier cosa, con su naturaleza honesta y su alegría sin fin. Siempre de buen humor y dispuesto, listo para complacer a otros.

Lum es diferente. Le saca una cabeza de altura a Nam, y esto me hace sentir que es gigante; tiene rasgos afinados y usa gafas redondas. Su coleta le llega al suelo. El amo Wang alguna vez me dijo que los hombres de coleta larga respetan sus cuerpos y los cuerpos de sus ancestros, y así es como sé que Lum debe ser un hombre decente. Se mueve con rapidez, habla poco y sonríe todavía menos. Me recuerda a una flauta de madera, derecho y erguido, y tan delgado que el aire podría soplar a través de él.

Juntos, son una pareja dispar. Pero trabajan bien y han trabajado en su negocio durante muchos años, y me dan lo que más aprecio: seguir en el anonimato, la posibilidad de trabajar en silencio y de existir sin que nadie me cuestione. A cambio, yo les doy lo mismo y permito que su historia continúe siendo un misterio para mí. Mientras más conozca, pienso, más atada me sentiré. Esto lo aprendí bien de Swallow.

Desde que la mayoría de los chinos emigraron, a la GRAN TIENDA DE PIERCE no le ha ido tan bien. Pero Nam y Lum son optimistas. Sobre todo Nam, quien siempre piensa en que los días venideros serán mejores. Ya fuera por mala fortuna o por mano propia, la tienda está localizada enfrente de la única otra tienda general de Pierce. BIENES FOSTER ha estado aquí casi desde el principio del pueblo y sus clientes son leales. El pueblo entero de Pierce es leal. Pero Nam y Lum tienen confianza en que podremos atraer a más clientes, así que bajan sus precios y piden al por mayor.

—El trabajo duro no traiciona —nos dice con frecuencia Lum. Es uno de sus dichos.

La mayoría de los clientes que aun entran en la tienda son chinos. No nacieron aquí, sino que viajaron desde Guangdong con esperanzas de obtener oro y trabajo, buscando dinero para enviar algún día a sus familias.

—Me recuerdas a mi hijo —me dice uno de ellos, y las lágrimas humedecen sus ojos cafés.

«Tú me lo recuerdas todo», quiero contestarle. Es una verdad infantil. Lo que me recuerda es algo que no sabía que uno podía extrañar: la sensación de estar donde uno deber estar. Hay una diferencia entre ser nuevo en una ciudad y habitar un mundo que no tiene que ver contigo, que en todo momento te recuerda que eres un extraño. Eso es lo que Idaho representa para mí. Y entonces, cuando nuestros clientes chinos entran pidiendo mijo y cebollas verdes, y compran regaliz y canela, los observo con ternura, sigo sus movimientos.

«Te extraño y ni siquiera te conozco», quiero decirle al minero, a la lavandera, al sirviente. Pero me detengo y permanezco a la distancia, recordando la noche en la posada de Boise, el dolor entre mis piernas y los gemidos de lamento.

Los pocos clientes blancos que entran en nuestra tienda son furtivos y silenciosos. Actúan como si hubieran hecho algo malo al venir aquí. Nunca se quedan mucho tiempo. Y debido a que son tan pocos, les doy un nombre y les invento una historia. Hay una mujer que viste de negro y solo compra raíz de jengibre. Le llamo la *viuda.* Hay un grupo de niños de escuela que se paran afuera de la tienda y se ríen y empujan, se retan los unos a los otros a entrar. Al que finalmente entra le llamo *soldado.*

Estos clientes no bastan para que la tienda se pueda mantener, pero Nam y Lum aún no están preocupados. Están diseñando un plan para atraer más clientes blancos igualando nuestro inventario con el de BIENES FOSTER. Yo tampoco estoy preocupada. Lo que ocurra con la tienda, con los clientes, con Nam y Lum, no es importante. Los días pasan sin tocarme, como si yo hubiera sido arrancada y removida, y después colocada en este lugar para observar desde las gradas. Soy el carácter de la pérdida 迷, un grano de arroz que camina hacia ningún lugar. Cuando hablo, mi boca se mueve, pero yo estoy muy lejos. Cuando barro, mis manos sienten el agua del océano, no el mango de la escoba. Mi cuerpo puede estar aquí en Pierce, pero mi corazón está buscando Zhifu.

Samuel mintió. Idaho no está más cerca de China, porque Idaho no toca el océano. Aquí no hay barcos que puedan llevarme a casa. Solo hay tierra, montañas, valles. Repito: hay mucha tierra y mucho pasto. Cuando, aún con la violencia del hombre canoso fresca en la piel, le pregunté a la primera persona que vi si podía apuntarme en dirección al muelle, se rio en mi cara. Y entendí entonces lo que debí haber intuido desde el inicio.

Cuando Nam y Lim discuten por asuntos de la tienda y se quejan del clima, yo asiento y murmuro «de acuerdo», dejando que eso baste. Pienso en mi madre, mi padre, mi abuela, el amo Wang, la escuela de caligrafía. Hasta el momento de mi llegada a Pierce y mi encuentro con la tienda, la vida había estado dividida en dos: antes y después del secuestro. Ahora hay un tercer quiebre, una nueva posibilidad: el retorno. Ahí está puesta mi felicidad, y cuando la nieve y el frío y las pesadillas de mi pasado amenazan con aplastarme, pienso en mi futuro, uno en el que puedo volver a ver a mi familia, uno donde regreso a estar bajo el tutelaje del amo Wang y crezco para convertirme en maestra de caligrafía. En este futuro estoy completa, alegre y bien. En este futuro soy solo una; en ese futuro estoy unificada.

3

Esta es la historia de cómo un niño se convierte en un hombre.

La noche en que dejé a Samuel en Boise, cambié. Cuando emergí nuevamente en la calle, con el bostezo negro de las escaleras de la posada a mis espaldas, una realidad nueva se aferró a mí. Estaba en una ciudad que no reconocía y acababa de ser violada de una manera inenarrable. No había cómo impedir a otros hombres hacerme lo que me hizo el hombre de cabello canoso. Era demasiado pequeña. Una sombra pasó junto a mí: un guardia o un borracho que iba dando tumbos en su camino para llegar a casa. Cuando volteó para mirarme caí en cuenta de que nunca volvería a estar realmente segura, no así.

Había escapado del burdel, pero nunca escaparía de los hombres malos. Eran iguales, ya fuera en China, San Francisco o Idaho. Si tienes suficiente hambre, es muy fácil encontrar un animal herido. Y estos hombres siempre tendrían suficiente hambre.

Esa noche no dormí. Caminé por la ciudad hasta que encontré una iglesia cuyas puertas eran altas y gigantes y proyectaban una sombra que me escondió cuando me acurruqué debajo. Aún era agosto, pero ya hacía mucho más viento que en San Francisco. Me metí los dedos en la boca y los chupé para mantenerlos calientes. En mi interior, Lin Daiyu dormía con intermitencias dando golpes y tumbos contra mi caja torácica. No podía dejar de ver al hombre canoso entre las sombras. No podía dejar de recordar.

Yo quería pelear con el recuerdo de la mano del hombre canoso en mi interior. Nunca debió de tomarlo. Y entonces me llené de ira. No podía volver a ser Daiyu nunca más, decidí entonces. No hasta estar segura de que no volvería a ser vulnerable frente a esos hombres malos. No hasta volver a casa.

¿Qué significa ser un hombre? Ser un niño no era tan difícil. Ya fuera un huérfano de la calle al interior de un mercado de pescado, o Feng, el estudiante de caligrafía, podía simplemente llamarme a mí misma *niño* y convertirme en uno. Pero ser un hombre exige más. Para que la trampa funcione, la transformación debe ocurrir debajo de la piel, en todos aquellos recovecos propios que yo todavía no he terminado de entender.

¿Qué significa ser un hombre? En ese momento mis experiencias me lo revelaron todo: se trataba de creer que uno es invencible y fuerte y que es dueño de todo.

Por el resto de mi viaje, yo, Daiyu, tendría que estar oculta. En lugar suyo emergería Jacob Li.

El día siguiente dejé Boise; fui a buscar pueblos con templos chinos como aquel adyacente a nuestra posada. Tenía el mapa de Idaho que me dio el vigilante del albergue y no tenía un plan, pero pensé que probablemente los pueblos con templos chinos al menos serían lugares en los que no destacaría tanto. Vagabundee por campos de mineros y pueblitos, lugares llamados Meridian, Middleton y Emmett. Si el pueblo de hecho tenía un templo, nunca entré a él, pues recordaba al hombre del cabello canoso y sus dedos furiosos como garras. Si pudiera continuar moviéndome, pensé, podía durar y superar la violencia. Así que me moví y, cuando comencé a sentir aquella sensación insoportable de no estar segura, de estar sucia y lastimada volvía a moverme, una y otra y otra y otra vez, hasta que llegó el invierno y estaba en un lugar llamado Idaho City, con la nieve hasta las rodillas y donde ya no podía continuar moviéndome.

En Idaho City dejé que Jacob Li tomara el timón. Esto había aprendido: en América es fácil ser un niño, pero ser un hombre es esencial. Como hombre podía mirar a otros hombres sin tener miedo de ser vista. Y como hombre también podía ver. Vi cómo miraban a las mujeres cuando creían que nadie los observaba. La manera en que sus ojos intentaban ver dentro de su piel. En estos hombres también podía ver a Jasper, al hombre del cabello canoso, a Samuel, a cada uno de los clientes del burdel, a los medios hermanos. Incluso vi a madame Lee. Estos hombres malos estaban por todos lados. La única manera de escapar a ellos era convertirme yo misma en la versión más verosímil de un hombre.

Puse atención en los hombres que me rodeaban, trazaba sus movimientos y manierismos. Siempre empezaba con el cuerpo. Los pies, dos raíces firmemente plantadas sobre la tierra. Las piernas, demandantes, capaces, construidas para caminar, patear, correr, dar saltos e irse cuando querían o para ir a cualquier lugar que quisieran sin que nadie pudiera detenerlos. La parte justo debajo del ombligo, donde se encontraba todo su poder. Un lugar del que no se hablaba. La sección media, hecha para la risa estrepitosa, madura gracias al conocimiento de que la muerte era menos aterradora para un hombre. Con ese conocimiento, la tripa era libre para expandirse o contraerse cuando así lo deseara. El pecho, más una armadura que piel y hueso. Los brazos para tomar, para balancear, para robar, para ejecutar. Las manos, a la vez palmas y puños cerrados. El cuello, jamás vulnerable. La cabeza, certera.

Practiqué lo que vi: empecé a balancear mi peso y a fruncir el ceño, a mantener mi pecho y hombros anchos y poderosos. Esta forma de comportarse no me resultaba sencilla, le pertenecía a alguien que conociera la libertad absoluta. Yo no conocía esto, así que me movía como algo menor a un hombre. Pero aun así me movía. Aprendí a esconder mis reacciones naturales, mi propensión a reírme de las cosas pequeñas que me encantaban. En cambio, aprendí a manejar las cosas con sequedad y de manera deliberada, no con ternura.

Ese invierno trabajé en una carnicería en la que no se me permitía ni siquiera ver la carne. Lin Daiyu continuaba dormida en mi interior y el incesante viento de Idaho le soplaba hasta el estupor. Para entonces, mis mejillas eran muescas y mis dientes eran groseros. Durante el día, era solo un atado de nervios: siempre con un ojo en la nuca; cada movimiento, gesto y palabra era una oportunidad para preguntarme si me había delatado o no. En la noche me quedaba en unas cabañas de madera que alguna vez estuvieron abandonadas con el resto de los trabajadores chinos y que habían sido convertidas en posada. La mayoría eran mineros en busca de oro en lugares que ya habían sido elegidos por los hombres blancos. Otros iban a trabajar en las lavanderías, donde escupían sobre la ropa para plancharla. Yo apenas y dormía, recordando cómo la última vez que me permití quedarme dormida, desperté para encontrar el puño de un hombre adentro de mí. En cambio, me quedaba ahí acostada, pendiente de cualquier ruido extraño; mi cuerpo estaba rígido, con cada fibra de cada músculo enrollado con firmeza. A veces medio soñaba que Jasper o la *tong* entraba por la puerta de golpe para arrastrarme hacia la oscuridad. En noches como esas me mantenía despierta pellizcándome el brazo.

El invierno quitaba, pero también otorgaba. Me obligó a mantenerme quieta un rato; fue la primera vez que dejé de moverme desde que abandoné a Samuel en Boise. Pero un plan surgió gracias a esa pausa. Necesitaba encontrar una forma de volver a China. Sabía que estaba lejos del mar y tenía muy poco dinero para pagar la tarifa. No podía volver a California; temía a la *tong* y a sus espías, pero aún más a Jasper. Tendría que tomar una ruta diferente.

En un juzgado grande en el centro de Idaho City, le di a un joven paje cinco dólares a cambio de un mapa de Idaho y de la región que lo circunda. De este mapa aprendí que había otras rutas hacia el océano, puertos con barcos en un lugar llamado Territorio de Washington. Podía viajar al norte y eventualmente ir hacia el oeste hasta solo ver océano y mar. De ahí, encontrar un barco que viajara a China. En China, encontrar a mi abuela. Con mi abuela, encontrar a mis padres. Un día, encontrar al amo Wang. Un día, abrir mi propia escuela de caligrafía. El sueño era difícil, pero no imposible. Lo único que necesitaba, al parecer, era dejar de moverme, ganar suficiente dinero para el viaje al oeste y luego a China.

Pero cuando llegó la primavera el carnicero me dijo que no tenía más trabajo, aunque la tienda estaba más llena que nunca. No fui la única que se quedó sin trabajo, a los trabajadores con los que me quedaba les pasó lo mismo, pues sus antiguos empleadores de pronto estaban perfectos sin ayuda extra. Tenía que moverme de nuevo, gastándome lo poco que tenía en un pasaje al siguiente pueblo, y luego al siguiente, aceptando cualquier trabajo que pudiera encontrar. Nunca ganaba más que cincuenta centavos por una jornada laboral completa. Llevaba conmigo muy poco.

Trabajé boleando zapatos, como lavandero, incluso trabajé un tiempo como intérprete para una familia. Vendí flores, las cargaba en dos cubetas que balanceaba con un poste sobre un hombro. Pero los trabajos eran difíciles de encontrar y aún más difíciles de mantener. Parecía que cada pueblo se secaba al tacto. Me acordé de cómo sentirme saciada con apenas algo de comida y cómo guardar la poquita comida que podía pagar hasta el final del día, cuando podía comerme todo al mismo tiempo como un gran festín. De esa forma al menos podría pretender que estaba llena, aunque fuera por un ratito.

A través de todo eso, Lin Daiyu se mantuvo dormida.

Cuando mi último trabajo de lavandero se acabó en Elk City, me trepé a la parte trasera de una carreta y me dirigí al noroeste. No era la única. Siempre había un grupo moviéndose de un lugar a otro, esperando lograr algo. La mayoría eran hombres de Guangzhou, así que no podíamos hablar, y en cambio nos entendíamos a través del idioma universal del silencio. Uno a uno los hombres se bajaban de la carreta cuando esta se detenía. Algunos esperaban hacerse de un terreno; otros, huir. Algunos, como yo, intentaban hallar el camino de vuelta a casa.

Cuando la carreta paró por última vez, yo era la única que quedaba. Me encontré de pie frente a una tienda, observando a dos hombres que se parecían a mí dándole un retoque al cartel que estaba afuera de una tienda y el cual rezaba: GRAN TIENDA DE PIERCE.

A diferencia del amo Wang, Nan y Lum no me pidieron que demostrara nada. Me contrataron ahí mismo; me ofrecieron comida, refugio y un pequeño salario por mi trabajo. Así que alteré el plan: si tan solo pudiera guardar doscientos dólares, entonces podría iniciar mi viaje hacia el oeste, para llegar al Territorio de Washington y de ahí empezar el viaje de vuelta a China. Con ese dinero pagaría el viaje, el hospedaje, la comida y la tarifa del pasaje en barco. Más importante aún, me serviría de protección. Juré esperar a que pasara el invierno, trabajar durante la primavera, guardar la mayor cantidad posible e irme a finales del verano. Pierce sería mi última parada en Idaho.

Para ese momento ya era muy fácil referirme a mí misma como Jacob Li. Mantuve mi cabello corto, por encima de las orejas, con el miedo de que dejarlo crecer para atarlo en coleta revelaría demasiada suavidad en mi rostro. Pero hubo otras cosas que no consideré. Un día, Nam se preguntó en voz alta cómo era que mi garganta aún fuera tan plana para mi edad. Desde ese momento empecé a usar un pañuelo alrededor del cuello para ocultar su suavidad.

Luego hubo cosas más difíciles. Los dos pequeños montículos en mi pecho le pertenecían a una mujer, la clase de mujer que los hombres deseaban. Y yo no era tal cosa, y no quería que los hombres me desearan, así que enrollé un trapo de color crema alrededor de mis pechos, y a cada vuelta del trapo sentía que me estaba enderezando, concentrando mi poder a la altura del pecho, haciéndome más fuerte, menos vulnerable.

Cuando, poco después de llegar a Pierce, desperté una mañana y sentí algo como pegamento frío entre mis piernas, supe, sin siquiera tener que mirarlo, que había llegado. Cuando ocurría en el burdel, madame Lee forzaba a las niñas a meterse algodón muy profundo y servir al siguiente cliente. Pero incluso así, las niñas hacían celebraciones secretas cuando alguna sangraba por primera vez. «Es la señal de que al fin eres una mujer», decían. Aquella mañana, mientras lavaba mi ropa interior manchada de óxido en agua fría y tallaba la tela contra sí misma, me permití sollozar un poco. Alguna vez anhelé convertirme en mujer, en adulta. Y ahora que finalmente estaba aquí, solo hacía que todo fuera mucho más complicado.

El sangrado duró cuatro días, durante los cuales mi estómago parecía un barco en una tormenta en el mar, retorciéndose y agitándose. Corté trapos de sobra que había por toda la tienda y los metí en mis pantalones. Me apuraba para cambiarlos cada tres horas. Me levantaba temprano para lavar los trapos y luego repetía el proceso. Cuando al final el sangrado paró después del cuarto día, volví a respirar.

Era muy solitario ser Jacob Li.

Como acto final de transformación, me obligué a mí misma a dejar de escribir caligrafía siendo Jacob Li. Él no conocía la caligrafía. Sus manos eran ordinarias, ásperas y, de alguna forma, torpes. Sus manos no podían sostener un pincel. Algunas veces, cuando la tienda no estaba ocupada y yo miraba al suelo, intentando recordar cómo se sentía el mar en mi cabello, me encontraba a mí misma moviendo el dedo para escribir un carácter contra mi muslo. Entonces Jacob Li apretaba su mano para formar un puño, empujando esa urgencia al fondo.

Solo de noche, cuando nadie me veía, podía descansar y dejar que mis manos se movieran con libertad. Tocaba mis muslos para sentir que seguían ahí y que estaban completos. Masajeaba mis pechos, que picaban por estar todo el día envueltos en la tela, y sentía cómo crecían o se encogían de un día a otro. Más que nada, dejaba que mis manos hicieran toda la caligrafía que quisieran, escribiendo y rescribiendo los caracteres que habían estado conmigo todo ese tiempo, que habían sido mis amigos y maestros en momentos de necesidad. La sensación de mis dedos trazando las pinceladas, los puntos y las líneas era suficiente para hacerme llorar. Un recordatorio de que aún no me perdía a mí misma, que seguía viva.

Antes de quedarme dormida, me repetía el plan, como cada noche. Irme de Pierce al final del verano. Dirigirme al oeste, hacia el Territorio de Washington. Encontrar mi camino de regreso al océano.

4

Entra a la tienda un día que la nieve se ha apelmazado para formar una sola coraza blanca y cada uno de sus pasos suena como si alguien moliera huesos. Es un día lento, así que Nam me pide que me ponga al frente de la tienda mientras él hace el inventario atrás. Lum está de viaje.

Él entra, es tan alto como Lum; tiene la espalda tan derecha como una tabla. El pelo negro, cejas negras fuertes, un cuello liso. La piel del cuello luce del color del otoño.

Pide hablar con el dueño de la tienda. Su voz es suave, viene del pecho. El sonido me envuelve y hace que hasta el vello de mis brazos, piernas e incluso de la parte trasera de mis orejas le preste atención. Le contesto que Nam está en la parte trasera y le pregunto si le gustaría que lo llame.

—No hay prisa —dice él—. Puedo esperar.

Intento mantenerme ocupada, pero mis ojos lo miran una y otra vez. Es un hombre chino joven, una de las personas más jóvenes que he visto en Pierce. Hay algo en él, en la suavidad bronceada de su piel, que me recuerda a mi hogar con una fuerza que no había sentido en mucho tiempo.

Nam escuchó la puerta, así que emerge de la parte trasera.

—¿Por qué no me avisaste que teníamos un cliente? —me pregunta. Entonces se limpia las palmas de las manos sobre los pantalones y corre a saludar al joven.

—Hola —dice el joven—. ¿Venden colofonia aquí?

Nam contesta que no, pero que puede hacer una orden y conseguirla, si eso es lo que el joven necesita. Ninguno entiende la solicitud, pero la promesa de un cliente nuevo hace que se ponga feliz. El joven acompaña a Nam al mostrador y enlista los nombres de las marcas del tipo de colofonia que está buscando.

—Jacob —me llama Nam—. Te necesito en la parte trasera. Un nuevo cargamento de arroz acaba de llegar y necesito que lo revises completo.

El joven da vuelta para evaluarme y deja que mi nombre se ajuste al molde de la persona que está frente a él. Su rostro es calmado y sus ojos son melancólicos. Para él, yo soy apenas un niño.

Pienso en él el resto del día.

Pasan tres semanas. Los caminos tienen una costra de nieve sucia que se ha apartado para la resurrección de la vida después de la tormenta. Las calles están lodosas y la tierra pisoteada forma espuma y olas cafés. Para reemplazar la tormenta entra un viento con chubascos, cortando los árboles desnudos y cortándonos la piel de la cara. Yo observo el letrero de madera de la tienda de BIENES FOSTER mecerse con el viento. La gente pasa por la calle, caminando tan rápido como les es posible, pues nadie se atreve a quedarse afuera mucho tiempo.

Dentro de la tienda, no obstante, está cálido. El horno de la esquina brilla feliz, y cuando no hay clientes me pongo enfrente de él, frotándome las manos una y otra vez, hasta que están de color naranja. Es otro día lento. Lum va a encontrarse con un vendedor del otro lado del pueblo. Nam me pide quedarme en el mostrador para que le ayude con los clientes.

Escucho que la puerta se abre y el aullido del viento en el exterior.

—Hola —saluda.

Hoy, el joven trae puesto un abrigo negro y un gorro que lo hace lucir más joven, un efecto que disminuye la apariencia de gran confianza que da su mandíbula.

—Me alegra volver a verte. Me dijeron que ya llegó mi cargamento.

Camina hacia mí sin vacilación. Sus piernas se mueven, pero el resto de su cuerpo no, como si su torso pendiera de un hilo. Yo saco la mandíbula y me pongo derecha, esperando imitar su propia postura.

—Sí. —Me escucho diciendo. Camino detrás del mostrador. Él me sigue y percibo que trae consigo un aroma a té y madera muy vieja. Dentro de mi cabeza hay un rugido débil, como si ahora el viento viviera en mi interior.

La colofonia está guardada en un cajón debajo del mostrador, perfectamente empacada en papel café y atada con un hilo de cáñamo. Yo la saco y la coloco en el mostrador.

—¿Cuánto les debo? —pregunta el joven, sacando una pequeña bolsa.

Le contesto que quince centavos. Mi voz no quiere salir. Él asiente y comienza a colocar las monedas en el mostrador, una por una.

Yo debería estar contando las monedas, pero en cambio estoy viendo sus manos. Son buenas manos. Sus dedos son largos, con nudillos bajos, fuertes y seguros. Las uñas son anchas y planas, el pulgar es muscular y las palmas son lisas. Sus manos lucen más como abanicos que como manos, como si pudieran abrirse y cubrir el mundo entero.

—¿Estás bien? —Escucho que me pregunta.

—Lo lamento —digo, mirando hacia otro lado. Me apresuro a recoger las monedas en mis palmas y las deposito en la caja registradora—. Gracias, vuelva pronto.

—¿Podría pedir que me surtan esta mercancía cada mes? —me pregunta desde la puerta. Yo lo miro ahí, con una mano en la perilla, y pienso en que lo único que separa la tibieza de esta tienda de la violenta brisa es esta puerta. Y en cómo desearía que se quedara aquí, que compartiera esta calidez. Él da la vuelta a la perilla. Yo hago un gesto de dolor a la espera de que el viento lo haga volver a entrar. *No salgas,* quiero decirle. En cambio, solo asiento con la cabeza.

Abre la puerta. El viento protesta y sopla sobre su abrigo, agitándolo un poco.

—Mantente abrigado —me dice, levantando una ceja con consternación.

Lo observo alejarse caminando, un manchón negro contra el gris del día. Él mantiene la cabeza gacha para evitar el viento; con una mano en el gorro y la otra dentro de su bolsillo, sosteniendo la colofonia. Lo observo hasta que ya no puedo verlo más y recorro con los dedos el lugar donde una vez estuvieron sus monedas.

Voy a contarle a Nam de la colofonia. Y luego vuelvo a la estufa, frotándome las manos. Es solo después de cinco minutos que caigo en cuenta de que mis manos no necesitan más calor. Tampoco mi rostro o alguna otra extremidad. El cuerpo ya me quema.

Una vez que se ha ido, me digo a mí misma que debo mantener la distancia. Porque en este punto ya conozco cómo se siente el peligro: la piel se dilata, las piernas se hinchan con sangre y el estómago se siente vacío aunque se haya acabado de comer. No sé por qué ese joven me hace sentir así, pero sé lo que mi cuerpo intenta decirme: él es una amenaza. Esta vez me prometo escucharlo. No voy a volver a caer. No habrá más Jaspers o madame Lees, no habrá más Samueles ni hombres de cabello canoso. Solo existiré yo.

«Una y otra vez», solía decir el amo Wang, «practica las pinceladas una y otra vez, hasta que puedas cerrar los ojos y el carácter se materialice en el aire. Hasta que conozcas algo tan bien que lo único que debe hacer tu cuerpo es seguirlo».

He estado practicando para este momento, poniéndome en riesgo una y otra vez, esperando el día en que pueda reconocerlo. Desde el inicio, ser yo misma solo me ha llevado a lugares oscuros. En vez de ello practico formas de borrarme, anularme o recrearme, hasta que lo único que necesite hacer sea desaparecer.

En las semanas que siguen, siempre que veo al joven en la tienda encuentro maneras de desaparecerme. Es fácil agacharme en la parte trasera y quedarme ahí hasta que escucho la puerta abrirse y cerrarse de nuevo. Lum no me hace preguntas, solo me da órdenes desde atrás del libro de contabilidad. Nam parece siempre darse cuenta de que desaparecí después del hecho, nunca antes. Para ellos solo soy el pequeño y raro Jacob Li.

Pero al menos estoy viva. Al menos tengo suficiente aliento para durar otra noche. Me repito que debo olvidarlo, quien quiera que él sea. Le doy un nombre a la emoción que se asienta en mi interior cuando escucho su voz en la tienda. Y me digo que no hay nada bueno que salga de quemarse vivo.

5

Marzo, la nieve sigue cayendo, a veces en forma de polvo y a veces como una sábana que cae sobre nosotros hasta que todo, los recovecos, las orillas, los valles, las cimas, *todo* está cubierto. Me gusta ver cómo cambia el mundo cuando lo toca la nieve; las ramas ahora están dobladas y con una sombra blanca; las piedras filosas se han vuelto redondas y suaves, y yo estoy disfrutando el hecho de que, después de todo, haya un gran ecualizador para los hombres y las bestias, aquel que nos pide hacer una reverencia frente a aquello que no podemos controlar. En días en que el trabajo es lento, yo camino por el pueblo, imaginando cómo serán los árboles durante el verano, si tendrán o no flores. Podrían ser de color lavanda, coral o blancos. Podrían tener bayas.

Pero el negocio por fin va mejor. Nam y Lum están felices. Aunque el dueño de BIENES FOSTER, en cambio, no lo está. Lo vemos quedarse merodeando afuera de nuestra tienda, en silencio e inamovible. El frío no le molesta. Es un hombre pesado, un hombre que todo él es lucha. El ORGULLO DE PIERCE, de acuerdo con Lum, quien halló un perfil sobre Foster en EL MINERO DE

PIERCE CITY. Foster fue un campeón de lucha en su juventud y aún lleva signos que dan cuenta de ello: sus hombros anchos, como los de un buey, y sus orejas deformes. Verlo me pone incómoda; percibo una clase de amenaza diferente a las que me he encontrado antes. Quizá porque él no tiene que hacer nada. Sabe que su presencia es en sí misma es perturbadora.

Cuando Foster vuelve a su lugar al frente de la tienda por cuarta vez en una semana, le pregunto a Nam y a Lum si debería pedirle que se vaya.

—No le hables a ese hombre —brama Lum. Sospecha de los motivos de Foster, como lo hace con cualquiera, y en días como este mantiene el libro de contabilidad pegado a su pecho, como si con solo hacer eso la tienda fuera impenetrable.

Nam se retuerce las manos, pero concede una prórroga a Lum en asuntos de este tipo.

—No creo que Foster tenga malas intenciones —me dice más tarde, cuando Lum se va—. Solo está preocupado por su negocio, igual que nosotros.

Porque nuestros clientes blancos comienzan a multiplicarse. Se presentan juntos y se convierten en un solo ser blanco frente a mis ojos. «Hola, ¿cómo está? ¿Puedo ayudarle a encontrar algo?», les pregunto en inglés. Se supone que yo debo encargarme de atenderlos, en palabras de Nam, para poder darles exactamente lo que necesitan de inmediato. Esta es otra manera de atraer más clientes que de BIENES FOSTER.

—Tu inglés no es malo —me dice una mujer con cabello de hielo, como si acabara de regalarme un tesoro.

Le doy las gracias, aunque no encuentro dónde está el cumplido. Me quedo pensando que me gustaría contarle cómo aprendí a hablar inglés. Contarle sobre la habitación con una ventana pequeña, tan alta que ni siquiera con una escalera se podría alcanzar. Contarle sobre la viejita y su bastón. Sobre encogerme frente a aquellos libros y dejar que sonidos extraños salieran de mi boca. Contarle de cómo se siente estar metida en una cubeta llena de carbón y flotar a través del océano, todo para llegar aquí, frente a una mujer que espera que me agrade escucharla decir que mi inglés no es malo.

En vez de ello, asiento con la cabeza y hago una reverencia que deja mi cuerpo con la forma de una media luna, para que pueda ver qué tan agradecida estoy.

Otras personas no tienen cosas tan agradables que decir. Un hombre viejo me dice que deje de mirarlo y me llama *bárbaro amarillo.* Una niña pequeña me apunta con el dedo y le pregunta a su padre por qué me veo como me veo. Un niño un poco más pequeño que yo se burla de mí y me hace un gesto usando los dedos. Otra mujer se aleja y llama a su esposo, que corre a su lado y me amenaza con hacer que me arresten por hablarle a su esposa. Me recuerda la manera en que los hombres nos miraban en el burdel de madame Lee; como si fuéramos algo enteramente diferente, y por ello, aterrador. En el burdel vencían su miedo venciéndonos a nosotras. Aquí no estoy muy segura de qué harían, pero comienzo a entender que en este lugar que llaman Idaho, que ellos llaman el Oeste, ser china puede llegar a ser como tener una enfermedad. Casi cada tercer día, parece, vienen los hombres del *sheriff* y nos piden ver nuestros papeles. Yo entrego la hoja amarillenta que tomé del bolsillo de Samuel, que ahora es mi posesión más preciada. Como aquel vigilante en la posada de San Francisco la noche de mi escapada, los hombres del *sheriff* no ven una diferencia entre cómo me veo yo y cómo se ve el niño cuya foto está en mi papel de identificación. Lo único que pueden ver es que somos chinos.

Ahora estoy más consciente que nunca de lo que soy. El espacio entre mis ojos y mi nariz, entre mi nariz y mis labios, entre mis labios y mi mentón, es algo que me hace diferente, incluso inferior, a las personas de este país. Si mis padres pudieran verme, se estarían riendo de mí. «¿Qué te hace creer que eres tan especial?», me preguntarían. Pero aquí, *sí soy* especial. La gente blanca me hace especial. ¿Por qué otra razón se harían un lado cuando camino junto a ellos, por qué evitarían mi mirada o susurrarían cosas que yo no puedo oír? Mi cuerpo está cubierto con sílabas de otro idioma, con el rollo de un reino que existía mucho antes que ellos y que continuará existiendo mucho tiempo después de que se hayan ido. Soy algo que no pueden desentrañar. Soy algo que temen. Todos lo somos.

Aun así, pese a nuestra enfermedad chinesca, los clientes continúan aumentando. Los precios son demasiado buenos como para que puedan negarse. Están alertas mientras compran, revoloteando por las repisas, con un ojo en las mercancías y otro buscando a la persona que podría reconocerlos, que les podría preguntar por qué están aquí, comprándole el jabón a una tienda culí cuando una excelente tienda americana está localizada justo enfrente. Cuando pagan no nos hablan, sino que empujan con fuerza las monedas sobre el mostrador antes de correr a la salida con la cabeza gacha.

Una tardía mañana de marzo, cuando la temperatura sube y el sol lanza su luz contra nuestras ventanas, observo un grupo juntarse afuera de nuestra tienda. Es muy temprano en la mañana y nosotros todavía no abrimos, así que hago un gesto con la mano y apunto hacia el letrero en nuestra puerta que dice CERRADO.

Pero mis gestos pasan desapercibidos.

En cambio, se arremolinan frente a la tienda. Reconozco a algunos, pienso: un hombre blanco que camina frente a la tienda todos los días pero nunca entra, que mira al interior como si pudiera empezar un incendio solo usando los ojos; una mujer blanca que a veces veo en la charcutería; un hombre rubio que entró una vez solo para decirnos que nunca, jamás, compraría nada aquí. Hay muchos más que no reconozco, pero su mirada me da a entender que solo necesito conocer a uno para conocerlos a todos.

En las manos llevan letreros con grandes letras negras pintadas. RAZA INMUNDA, dice uno. NIÑOS PEQUEÑOS, dice otro. BÁRBARO. CULÍ. CHINO.

Sigo intentando descifrar qué significan estos letreros cuando el grupo comienza a gritar. Todo inicia con una voz, frágil y fría. Entonces se le junta una segunda, esta vez aguda y nasal; luego otra, que está furiosa y retumba; luego otra y otra más, hasta que no son voces separadas sino una sola. Frente a mis ojos se transforman de seres humanos en figuras que llevan cuello y brazos y piernas, y una sola voz, una voz terrible que suena igual que un tren cuando se detiene.

—¡Los chinos deben marcharse! —ruge la voz—. ¡Deben marcharse, deben marcharse, los chinos deben marcharse!

Uno de los hombres blancos al frente del grupo da un paso al frente y presiona el rostro contra la ventana, enseñándome los dientes. Puedo ver dos caninos del mismo color que los intestinos de los cerdos. Tensa los labios de tal forma que la saliva brilla entre los dientes. Abre tanto los párpados que se revelan pequeños patrones color carmesí en lo blanco de sus ojos. Cuando se da cuenta de que lo estoy viendo, da un paso atrás y escupe a la altura de mi cara. El escupitajo cae sobre el vidrio y luego se escurre, pero de todas formas me estremezco. Y la multitud grita de júbilo.

Entonces entiendo todo. Los letreros son sobre nosotros. Los gritos se dirigen a nosotros. La multitud está aquí a causa de nosotros.

Nam corre desde la parte interior de la tienda, pues escucha que los cantos rebotan contra nuestras grandes ventanas de vidrio.

—Todavía está cerrado —me dice a mí. Después sus ojos pasan por la multitud reunida afuera, y de ellos a los letreros, y entonces su voz se pierde.

—Solo vinieron —le digo, y caigo en cuenta de que estoy gritando.

Aun así, Nam no se mueve. Yo desconozco de dónde viene, qué cosas ha soportado, pero sé que esto debe ser algo que ha visto antes. Algo golpea el vidrio y ambos reculamos, alguien nos ha aventado una manzana podrida.

Decido actuar antes de que el siguiente objeto golpee nuestra ventana, me estiro y bajo las persianas. Caen con un sonido ensordecedor, y en un instante desaparecen los rostros iracundos. Pero sus voces aún son estrepitosas. Si las manzanas podridas no rompen los vidrios de nuestras ventanas, pienso, entonces podrían hacerlo sus voces.

—¿Qué hacemos? —le pregunto a Nam, haciéndome hacia atrás para pararme junto a él—. No podemos abrir la tienda con esto afuera. Nam se frota las sienes, cierra con fuerza los ojos. Está murmurando algo—. ¡Nam! —digo en voz alta y esta vez coloco mis manos en sus hombros, le doy una sacudida—. ¿Qué hacemos?

—Déjame pensar —responde con un hilo de voz. Por primera vez suena como un hombre viejo.

—¡Sabemos que están ahí dentro! —grita la multitud—. ¡Cobardes! ¡Bastardos tramposos! ¡Salgan, salgan, gargantas oscuras!

Incluso con las persianas abajo somos demasiado vulnerables, estamos demasiado expuestos. Esconder los rostros les dio más poder para crecer y convertirse en algo gigantesco y mortal. No parecían humanos, sino bestias.

—No nos conocen —dice Nam, y se escucha herido—. Necesito hablar con ellos. Esto es un malentendido. Sí. Deben escucharnos.

Imagino al hombre que me peló los dientes y su rostro expandiéndose por la ventana. Le digo a Nam que dudo que escucharán.

Pero es demasiado tarde. Nam se mueve con una rapidez sorprendente para un hombre de su edad y se apresura hacia afuera antes de que yo pueda impedirlo. Abro la boca para gritar «¡NO!», con las manos extendidas, pero la conmoción del gentío ha ido en aumento. Y entonces Nam desaparece y se escucha el cerrojo de la puerta.

Una vez más, experimento por un instante esa gota de horror que tantas veces antes he sentido. Corro a la ventana y deslizo un dedo entre las persianas.

Afuera, Nam está de pie, su cuerpo redondo está plantado firmemente sobre la tierra. El gentío retrocede frente a él, reculando como si fuera uno. Él está hablándoles, y su voz es serena y suena fuerte. La multitud se aquieta. Parecen estar escuchando.

Pero mientras más tiempo habla Nam, algo más está ocurriendo. El gentío vuelve a comenzar a hacer ruido, primero son como gruñidos que van subiendo de volumen, aumentando más y más hasta que sus cuerpos podrían ladrar bajo el peso de su ira. Ya no puedo escuchar la voz de Nam. Creo que él tampoco puede escucharse. Ahora el hombre que me peló los dientes está de nuevo al frente, observando a Nam y gritando, tiene las orejas tan rojas como una ciruela.

Y entonces ocurre; es rápido, tan rápido que apenas puedo verlo. Un objeto pasa volando junto a la oreja del hombre y aterriza apenas al lado del pie derecho de Nam, que se agacha para verlo. Puedo ver, por el gesto con el que se paraliza, que primero está confundido y luego aterrado. Yo presiono las cortinas con los dedos para mirar mejor y luego veo que es una piedra.

Antes de que Nam o yo podamos reaccionar, otra piedra se precipita y le pega a la ventana justo por encima de mi cabeza. Yo me espanto y retiro de golpe las manos de las persianas.

Y entonces sé, sin siquiera tener que verlo, que el mundo afuera se ha quebrado. Escucho voces que ya no son voces sino gruñidos ferales. Cuando vuelvo a mirar por la persiana veo que la multitud se ha dispersado, pero no para volver a sus casas; no, sino para acercarse más. Ya no puedo ver a Nam, la multitud se ha cerrado sobre él, sus letreros golpean contra el cielo y más y más piedras golpean las ventanas, astillando el vidrio como si fuera granizo.

«Tengo que meterlo», pienso, «podrían matarlo».

La puerta está ahí. Puedo abrirla. La he abierto y cerrado miles de veces. Lo único que tengo que hacer es caminar, dar unos pasos, cruzar el umbral y salir.

Pero lo que me ha mantenido viva hasta este punto me mantiene fincada en mi lugar. Ese instinto en el que puedo confiar para protegerme, para correr, vuelve y mi cuerpo le da la bienvenida con demasiada rapidez. Mi cuerpo recuerda bien.

¡Muévete! grito. Me quedo ahí de pie, intentando salir de mí misma, mientras que las voces afuera alcanzan un grado cercano a la matanza. Le grito a mis manos, a mis brazos, a mis piernas, a estas cosas que ya no reconozco, justo como ya no soy capaz de reconocer el corazón que late en mi interior.

Una vez más, me escucha. Una vez más, ha venido a salvarme. Siento cómo abro la boca, siento algo largo y con codos y resbaloso caer al suelo. Lin Daiyu se arrastra y sale de mí, y ahora va a salvarme. A salvarnos.

La veo correr a la puerta, pero soy yo quien está haciendo eso. La veo aferrarse al pomo. La veo darle la vuelta. Escucho las voces afuera, les permito llevarme al frente. Su furia me causa un *shock* parecido al del agua fría. Lin Daiyu me dice que ponga los brazos sobre la cara y yo lo hago. Lin Daiyu me dice que va a buscar a Nam, me da la instrucción de estar atenta a las piedras.

Está ahí, tirado en el suelo, hecho un ovillo. El gentío danza a su alrededor, lo están pateando y escupiendo.

—Deténganse. —Lloro, y odio llorar porque no creo que los hombres lloren. Lin Daiyu se abre paso hacia él.

Mataré a quien te toque, me promete.

Nam no se mueve. Yo me arrodillo junto a él. No puedo parar de llorar.

—Por favor —le digo al gentío. Están gritando a un volumen muy alto y sus dientes lucen feroces—. Por favor. No ha hecho nada malo. Déjennos en paz.

Alguien me acerca el cartel que dice RAZA INMUNDA y lo menea frente a mí. Volteo y veo al hombre blanco que me peló los dientes. Al verlo de cerca me doy cuenta de que su rostro está lleno de cicatrices de viruela y de que luce emocionado, como si acabara de encontrarse una pepita de oro en el suelo. Su mano está levantada con la forma de un puño. Si este gentío descubre que soy una niña, ¿quién impedirá que me violen como lo hizo el hombre del cabello canoso? Yo me lanzo al suelo y cubro a Nam con mi cuerpo, orando porque Lin Daiyu cumpla su promesa.

Pero lo que sea que estoy esperando no llega. En cambio, siento que alguien me levanta del *chang shan* y me aleja del gentío.

—¡No! —grito, pensando en Nam, quien sigue en el suelo.

—Deja de luchar —me grita la voz que me está arrastrando—. ¡Detente! Regresa a la tienda.

Lo último que veo antes de que se cierre la puerta es al hombre blanco que pela los dientes. El gentío continúa empujándose a su alrededor, pero él está quieto. Levanta la mano y me apunta, su boca tiene un gesto grotesco. Entonces vuelve al gentío y los aleja con un gesto de la mano. Las voces se acallan. Uno a uno regresan a ser hombres y mujeres. Uno por uno escupen sobre la puerta de la GRAN TIENDA DE PIERCE antes de darse la vuelta e irse.

6

—Ya terminó —dice una voz a unos años de distancia de donde estoy—. Ya estás a salvo.

—Pero Nam… —digo. Estoy llorando sobre mis brazos. Lo único que puedo ver es su cuerpo allá afuera, nada más que una bolsa de tierra, y a esos brutos que lo patean una y otra vez.

—Está aquí —me contesta la voz. Ahora está más cerca de mí—. Estamos a salvo. Puedes mirar.

Espero a que Lin Daiyu me diga que haga lo contrario. No escucho nada, así que levanto la cabeza.

Nam está tirado con la espalda en el suelo, sus piernas con la silueta de un cuatro, los brazos flácidos sobre la panza, pero está gimiendo. No está muerto. Yo me levanto y corro hacia él.

—No estoy lastimado —dice al verme—. ¿Y tú, Jacob?

Yo sacudo la cabeza, le digo que no, que estoy bien. Ve mis lágrimas y se ríe.

—Estás llorando por mí —musita—. Qué dulce.

Alguien se mueve detrás de nosotros. Recuerdo que no estamos solos. Hubo alguien que nos salvó a ambos, que salió de entre el gentío y nos arrastró lejos, hacia un lugar seguro. Después me giro para encarar a nuestro salvador y darle las gracias, pero mi voz flaquea.

Es él. El joven que viene a comprar la colofonia. Después de todo lo que he hecho para evitarlo, encontró un camino para entrar.

—¿Estás bien? —me pregunta el joven—. ¿Quieres intentar pararte?

Me extiende una mano enguantada.

Yo no la tomo. Jasper también había sido un salvador, pero me salvó de una amenaza para lanzarme a una peor. Samuel fue igual. La palabra *salvador* no significa nada.

—¡Tú! —digo—. ¿Por qué estás aquí?

Nam me golpea en el brazo.

—¿Qué te pasa? —me dice—. Este joven nos salvó la vida.

Pero Nam es viejo e ingenuo. Yo soy más lista. El gentío al principio era pequeño, pero creció. Habría sido difícil que alguien se abriera paso entre ellos, en especial alguien chino. Eso solo significa una cosa para empezar; que este hombre estaba entre el gentío.

—¡Eres uno de ellos! —grito. Volteo enloquecida buscando a Lin Daiyu. Ahora es el momento de que cumpla la promesa que me hizo. Pero me asombro al encontrarla sentada sobre el mostrador, pasándose los dedos por el pelo. Me ignora.

—Te aseguro que no es así —dice el joven.

—¡Mentiroso! —Doy un salto, intentando alejar a Nam de él. Nam protesta, dándome un golpe para alejar mi mano—. Estabas entre el gentío y ahora estás aquí dentro con nosotros. ¿Qué quieres? ¿Por qué te enviaron? ¿Es porque luces como nosotros? ¿Creen que vamos a confiar en ti?

—Jacob —murmura Nam. Y veo que un hilito de sangre está escurriendo de su mentón.

Verle sangrar, unido al horror de lo que acabamos de vivir, me supera. Yo suelto a Nam, quien cae al suelo con un golpe suave, y me arrojo al suelo de golpe, mientras que la bilis sale expulsada como proyectil por mi boca.

—Permíteme —dice el joven. Mi cuerpo vuelve a convulsionar antes de que él pueda terminar de hablar y vuelvo a vomitar algo muy viscoso. En la negrura de mi cabeza, los rostros del gentío se arremolinan, sus bocas se abren y cierran, las bocas son rojas como lo que chorrea del mentón de Nam. Estoy segura de que si vomito suficiente, todo volverá a ser como siempre. La protesta jamás habrá ocurrido, este hombre joven no estará frente a nosotros y ni Nam ni yo estaremos tirados en el suelo. Yo regresaré a solo ser Jacob Li, silencioso y confiable.

Pero cuando termino, lo único que puedo hacer son ruidos vacíos contra el suelo; me doy cuenta de que vomitarlo todo simplemente me dejó vacía.

Me limpio la boca con el dorso de la mano e intento ponerme de pie.

—Necesita ayuda —dice el joven, refiriéndose a Nam—. Quizá tenga una costilla rota, o dos. Y tú no estás bien. ¿Podrías por favor dejarme ayudar? Al menos permíteme quedarme hasta que llegue el doctor. Mandé a traerlo desde que vi el gentío.

Sus palabras son amables, pero yo no confío en una sola de ellas. Me volteo para decirle algo a Nam, pero él ya está asintiendo, llamando con un gesto al joven para que se acerque. El joven no titubea. Camina hacia él y agacha la cabeza; engarza una de sus manos en la nuca de Nam y usa la otra para darle apoyo a la espalda de Nam. Ambos me miran.

—Jacob —ordena Nam—, ven a ayudar.

—Solo es un moretón —dice el doctor—. La costilla solo tiene un moretón.

Nam no debe esforzarse, lo cual significa que no debe cargar cosas pesadas ni levantar los hombros por encima del pecho, ni estar de pie demasiado tiempo. Le recita esto a Lum, que acaba de regresar de un viaje de cuatro días al condado vecino llamado Murray, y quien nos dice que tuvimos suerte.

El doctor se va. La calle está vacía y en silencio cuando sale. Lum, furioso, lo mira irse. No entiende cómo pudo ocurrir esto. Nam y yo intentamos explicarle, pero tampoco nosotros lo comprendemos muy bien.

—¿Hay algo que podamos hacer? —pregunta finalmente Lum, y sabemos que no espera que nosotros tengamos una respuesta.

El joven, que ha estado a la espera en las sombras, vuelve a entrar cargando una tetera caliente.

—Pero tú —dice Lum—. Tú los salvaste.

—Nelson —contesta el joven—. Mi nombre es Nelson Wong.

—Yo soy Lee Kee Nam —dice Nam—. Él es Leslie Lum y él es Jacob Li.

Nelson agacha la cabeza ante cada uno de nosotros antes de servir el té. Lo hace con simpleza, sin los ademanes o gestos ostentosos que yo observé en los hombres que tomaban té con mis padres. El líquido es de color ámbar cálido. No quiero otra cosa que no sea enroscarme alrededor de la tetera, pero una voz en mi interior me detiene.

«Veneno», me advierte.

Ya es muy tarde; el té ha sido entregado a sus dueños, que solo pueden anticipar el alivio que traerá. Antes de que yo pueda actuar, Lum se mueve y le da un sorbo largo y ansioso. Espero a que suelte la taza, a que la taza caiga al suelo y se quiebre. Espero a que sus ojos se hinchen, sus manos se aferren a su cuello y su aliento se convierta en ahogo. Mi banquito de madera se derrumba detrás de mí. Estoy lista para tirarle té caliente a la cara a Nelson.

Lum traga, inhala y da otro trago. Deja la taza y se frota las manos juntas. Luce igual que siempre.

—¿Qué tienes? —dice Lum, al verme—. Tómate el té, está caliente.

Yo levanto mi banquito y me siento. Las mejillas me arden. No miro a Nelson.

—¿Cómo supiste lo que estaba pasando? —le pregunta Lum a Nelson.

Nelson dice:

—Caminaba rumbo al pueblo cuando vi a gente corriendo. Entonces, sin saber por qué, yo también comencé a correr. Me di cuenta de que algo andaba mal. Cuando llegué a donde la gente se detenía, vi lo que pasaba. Los vi a los dos.

Mientras habla, yo alcanzo mi taza, buscando algo a qué aferrarme. Está caliente, pero dejo mis dedos contra la taza, esperando que el líquido queme la cerámica y lave todo el dolor que cargo en el cuerpo.

Nelson voltea a verme de pronto y sus ojos se encuentran con los míos por primera vez desde la mañana. Yo me aferro más a mi taza.

—No debiste salir —me dice—. Eso fue muy peligroso. Pudieron matarlos a ambos.

El miedo que le tengo desaparece, ahora lo que siento es furia. No necesito que me diga cuál es la diferencia entre el bien y el mal.

—¡Tenía que salir! ¡Iban a matar a Nam!

Espero a que Nelson me diga algo, pero no lo hace. En cambio, me sostiene la mirada. Mi respuesta pende del aire y la ira nos envuelve a todos.

—Lo lamento —dice—. Solo intentabas ayudar a tu amigo.

Me pregunto si está burlándose de mí.

—Hice lo que haría cualquiera —le digo.

—Fue Foster el que los trajo —dice Lum—. Todos lo hemos visto parado afuera de la tienda como un espectador. Está enojado con nosotros porque sus clientes nos compran.

—Foster no estaba allá afuera —dice Nam, para sorpresa de todos. Todo ese tiempo había estado en silencio con la mirada fija en la puerta del frente, pero ahora mira a Nelson, buscando algo—. ¿Quiénes eran? ¿Los conocías?

Nelson se recuesta y suspira. Yo noto una roncha en su mentón.

—Sí, los conozco —contesta él—. Han estado creciendo. El gentío de hoy… ellos no solo estaban protestando contra ustedes o su tienda. Estaban protestando contra todos los chinos.

Los tres nos quedamos pasmados con esto. «Estaban protestando contra todos los chinos». Recuerdo aquellos pequeños pueblos mineros por los que atravesé el año pasado, cómo los trabajos parecían desaparecer de pronto y sin explicación. Ahora comienza a tener sentido.

Lum es el primero en romper el silencio.

—¿Esto tiene que ver —dice— con la ley que aprobó el presidente?

—¿Ley? —repito yo—, ¿de qué ley hablas?

—La ley que dice que si eres chino ya no puedes entrar a Estados Unidos —contesta Lum y sus ojos adquieren un brillo detrás de sus gafas—. ¡Deberíamos considerarnos afortunados de siquiera estar aquí, ja!

Pero nadie más se ríe; en especial, Nelson, que se queda serio.

—Sí —dice Nelson—. Desde que aprobaron esa ley, la gente en este pueblo ha comenzado a protestar con más seriedad para que nos vayamos de aquí. Y no solo de aquí, sino de todas partes. En todos lados está pasando lo mismo. Un amigo en Boise me dijo que hay protestas casi cada semana y cada vez son más personas.

Nos volvemos a quedar en silencio, pero esta vez también sentimos tristeza. Me miro las manos: todavía son muy pequeñas y lucen como las de una niña. No me habrían servido de nada para protegerme de los desalmados allá afuera.

—Necesitamos un plan —dice Lum—, por si vuelven.

—No —contesta Nam—. No deberíamos engancharnos con ellos. Quizá nada más se vayan.

Lum sacude la cabeza y comienza a sonrojarse.

—Ya escuchaste lo que acaba de decir este joven. En Boise llegan cada semana. Cada vez van a ser más. Si esto ocurre aquí, ¿cómo vamos a sobrevivir? ¿Qué clientes van a querer comprarnos?

—No podemos luchar contra ellos —dice Nam desplomándose, como si su cuerpo tuviera una fuga en algún sitio—. Si los ignoramos, quizá desaparezcan. Quizá verán que somos personas buenas y honestas. Que no queremos problemas.

Lum se burla.

—¿Crees que van a desaparecer? Eso no va a pasar, vas a ver. Mañana o el día después, o el día siguiente a ese, van a volver. Y entonces vendrá también ese hombre, Foster.

Nam golpea con su mano buena la mesa. Yo nunca lo he visto reaccionar así. No es el hombre alegre con el que yo he estado viviendo estos últimos meses. Pero los eventos de esta mañana parecen haberlo cambiado. Por primera vez luce más grande que Lum.

—No me sermonees —dice—. A ti no te atacaron. Me atacaron a mí. Y yo digo que los vamos a ignorar.

Lum mira al suelo. Puedo ver que no está de acuerdo, pero también veo que no quiere pelear. No en este momento.

—Bien —dice, mirando hacia otro lado—. Pero si vuelven y te ponen un rifle en la sien, no vengas a pedirme ayuda. Solo recuerda lo que dijiste: ignorémoslos. Veamos qué tan bien nos sale eso.

—No pude evitar fijarme en tus manos —me dice Nelson después.

Ya casi es de noche y la lentitud del ocaso me genera la sensación sombría de que las cosas se están terminando antes de tiempo. Cuando el té se enfrió y Nam se hundió en su asiento, yo me levanté para llevarlo a la cama. Lo acosté con la mayor gentileza de la que fui capaz y le puse una toalla caliente en el estómago. Nelson se ofreció a quedarse y ayudarle a Lum a preparar la cena.

Ahora estoy de pie frente a las ventanas, rememorando la escena de esta mañana, y de pronto lo escucho hablar a mis espaldas. «Llegó la hora», pienso. «Ha visto mis manos y sabe que no soy quien digo ser. No fue enviado por el gentío de esta mañana, sino por la *tong* y por Jasper para encontrarme». Me pregunto si este es el momento en que pondrá un saco sobre mi cabeza y me arrastrará hacia la noche. Volteo a encararlo.

—Solo hazlo —le digo—. Estoy cansada de todo esto.

—¿Qué cosa? —contesta Nelson—. Yo solo quería decirte que… tus manos llamaron mi atención porque lucen como las manos de un artista.

Por tercera ocasión en este día, Nelson Wong me sorprende. Me limito a moverme sin saber qué contestar.

—Yo toco el violín —prosigue, haciendo un gesto con las manos—. Reconozco a un artista cuando lo veo.

—Violín —repito. No recuerdo haber aprendido esta palabra en inglés cuando me enseñaron a hablarlo.

—¿*Siu tai kam*? —dice él—. ¿*Xiao ti qin*? —su chino es redondo y distante, está buscando las palabras. Me doy cuenta de que no es su idioma natal.

Aun así, reconozco la palabra. Junto a ella llega un recuerdo, algo doloroso y gutural que flota a través de una ventana abierta. Suena como si una pérdida pudiera convertirse en melodía. Mi madre, que cierra los ojos y se pone una mano en el corazón. «Esta canción», dice mi madre, «me recuerda a tu abuela».

—Lamento haberte molestado hoy —dice Nelson.

—Yo nunca he tocado el violín —replico. No sé por qué le estoy diciendo cosas que son ciertas—, pero mi madre admiraba a los músicos y yo también.

Ante esto, el rostro se le vuelve a iluminar, lo noto aunque ahora ya estemos a oscuras.

—Un día deberías venir y escucharme tocar.

Otra sorpresa. La idea es ridícula, es lo último que esperaría escuchar. ¿Es así como planeó atraerme hacia la cosa mala que me piensa hacer? Espero a que mi cuerpo vuelva a incendiarse, a que mi estómago me envié la advertencia. Pero lo único que percibo es un canturreo insistente.

Esta sensación es nueva para mí, pero esta vez no sé decir si es mala o buena. Aun así, le temo, porque desconozco el nombre que tiene.

—Tal vez —respondo.

7

Después de la protesta, las cosas se aquietan por un tiempo. El único remanente de aquel día es el golpe en la ventana, que no luce diferente de una mancha de agua, y los moretones que tiene Nam en el codo. Barro la tienda, desempolvo cada jarrón y saco, y lleno las repisas con las nuevas mercancías hasta el punto en que casi se desbordan.

—Nuestra tienda está muy bien surtida —dice Lum cuando ve mi trabajo—. ¿Quién no querría venir a comprar aquí?

Nam y Lum no pueden parar de hablar de Nelson, dicen que quizá sea un guardián secreto enviado para cuidarnos. Yo conozco una o dos cosas sobre guardianes que me gustaría contarles cuando alaban su estatura y su gentil semblante. Su rapidez.

—Es un excelente joven. —Lum repite una y otra vez—. Podrías aprenderle algunas cosas, Jacob, si es que quieres permanecer en este mundo.

—No es malo tener amigos —dice Nam—. No quieres envejecer como yo, que solo tengo a Lum para acompañarme en mi lecho de muerte. Necesitas tener una familia. ¿Estás escuchándome, Jacob?

Algo me ocurre. Yo debería estar pensando en mantener mi distancia con Nelson Wong, pero en vez de eso me la paso recordando sus manos y las uñas de sus dedos, anchas y planas, con medias lunas en la base, recordando el momento en que, después de que llevamos a Nam a la cama, y mientras esperábamos a que llegara el doctor, sus dedos danzaron por mi espalda, y en lo rápido que se disculpó por eso.

De noche, trazo su nombre en mi muslo. En chino es *Ni Er Sen.*

Separo los caracteres. Si puedo entender su nombre, puedo entender cuáles son sus intenciones. Su nombre no se revela con facilidad. *Ni* y *Er* son sonidos que buscan imitar su contraparte en inglés. El último, *Sen* 森, es un bosque. Dos árboles en la base y uno más encima.

Tres árboles, un bosque. Nelson, como un bosque, debería contener plenitud. Debe ser un hombre de cosas; pero eso es lo que aún no descifro, cuáles son esas cosas.

El tiempo lo dirá, me promete Lin Daiyu. *Las manos de un músico jamás mentirán. Sostienen la respuesta ante el llanto del río.*

Dormir un año entero le ha servido bien. Desde que la despertó el gentío su fortaleza crece cada día, hasta que ya no necesita dormir en mi interior. En cambio, aparece cuando quiere y camina por el lugar sin que yo se lo pida. Me recuerda cada vez más a la Lin Daiyu de la historia, la que hace bromas y compone poemas y canciones sobre su tumba llena de flores. Su tos disminuye hasta convertirse en un mero carraspeo.

No puede ser tan malo si toca el qin, me dice. *Yo también lo toco y no soy tan mala. ¿O ya se te olvidó?*

Le contesto que no, que no se me ha olvidado. Lin Daiyu se regodea en su satisfacción y yo me pregunto si tendrá un punto con respecto a Nelson.

La sensación de que me quemo retorna, pero esta vez es más gentil, como si el sol atardeciera sobre mi propia piel. Cuando duermo está ahí conmigo, y cuando despierto, la sensación da un brinco, la veo rosada y púrpura por el brillo que le dan mis sueños. Busco aquella amenaza que alguna vez temí, pero se está yendo de mis manos y está siendo reemplazada por esta nueva sensación para la que aún no tengo nombre.

—¿Puedes decirme cómo se llama esto? —le pregunto a Lin Daiyu. Hoy está sentada sobre el mostrador de la tienda y está colocando flores congeladas en su boca. Están muertas, pero aun así, con hielo incrustado, son bellísimas. Cuando las muerde, estas se astillan y rompen contra sus dientes.

—*Yo soy la que menos sabe sobre los* hombres —me contesta. De la boca le escurre agua que cae al suelo hasta formar un charco.

—No hablo de lo que te pasó a ti —digo yo, corriendo para limpiar el charco con la manga de mi camisa.

—*Entonces, ¿de que estás hablando?*

—Quiero saber si Nelson Wong es un hombre malo —replico—. Quiero saber si lo que estoy sintiendo es bueno o malo.

—*Flores de durazno, seda rosa trocando en primavera. Imparcial es la dama a la que se le pide cantar.*

—Sé seria —contesto—. Te estoy haciendo una pregunta honesta.

—*¿Cómo voy a saber yo?* —protesta—. *Hace poco no querías nada que ver conmigo. ¡Ahora mírate! Me pides consejo. ¿De verdad confías así en mí?*

Si Nam, Lum o un cliente entrara en este momento, me aventarían a una carreta para enviarme al lugar al que van los lunáticos. Pero hay cosas que quiero preguntarle a la chica a la que le debo mi nombre.

—¿Puedes culparme por odiarte cuando era más joven?

Lin Daiyu acaba con la última de sus flores y se lame la punta de los dedos.

—*Heriste mis sentimientos* —dice—. *Pero ahora ya entiendes que no soy alguien a quien debas odiar. Ahora me necesitas. Siempre me has necesitado.*

Yo no contesto. De cualquier manera, ella sabe de antemano cualquier cosa que yo necesite decirle.

Lin Daiyu se detiene a pensar en mis palabras.

—*Nelson Wong no es un hombre malo* —dice al final—. *De hecho, creo que me agrada. Pero no sé cómo contestar a tu pregunta sobre si lo que sientes es bueno o malo... Lo único que puedo decir es que es bueno y malo a la vez* —deja de hablar y entonces se ríe—. *O quizá deba decir que no es ni bueno ni malo.*

Tengo ganas de empujarla para que se caiga del mostrador.

—Esto no me está ayudando. Y yo soy una niña tonta que habla con fantasmas.

—*Pues está bien* —me responde, levantándose para encontrar más flores—. *Pero te dije la verdad como yo la conozco. No es mi culpa que seas demasiado terca como para creerme. Tú siempre has sido así. ¿Ya te lo había dicho?*

Lum estaba en lo correcto. El gentío sí vuelve. Siete días después del incidente volvemos a escuchar las mismas voces que se convierten en una sola, sentimos el mismo arremeter contra nuestra puerta mientras sus botas empujan la tierra y la nieve húmeda y cosas muertas. ¡Seres celestiales! ¡Langostas de Egipto! ¡Vuelvan a su reino floreado! Nos atenemos al plan: cerramos las puertas, dejamos caer las cortinas, nos mantenemos en silencio. No intentamos razonar con ellos ni mostramos nuestros rostros. Esta vez el gentío permanece aquí una hora, hasta que finalmente se va. Yo me siento con la espalda contra la puerta, como si mi cuerpo por sí solo fuera suficiente para evitar que entren. Pero Lum también se sienta ahí conmigo y me dice que me siente derecha y orgullosa.

—Así es como te conviertes en un hombre, Jacob.

8

En Idaho del oeste acusan de robo a tres mineros chinos. Sin más ni más los llevan al bosque y los cuelgan de su coleta. Y entonces les cortan la garganta.

En Idaho del sur, a un hombre chino lo avientan de una reja atado a una cuerda.

En Idaho del este, a un niño chino de catorce años lo arrastran desde el departamento de su familia y lo cuelgan de la cuerda para tender la ropa.

En Idaho del norte, un hacha vuela a la mitad de la noche y le pega a una linterna. Un templo chino se quema con personas en su interior.

En Pierce, justo afuera de nuestra puerta, el gentío vuelve cada semana.

~

A mitad de mayo la nieve se derrite y empapa la tierra. Me gusta la sensación del sol en mi cabeza, es una especie de calidez quieta que se aferra a mi cuero cabelludo.

Hoy, el doctor nos informa que la costilla de Nam está curada. Para celebrar su recuperación, Nam y Lum me dan el día libre.

—Ve a hacer algo que no sea estar aquí —me dicen—. Estaremos bien sin ti.

No he vuelto a salir desde el día en que lastimaron a Nam. Después de eso, la tienda me parecía el único lugar en que podría estar a salvo. Al menos dentro de la tienda estaba entre mi gente, protegida. No había peligro de que alguien descubriera mi verdadera identidad. Pero hoy no hay un gentío afuera y la calle está libre. El cielo tiene la clase de azul que me lastima los ojos. Los negocios a nuestro alrededor abrieron sus ventanas. Incluso BIENES FOSTER parece un lugar amigable.

Ya no recuerdo la última vez que tuve un día libre para mí misma. Podría ir a la panadería, tomar el camino hacia la iglesia, ver el juzgado. Podría caminar por las montañas con cimas de nieve que rodean el pueblo y continuar caminando hasta los confines del pueblo de Pierce y el inicio del siguiente.

—*O* —me susurra Lin Daiyu, y su aliento me pica la nuca— *podrías ir a verlo a él.*

Se divierte con mi confusión respecto a lo que siento por Nelson, que para ella es solo un juego frívolo.

—Detente —le digo. Doy un paso a la calle y me ajusto la pañoleta que llevo al cuello.

—*Él quiere que vayas* —insiste ella—. *Te invitó.*

—Eso fue hace un mes —le respondo—. El joven llamado Nelson Wong solo ha ido a la tienda un par de veces desde entonces, una vez a recoger su colofonia y otro par de ocasiones a ver cómo seguía la salud de Nam. Yo me quedé escondida en la parte trasera durante sus visitas, cubriéndome el rostro con las palmas para calmar su caliente sonrojo. —Seguro ya no recuerda que me invitó —le digo a Lin Daiyu.

—*Un mes no es nada cuando has vivido tanto como yo*—replica Lin Daiyu.

&

El camino que lleva a las montañas aún está húmedo con nieve, el juzgado está lleno, la iglesia luce lúgubre para un día tan brillante. Una brisa jala mi pañoleta. Sé que está intentando jalarme en una dirección particular. Yo doy vuelta y comienzo a caminar al norte, de vuelta por el centro hasta la posada Twinflower.

—Si me lastiman —le advierto a Lin Daiyu—, será tu culpa.

Ella no responde, solo se ríe con un tintineo particular, como si tuviera un pájaro atrapado en la garganta.

&

Nelson Wong no ha olvidado su invitación. Cuando abre la puerta y me ve, con un pie ya echado hacia atrás, listo para salir corriendo, él se adelanta y me hace pasar.

Las manos de Lin Daiyu me empujan en dirección suya.

Nelson renta una de las habitaciones más grandes de la posada Twinflower. Cuando le pregunto cómo puede pagar un lugar así, me dice que tiene un amigo generoso.

La primera cosa que noto es un instrumento recostado sobre una mesa enana frente a la chimenea. Debe ser el violín. No luce como los instrumentos de cuerdas que he visto antes, cuyos cuerpos se asemejan a un pescado al que se le ha quitado la carne hasta dejar solo el hueso. Este, en cambio, tiene el cuerpo de una mujer, es curvo, espacioso y pleno. Frente a la chimenea, el *xiao ti qin* adquiere el color de un durazno maduro.

Nelson me pregunta si me gustaría beber algo y luego desparece para servirme un poco de té. Yo doy vueltas por la alcoba. En mi habitación infantil en el pueblo de pescadores, los tapices de mi madre adornaban mis paredes. En casa del amo Wang, las piezas de caligrafía se expandían frente a nosotros. En donde madame Lee, un empapelado brillante de colores rojo y dorado observaba cada uno de nuestros movimientos.

Pero en la habitación de Nelson las paredes están desnudas. Lo único que puedo conectar con el hombre que ahora camina hacia mí es una fotografía sobre el mantel arriba de la chimenea. Es de alguien que luce como su padre y que está con alguien que luce como su madre y un niño que parece una versión más pequeña de Nelson. Una nariz de bellota, ojos ovalados, los párpados casi estrechos; me observa sosteniendo algo en la boca. Sus padres sonríen.

Yo añoro a los míos.

Nelson me invita a sentarme y se disculpa por la temperatura de la habitación.

—Mis dedos se mueven con mayor facilidad cuando hace calor —me explica. Pedalea con los dedos hacia arriba y debajo de un cuello invisible para mostrarme. Yo le contesto que no me molesta.

Podría ser la temperatura de la habitación, pero hay una serenidad en él, una cierta gentileza que yo he aprendido a no esperar de los hombres. Él, como las paredes vacías de su habitación, es exactamente lo que parece ser. Nunca había conocido a un hombre así.

—Me da gusto que hayas venido a visitarme —dice—. Me preocupaba haber hecho algo que te ofendió. Cuando te pregunté por tus manos… por ejemplo.

—*Cuéntale que pensabas que te buscaba para matarte.* —Me molesta Lin Daiyu y me pellizca el brazo.

Yo la ignoro.

—La costilla de Nam sanó por fin —le digo.

—¡Qué maravillosa noticia! —dice Nelson.

Me doy cuenta de que estoy sentada como lo haría Daiyu, con las piernas cerradas y las rodillas apretadas una contra la otra, con ambas manos cruzadas sobre los muslos. Frente a mí, Nelson tiene las piernas extendidas de forma que el espacio entre ellas forma un diamante. Su cuerpo está más relajado, abierto. Yo cambio la posición de mis piernas e intento imitarlo.

—¿Hace mucho calor? —me pregunta al verme.

Le digo que no y agrego que tiene una habitación bonita en una posada bonita. Le digo que no hizo nada que me ofendiera y me disculpo por lo que pude haber hecho para que pensara eso.

Me sonríe al escuchar lo último.

—Yo solo esperaba que pudiéramos ser amigos —responde—. Ya no quedan muchos de nosotros en Pierce.

—Nam me dijo que antes aquí había muchos chinos.

Él asiente con la cabeza. Bebe su té.

—Sí, en especial cuando abrieron las minas. Muchísimos chinos trabajaban aquí. Mi padre fue uno de ellos.

Helo ahí. Una mención de su pasado antes de que se convirtiera en quien es ahora. Sus palabras son como una luciérnaga que vuela en la oscuridad. Yo intento atraparla con ambas manos y que se quede ahí, a sabiendas de que es poco el tiempo en que su luz dura prendida.

—¿Dónde están tus padres ahora? —le pregunto.

—Mi padre murió hace unos años. Las minas le destruyeron los pulmones. Mi madre no tardó mucho en seguirle. Pienso que a causa de su corazón roto por haberlo perdido.

—Oh. Lo siento mucho.

—Eres muy gentil. A veces pienso que podría perderme en la tristeza. Pero luego recuerdo lo afortunado que soy. Tuve a ambos padres tanto tiempo como fue posible. Hay muchas personas que pierden a sus padres cuando son mucho más jóvenes.

Sus palabras son valientes, pero sus ojos cuentan una historia diferente, una de soledad y quizá incluso de miedo. Mira hacia otro lado rápidamente, pero no antes de que yo alcance a verlo. Es la misma historia que vive en mí.

No logro contenerme y vomito que yo tampoco tengo a mis padres.

Las palabras escapan de mi boca y flotan lejos, expuestas por fin en el mundo. Junto a mí, Lin Daiyu succiona aire por entre sus dientes al ver que su diversión se ha esfumado.

—*¿Por qué le cuentas eso?* —me gruñe—. *No deberías contarle a nadie sobre tu verdadera identidad.*

—Quiero decir que están desaparecidos —tartamudeo—. Ambos están perdidos.

Los ojos de Nelson se enfocan en los míos y esta vez no esconde su dolor.

—Ay, Jacob. ¿Por eso siempre luces tan triste?

Así que después de todo lo notó. Podía poner todo mi esfuerzo en borrar mi verdadera identidad de la expresión de mi apariencia, pero siempre hallaría una manera de salir a la luz; la misma hosquedad que caracterizó mi infancia me había seguido hasta la adultez. Pero ahora, que se había magnificado por una tragedia real, siempre resultaría obvia en mi rostro. *Sí,* quiero decirle a Nelson. Quiero llorar. Después de tantos años de engañar y esconderme, esto es lo más cerca que he estado de decir la verdad. Lin Daiyu sacude la cabeza, pero yo la ignoro.

—No quiero lucir tan triste —contesto. Es otra verdad.

—Fue lo primero que noté en ti —dice Nelson.

—Mi abuela decía que yo siempre lucía como si hubiera llorado —le cuento. Esa tercera verdad se escapa de mi boca con facilidad.

Se ríe. Yo bebo mi té. Es de jazmín. Algo más que el té se asienta en mi interior, algo cómodo y delicioso. Al estar aquí sentada frente a Nelson, siento como si un gran peso se me hubiera quitado de encima. Recuerdo ahora un papel especial que el amo Wang me enseñó alguna vez, un papel maduro que había sido entintado de naranja, de forma que su patrón se parecía a las rayas de un tigre. Este efecto solo se lograba después de mucho tratar el papel, lo que en cambio lo hacía más denso y rígido, pero producía una calidad que llamaba la atención y hacía que la superficie del papel brillara tanto como la nieve. Un recordatorio de que la rigidez también puede ser bella.

—¿Volverás otro día? —me pregunta Nelson antes de que me vaya. Le digo que sí, aunque Lin Daiyu intenta cubrirme la boca—. Excelente —dice él—. Seremos buenos amigos.

9

El *sheriff* Bates es un hombre corpulento. Su rostro, moteado y cacarizo, sugiere una belleza anterior, una pátina que fue desvencijada con el paso del tiempo. Ahora lo único que queda es un bigote amarillo y rígido, y cejas del color de la clara del huevo. Cada uno de sus movimientos es precedido por un estómago insistente y duro.

La idea fue de Lum. Las protestas afuera de nuestra tienda por fin habían cesado, pero fueron sustituidas por otros actos igual de aterradores. Ahora los letreros que el gentío solía cargar aparecían pegados a nuestras ventanas. Como resultado, a mis tareas diarias se ha sumado la de tener que despegar los carteles que declaran EXPULSEN A LOS CULÍS y nos llaman BESTIAS CHINAS y JOHN CHINAMAN con un trapo mojado en agua tibia que llevo en una cubeta. Pero cada mañana vuelven a aparecer.

Pegar carteles es un disturbio pequeño comparado con otras cosas. A veces llegan a nuestra puerta paquetes envueltos en papel café que contienen excremento y vómito o el órgano de algún animal. Después de la tercera ocasión, empecé a tirar los paquetes sin siquiera abrirlos, pero han seguido llegando.

Alguien, no sé quién, viene a la tienda y deja ratas muertas en cada esquina, acomodadas verticalmente entre las latas de los tomates, cubriendo los sacos de arroz. Toma toda una tarde limpiar la tienda y eliminar el olor. Incluso así, tenemos que dejar las ventanas abiertas toda la noche y dormir con una sábana cubriéndonos la boca.

Una mañana despertamos para encontrar que alguien entró y orinó todo el té. Esto, de alguna manera, es la gota que colma el vaso.

—Tienes que hacer algo —le dice Lum al *sheriff.*

—Hicimos todo como se debe —dice Nam con las manos abiertas—. Tenemos licencia, el papeleo. Tenemos todo el derecho de estar aquí.

Aun así, el *sheriff* no entra a la tienda.

—¿Y ustedes no saben quién hizo todas estas cosas?

—Por eso le pedimos que investigue —dice Lum—. Tenemos idea, pero no estamos seguros.

—Lo siento, caballeros —replica el *sheriff* Bates—. No puedo arrestar a nadie si no tengo un sospechoso.

—¡Pero sí lo tiene! —afirma Lum, y su voz suena cansada—. ¡Ese gentío! Júntalos y pregúntale a cada uno. Pregúntale a Foster por qué viene a pararse afuera de nuestra tienda como si fuera un fantasma.

El *sheriff* vacila.

—Podría hacer eso. Pero implica mucho trabajo y causaría un escándalo. Si yo fuera ustedes, me abstendría de acusar al señor Foster de cualquier cosa. No creo que quieran esa clase de atención sobre ustedes.

Cuando yo era niña, creía que no había nada más correcto o verdadero que un guardián de la ley. Frente a este viejo *sheriff,* creo que comienzo a entender la verdad sobre aquellos que tienen el poder.

—¿Así que no hará nada? —pregunta Nam. Esta es otra pregunta para la cual ya conoce la respuesta.

—Consíganme un sospechoso o un testigo creíble —contesta el *sheriff* dándose la vuelta para irse—. Hasta entonces, a levantar el mentón, caballeros. No es mal momento para pensar en irse del pueblo. La lavandería china acaba de cerrar, ¿se dieron cuenta? La gente está empacando.

Lum lanza una maldición en el lugar donde estaba parado el *sheriff*. Las manos de Nam siguen extendidas, pero ambas están vacías, no sostienen nada.

—Tenemos que considerar la posibilidad de irnos —dice finalmente Lum. Nam deja escapar un sonido estrangulado y luego entra a la tienda.

—Tenemos que considerarlo —vuelve a decir Lum, pero esta vez se dirige a mí.

Pronto llegará el fin del verano. Si quiero viajar al territorio de Washington, no puedo darme el lujo de mudarme y volver a buscar un trabajo. Esta tienda tiene que continuar. Este pueblo tiene que funcionar. Y, aunque no quiera quedarme, pienso que hay otra razón para hacerlo.

—Un testigo —murmura Lum—. ¿Dónde vamos a encontrar un testigo?

—Hay uno —digo yo.

❧

—¿Quieren que yo me presente ante la policía?

Estamos de nuevo en la habitación de Nelson y esta vez estamos bebiendo alcohol. Para mí esta es la primera vez. Mi madre me dijo siempre que el alcohol es algo que se reserva para las deidades y los hombres. Y yo estoy pretendiendo ser una de esas cosas. El primer trago hace que mi lengua se encoja y las comisuras de mi boca babeen. Un fuego sigue el camino de la bebida hacia mi estómago. Mi rostro se contorsiona sin que yo quiera y esto hace que Nelson se ría.

—Es la única manera en que el *sheriff* Bates hará algo —Continúo.

—Solo puedo decirle lo que vi —dice Nelson—. Uno o dos rostros. No recuerdo quién más estaba ahí.

—Al menos es algo.

Nelson me toca el brazo. Algo dentro de mí se ablanda.

—Deberías saber, Jacob, que el *sheriff* Bates y los hombres como él tienen… prejuicios.

Le pregunto qué quiere decir eso.

—Déjame ponerlo en estos términos. No creo que el *sheriff* Bates se tome la molestia de encarcelar a uno de los suyos. —No me explica qué quiere decir cuando dice *uno de los suyos*—. Pero hablemos de otra cosa. Déjenme tocar algo.

—*Excelente* —dice Lin Daiyu, emergiendo de la chimenea con la nariz rosa—. *Vamos a evaluar sus habilidades.*

Él deja su vaso y se levanta; su cuerpo brilla. Con la mano izquierda coloca el violín debajo de su mentón, en el espacio en que el hombro, el pecho y la nuca convergen. Imagino que ha hecho esto muchas veces en el curso de su vida, con el violín presionando su clavícula y la música vibrando desde ese hueso al resto de su cuerpo, hasta que su esqueleto entero resuena con la canción.

Cuando coloca el arco sobre las cuerdas y comienza a tocar, todo se desvanece. Yo conozco la tristeza del *er hu*, el silbido de la flauta, las gotas de lluvia del *gu qin*, pero hasta ahora desconocía el sonido del violín.

La primera nota es un lamento, pero después, los dedos de Nelson danzan y saltan, su arco rebana las cuerdas. La música es una infantería y luego es un ejército, con tanta capacidad de expandirse que si lo hiciera al máximo, ni esta habitación, ni este pueblo, y ni siquiera este mundo, podrían contenerla. La melodía se dobla y Nelson con ella, se hunde y se levanta y él hace lo mismo, su cuerpo ya no es un cuerpo, también es un instrumento el músculo que usa la canción como vehículo de su demanda. El rico *vibrato* se desliza en mi interior. Sus dedos ahora van por el cuello del violín y su dedo pulgar hace un gancho, mientras que los otros cuatro dedos golpean y tocan hasta la más pequeña de las cuerdas. Una nube de colofonia se levanta con cada golpe del arco como si fuera una flor que libera polen. Es una descarga bella y operística.

Y al verlo, mi corazón se siente pleno. No sabía que los hombres podían crear algo así.

—Estoy un poco borracho —dice cuando acaba la música. Y su cuello está rojo a la altura en la que el violín se hundía en su carne.

—Fue espléndido. —No sé si un hombre le da a otro un cumplido como ese, pero la bebida me ha envalentonado—. Tocas como si *tú mismo* fueras la música. La haces sonar como si estuviera viva.

—*Solo estuvo bien* —murmura Lin Daiyu, gateando de vuelta a la chimenea.

—Mi madre me dijo una vez que necesitaba tocar con más emoción —me contesta Nelson—. Me pregunto qué pensaría de la manera en que toco ahora.

Me imagino a la mujer de la fotografía sobre el mantel en este momento con nosotros en la habitación, inclinada sobre una versión más joven de Nelson, corrigiéndole los dedos.

—¿Ella fue quien te enseñó?

Nelson asiente.

—Ella tocó desde pequeña. Mi primer violín antes fue de ella.

Nos quedamos en un silencio orgánico. Mis ojos están sobre el suelo, pero mi pulso está acelerado, siento como si estuviera a punto de salirse corriendo de mí. Nelson no titubeó, no dudó, es más, ni siquiera lo pensó. Simplemente levantó el violín en el aire y dejó que la música tomara control de él. Esto ha de ser de lo que el amo Wang hablaba cuando me dijo que había un momento en que el calígrafo alcanza su forma última. Lo envidio.

10

En algún lugar de Pierce, un hombre blanco se despierta para encontrar a un *sheriff* que se excusa frente a su puerta. Se lo lleva a la comisaría para preguntarle sobre la vandalización de la tienda de los chinos. Se le informa que un testigo lo vio durante las protestas y que quizá otros testigos lo han visto merodeando por la tienda. El hombre lo niega y el *sheriff* está inclinado a creerle, pero, por desgracia, tiene que cumplir su deber. Por sus supuestos crímenes, al hombre se le retiene dos días.

Parece haber funcionado. Después del arresto las cosas mejoran en la tienda. Los carteles dejan de aparecer en nuestras ventanas por la mañana. Los paquetes dejan de llegar. Ya no hay más ratas muertas. Las cosas siguen su curso natural.

—Quizá —dice Nam—, por fin hemos salido de la sombra de la montaña.

Pero incluso si el acoso hacia nosotros se detiene, parece estar empeorando en otros lugares. No mucho después de que la lavandería china cierra, también lo hace la barbería de Cheng.

—Este lugar se está volviendo muy peligroso —le dijo el barbero a Nam—. Voy a volver a Guangzhou—. Leí en el periódico, en un rinconcito de la página cuatro, que un gentío saqueó un barrio chino y linchó a sus habitantes. Los cadáveres fueron golpeados y abucheados, castrados y decapitados. El periodista lo justificó como *el derecho americano a la revolución.*

11

A veces, entre una clase y otra, Nelson pasa por la tienda. Me cuenta que solo lo hace para pasar el tiempo, pero me doy cuenta, por lo rígido que se pone cuando entra un cliente blanco, que está aquí por si ocurre algo. Nelson es más alto que la mayoría de los chinos en Pierce, y con su paso decidido y su expresión seria, es fácil ver que no sería fácil atemorizarlo.

Nos entretenemos entre las repisas y una caja de latas de ciruela pasa que aguarda a mis pies para ser organizada. Nelson apunta hacia los duraznos, las ciruelas y los melocotones preguntándome cómo se llaman en mi versión de chino. Solo conoció un par de palabras cuando era niño. Sus padres, que llegaron aquí de la misma región que Nam y Lum, querían que hablara buen inglés.

—*Xing*—le digo con paciencia—. *Li zi. Tao.*

—*Tao.* —Intenta él, con los labios envueltos en el sonido. Su expresión honesta me hace reír.

Y Nam, que no soporta ser estricto como Lum, me llama desde el mostrador para preguntarme si ya acabé con el trabajo.

Nelson y yo agachamos las cabezas, nos ponemos las manos en la boca, nos reímos todavía más y nos movemos en dirección de las medicinas y las hierbas. Nelson levanta una raíz amarilla y seca y yo le cuento que se llama *huang qi.*

—Mmm —dice él, sintiendo su superficie con el dedo pulgar—. Pero no sé cómo nombraríamos esto en inglés.

—Quizá no deberíamos intentarlo. Hay cosas que es mejor no tocar o cambiar.

No le cuento de las mañanas en el jardín de mi abuela, la persona que más amaba el *huang qi.*

—Esta raíz y yo compartimos el nombre. ¿Crees que eso significa que tendré una vida inmortal?

—Creo que significa que los dos son amarillos —respondo—. Es algo bueno.

Ahora Nelson se ríe. Una vez más, Nam pregunta con timidez si ya terminé mi trabajo del día. En tardes como estas, nos volvemos niños embelesados. Estamos agradecidos de sentirnos así, porque significa que lo peor que podría ocurrirnos es que Nam nos regañe. El mundo real puede esperarnos un poco, pienso.

Otras veces, Nelson me trae pequeños regalos, aunque nunca los llama así. Suele ser un pedazo de dulce o una rebanada de carne de la charcutería.

—Me preocupa que no comas suficiente —me dice con honestidad mientras empuja la comida hacia mis manos—. Estás demasiado delgado para ser un hombre de tu edad.

Otras veces me mira diferente por un momento prolongado.

—Me habría gustado tener un hermano cuando estaba creciendo. O quizá solo me habría gustado tener un hermano como tú.

Yo le respondo que no es muy tarde. Ahora podemos ser hermanos.

Fue fácil crear una narrativa para Nam y Lum. Lo único que necesitaban escuchar era que yo sería un buen trabajador. No les importó de dónde venía, cómo llegué aquí o quién era yo.

Pero Nelson no es Nam y Lum. Nelson se detiene, hace preguntas, espera respuestas que tengan sentido y completen la historia. Es considerado y contemplativo. Después de todo, es músico. Nació en Pierce de una exviolinista de una compañía ambulante de teatro y de un padre minero. Enseña el violín a diez estudiantes que nunca se convertirán en maestros de violín.

—No me molesta —me dice—. No se trata de qué tan buenos sean, sino de ayudarles a crear su propia música. Incluso si no suena perfecta, pienso que es bella porque ellos son quienes la tocan.

Es diferente del amo Wang, quien creía que solo había que diseminar el arte si este era de la clase correcta, si había sido creado con base en una serie específica de reglas apropiadas. Nelson quiere diseminar todo el arte que le sea posible, porque para él todo es arte.

Me dice que me veo demasiado serio, que no debería tener miedo de caminar sacando el pecho. Entonces coloca ambas manos sobre mis hombros y los guía hacia atrás. Me arqueo, entre sus manos, como un arco que ha sido tensado.

—*Ten cuidado con él*—me advierte Lin Daiyu.

—No sé de qué hablas, le respondo.

Más temprano que tarde, Nelson hace las preguntas. Pero ya estoy preparada. Lista para contestar.

Primero: ¿De dónde eres? Después: ¿Quién eres? Y: ¿Dónde quieres estar? Con Nelson aprendo que Jacob Li no puede solo ser Jacob Li. Debe también ser Jacob Li, un hijo, un residente, alguien con deseos. Debe ser una persona completa.

Lo que le cuento a Nelson es una versión aderezada con muchas mentiras y verdades a medias: le digo que trabajé en una tienda de fideos en San Francisco y que vine a Idaho buscando un mejor trabajo y un salario más alto. Que estoy intentando juntar suficiente dinero para volver a China y buscar a mis padres.

Debe ser su comportamiento calmado, la firmeza con la que mira a todos, lo que hace que sea tan sencillo contarle apenas sombras de verdades. Porque, aunque yo me haya ido cuando el verano acabe, me gusta pensar que habré dejado atrás pedazos de mi persona que son reales. Al menos a Nelson le importan.

Lin Daiyu ya no le encuentra la gracia a esto. Me advierte que estoy volviéndome descuidada y voluntariosa. Me pide que me detenga.

—Sé que intentas protegerme, pero exageras un poco —le digo.

Al escuchar eso se enfurece. A mí no me molesta; cada vez soy mejor negándome a seguir sus deseos.

12

En un día brillante de finales de mayo, Nelson se aparece en la tienda y su rostro luce radiante. Hoy el sol ha salido después de una semana muy nublada y hace que todo se sienta más seductor.

—¿Qué has estado haciendo? —me pregunta al ver mis mejillas sonrojadas.

Le cuento que he estado levantando cajas en la parte trasera, lo cual es una mentira. Lo que he estado haciendo es contar el dinero que he guardado para mi viaje de vuelta a China. Llevo casi dos años trabajando en Idaho y para prueba tengo ciento cuarenta dólares. A solo tres meses de la fecha en que planeé irme al oeste, casi alcanzo mi meta inicial de doscientos dólares.

Doscientos dólares para viajar al Territorio de Washington y pagar mi boleto de vuelta. ¿Será suficiente? *Debería serlo,* me contesto. Podría esperar un poco más, sí, podría esperar. Pero eso equivaldría a cruzar el océano durante el invierno y no sé si podría sobrevivirlo.

—¿Tienes una o dos horas libres? —pregunta Nelson. Algo canturrea en él, una energía frenética que nunca había visto.

—*No, no puedes* —responde Lin Daiyu airadamente.

—No creo que a Nam y a Lum les moleste —contesto—. Ya casi vamos a cerrar.

—Sería una lástima desperdiciar un día como este. —Concuerda Nelson.

Nos dirigimos al sur, hacia la escuela. Lin Daiyu no nos sigue. Nelson camina con rapidez y yo tengo que trotar para seguirlo. Cuando llegamos a la escuela, rodeamos el edificio por la parte izquierda. Nelson mira hacia atrás, revisando si alguien viene con nosotros.

—Nelson, ¿a dónde vamos?

No me contesta, sino que me hace un ademán de que lo siga.

Detrás de la escuela, un camino lleva hacia el bosque. Para un transeúnte, el camino luciría como cualquier otro trozo de pasto apelmazado, pero a medida que me acerco, puedo ver que el pasto está doblado de forma intencionada, marcando la sugerencia de un camino.

—Vamos. —Me insta Nelson, y se agacha entre los árboles.

Puedo ver que no mucha gente ha caminado por aquí antes. La cicuta nos envuelve y sus espinas se enganchan en mi camisa. Pasamos por un pequeño estanque de tortugas, un cúmulo de abetos de Douglas caídos y camas de flores silvestres. Son puras cosas que pienso que Nelson quiere mostrarme, pero él sigue caminando, moviéndose con un propósito singular. Cuando alcanzamos un matorral de zarzas, Nelson al fin se detiene. Pienso que ya llegamos, no creo que haya nada más allá de este gigantesco muro de espinas y ramitas enredadas, pero Nelson ya se está agachando para pasar por debajo.

—Tienes que encogerte un poco. —Escucho que me dice.

Yo soy lo bastante pequeña, esa parte ya la sé. Me deslizo y siento que una rama se arrastra por mi nuca. Me reviso para asegurarme de que el pañuelo siga ahí. Cuando me enderezo, veo un camino frente a nosotros y que Nelson ya se apresura por él.

—Esto —dice él, sin aliento— es lo que quería mostrarte.

Está de pie en el centro de un claro circundado por árboles de cicuta, con los brazos extendidos y sonriente. Sobre él, los árboles se doblan para formar un dosel verde. El sol pasa por entre ellos, moteando el pasto con una luz de cristal. Yo recuerdo, incluso a través de la cuidadosa frontera construida de Jacob Li, el carácter para la alegría 樂, recuerdo que este no puede existir sin un árbol.

Yo me reúno con él en el centro y miro hacia arriba.

—Lo encontré hace unos días. Creo que nadie sabe que está aquí.

—¿Qué buscabas?

—Quizá te diga después.

Nelson trae guardado pan de maíz, huevos duros y té helado en una lata. Puedo ver por qué le gusta este lugar. Aquí afuera el mundo se detiene. O, al menos, el mundo se hace muy pequeño; solo somos nosotros y el pasto, y los árboles revestidos debajo de un cielo de zafiros. El viento se hace más lento gracias a la barrera natural de los árboles.

Yo respiro varias veces. En Idaho es más difícil respirar, allí siento como si mis pulmones no pudieran expandirse completamente para meter todo el aire que deberían. Algunas veces pienso en el tiempo que pasé en la cubeta de carbón y me pregunto si me hizo daño respirar todo ese carbón. Junto a mí, Nelson se recuesta sobre el pasto, en el que aún hay un par de trozos de nieve que brillan con el sol. Sus ojos están cerrados y sus manos descansan sobre su vientre.

Una vez quise un pescado del mercado de pescados. Lo quise tanto que no pude ver nada más, en lo único que pensé fue en la satisfacción que sentiría cuando resbalara por mi garganta. No ansiaba otra cosa que la plenitud que le seguiría, en el calor de haber sido alimentada.

Mirando a Nelson ahora, me doy cuenta de que lo quiero igual que quise el pescado: con urgencia, con abandono. Él es perfecto en este claro, somos perfectos, uno de nosotros duerme y el otro desea. Quiero envolverme con él, usarlo como armadura; él, que es tan seguro, él, que tiene la música y el arco y una luz infinita. Y me pregunto cómo se le llama a este sentimiento, el de querer tanto a alguien que estás dispuesta a comértelo.

—¿En qué piensas? —No está dormido después de todo.

Le contesto que en el clima, en lo lindo que se siente el sol. Le pregunto lo mismo.

—Yo pienso —dice él, abriendo los ojos— en que tú sabes mucho sobre mí, pero yo casi no sé nada de ti. Me has contado algunas cosas, sí. Pero creo que hay más cosas por saber.

Lin Daiyu aparece de atrás de un árbol. Detrás de estos robles y pinos enormes luce como una cáscara de maíz. *Ten cuidado,* dice subiéndose el vestido mientras camina hacia nosotros.

Por primera vez, mi instinto es no mentir. Podría seguir contándole a Nelson la misma media verdad que ya había comenzado a contarle. O podría desenrollar la red de mentiras, las fibras que deciden qué es Daiyu y qué es Jacob Li, hasta volver a estar completa, hasta volver a ser yo. Sería tan fácil en un lugar donde todo parece tan bueno y tan verdadero.

Pero entonces recuerdo a Samuel, su rostro nervioso y pálido y su sonrisa ávida, y recuerdo el cuerpo del hombre canoso golpeando contra mí, cómo su suavidad no era tal, sino algo asqueroso y cruel. Nelson no sería como Samuel o el hombre canoso, lo sé. Pero no deja de ser un hombre.

Entonces le cuento una verdad tan extravagante que parece mentira. Le cuento que fui secuestrada en China y que llegué a San Francisco en una cubeta de carbón.

Sus cejas se juntan.

—Lo siento mucho, Jacob. —Hay dolor en su voz y entiendo que ese dolor es por mí. Quiero extender un brazo y alcanzarlo, pero no lo hago.

—Todos tienen su historia trágica. —Y espero sonar como un hombre.

—Eso no significa que deberían sufrir —dice él suavemente, sentándose—. Debe haber una forma de que deshagamos algo de este dolor. He estado pensando. Quizá podríamos empezar por buscar a tus padres.

Lin Daiyu deja escapar una carcajada. Por un momento pienso que Nelson está bromeando y casi me uno a la risa de Lin Daiyu. Pero luego Nelson se pone de pie, con los ojos encendidos como brasas, y me doy cuenta de que lo dice en serio.

—Sé que los extrañas mucho.

No esperaba que dijera eso. Sus palabras disuelven una reja en mí, una a través de la cual mi memoria se desparrama. Mi madre guiando a una cliente, la esposa de un general, alrededor de su tapiz más nuevo, donde un fénix exhala humo blanco hacia el cielo. Mi padre, tomando té con un general, entre risas que retumban por toda la casa como si alguien le hubiera abierto la puerta a los truenos. Y yo con aquella fuerza incesante en el corazón, fuerza por ellos, por nosotros, por la magia que exista en este mundo y me permita volver y quedarme allá para siempre. Las palabras de Nelson invitan a entrar algo nuevo; quizá se trate del luto.

—Sí —le contesto.

—Entonces déjame ayudar. Tengo un viejo amigo en Boise. Lo conocí cuando era más joven, cuando mi madre me envió a estudiar violín allá. Su familia está muy bien conectada en China. Él puede usar esas conexiones, descubrir qué les ocurrió a tus padres.

El plan entero suena peligroso, como si ya estuviera fugándose el agua. Yo comienzo a lamentar haberle contado una pizca de la verdad. ¿Su amigo sería una persona confiable? Si lograban hallar a mis padres, con seguridad descubrirían que yo no soy Jacob Li, después de todo, sino Daiyu, la hija que desapareció. Lo que seguía era algo que yo desconocía y de lo que no deseaba enterarme.

—Nelson —digo finalmente, eligiendo con cuidado mis palabras—. No te he dicho toda la verdad. Verás, mis padres no están desaparecidos, sino que murieron.

—¿Cómo?

Jacob Li toma el volante y miente como yo nunca antes he mentido.

—No mentí. De alguna manera están desaparecidos. Discúlpame, era demasiado doloroso decirlo en voz alta la primera vez.

—Ah —dice, volviéndose a recostar. Puedo ver, por la forma en que su rostro cambia, que elige creerle a Jacob Li—. Esperaba poder ayudarte. A mi amigo no le molestaría, pues es muy generoso. Qué maravilloso sería enterarte de qué le ocurrió a tu casa.

La niña en mí que es Daiyu no se dará por vencida sin luchar. Imagina cómo sería saber con exactitud dónde están sus padres, recibir un pedazo de papel con su dirección. Llegar a su casa, donde sea que estuviera ahora, y dejarles saber que aún después de todo este tiempo, sigue siendo su hija. Imagina que están allá afuera, esperándola.

—Quizá sí hay una forma en la que tú y tu amigo podrían ayudarme, digo yo. —Al decirlo sé que estoy abriendo la puerta de un mundo del que quizá no podré salir. Hay un nuevo hueco en la tela del cielo y continuará haciéndose más grande hasta que tenga mi respuesta, hasta que tenga la posibilidad de repararlo como lo hizo Nuwa. Miro a Nelson a los ojos y siento que estoy empezando a ser más fuerte y verdadera.

Le cuento que mis padres se han ido, pero que hay otras dos personas a quienes me gustaría encontrar. Me cuidaron después de que mis padres se fueron. Fueron amables conmigo mientras crecía. Me gustaría saber qué pasó con ellos, agradecerles, incluso.

Por supuesto que hablo de mis propios padres, pero Nelson no lo sabe. Él piensa que mis padres murieron y que yo fui criada por dos extraños. Así debería ser. Si mis padres no son mis padres, entonces Jacob Li y Lin Daiyu pueden mantenerse separados.

Cuando Nelson y yo nos despedimos aquel día, tenemos un plan: vamos a ir a Boise juntos a encontrarnos con su amigo.

No tengo que tomar ninguna decisión por ahora. Vamos a cenar en un lugar lindo y después veremos un concierto de un violinista que le gusta. Nos vamos a sentar en el salón de un teatro a escuchar música hermosa y nuestros hombros se tocarán sin querer, y nos miraremos a los ojos y sonreiremos.

De vuelta en la tienda y cuando me retiro a dormir, encuentro a Lin Daiyu sentada sobre mi cama, viéndome.

—*¿Ya se te olvidó cómo acaba mi historia?*

—Pero esto no es lo mismo —le digo—. No somos la misma persona.

—*Dices eso* —contesta ella echando su luminosa cabeza hacia atrás—, *pero míranos. No tenemos familia, estamos solas en un lugar que no es nuestro hogar. Amamos a aquellos que solo nos causarán dolor al final. Solo espera al final. Ya verás.*

—Esto no es lo mismo —repito yo.

13

El amigo es tan alto como Nelson. Llega vestido con un *chang shan* marrón y pantalones negros. Puedo ver, por el brillo suave de sus prendas, que le sobra el dinero. Como Nam y Lum, y a diferencia de Nelson, él lleva una coleta, una que cae más allá de sus caderas, y su cabello es tan abundante como masa comprimida. Es la tarde y el sol se refleja en su frente con un brillo que me recuerda a los melones cuando acabas de cortarlos.

Su nombre es William. En chino se llamaría *Weilian*, lo que denota fuerza y honestidad. «Puedo confiar en un nombre así», me convenzo a mí misma.

Nos encontramos en un restorán del centro de Boise, llamado The Larch. William nos guía, primero Nelson, luego yo y después Lin Daiyu, que nos sigue; sus pies apenas tocan las baldosas del suelo. Dentro huele a humedad, como a corcho, y las ventanas están cerradas, lo que envuelve al restorán en una oscuridad forzada. Puedo ver la blancura en los ojos de los comensales del restorán, que es más blanca que el resto de sus rostros, mientras sus miradas nos siguen por el salón. Pero William, quien nos guía, no parece notarlo. Su cabeza está levantada, lleva los hombros derechos y echados hacia atrás, como unidos por un alfiler invisible. Camina con orgullo y confianza, como si estuviera retando a quienes nos miran a detenerlo.

Yo meto las manos en los bolsillos para evitar que me tiemblen. Boise reboza de recuerdos de lo que ocurrió la última vez que estuve aquí. La posada unida al templo chino; la larga sombra de Samuel contra el muro. Nelson se da la vuelta para asegurarse de que yo siga aquí y, entonces recuerdo mi postura y me enderezo. Detrás de mí, Lin Daiyu me soba la espalda de arriba abajo.

Nos sentamos en una mesa en la esquina trasera. Es la primera vez que estoy en un restorán donde yo soy el comensal, la novedad de estar tan expuesta me hace sentir incómoda. Pero William y Nelson, que no tienen razón alguna para esconderse, se sientan con libertad y sus cuerpos están cómodos porque pertenecen aquí. Yo imito a William y me siento más relajada en mi silla. Me alivia tener la espalda contra la pared.

Uno a uno los ojos de los comensales se desvanecen o miran hacia otro lado, regresando a sus mesas. Me recuerdan a los zorros hambrientos afuera de la escuela de caligrafía, cuyos ojos miraban hacia todos lados salvo a nosotros. Pensaban que si no los notábamos mirando, entonces no sabríamos que están ahí. Pero nosotros siempre los veíamos y sabíamos que estaban jugando un juego con nosotros, aquellos zorros hambrientos que pretendían que sabían leer las paredes en realidad estaban esperando el momento en que nuestra guardia estuviera abajo, en el que de verdad miraríamos hacia otro lado y les daríamos la oportunidad de tomarlo todo.

Ha pasado mucho tiempo desde la última vez que William y Nelson se vieron, pero se hablan como si hubiera sido ayer. Al verlos pienso en las niñas del burdel. Una vez ellas fueron lo más cercano a amigas para mí. Me pregunto qué pensarían si me vieran ahora, como un hombre pequeño con un corte de cabello aún más corto. Y me pregunto si estarán comiendo suficiente, si sus cuerpos estarán saludables, cuándo dejarán el burdel. Sé que jamás lo dejarán por iniciativa propia, pero igual es bello fantasear con eso un rato.

William está preguntándole a Nelson sobre Pierce —*ese viejo pueblucho*—, sobre sus estudiantes —*esos cachorritos ingratos*—, sobre cuándo Nelson por fin hará lo que una vez prometió y viajará por el mundo con su amigo —*sigo esperando, ¡sigo esperando!*—. Cuando William habla, todo su cuerpo se mueve con él. Y cuando se ríe, su cuerpo se expande para solo volver a colapsar sobre la cosa que tenga más cerca, ya sea Nelson, el borde de la mesa o el respaldo de su silla. Más de una vez, Nelson tiene que abalanzarse para salvaguardar los vasos de la explosión de risa de su amigo.

—Así que —dice William finalmente volteando a verme—, tú eres el famoso Jacob Li. Nelson me ha contado mucho sobre ti.

—¿De verdad? —contesto yo con una voz más áspera que de costumbre. William luce de la misma edad que Nelson, que debe tener la misma edad que tengo yo. Estar junto a hombres de mi edad me hace sentir todavía más vulnerable, como si pudieran comprobar, por simple autoconocimiento, que no soy uno de ellos.

—Le conté a William lo que me contaste —dice Nelson con gentileza— sobre la pareja que estás buscando.

La pareja. Mis padres. La mentira, tan indisolublemente conectada a mi vida real, en las manos de un completo extraño.

—*Espero que valga la pena* —murmura Lin Daiyu.

William se recarga en el centro de la mesa.

—Tengo muy buenos contactos en China —nos dice, pero se dirige más que nada a mí, a quien necesita escucharlo—. Puedo ayudarte a encontrar a casi cualquier persona que estés buscando.

Yo aprieto los labios, pensando en qué diría mi abuela. Desde el inicio me enseñó a mantener la boca cerrada, a nunca decir la verdad sobre quién soy. Le gustaría que me mantuviera callada en este momento. Pero desde mi conversación inicial con Nelson, no puedo evitar pensar: «¿no me ha sucedido ya lo peor?».

Incluso, aunque protegí mi identidad y puse una muralla, me secuestraron, me hicieron atravesar el océano en una cubeta, me vendieron a un burdel y me traicionó un hombre que yo pensé que podía llamar amigo.

Y además quiero saber dónde están mis padres. Hay cosas que pueden borrarse, hechos tan cercanos a la verdad que podrían convertirse en verdad. La práctica hace a la verdad. Ahora solo es cuestión de contar la historia.

—Mis padres murieron cuando yo nací —le digo a uno de los hombres sentados a la mesa, y como he practicado bastante, las palabras salen de mí con facilidad. Puedo sentir que Nelson se inclina también, pues nunca ha escuchado la historia completa de mi vida. Hasta Lin Daiyu me escucha, con los ojos entornados y curiosos.

En mi cabeza puedo ver la verdad, mi vida pasada real, y un cuchillo que se desliza por debajo; una maniobra delicada, realizada solo por la más hábil de las manos, que remueve la verdad de la historia. Lo que queda es algo que luce como mi pasado, pero confundido.

—Fui un huérfano en mi pueblo —cuento—, pero sobreviví gracias a la buena voluntad de quienes vivían ahí. Me cuidó una pareja. Ellos se hicieron cargo de que no me faltara qué comer, aunque ellos no lo tuvieran. Sus nombres son Lu Yijian y Liu Yun Xiang.

No había dicho sus nombres en mucho tiempo. De hecho, creo que nunca los había dicho en voz alta. Nunca hubo razón alguna para llamarlos más allá de *die* y *niang*.

—La pareja —sigo diciendo — me trató como si fuera un hijo suyo. Pese a lo que ocurría en sus vidas, me hicieron sentir como un verdadero hijo.

Contar esta mentira es más sencillo por muchas razones. Una de ellas es que puedo ver las cosas como si le hubieran ocurrido a alguien que no soy yo.

—Cuando tenía doce años más o menos —prosigo—, desaparecieron. Después me enteré de que fueron arrestados. No sé qué ocurrió después de eso, pero no volví a saber de ellos. Un poco más adelante fui secuestrado y traído a América.

William sacude la cabeza y después silba. Nelson me mira como si nunca antes me hubiera visto.

Ahora es el momento para mi acto final.

—Quiero encontrarlos —les digo a sus rostros embelesados—. Quiero darles las gracias, dejarles saber que estoy vivo y bien, y que reconozco y agradezco su arduo trabajo.

La mentira está completa y la historia ha sido perfeccionada. «El amo Wang estaría orgulloso», pienso. Mi práctica de verdad se convirtió en mi marca personal de arte. William se recuesta y tiene un gesto de impresión en el rostro.

—¡Esta altruista pareja merece saber que estás vivo! ¡Hiciste bien en acudir a mí!

William nos promete que hará lo que necesitamos que haga. La emoción hace que su rostro se sonroje.

—Olvida las historias que nos contaron —dice golpeando la mesa con la mano—. Tu historia es verdad, pero no solo te ocurrió a ti. Le ha ocurrido a mucha gente como tú.

Nuestro almuerzo llega a la mesa. Cargarlo requirió la presencia de cuatro meseros: panqueques, salchichas de hinojo, papas fritas, jamón hervido con vegetales, tarta de ostras, chuletas. Y un platillo que se llama carne *alamode* preparado con carne de carnero asada y mermelada de grosella. William ve mis ojos abiertos como un plato y se ríe, me informa que ya pagó por todo. Todos los comensales del restorán nos miran, ofendidos por nuestra audacia, y entonces entiendo por qué William eligió un restorán de blancos en vez de uno en el barrio chino. Nelson sacude la cabeza de una manera que me indica que William tiene el hábito de hacer esto. Ahora sé quién paga su *suite* en la posada Twinflower.

En el asiento a mi lado escucho gemir a Lin Daiyu, que tiene los ojos puestos en la tarta de ostras.

—Come cuanto quieras —dice William, que continúa observándome.

Yo al principio dudo y solo sirvo un par de papas en mi plato. La parte exterior es fragante, le han rociado romero en polvo, y el interior está caliente, exuberante, un poco dulce. Un pedazo se convierte en diez y entonces soy incapaz de parar. No puedo recordar la última vez que se me permitió comer así, sin una meta en mente o una deuda a pagar. «Me imagino que así se siente simplemente vivir», pienso mientras deslizo mi cuchillo por en medio de una de las chuletas. Tal es la alegría de no tener que preocuparte por nada.

—Estabas contando —dice Nelson, dirigiéndose a William—, cómo es que América se ha convertido en una enorme decepción para ti.

La boca de William está llena de jamón, pero aun así contesta.

—Sé honesto, Nelson. Las cosas han empeorado desde que aprobaron esa espantosa ley. ¿Y ahora me dices que hay turbas formándose en su pueblo? ¿De verdad te sorprende?

—Yo estaba ahí —digo yo, ansiosa de ser parte de la conversación—. Trabajo en la tienda donde esto ha estado ocurriendo.

—Entonces con toda seguridad puedes responder mejor que nuestro idealista Nelson —contesta William moviendo por todos lados un tenedor lleno de chuleta—. ¿Cómo dirías que te ha afectado la nueva ley, Jacob?

—¿Estamos hablando de la ley que prohíbe a los chinos? —pregunto, precavida de no decir algo incorrecto.

—La ley de exclusión, sí —dice William, estudiándome de cerca. En mi mente escribo el carácter para *exclusión* 排: una mano junto a *errado.*

—Espantoso —digo yo, a sabiendas de que es lo que William quiere escuchar—. Yo hubiera esperado que trataran mejor a nuestra gente.

William deja de masticar.

—Debes estar bromeando. *¿Tratar mejor a nuestra gente?* ¿Ya se te olvidó? —Voltea a ver a Nelson, indignado—. Nelson, dime que está bromeando.

Regresa a mí aquel viejo pánico; el de saber que estoy a punto de ser descubierta. Abro la boca para ofrecer una excusa, pero Nelson habla antes que yo.

—Quizá estamos siendo demasiado impertinentes —dice con gentileza—. Olvidamos que el viaje de Jacob a América no fue el más sencillo. Aunque tú no tenías forma de saberlo —me dice.

Yo no digo nada, con la esperanza de que eso haga que sus palabras sean verdad.

—Hace casi una década —explica Nelson—, hubo una ley a la que llamaron Ley Page, que prohibía la entrada de mujeres chinas a Estados Unidos.

—Y ahora —interrumpe William—, esta nueva *Ley de Exclusión* ¡es el toque final en el gran lienzo que representa cómo debería lucir América para ellos! ¡Despreciable!

—Ya veo —afirmo.

Siempre me pregunté por qué fui elegida ese día en el mercado de pescado. Por qué hicieron que estuviera tan delgada, tan mugrosa, por qué me cortaron el pelo y me metieron entre carbón. Por qué tenía que ser Feng el huérfano en vez de Daiyu. Jasper me eligió porque era una niña que lucía como un niño. Mi rostro taciturno y mis ojos cansados, lo que alguna vez me protegió, se había convertido en mi mayor debilidad. Fue fácil hacerme pasar por un niño, incluso más fácil hacerme pasar por cubeta de carbón. Cuando Jasper me vio en el mercado de pescado aquel día, vio a alguien que podía ser reinventado.

Ahora está hablando Nelson. Yo me obligo a salir de aquella habitación en Zhifu e intento hilar sus palabras.

—Desde entonces —está diciendo—, las cosas han empeorado bastante para los chinos aquí. Las cosas ya estaban mal, quiero decir. Pero la ley solo le dio a la gente una razón para manifestar su odio de manera más abierta.

—Pero no entiendo. —Intervengo—. ¿Qué les hicimos? ¿Por qué nos odian?

William se ríe.

—¿Por qué? —Los ojos de una mesa completa voltean a vernos, están llenos de disgusto. William los mira de vuelta y tiene los labios apretados—. Nos odian porque creen que somos una amenaza. Piensan que queremos quedarnos con sus trabajos. Temen que seduzcamos a sus mujeres. Nos odian porque creen, aunque no lo admitan, que somos mejores que ellos. Y no es solo aquí, está ocurriendo en todos lados.

—Mi padre era minero. —Nos recuerda Nelson en voz baja—. Le tocó lo peor porque temían que los chinos se robaran los trabajos de minería.

—Está especialmente mal en el oeste. —Concuerda William—. Aquí la gente nos llama bárbaros, culís, celestiales de ojos rasgados. ¿Sabes qué significan esas palabras, Jacob? ¿Sabías que nuestros ojos son razón suficiente para que nos odien?

«Tus ojos», solía decirme mi madre, «son los mismos que yo tenía cuando era una niña».

Ahora William está furioso, apuntalado por la comida y la bebida.

—Los blancos se llaman a sí mismos *la raza superior*—dice—. Antes, al menos guardaban su odio en secreto. Quemaban, saqueaban y mataban, pero no lo hacían en público. Ahora que han aprobado la *Ley de exclusión*, piensan que tienen el derecho divino de expulsarnos.

—Estoy seguro —Nelson apacigua la conversación—, de que, quienes escribieron esas leyes no tenían esa intención en la mente.

William vuelve a reír, pero esta vez su risa suena más como un ladrido.

—¡Yo culpo más a quienes escriben las leyes, querido amigo! Quizá no son quienes van y queman los barrios chinos, pero condonan esta violencia a través de las leyes que aprueban. *Acuerdo tácito*, deberíamos llamarle. ¿Qué se supone que debemos pensar? ¿Que quieren protegernos?

—La violencia no les gustaría —dice Nelson con firmeza—. Quizá no imaginaban que…

—Siempre asumes lo mejor de las personas. —Lo interrumpe William y yo escucho el tono lastimero en su voz—. Siempre has sido así. A veces me pregunto si darles clase a todos esos estudiantes blancos tuyos, el ir a sus casas de blancos, te ha vuelto más suave de lo que yo te recordaba. No hay justificación para aprobar una ley que excluye a los chinos, impedir que nuestras mujeres puedan llegar aquí legalmente, de forma que solo haya una mujer para cien hombres. ¿Sabías que en California no se les permite a los chinos testificar en sus propios juicios? Los juicios en los que somos las víctimas de los robos, en los que queman nuestras casas, ¡nos cortan las coletas! Con cada punto de esa ley están diciendo que no tenemos derechos, que no merecemos seguridad, ni amor o comodidad. Que no merecemos una vida. Ya se lo hicieron a los negros y a los indios. Lo que dicen es que ninguno de nosotros merece un trato humano.

Nelson guarda silencio. Ya tiene tiempo que dejamos de comer y nuestra comida, antes desplegada ante nosotros de forma tan gloriosa, ahora está fría. La ira de William, pienso, me confunde. Habla de esto como si fuera el final del mundo, pero lo observo respirar como un toro enardecido. Siento que todo será para nada.

—Pero como dice el dicho —repite William—, «a toda acción corresponde una reacción de sentido opuesto e igual magnitud». Y déjame contarte un pequeño secretito. Yo he estado pensando en una reacción opuesta e igual de perfecta.

Del otro lado de la habitación, un niño con cabellos de oro aplasta con la mano un plato de chícharos. Hay una certeza despiadada en la forma en que su brazo cae desde las alturas. Su madre intenta detenerlo mientras su padre limpia el desastre. El niño se entristece con la interrupción y después sus mejillas se sonrojan. No pasa mucho tiempo antes de que comience a berrear y a arremeter en su silla.

—Tengo amigos en San Francisco —dice William, y ahora se dirige a Nelson—. Me cuentan de una organización llamada las Seis compañías chinas. Han estado allí desde hace décadas, pero solo se consolidaron como organización muy recientemente.

En San Francisco, en particular, las cosas van mal ahora ¿sabías? Las Seis compañías están haciendo todo lo posible para oponerse a la violencia contra nuestra gente. Están haciendo un buen trabajo, hasta han regresado a sus hogares en China a las niñas de burdel secuestradas por las *tongs*. En ocasiones incluso devuelven sus cadáveres.

Lin Daiyu me toca el brazo, pero no necesita hacerlo. Yo ya estoy prestando atención.

William nota el cambio.

—Son fuertes —dice, dirigiéndose a ambos esta vez—. Pero necesitan más dinero y gente. Necesitan recursos. Esto es lo que te digo, Nelson. Voy a ir a San Francisco para unírmeles, me voy a unir a su lucha. Y quiero que vengas conmigo.

Nelson se toma un momento. Le dice que lo apoya en este viaje, pero todavía no está listo para irse de Pierce. Tiene algunas cosas importantes ahí que debe atender. William pregunta qué demonios puede ser más importante que esto. Y yo también me lo pregunto.

—Eso es asunto mío —dice Nelson, no sin gentileza. Ya está listo para cambiar de tema.

William sacude la cabeza. Está decepcionado, pero no sorprendido. No es la primera vez que Nelson se niega a una petición suya.

Ahora se dirige a mí.

—¿Y tú, Jacob? Podríamos irnos en septiembre.

Nelson pone una mano en mi hombro. Con su mano encima, siento que mi cuerpo es una extensión del suyo, y quisiera mantenerlo así, ambos fusionándonos lentamente para formar parte del otro. Me está tocando a modo de advertencia, yo lo sé, pero solo estoy notando la calidez de su palma, la manera en que sus dedos se hinchan contra mi carne.

—Déjalo, William —dice Nelson—. Jacob ya tiene suficiente de qué preocuparse sin que tú te lo lleves a San Francisco. Lo mejor que puedes hacer por nosotros es hallar qué ocurrió con esa pareja. Justo como te lo pidió.

Nelson entonces se pone de pie, y su mano suelta mi hombro. Sin ella, mi cuerpo se siente frío, como si le faltara algo vital.

—Voy al cuarto de baño. Deja a Jacob en paz.

Lo observamos irse y su marcha confianzuda lo guía con ligereza entre la multitud de mesas.

—Nelson es maravilloso —dice William, suspirando—. Pero puede ser muy frustrante.

—Quiero ir contigo.

—Ah —sonríe—. Qué sorpresa.

Su rostro luce burlón, como si hubiera vencido a Nelson de alguna forma. Yo lo ignoro y me centro en cambio en la felicidad taciturna que se expande por mi pecho con lentitud. Durante mucho tiempo me he preguntado cómo sería encontrar mi camino a casa. Las ideas estaban ahí —guarda suficiente dinero, viaja al territorio de Washington, métete como polizón a un barco—, pero si de verdad me detenía a pensarlo, era casi imposible. Tan solo el viaje podría matarme. Con la oferta de William, el plan, alguna vez tan endeble, se solidifica. Viajaré con él —de forma cómoda, juzgando por la calidad de su ropa—. Nos protegerá a ambos con su dinero. Y cuando llegue a San Francisco, cuando entre en contacto con las grandes Seis compañías, entonces revelaré mi historia. Me ayudarán a volver a casa y a encontrar a mi abuela. Es lo único que siempre he deseado, una respuesta tan sencilla y fácil que casi no puedo creer que sea verdad.

—*Tómalo.* —Me ruega Lin Daiyu—. *Tómalo y llévanos a casa.*

—¿Nos vamos en septiembre? —pregunto.

—El doce —responde—. Ven a verme aquí. De aquí nos dirigiremos al oeste.

Yo extiendo la mano. Él la toma y vuelvo a ver su rostro burlón.

—¿No vas a decirle a Nelson?

—Preferiría no hacerlo. Hace más fácil la partida. Tú me entiendes.

—Sí, te entiendo. Eres mucho más de lo que crees, Jacob Li.

Yo no entiendo a qué se refiere, pero no respondo. Él cree que yo quiero servirle a mi gente, que comparto sus ideales de justicia. Dejaré que siga creyendo eso. Incluso por este breve encuentro, puedo ver que él piensa de sí mismo que es justo, que posee gran sabiduría. Puede que ame a Nelson, pero también se cree superior a él. Superior a todos.

Cuando vuelve Nelson yo mantengo una expresión neutra.

Nos despedimos en la calle. Algunas personas blancas nos esquivan y voltean a mirarnos con odio. Yo los observo alejándose, y me recuerdan al niño de cabellos color de oro con sus chícharos.

—Fue un placer conocerte —me dice William y vuelve a estrecharme la mano, al tiempo que me entrega un paquete con forma extraña envuelto en papel café. Yo lo tomo, sorprendida por el peso—. Quiero que guardes esto en la tienda y lo uses si tienes problemas. Nelson puede enseñarte cómo hacerlo.

Le doy las gracias. En realidad, no sé si me cae bien o no.

El resto del día es placentero. Con la nueva esperanza de volver a China y con Nelson a un lado mío, los recuerdos de mi primera vez en Boise comienzan a aligerarse. Caminamos por el centro, nos reímos de todas las cosas que no podemos comprarnos y damos vuelta en la calle Idaho; Nelson es quien guía el camino. Aquí los edificios son sencillos y cafés, pero el aire que los rodea hace un ruido cuya energía reconozco. Caigo en cuenta de que la gente que camina a nuestro lado luce como nosotros.

Aunque ya sé la respuesta, le pregunto a Nelson.

—¿Dónde estamos?

—En el barrio chino.

Qué cosa es el barrio chino: una calle o dos de edificios.

Pasamos frente a una tienda de mercancías generales, otra que promociona hierbas y remedios. Aquí, el consultorio de un médico chino. Allá, una casa de juegos. En frente, el agua de una lavandería fluye hacia el arroyo de la calle. También hay moradas, al interior de las cuales imagino cabezas con cabello tan negro como el mío. Siento una punzada al recordar mi antiguo hogar y otra por este hogar actual; el barrio chino termina cuando llegamos a la calle Ocho, y el espacio que queda es muy pequeño, nada en comparación con el país del que recibió su nombre. Para muchos de sus residentes este podría ser el único trozo de China que les queda.

Nelson me está mirando.

—¿Te recuerda a casa?

—Nunca has ido a China, ¿verdad?

Yo estoy pensando en las montañas musgosas y en el ímpetu del océano. Quiero mostrarle a Nelson el pueblo de pescadores, llevarlo al río y meternos al agua, con los pantalones arremangados hasta las rodillas y las manos llenas de pescados como para comer por varios días. Como para saciarnos al punto de que no pudiéramos hacer más que quedarnos dormidos. Y entonces quizá le enseñaría a Daiyu.

—Iré contigo un día —me promete—. Y yo sé que lo dice en serio.

Más tarde, de camino al teatro, un policía nos detiene y exige ver nuestros papeles. Entorna los ojos al ver mi foto y luego me mira a mí.

—Esa foto no luce como tú —dice.

—Es él —dice Nelson, dando un paso frente a mí—. Si tiene un problema, nosotros esperaremos gustosos aquí a que lleguen sus superiores.

Es tarde y el policía tiene una cena esperándolo en casa. Me entrega mis papeles y me dice que consiga una mejor foto antes de dejarnos en paz.

Yo intento devolverlo al bolsillo que tengo en el pecho, pero Nelson me detiene.

—Déjame ver —me dice, y ya tiene el papel en la mano. Yo siento el corazón latiéndome muy rápido. Para un blanco, cualquier chino luce como cualquier otro chino. Pero Nelson es uno de nosotros. Nelson se dará cuenta.

Por un momento, que siento como una eternidad, él se queda en silencio. Después me devuelve el papel.

—Tiene razón, ¿sabes? —Y reanuda la marcha—. Deberías conseguir una mejor foto.

❧

Afuera del teatro hay una conmoción, otra turba. Y yo escucho las palabras que ahora se me han vuelto muy familiares; palabras como *bárbaro ojos de luna, bastardos de ojos sesgados, bestias amarillas, gargantas oscuras.*

Más cerca de la entrada del teatro, vemos que el gentío no está ahí a causa del teatro, sino a causa de la lavandería de enfrente, que les pertenece a unos chinos. El dueño, un hombre corpulento y bajo, con narinas dilatadas, está de pie frente a la puerta. Les grita de vuelta y es la resistencia lo que lo mantiene de pie. Nelson me dice que me baje la gorra, que esconda mi rostro con mi bufanda. Me toma del brazo y yo no me resisto. Nos agachamos debajo de un hombre blanco con un abrigo color heno y su esposa de piernas delgadas, y nos desviamos hacia el callejón junto el teatro.

—Lo siento —dice Nelson—. Nos arruinaron la noche. —Sacude la cabeza, como si eso de alguna manera fuera a esconder la decepción en su rostro—. Quería que escucharas cómo suena un violinista real.

—Puedo escuchar a un violinista real cualquier otro día —contesto yo. Él está de pie frente a mí.

Nelson mira hacia el piso, pero puedo ver una leve sonrisa en su rostro. Comenzamos a caminar callejón adentro y los gritos del gentío se van desvaneciendo a cada paso que damos. Aún no me suelta del brazo.

—Tu amigo William no mintió sobre las turbas.

—Es muy raro que mienta.

—Entonces, ¿por qué no ir a California con él?

Me siento valiente después del gentío. Intento decir algo como «pues acabamos de sobrevivir a un peligro de muerte, así que debes contarme la verdad».

—Ah —me responde Nelson. Nuestros pasos se hacen más lentos y cada uno lleva el peso de la anticipación—. Me gustaría tener una respuesta más interesante. La verdad es que Pierce siempre ha sido mi casa. Ahí hay cosas que quiero mucho. No estoy seguro de que esté listo para irme.

—¿Cosas como tus estudiantes de violín? —pregunto—. ¿Cosas como tus amigos?

—Sí. Cosas así.

No tengo el valor de preguntarle si me cuenta entre esas cosas.

En ese momento se voltea a mirarme y ambos nos detenemos al mismo tiempo. El almuerzo con William, la tarde caminando por Boise, incluso el encuentro con el gentío, todo parece llevarnos a este momento en el que estamos aquí, de pie, tan cerca el uno del otro que podríamos tropezarnos. Su aliento es indistinguible del mío. Yo ya no siento mi cuerpo, sino una gran unión, como si hasta este punto yo fuera una gota solitaria de agua en un océano y por fin me estuviese permitiendo ser consumida por él. Hay algo bello, incluso heroico, en dejar que otra persona te mire. Yo podría salvar vidas enteras con el heroísmo de la mirada de Nelson.

—¿Y tú? —me pregunta Nelson finalmente, su voz es suave y está desnuda—. ¿Cuál es tu razón real para no ir?

Y entonces lo recuerdo: él no sabe la verdad. No sabe que estoy por irme.

La magia que nos une se disipa. Falta mucho tiempo para septiembre, pienso yo. «Voy a mentirle por ahora y continuaré mintiéndole hasta el día que me vaya». Doy un paso atrás y siento como si hubiera atravesado montañas, valles y vastas planicies, y hubiese aterrizado en una tierra que es inalcanzable para él.

Él ve el cambio en mi rostro, cómo volví a subir la vieja guardia. Da un paso atrás y sus brazos caen a sus costados.

Ambos miramos hacia otro lado. Yo río forzadamente.

—William es un buen amigo tuyo. Y agradezco mucho su ayuda. Pero esta venganza de la que habla, aquello de *luchar con una reacción idéntica y opuesta*... todo eso me parecen tonterías.

—¿Así que piensas que es mejor no hacer nada?

—No es lo que quiero decir. Para mí, el discurso de William es fanfarrón. Nosotros somos muy pocos y ellos muchos. ¿Qué podría cambiar en serio?

Nelson comienza a caminar de nuevo, pero ya no está mirándome.

—¿Sabes, Jacob? Estaba pensando en Nam, Lum e incluso en ti. La turba casi mata a Nam y a ti, y desde entonces han estado aterrándolos. William no se equivoca sobre el hecho de que está ocurriendo en todo el país. Incluso si no vamos a California, no deberíamos desechar la idea de hacer *algo.* ¿No crees que valga la pena?

—Yo vine aquí en contra de mi voluntad, Nelson. Este no es mi país. Esta no es mi gente. Este no es mi problema.

—Ya veo. Creo que desde aquí podríamos volver a la posada.

Sé que lo decepcioné, pero también me siento indignada. ¿Por qué pedirme que participe en algo de lo que nunca pedí ser parte?

Emergemos del callejón y damos vuelta en una calle vacía, una que luce familiar, pero no se siente amistosa. Nelson no lo nota y en cambio camina con un paso más ligero ahora que estamos lejos del teatro. Yo me quedo atrás. Hay algo en esta calle que se siente muy mal.

—Vamos a caminar más rápido —le digo, trotando para alcanzarlo. Estoy ansiosa por dejar atrás este lugar y no volver a él jamás. Mientras lo pasamos, miro hacia abajo, ignorando la cómoda luz de vela que atraviesa las ventanas y los murmullos de los chinos en su interior. «Un lugar así debería sentirse como una bienvenida, como llegar a casa», pienso con amargura.

En los escalones de la entrada está un vagabundo sentado y cuando nos mira pasar comienza a gritar en chino, al parecer está gritando un poema. Me doy cuenta de que está borracho, pues sus palabras se golpean unas contra las otras. Intento escuchar qué está recitando; no es un poema que yo pueda reconocer. Y entonces entiendo.

—Espera —le digo a Nelson, y me doy la vuelta para encarar al vagabundo.

Conozco esa voz, la escuché cada noche durante un verano completo. Saco de mi bolsillo un cerillo y lo enciendo para acercarlo al rostro del vagabundo.

—Ungh. —Llora, haciéndose hacia atrás. Intenta darme un manotazo—. ¿Cuál es tu problema?

Su cabello está largo y apelmazado, hay algunos parches negros moteando su mentón y su mandíbula. Incluso debajo de la mugre, la tierra y el vómito, reconozco sus ojos. Tan indefensos como los de las vacas.

—¿Samuel?

—¿Eh? —Da la vuelta para encararme y el fétido olor de alcohol viejo me golpea en la cara. El cerillo comienza a apagarse.

—¿Samuel? ¿Qué haces aquí?

Nelson espera detrás de mí.

—¿Conoces a este hombre? —pregunta Nelson.

Yo lo ignoro. No puedo contarle a Nelson sobre Samuel, sobre este niño que lloró en mi habitación allá en San Francisco, y que tenía tantas ganas de ser un hombre.

—¿Tienes dinero? —masculla Samuel—. Me corrieron. —Extiende las manos y las junta para recibir monedas. Cuando las miro, tengo que hacer un esfuerzo para no comenzar a vomitar.

Una de sus manos está ahí, con la palma extendida hacia mí, pero la otra no es una mano, es solo carne, algo que no tiene forma, y la piel luce púrpura y mutilada. La textura es la de la avena. Su mano, por lo que veo, fue extirpada de sus huesos. Y entonces lo huelo; el aroma es el de la carne podrida, del pus seco y de la sangre vieja. Con la mano libre me cubro la boca.

—¡Dios mío! —Gime Nelson.

Samuel baja las manos, decepcionado.

—No sirven de nada —murmura, desplomándose. Y comienza de nuevo a recitar su incomprensible poema.

—¿De dónde lo conoces? —me pregunta Nelson. Y yo vuelvo a ignorarlo.

—Tu mano —le digo a Samuel—. ¿Qué le ocurrió a tu mano?

—¿Eh? —grita Samuel—. ¿Esto? —De nuevo levanta la mano que no es una mano y me la avienta en la cara—. Esto es lo que recibí a cambio de las cosas que hice.

—¿Qué hiciste? —le pregunta Nelson intentando sonar amable.

—Me llevé algo que no debía —dice Samuel—. ¿Cómo iba a saberlo?

—¿De qué hablas? ¿Qué te llevaste?

—Oh, oh, a ella —responde Samuel—. Pero tenía un costo. Él se encargó de hacérmelo saber.

Yo observo la pulpa que lleva por mano. Es una mano que recuerdo bien. La observaba descansar sobre su rodilla aquellas veces que nos sentábamos sobre mi cama en el burdel.

Y entonces comienzo a entender el sentido de las cosas que está diciendo.

—¿Es *él*...? —comienzo a decir, pero me flaquea la voz y soy incapaz de decir su nombre—. ¿Es *él* quien le hizo eso a tu mano?

—¿Cómo? —dice Samuel, y entorna mucho los ojos para mirarme—. ¿Él? Sí, *él, ¡todos ellos!* Me encontró. Mis medios hermanos iban con él. ¡Pero yo no les dije nada sobre ella! ¡Al menos para una cosa sí soy bueno!

Nelson me da un golpecito en la espalda.

—Pienso que deberíamos irnos. No podemos ayudarle a este hombre.

Ante mi está Samuel, el niño de mi pasado, y junto a mí está Nelson, el hombre de mi presente. Y tiene razón. No hay nada que pueda hacer ahora. Debo seguir caminando hacia adelante.

Pero cuando comienzo a levantarme para marcharme, Samuel me toma del brazo con su mano buena. Y tiene una fuerza sorprendente, sus dedos son como garras y se aferra a mi brazo un poco abajo del codo. Nelson da un brinco al frente para arrancarle la mano, pero no tiene que hacerlo. Samuel deja ir mi brazo antes de que Nelson lo alcance y se desploma riéndose.

—¿Te conozco? Conozco a alguien que se parece a ti.

—Deberíamos irnos, Jacob —me repite Nelson—. Está demasiado borracho para razonar.

Esta vez le hago caso. Dejamos a Samuel en las escaleras y su risa nos acecha incluso después de llegar a nuestra posada.

—¿Qué va a pasar con él?

Nelson mira al suelo.

—Viste su mano —me responde—. No va a sobrevivir mucho tiempo si no tiene un refugio. Para ser honesto, no sé cómo sigue vivo. Supongo que el alcohol lo tiene anestesiado. Por ahora.

Arriba, Nelson me indica que me lave el brazo donde me tocó Samuel. Y acordamos volver a Pierce en la mañana.

No es sino hasta que cierro la puerta de mi habitación, cuando me siento segura de que hay algo separándome del mundo exterior, que me permito llorar con el puño en la cara.

Samuel, el ingenuo tonto, el niño ansioso que hablaba tanto de sus sueños de venir a Boise y volverse un hombre. Debió decírselo a sus medios hermanos al menos una vez. Y con ello se la puso fácil a quien fuera que lo estuviera buscando, solo tuvo que encontrar a sus hermanos y convencerlos de que podían ir juntos a encontrarlo para castigarlo por sus transgresiones. Y esa persona, a cambio, podría usar a Samuel para encontrarme a mí.

No tengo dudas de quién es ese él del que me habló Samuel. Por lo que dijo sé que Jasper está aquí. Y cuando dejo que su nombre se materialice frente a mí, el resto de su cuerpo también aparece, hasta que no soy nada más que una niña pequeña en una habitación y él es más grande que el cielo entero.

—*¿Ahora sí vas a escucharme?* —dice Lin Daiyu, jalándome de las manos—. *Debemos irnos. No estamos seguras aquí.*

La Daiyu que estaba atrapada en la cubeta de carbón lo haría. Correría rápido para alejarse lo más posible. Pero ya no soy esa persona, me recuerdo. Esta Daiyu tiene amigos que son buenas personas, una cama que solo está interesada en que ella duerma y un retorno seguro a casa. Y esta Daiyu conoce cosas que Jasper aún no sabe. Como mi nuevo nombre y mi nuevo rostro.

—*¿Qué hay del hombre canoso?* —Me presiona Lin Daiyu—. *Él sabe que no eres un niño.*

Y entonces vuelvo a recordar aquella noche. A Samuel llorando en el piso y al hombre de pelo canoso mirándome lascivamente desde la puerta. Si Jasper se encuentra con el hombre canoso, sabrá todo sobre Jacob Li. El hombre del cabello canoso no me protegería como lo hizo Samuel.

—*Entonces vámonos* —dice Lin Daiyu—. *Salgamos corriendo como lo hicimos antes. Y corramos hasta llegar a casa.*

Podríamos hacer eso, pienso. Irnos a la mitad de la noche y hallar nuestro camino hacia el oeste en este momento. Sin siquiera dejarle una nota a Nelson. Solo pensar en él tocando mi puerta en la mañana, sin recibir respuesta, me llena de tristeza. ¿Y qué dirían Nam y Lum cuando yo no regresara? No podía ser, era demasiado pronto. No estaba lista para iniciar el viaje así.

—No tenemos suficiente dinero para llegar al oeste —le digo a Lin Daiyu, con la esperanza de que no vea las otras razones que tengo escondidas en el corazón—. No vamos a lograrlo sin la ayuda de William.

Ella sacude la cabeza de un lado a otro, y su largo cabello negro y plateado se azota, acompañándola en su protesta.

—*Intento protegerte.*

—Recuerda que dos años me separan de ellos.

Esto sí lo creo. En dos años todo puede cambiar. La sangre que ahora mana de entre mis piernas hizo que mi rostro, que alguna vez lució como un huevo, se vea diferente. Ahora tengo las mejillas angulosas y la nariz más ancha. Aún tengo la misma expresión taciturna, pero ahora tiene un propósito.

Dos años y ya no soy una niña.

—Mira —le digo, dando un paso atrás para mostrarle mi cuerpo—. Aquí soy más larga y aquí soy más ancha. Y estarás de acuerdo en que soy más alta.

—*De acuerdo.* —Asiente, inspeccionándome.

Con Nelson a mi lado sería casi imposible distinguirme de otro hombre chino. Estoy lejos de aquel niño-niña en el mercado de pescados en Zhifu. Estoy lejos del indefenso niño-niña que lloraba en una cama en una posada.

¿Qué fue lo que me enseñó el amo Wang? Que debo ser gruesa y fuerte, justo como la marca negra en una página.

«Un buen trazo comunica fuerza interior. Pertenece a sí mismo por completo, y no hay espacio para la debilidad o el desaliño del espíritu».

Gruesa y fuerte, gruesa y fuerte. Me lo repito. Inhala grosor y exhala fuerza. Abro los ojos y Lin Daiyu actúa como un reflejo mío, inhalando y exhalando. Verla me calma.

Puede que Jasper esté aquí, pero desconoce la persona en la que me he convertido. Aun así, está acercándose y eventualmente me encontrará, de eso estoy segura. La melodía de hoy desaparece; la sensación de calidez que se avivaba de solo pensar en el rostro de Nelson ahora me parece risible. «¿Cómo pudiste ponerte tan cómoda, Daiyu?». Y todo este tiempo Jasper estaba adelantándose, acercándose a mí. «Mira qué tan cerca ha llegado después de todo».

«Recuerda que este no es tu hogar», me digo a mí misma aquella noche. «Tendrás que encontrar tu camino a casa antes de que él te encuentre».

Y septiembre se siente muy lejano.

Pearl llora mientras que Swan no deja de gritar por sus dobladillos deshilachados. Iris se está riendo, sus dedos cubren su boca como las barras afuera de nuestras ventanas. Jade también está ahí; está descalza y sus pies están sucios. Estamos formadas, esperando la entrada de madame Lee, como ocurre siempre, esperándola para que recorra la fila y nos critique. Ya es de noche y los clientes no tardarán en llegar.

Salvo que no es madame Lee quien entra. Es una mujer con una boca que luce más como un pico: es de color naranja y rojo y tiene el filo de un cuchillo. La mujer extiende los brazos, pero no son brazos. Lo que pensé que eran las mangas de su vestido de seda en realidad son alas. Se pone de pie frente a nosotras y abre la boca, y en el interior yo solo puedo ver una lengua gris que se enraíza en la oscuridad.

Cuando despierto, le escribo una carta a William preguntándole si podría buscar una cosa más por mí. Es un pequeño favor. Apreciaría que no le contara a Nelson nada al respecto. «Son asuntos personales, tú entiendes». La llevo a la oficina de correo, antes de que salga el sol, temiendo que una vez que haya luz esta me haga más vulnerable, y entonces corro a encontrar a Nelson en la posada, con la imagen de la lengua gris y dura de Swallow aun presionándome las sienes.

14

Llega junio y la tierra es una franja de color. Hay botones de oro, amapolas naranjas y tréboles blancos; plantas con capullos como gotas de agua, grindelias, rosas caninas, flores con forma de jarrón puesto bocabajo. Más bellos aún son los pinos que bordean el pueblo, que se han enderezado y llenado de hojas en el canturreo placentero del verano. Nelson me dice que no hay mejor lugar en el mundo para el verano que Idaho, y cuando las flores comienzan a salir para motear los caminos que llevan a las colinas que llevan a las montañas, como una pintura de algún pincel obstinado, yo le creo.

El verano es bellísimo, pero yo estoy distraída y desconfiada. Puede que Jasper haya llegado a Boise, pero una vez que se haya enterado de que no estoy allí, se habrá volcado a buscarme en cada pueblo de Idaho, preguntando por una niña que luce como un niño que luce como yo. Pierce es un pueblo grande, pero hay algunos más grandes y ajetreados en los que se habría detenido antes: Idaho City, Warren, Richmond, la región del río Salmón. Recuerdo la voz que escuché aquel día en el puerto de San Francisco, el débil sonido de alguien que cantaba un adiós. Habrá seguido buscándome mientras el verano soplaba para convertirse en otoño, recorriendo a caballo los mismos caminos que yo caminé, y eventualmente llegará aquí. No podrá llegar a Pierce antes de septiembre, pienso. Y para cuando llegue, yo ya me habré ido.

Ahora que de nuevo hace calor, Nam y Lum trabajan todavía más para atraer clientes. «Cuando el clima lo permite», declara Nam, «la gente quiere gastarse el dinero». Él y Nam tienen un plan para incrementar más las ganancias durante el verano. No nos va a pasar lo que a la lavandería china o la barbería de Cheng. Lum lo ha calculado, determinó que la mermelada es lo que la gente querrá más en un verano tan bueno como este. Para mediados de junio comienzan a llegarnos los cargamentos de mermelada. Grosella negra, baya de Boysen. Mantequilla de manzana. Melón. Las cajas atiborradas con frascos se adueñan de nuestro cuarto trasero, unas sobre las otras hasta alcanzar el techo. Pronto no habrá lugar dónde sentarse. Lum y yo tomamos turnos para entrar y salir de la habitación llevando el inventario, con el débil aroma de las conservas de nectarina y de ciruela y mora azul siguiéndonos a donde vayamos.

Ninguno de nosotros se sorprende cuando las predicciones de Lum se vuelven realidad. Es suficiente con una sola ocasión: una mujer blanca y alegre, una mujer camino a misa, compra un tarro de crema de limón. La mañana siguiente hay una fila de cinco personas esperando a que abramos la tienda. No somos la única tienda en Pierce que vende mermelada, pero solo nosotros vendemos una mermelada deliciosa y espesa. Nadie había escuchado siquiera de nuestra marca antes. Nam me cuenta que es especial, de una granja del territorio de Washington. «Yo desconocía la mermelada antes de llegar a América», me cuenta alegremente. Es viernes y nuestras repisas están vacías; el tercer viernes seguido en que esto ocurre. En días como estos, días en que las ventas son así de buenas, Nam se convierte en una versión más intensa de sí mismo: grande, entusiasta, con una energía incontenible.

—¿Me creerías si te dijera que las mejores mermeladas son hechas por chinos? —me dice—. ¿Los clientes me creerían?

El dueño de BIENES FOSTER ya no viene a pararse al frente de nuestra tienda. Lum piensa que esto es un triunfo, una señal de que Foster por fin admitió su derrota. Nam promete llevarle a Foster un frasco de mermelada gratis. *Una ofrenda de paz,* lo llama. Me envía con una muestra de nuestros cuatro mejores sabores. Dejo la canasta afuera de la puerta delantera de Foster, y cuando voy a buscarla al día siguiente, encuentro los frascos rotos y las mermeladas brillando al sol como sangre. No le cuento a Nam al respecto.

La GRAN TIENDA DE PIERCE no es el único negocio próspero del pueblo. El verano atrae a una nueva cosecha de estudiantes de violín para Nelson, quien está tan ocupado que pueden pasar semanas sin que sepamos nada de él. Esto es algo bueno, me digo. Es mejor no tener que decirle nada que mentir.

—No tienes buen aspecto —me dice Nam una mañana de domingo—. Pasas demasiado tiempo adentro.

Por primera vez, Lum está de acuerdo.

—Es bueno tomar el sol. Es bueno para eliminar las bacterias y las enfermedades. No te va a lastimar salir a la calle, Jacob. Así es como matamos las cosas malas de nuestro interior.

Cargo en un morral pan y un frasco de mermelada de frambuesas. También un poco de ensalada de pepino y ajo de la noche anterior. El día está maravilloso y quiero sorprender a Nelson con esto, pues no lo he visto en un tiempo. Por hoy, quiero olvidarme de Jasper. «Solo déjenme tener este día», pienso. «Un día en el que no tenga que mirar detrás de mí».

Pero cuando llegó a la POSADA TWINFLOWERS y toco en la puerta de Nelson, nadie me abre. Presiono mi mejilla contra la madera oscura de la puerta, imaginando todas las veces que él la ha atravesado. El aire allá dentro podría ser sagrado.

Del otro lado de la puerta, la habitación está en calma. No tiene lecciones los domingos, pero debe haber salido para almorzar o para hacer algún mandado, pienso.

Afuera me cuesta mucho trabajo ignorar la seguridad del sol de esta tarde. Recuerdo lo que dijo Lum sobre que el sol mata todas las cosas malas que llevamos en el interior del cuerpo, y me pregunto si parándome aquí el tiempo suficiente podría matar los demonios que me siguen. Cierro los ojos y doy vueltas en círculo, extendiendo los brazos como si pudiera cachar la luz. Es un lujo solo sentir su tibieza.

—Sucio amarillo —murmura alguien atrás de mí—. Ojalá te colgaran.

Lo escucho un segundo más tarde de lo que debería; quien lo haya dicho se ha ido antes de que yo pueda voltearme. Rehago el camino hacia la tienda y recuerdo el discurso de William aquel día, el enojo en su voz mientras hablaba de todas las atrocidades que se cometen contra nuestra gente. Si yo fuera él, también estaría enojada.

—*Qué bueno que pronto nos iremos a casa* —dice Lin Daiyu.

Y yo estoy de acuerdo.

El sol golpea contra mi espalda, es una presión firme y alegre que al mismo tiempo me hace sentir llena y ligera. A medio camino a la tienda decido que no sería malo quedarme afuera un rato más. La comida en mi morral choca contra la parte baja de mi espalda y es un gentil recordatorio. Recuerdo la tarde en que Nelson y yo nos acostamos en el claro secreto detrás de la escuela, un recuerdo empapado con la misma luz pacífica de las memorias de mi infancia. Los árboles del claro deben estar avivados con todos los tonos de verde en este punto del verano. Me doy la vuelta y camino hacia la escuela. Nam y Lum pueden esperar un rato más. Este día será mío.

En la escuela, sigo el camino que Nelson me enseñó alguna vez, que en ese entonces apenas era visible y ahora luce plano y gastado. Ha de estar viniendo aquí con mucha frecuencia. Sonrío al pensar en él agachándose para entrar y salir de entre las ramas, por los matorrales. Alrededor del estanque de tortugas hay cuatro tortugas disecadas tomando el sol en un tronco caído, y sus espaldas están moteadas de café, casi quemadas por el sol. Pienso en mi abuela, en cómo debe estar el clima en nuestro pueblo en este momento. Durante el verano, el calor mezclado con la humedad del océano hace que sea casi imposible salir de las casas; si das tan solo un paso afuera, enseguida tu cuerpo entero se pone pegajoso. Pero al menos allá las plantas crecen, nuestros vegetales, frutas y hierbas aman la tierra y la humedad, así que agradecíamos poder vivir entre ellos y que nos dieran vida continuamente.

Mi abuela me dijo que solo hablaríamos cuando lloviera. En Idaho siempre está seco, pero ya no me siento triste a causa de ello. Pronto podremos hablar nuevamente.

El claro está frente a mí y se abre más mientras me acerco. Pero no estoy sola. Nelson ya está ahí, de pie en el centro, conversando con los árboles que lo rodean. Está de espaldas a mí, derecho y ancho, con el negro y saludable cabello reluciendo entre tantos tonos de verde y azul. Una felicidad intensa bulle en mi interior. No puedo esperar a pronunciar su nombre, a verlo de frente cuando se dé la vuelta y me encuentre ahí de pie.

Pero Nelson no está solo. Hay alguien más ahí. A través de los árboles, veo caminar a una chica cuya piel es de un inmaculado color alabastro. Su cabello, peinado en una gruesa trenza dorada, le cae hasta los hombros. Podría ser una imagen salida del telar de mi madre. La chica es exquisita; todo en ella, desde la ropa fina hasta el gorro en su mano pálida me informa que es linda, alguien que es querida. Y sé, al verla, que no voy a llamar a Nelson, que me voy a quedar en donde estoy, detrás del matorral de bayas.

Nelson voltea hacia la chica y la invita a seguir, y ella obedece, con las manos extendidas para alcanzarlo. Su rostro es largo, la mandíbula es amplia, pero sus rasgos son delicados; tiene una nariz de capullo y unos labios unidos con forma de arco, sus ojos están brillantes e hinchados, como si acabara de despertar de un sueño. Cuando Nelson voltea hacia ella, sus labios se abren y sus ojos lo alcanzan. En la luz del sol, sus dientes de color ópalo brillan.

Yo observo mientras se abrazan y la cabeza de la chica cae en el mismo lugar en que por lo regular descansa el violín de Nelson. A su alrededor, los árboles danzan con la brisa del día, y sus hojas se mueven contra el cielo. Todo aquí es perfección para Nelson y la chica; el día es perfecto, el sol está arriba, el viento es gentil. Todo está donde debería, salvo yo.

Y de pronto siento vergüenza. No soy más que una niña atrapada en el cuerpo de un niño, una mujer que pretende ser un hombre. El amor 愛 es un rendirse frente al otro. Pero para hacer eso, debes tener un corazón libre que se rinda. Yo no tengo nada para ofrecerle a Nelson, porque no tengo nada que sea verdadero.

Nelson acaricia la cabeza de la chica con la mano, la misma mano que yo creo buena y generosa. Ya no quiero ver más. Soy la mancha que arruina su lienzo de otra forma sublime. Tan suave como me es posible, me doy la vuelta y camino despacio entre los arbustos y los árboles. Solo corro cuando estoy segura de que no pueden oírme, y mis manos dan puñetazos al recuerdo de lo que acabo de ver. No vuelvo a mirar atrás.

He sentido muchas cosas y las he nombrado de mil maneras. Pero no quiero nombrar esta. Es como si alguien hubiera atado una enorme y pesada piedra a mi corazón, con tal fuerza que sus venas están hinchadas y llenas, y luego la hubiera tirado a la parte más profunda del océano.

Quiero pelear, pero sé que es un sinsentido. No estoy hundiéndome a causa de la piedra, sino que yo misma soy la piedra.

—*¿Qué esperabas?* —me pregunta Lin Daiyu más tarde—. *¿Que él te amara? ¡Ni siquiera te conoce! ¡Ja! ¡Ni siquiera tú misma te conoces!*

—Cállate. Cállate. Cállate. Cállate.

—*Eres una niña que pretende ser un hombre y que lleva consigo a un fantasma. Él nunca amaría a alguien como tú.*

—Ya sé —le digo. Aun así, tengo ganas de echarla de aquí—. Yo nunca le pedí que me amara.

—*¿Entonces por qué estás llorando?*

15

El verano se mueve como una canción que se acerca al final, que repite su estribillo. Cada noche cuento el dinero escondido en una bolsita debajo de mi almohada. Todos esos trabajos y todo ese ahorro. Hice todo lo que pude, me digo a mí misma. Lo que falta estará en manos de William.

Ya no busco a Nelson y él ya no viene a la tienda. Asumo que está ocupado con sus estudiantes y con la chica de cabello color dorado. Es difícil creer que ella puede existir afuera de un lugar tan mágico y virgen como el claro, pero creo que debe ser así. ¿Por qué otra razón me sentiría como me siento ahora?

Ni Er Sun. Su nombre es un bosque de árboles. Quizá allá se ha marchado: a un bosque tan denso que yo no puedo seguirlo.

Una noche, cuando soy la única despierta, me escabullo hacia el basurero en el callejón detrás. Estoy buscando un tarro de mermelada, uno que que tiramos porque llegó podrido. «Es una vergüenza», exclamó Nam. Le preocupaba que un tarro malo pudiera arruinarnos el negocio. Lo escondimos hasta el fondo del basurero, debajo de cartones manchados y de bolitas de arroz rancio. Cuando encuentro el frasco, doy vuelta a su tapa. La mermelada dentro se convirtió en una cosa blanca y peluda. Podría haber un universo entero allá dentro. Poco a poco saco el contenido del tarro y lo tiro al suelo, hasta que el frasco está vacío y luce como yo me siento por dentro. Susurro el nombre de Nelson en el interior del frasco. Susurro sus manos impecables, su ternura firme, ese brillo caudaloso del violín contra una chimenea encendida. Todos esos son buenos recuerdos. Y todos son recuerdos dolorosos. Y también susurro a la diosa de cabellos color oro. Al menos se tendrán el uno al otro. A mi alrededor, las cigarras le gritan a la noche y yo tomo lo que hacen como una señal de aprobación. Cuando termino vuelvo a colocar la tapa en el frasco. Y luego lo vuelvo a colocar al fondo del basurero. «Por ahora será suficiente», me digo a mí misma. Si puedo dejar todo esto aquí, solo dejarlos ser, entonces puedo encontrar una manera de ser feliz.

—Dijiste que matarías a cualquiera que volviera a lastimarme —le digo a Lin Daiyu más tarde en la cama. No es una acusación, sino un recordatorio. Al menos eso me digo a mí misma.

Ella no contesta. Sabe que lo que estoy pidiéndole no es real. No importa qué diga, ella sabe que no tengo la fuerza para desearle mal a Nelson.

William me escribe dos veces, pero ninguna de las dos cartas contiene la información que yo espero. En cambio, me cuenta de los avances de las Seis compañías chinas, de cómo les vamos a ayudar, él con su dinero y yo con mi espíritu aguerrido. Esas son sus palabras.

El plan es este: primero voy a encontrarlo en Boise. Ahí tomaremos un tren juntos a San Francisco. A nuestra llegada, nos encontraremos con alguno de los organizadores de las Seis compañías, un amigo de William que nos va a estar esperando.

Mi plan: en algún punto, cuando sea el momento adecuado, es revelar mi identidad a los líderes de las Seis compañías. Ellos sabrán qué hacer.

«¿Podemos confiar en ellos?», le pregunté a William en una carta.

«Esa debería ser la última de tus preocupaciones», me respondió. Escribe usando rayas gruesas y una mano pesada, como si esa fuera la única manera de hacer que cada carácter sea entendido y visto. «Son la organización más vieja y poderosa de América. Si no puedes confiar en ellos, ¿en quién sí puedes confiar?».

Recuerdo la cubeta de carbón, el cuarto mugroso en el barco en el que estaban los contenedores con todas las niñas, los llantos durante las noches en el burdel. Y luego veo a las Seis compañías, y por alguna razón todos sus miembros tienen el rostro de mi padre. Son amables, benevolentes, incluso heroicos. Debe haber alguna bondad en este mundo después de todo, y quiero creer en eso.

Es algo. Es esperanza.

En mi corazón hay poco espacio para la tristeza de dejar a Nam y a Lum, pero aun así la siento. Fueron de los pocos hombres que encontré en América que no tenían una agenda malvada, quienes simplemente me dieron la bienvenida y me permitieron vivir con ellos sin juicio alguno. Cuando observo a Nam persuadiendo a los clientes o a Lum arrugando el ceño detrás de sus gafas, pienso en la sangre que corre por ellos. Es la misma sangre que corre por mis venas, una sangre calentada del mismo lado del sol. Venimos de la misma tierra, hablamos idiomas que se tocan. Por todas esas cosas, pienso que podría amarlos. Aun así, mantengo mi partida en secreto. Como con Nelson, contarles la verdad haría que mi partida fuera más difícil.

—*Ni siquiera lo pienses* —me advierte Lin Daiyu.

Pero sí pienso en ello. Pienso en el frasco al fondo de ese bote de basura y en cómo el vidrio podría romperse por todas las cosas que contiene. Un día, en un momento de debilidad y de tristeza infantil, lo busco, y mis manos vadean la fruta podrida y los restos húmedos de viejos periódicos, a sabiendas de que el frasco ya no está ahí.

—*Es lo mejor* —me dice Lin Daiyu—. *Ahora ya puedes sanar bien.*

16

Al final, la decisión no fue mía. Nelson viene a verme el último fin de semana de agosto. Han pasado semanas desde la última vez que lo vi. Estoy volviendo a pintar el nombre de la tienda con letras gordas, el calor del verano cocinó la pintura hasta descascararla.

—Hola. ¿Por qué has estado evadiéndome?

—No he estado evadiéndote —le respondo—. Solo he estado ocupado.

—¿Con la tienda? No ha habido más protestas, ¿o sí?

—¿Te habría importado si sí?

Una pausa, una inhalación rápida a causa de la sorpresa.

—¿Qué significa eso? ¿Estás enojado conmigo?

—No. ¿Por qué me lo ocultaste?

—¿Qué te oculté?

—Tú sabes qué. —El pincel está quieto en mi mano y la pintura amarilla sangrando sobre la tierra.

—Ah. Así que fuiste tú.

Yo no contesto.

—Caroline juraba que escuchó algo aquel día —continúa—. «Hay algo entre los árboles», me dijo una y otra vez. Yo no le creí. Ahora sé que fuiste tú. ¿Verdad, Jacob? Eras tú aquel día entre los árboles, ¿no es así?

—Me sentí avergonzado, como si me hubiera perdido de algo que todos los demás ya sabían.

Asiento con la cabeza, deseando que él mire hacia otro lado.

—Estás enojado porque no te conté. —Su tono es suave, incluso flexible—. Tiene sentido que estés enojado. Somos amigos y no me comporté como tal. ¿Aceptarías una disculpa? Te cuento todo, si quieres escucharlo.

No está molesto, ni me acusa de espiarlo. Yo volteo a verlo por primera vez. Él me mira y su mirada hace que mi piel se caiga en pedazos, exponiendo la crudeza que hay en mi interior.

—Vamos —dice y me extiende una mano. Yo la tomo.

El nombre de la chica es Caroline y es la hermana mayor de un estudiante de Nelson. Se sentó con ellos en cada lección, observando a Nelson enseñarle a su hermano las sonatas de Bach y los arreglos de Vivaldi. Él no había reparado mucho en ello; pensó que quizá ella estaba empecinada en que su hermano mejorara. Y entonces, un día, cuando el niño estaba distraído, Caroline puso una nota en el estuche del violín de Nelson.

—*Qué dulce.* —Se ríe burlona Lin Daiyu.

De vuelta en la POSADA TWINFLOWERS, en la privacidad de su habitación, Nelson me cuenta sobre ella. «Brillante», la llama. «Un alma buena». Caroline siempre ha vivido en Pierce y sueña con convertirse en maestra de la escuela. Es muy buena con los niños.

—¿Su familia lo sabe? —le pregunto. A lo que Nelson no me responde—. ¿Esperas casarte con ella?

—No espero nada —dice él—. Y menos casarme, no mientras siga siendo ilegal para nosotros. No, solo voy a intentar ser tan feliz como pueda.

Imagino a Nelson instruyendo al hermanito en su casa mientras Caroline los observa. Las miradas secretas y las sonrisas tácitas que él intercambiaría con ella, a sabiendas de que después, cuando estén a solas en la habitación de Nelson o en el claro, se unirían en un calor mutuo y separado del mundo externo. Las manos de Nelson sobre el cuello fino de ella, un suave centelleo convertido en canción.

«Qué imagen tan perfecta», pienso yo. No puedo esconder la fealdad de mi rostro ni el profundo deseo punzándome en el vientre.

«No hagas gestos feos», me decía mi madre. «Tu rostro se va a atorar y entonces tendrás un rostro feo por siempre». Nelson no lo nota. Nelson solo puede sonreír. Es una sonrisa diferente, no es como las que he observado que le dirige a Nam, Lum o incluso a mí. Es ligera, no lleva esfuerzo alguno, un gesto con el que se fue a dormir la noche anterior. Es como si el rostro de Nelson también se hubiera atorado, solo que su gesto es beatífico.

—¿Qué ocurre si los descubren? —le pregunto. Recuerdo una historia que encontró Lum en las noticias sobre un hombre chino que fue encarcelado por cincuenta días por darle un abrazo a una mujer blanca en la calle.

—Nadie sabe —dice Nelson—. Excepto tú, ahora.

Yo pienso en el burdel de madame Lee. Ninguno de los hombres blancos que entraban y se abalanzaban sobre las mujeres que estaban ahí, niñas chinas que actuaban como mujeres, fueron jamás encarcelados. Ellos iban y venían con libertad. Quienes fueran, siempre estaban orgullosos de ser ellos mismos.

—¿Piensas que soy estúpido? —me pregunta Nelson, observándome.

Le digo que no. Le digo que simplemente está enamorado.

—¿Alguna vez has estado enamorado, Jacob?

Pienso en todas las personas de mi vida que podrían caber en esa categoría y le respondo que sí, y acabo la conversación.

En la puerta, Nelson coloca una mano sobre mi hombro, y esta vez el peso de su mano es casi cruel. Nam y Lum me van a preguntar cómo está Nelson, por qué no ha ido a verlos, y si ya acabé de contar los sacos de harina que esperan en el cuarto del fondo. Regresar a una vida en la que desconocía esta información se siente raro, como si esa vida ya no debiera pertenecerme.

—¿Me ayudarás a guardar el secreto, Jacob?

Confía en mí muchísimo. Yo lo miro y le digo que sí, pensando en que haré todo lo posible para que él nunca conozca otra cosa que no sea la sensación de ser feliz.

17

Cuando llega septiembre se siente un marcado cambio en el aire; las noches se hacen púrpuras y tienen una nueva clase de color, una que promete un otoño duro y un invierno vengativo. En las madrugadas, cuando presiono mi mano contra el vidrio de la ventana de la tienda, puedo sentirlo pulsar con un frío que corre desde mi brazo hasta mi cuello. En cinco días me iré a Boise para encontrarme con William. Mi hogar está tan cerca que podría deslizarme en su interior desde ahora.

Pero en la tierra vasta que corre hacia el este, coronada de montañas y circundada por un viento interminable, ocurre una cosa espantosa.

Nelson es el ave de mal agüero. *Masacre*, le llama. Yo estoy comiendo el almuerzo con Nam y Lum cuando abre la puerta de golpe, y la palabra suena más como un plato roto que cualquier otra palabra que he escuchado en el idioma inglés antes.

Nam y Lum están confundidos. No conocen el significado de esa palabra. Y yo tampoco estoy tan segura de entenderla.

—Mira quién viene por fin a visitar a Nam y a Lum —dice Nam, fingiendo indignación. Lum se levanta para agarrar otra silla. Pero yo estoy viendo el rostro de Nelson, que está blanco. Él está usando esa palabra por una razón específica. Nos está contando algo que va a cambiarlo todo.

Lum vuelve con una silla y la coloca alrededor de la mesa. El almuerzo es pescado seco y arroz al vapor, y las espinas de los pescados ahora descansan limpias y amontonadas en nuestros platos hondos. Nelson camina hasta la silla, pero no se sienta. Está mirando a través de nosotros.

Nam aplaude frente al rostro de Nelson.

—¡Oye! ¿Estás enfermo? ¿Quieres té? Jacob, ve a traer el té de jengibre.

—Ha habido una masacre —dice Nelson antes de que yo pueda moverme—. Mataron a veintiocho y lastimaron a otros quince. Todos eran chinos.

Esta vez, todos prestamos atención. La luz en la habitación se torna de un color gris enfermo. Las espinas de los pescados se pudren frente a nuestros ojos, la comodidad de nuestros alimentos ha sido olvidada y solo quedan los recordatorios de sus huesos y de la muerte.

Nam es el primero en romper el silencio.

—No puede ser cierto. ¿Dónde escuchaste eso?

—Lo están diciendo por todo el pueblo —replica—. Seguramente pronto aparecerá en el diario. Rock Springs, Wyoming. Los mineros blancos llevaron armas al barrio chino y abrieron fuego. Hay quienes dicen que los edificios ardían aún con cuerpos dentro.

Sin quererlo, el carácter para el fuego 火 centellea frente a mis ojos; es naranja e iracundo y lo lame todo. No puedes escribir *fuego* sin incluir el carácter de *persona* 人. El fuego es una persona atrapada entre dos llamas.

—No —dice Nam. Todos sabemos que la palabra no tiene sentido, porque lo que dice Nelson debe ser cierto. Volteamos a ver hacia el frente de la tienda, como si esperáramos encontrar una turba ahora, y que esta vez llevaran rifles y escopetas en vez de pancartas.

Nelson colapsa sobre la silla. No sé qué decirle. Ninguno de nosotros sabe. Lo único que podemos hacer es imaginar a los chinos, quienes deben haber gritado y huido. Pero sus gritos no tuvieron sentido. Levantaron las armas para rendirse, rezando y mirándole los ojos al barril de un cañón. Todo falto de sentido. Todo para nada, mientras que la sangre explotaba para salir de sus cuerpos y mientras ellos ardían. Yo le doy la vuelta a mis manos, observando las oscuras venas azules de mi muñeca. Es la misma sangre que fue calentada por el mismo sol.

Nos quedamos sentados inmóviles, hasta que escuchamos una puerta abriéndose, el sonido de la campana. Alguien, un cliente, necesita algo. Así es como todos recordamos que seguimos vivos.

18

Pasan dos días antes de que leamos algo en el periódico. Yo debería estar terminando de prepararme para mi partida, pero las noticias de la masacre me sacuden y hacen que mis movimientos sean lentos, que mi cabeza esté llena de aire. William había hablado de injusticias perpetradas contra los chinos, pero yo nunca imaginé algo así. ¿La masacre había estado precedida por turbas? Pienso en Nam y en Lum y en perdigones lloviendo por la tienda.

Debajo de mi almohada, el dinero espera escondido, sin contar. Esto le molesta a Lin Daiyu, que no puede dejar de hablar sobre el viaje. «*¿En qué se distinguen estas noticias del resto de las cosas que ya sabías*», me pregunta una y otra vez. «*Ya sabíamos que así es América. Por eso tenemos que irnos a casa*».

No sé qué responderle. Tiene razón. Pero los cuerpos ardiendo me hacen sentir enferma por dentro. Sueño con cielos que llueven sangre y, cuando despierto, mis manos buscan frenéticamente mi corazón dentro de la camisa con la que duermo, solo para asegurarse de que sigue latiendo, de que mi sangre continúa siendo mía.

~

Cuando al fin aparece la noticia, lo hace en la segunda página del *Pierce City Miner*. El título es pequeño y está justo debajo de publicidad para vender un nuevo abrillantador de zapatos.

REVUELTA EN ROCK SPRINGS: LOS MINEROS SALTAN A LA ACCIÓN

El título no usa la palabra que denomina lo que ocurrió. *Masacre*. No menciona que hubo 28 muertos, que hubo 15 heridos, que los cuerpos ardieron. Yo me muevo por el artículo buscando entre cada una de las palabras. «Los mineros de Rock Springs, reza, enojados por las prácticas de contratación injustas que los desplazan a favor de los chinos, pusieron manos a la obra e hicieron una revuelta en el barrio chino. Aunque el resultado de la revuelta fue menos que ideal, uno no puede ignorar que hubo circunstancias que llevaron las cosas a ese extremo».

Yo repito la última oración. Estoy buscando el significado de la frase «menos que ideal». ¿La muerte de 28 personas fue lo que resultó menos que ideal? ¿El hecho de que estuvieron atrapados en su propio barrio, un lugar que crearon para ellos mismos? ¿El que sus cuerpos quedaran tirados en las calles y su sangre mezclada con la tierra corriera por el suelo?

Llevo conmigo el periódico a la POSADA TWINFLOWERS. Los rostros blancos que me encuentro a mi paso forman un séquito, marcas de pintura se esparcen por mi campo de visión. Siento, por primera vez, un gran desprecio hacia ellos, como si fueran los responsables directos de lo que ocurrió.

—¿Ya viste esto? —En la habitación de Nelson, tiro el periódico sobre la mesa frente a la chimenea.

Nelson está limpiando su violín con un trapo amarillo. Las cuerdas chillan y se encogen mientras él las frota y limpia.

—Lo vi esta mañana. No estoy sorprendido, ¿y tú?

Su calma, algo que siempre he admirado en él, me hace enfurecer ahora, esa es otra cosa que siento por primera vez hoy.

—¿Qué significa que hubo «circunstancias que condujeron a eso?» —le pregunto—. ¿Por qué no le llaman *masacre*? ¿*Asesinato*?

—No son los únicos —contesta. Sus ojos me miran lentamente, como si el mero acto de levantarlos le drenara la energía que le queda—. Ha habido varios periódicos en Wyoming que han apoyado de forma explícita a los mineros blancos. Muchos piensan que la masacre está justificada.

—¿Cómo pueden decir eso? Esto fue un homicidio, ¡todos lo saben!

—Siéntate, Jacob. Sé que estás enojado. Yo también lo estoy. —Me siento—. He estado pensando en lo que dijo William. Me apresuré a declinar su invitación, pero creo que no se equivoca al querer ayudar. Las masacres como esta continuarán ocurriendo si no hacemos algo.

Le pregunto si esto significa que se unirá a William en San Francisco.

—No —contesta. Pero William me contó que en lugares como Boise Basin, California y Oregón, la gente ha intentado demandar a la ciudad por las atrocidades que ocurrieron contra los chinos. Creo que yo podría actuar aquí, haciendo algo similar.

—¿Así que vas a demandar a Rock Springs? —le pregunto.

—Voy a intentarlo. Pero con suerte, no voy a hacerlo solo.

Me encojo ante su mirada. Él confía en la buena voluntad de los demás. Para Nelson, las cosas malas siempre terminan por hacerse buenas, porque así es la justicia del mundo. Piensa en mí como en alguien que puede ser parte de esa buena voluntad y justicia, pero no soy así, no puedo serlo. Soy una niña nacida en un mundo en el que la maldad ha prevalecido bastante. «¿De qué otra forma crees que acabé aquí, frente a ti?», quiero preguntarle.

Le digo que no. Que no puedo.

—Me decepcionas.

—Este no es mi país.

—¿Piensas que es el país de alguno de nosotros? La gente que vive aquí ahora no lo hizo siempre. Esta tierra es robada y el robo se ha convertido en deporte. La gente que robó esta tierra no tiene a nadie en cuenta que no sean ellos mismos, su propia supervivencia.

—Lo siento —le digo—. Estoy de acuerdo con lo que quieres hacer. Solo que yo no puedo ayudarte a hacerlo.

—¿Porque no te importa?

En ese momento quisiera que Nelson no me estuviera mirando con ese gesto que tiene en el rostro. Su gesto es de lástima, decepción, de que estaba equivocado al creer que había en mí bondad y valor.

—Porque sí iré con William a California. —Me escucho decir—. Voy a buscar a las Seis compañías chinas y voy a preguntarles si pueden enviarme a casa.

Su rostro no cambia. Podríamos estar en esta habitación durante años y lo único que conoceríamos es lo que sabemos del otro, esta cosa que ahora está moribunda entre nosotros.

—¿Cuándo te vas? —me pregunta, pero no hay interés alguno en su voz.

—En tres días.

—Ya veo.

—¿Crees que soy estúpido? —Ahora soy yo quien le pregunta a él.

—No —contesta—. Creo que eres egoísta.

Es gracioso cómo, después de todo lo que he experimentado, oír eso es lo que más me duele. Sé que mi rostro se cae a pedazos frente a él. No soy más que hierba. Soy inútil. No debería decirlo. Sé que no debería decirlo. Pero sus palabras, su juicio rápido sobre mi carácter ha robado algo de mí. Otra primera cosa que me ocurre en este día: siento la necesidad de recuperarme a mí misma.

—¿Cómo puedes llamarme egoísta? —le pregunto a sabiendas de que mis palabras nos llevarán a un lugar del que quizá nunca volvamos—. ¿Cómo puedes hacer eso cuando has estado viéndola todo este tiempo? Es una de ellos. ¿Cómo sabes que no siente lo mismo que los demás? Si los encuentran, ¿de verdad crees que ella va a hundirse contigo? No, va a decir que tú la obligaste. Te llamará bárbaro chino, ¡otro culí que quiso satisfacer sus deseos bestiales en otra inocente mujer blanca!

El silencio que sigue a eso podría hundirme. Nelson se pone de pie y camina hasta la puerta.

—Por favor vete, Jacob.

Yo no me muevo. ¿No puede verlo? Si el mundo puede dividirse con tanta facilidad entre los que son blancos y los que no lo son, entonces nadie está exento de eso. Siempre van a existir aquellos que tienen el poder y aquellos que no tienen nada.

—¡Vete! —me grita esta vez, y es la última de las primeras veces en este día de primeras veces. La primera vez que lo veo así y que me doy cuenta de que él también es capaz de sentir ira, miseria y violencia. Me pongo de pie intentando mantenerme firme, pero cuando su mirada de hierro se clava en mis ojos siento que voy a colapsar.

No hay vuelta atrás de esto. Cuando estoy afuera, Nelson da un portazo. Y escucho el clic del cerrojo del otro lado.

Para cuando vuelvo a la tienda ya está oscuro y me he perdido la cena. Nam y Lum ya están dormidos, pero me dejaron tazones de arroz, ahora tibios, y vegetales en escabeche. Mi corazón se encoge cuando veo los tazones, una señal de que alguien me cuida, un recordatorio de que alguna vez fui una niña y una hija, y que la gente me amó lo suficiente para asegurarse de que fuera alimentada y estuviera satisfecha. Esta noche no tengo hambre. Pongo los tazones afuera para cualquier gato que tenga la suficiente suerte como para encontrarlos.

No debí decirle eso a Nelson. Y quizá esté equivocada sobre Caroline. Pero no podía irme de Pierce a sabiendas de que no intenté protegerlo. Si ahora me odia, que al menos sea a causa de eso. Puedo estar en paz con todo lo que ha pasado aquí gracias a eso. Gracias a eso, mi vida en Pierce y mi amistad con Nelson no se sentirán como una pérdida de tiempo.

No le pido que me ame. Lo único que necesito es que él esté bien. Si debe odiarme para ser feliz, yo permitiré que sea así.

—*Recuerda* —dice Lin Daiyu— *que este no es tu hogar. Este no es tu problema. Déjalos que lidien con su propio país sórdido. Tú tienes que volver a China.*

«Esta tristeza no durará por siempre», me digo.

Una línea solo puede ser llamada *fuerte* cuando tiene convicción de quedarse en el papel. Las líneas fuertes son importantes, pero ¿cómo se hace una línea fuerte con un pincel suave? La respuesta es: resiliencia.

Un pincel resiliente es aquel que, tras depositar tinta en el papel, puede volver a peinarse y estar listo para la siguiente pincelada. Pero la resiliencia no se alcanza con mayor presión en el pincel. No. El artista debe dominar el arte de liberar el pincel, darle espacio y libertad para que él se halle a sí mismo.

La resiliencia es simple, en verdad. Debes saber cuándo empujar y cuándo liberar.

19

Dos noches antes de mi partida a Boise, una tormenta entra al pueblo. Los rayos parten el cielo y pienso que así es como luzco por dentro: no entera, sino rota en pedazos por algo que no puedo controlar.

En la mañana, Lum deja caer una carta entre mis manos.

—Paré en la oficina de correos y me dieron esto —me dice—. Dijeron que llegó hace días, pero que durante la tormenta se extravió.

En la esquina izquierda lleva una marca de agua. El nombre de William es una oruga negra engrosada a causa de la humedad. El peso del sobre es mayor que lo usual, y cuando lo levanto, siento una gran avalancha de posibilidades. Esto es lo que había estado esperando.

Lum está curioso. Me pregunta quién es mi amigo. Nam escucha y entonces ambos se apretujan frente a mi puerta. Han notado que recibo cartas, me dicen. Los dos deciden que van a jugar a adivinar quién es William. Yo escucho sus chistes y río, pero no les cuento más. La carta permanece en el bolsillo de mi pecho el resto del día, y su peso es como un talismán. Para cuando llega la cena, Nam y Lum han decidido que William es un amante no correspondido.

Más tarde, cuando los ronquidos vibran por toda la tienda, saco la carta y la abro un poco. Mi respiración se agita. La carta en sí misma no ha sufrido a causa de la humedad. Aliviada, desdoblo las páginas para observar la gruesa letra de William, solo que esta vez la escritura está inclinada, parece haber sido escrita a prisa. Con solo echar un vistazo, el amo Wang la llamaría *preocupada.*

Yo enciendo un cerillo y lo acerco a la primera página.

Jacob:

Te pido una disculpa si esta información tardó demasiado en llegar a ti. Resulta que la pareja que me pediste que buscara fue más difícil de hallar de lo que imaginé en un principio. Pero al final los encontramos. O, más bien, supimos qué pasó con ellos.

Lu Yijian y Liu Yun Xiang fueron unos mercaderes de tapices en Zhifu, probablemente antes de que los conocieras. Se mudaron a un pequeño pueblo no muy lejos de la ciudad hace varios años, donde tuvieron una hija. Desde ahí continuaron con su negocio de tapices. Ahí debe ser donde tú los conociste.

He aquí lo que quizá desconozcas: Lu Yijian y Liu Yun Xiang también estaban colaborando con la Sociedad Cielo y Tierra, una sociedad secreta que ofrecía protección para los más pobres. Los detalles de cómo ayudaban son borrosos, pero imagino que estaban involucrados en ayudar a los partidarios de Ming a esconderse de la corte Qing, probablemente disfrazándolos de monjes budistas. La corte tenía sospechas sobre su involucramiento, pero no habían podido probarles nada. Lu Yijian y Liu Yun Xiang fueron muy listos; no enviaban cartas, sino que escondían la comunicación en el arte de sus tapices. Para un observador común, un fénix es solo un fénix, y una flor de loto es solo una flor de loto. Pero para quienes sabían cómo leer los tapices, había fechas, horas e instrucciones.

Por lo que me dice mi contacto, eventualmente fueron delatados por un oficial Qing que se hizo pasar por un miembro de la sociedad. Lo que los llevó a ayudarle a ese impostor es algo que quizá nunca descubramos. Dejémoslo en que fue la bondad en su corazón. Una vez descubiertos fueron encarcelados y sentenciados a muerte. Bueno, primero mataron a Lu Yijian. Hicieron que Liu Yun Xiang viera la ejecución. Después la ejecutaron a ella también.

Dejaron una hija y a la madre de Lu Yijian, aunque no pude descubrir qué ocurrió con ellas.

Sobre tu segunda pregunta, eso fue un poco más sencillo de descubrir para mí. El burdel en cuestión le pertenece a la *tong* Hip Yee y lo maneja una mujer llamada madame Lee. Debería decir que antes lo manejaba ella, porque parece ser que la antigua madame fue removida de su puesto por la *tong*. La nueva madame se llama Pearl, y tiene buen ojo para el negocio, de acuerdo con lo que me informa mi amigo. La chica por la que preguntaste, Swallow, ya no trabaja en el burdel. Y tampoco pude hallar nada sobre ella. Y el hombre por el que preguntaste, ¿Jasper Eng?, fue asesinado por la *tong* Hip Yee después de que una de las niñas que les vendió logró escapar.

Espero que esta carta te informe de todo lo que esperabas saber. Saluda a Nelson a nombre mío. Te veré pronto en Boise. San Francisco nos espera.

Cálidamente,
William.

20

Hace muchos años, mientras jugaba en una zanja cerca de nuestro hogar, encontré un saltamontes, gordo y verde, y todas sus patas estaban acomodadas a la manera de una silla compleja. Nunca había visto uno tan grande. Lo levanté de una pata trasera y corrí a casa, ansiosa de enseñárselo a mis padres. Podríamos quedárnoslo a manera de mascota, alimentarlo hasta que creciera y llegara a ser del tamaño de un gato pequeño. Entré a la casa de golpe, con la mano extendida.

Pero cuando mis padres vinieron a ver qué tenía en la mano, ya no había nada. Ya no tenía el saltamontes, solo aquella pata trasera. Había corrido tan rápido, que terminé por arrancarle la pata del resto del cuerpo. Podría haber sido a causa del viento o de mis brazos moviéndose con rapidez mientras corría. O quizá, el saltamontes había decidido a mitad de camino que una vida con una pata menos era mejor que cualquier cosa que le aguardara, así que, expulsándola de su propio cuerpo, dejó ir una pata más delgada que una pestaña, que en algún punto contuvo toda la fuerza del mundo. Y ahora, nada.

Después de ver lo que pasó, mi madre tomó la pata del saltamontes de entre mis dedos y la colocó en el marco de una ventana, donde se marchitó y enrolló con el sol. El resto del día lo pasé observándola, preguntándome si podría volver a la vida si yo la miraba con la fuerza suficiente. Después de una cena insoportable, mi padre preguntó qué había aprendido ese día. Comencé a llorar.

—No soy una asesina ni una mala persona —insistí. Necesitaba que me creyeran—. Solo quería mostrarles algo increíble —les dije.

Mi madre fue gentil.

—Tus intenciones eran buenas —dijo—, pero tus acciones te traicionaron. De ahora en adelante, Daiyu, debes aprender que esas dos cosas son inseparables. Sin importar cuáles sean tus intenciones, debes pensar también en tus acciones y actuar desde la verdad. Confiar en solo una no te hace buena persona, ¿me entiendes?

—¿Cómo podrías haber salvado al saltamontes —preguntó mi padre— si de verdad creíste que era tan magnífico como nos dijiste?

Yo lo pensé. Estaba llena de arrepentimiento.

—Podría haberlo cargado con las dos manos, una sobre la otra —dije—. Podría haber trotado o simplemente caminado. Podría haber vuelto a la casa para llevarlos a la zanja a verlo.

—O —dijo mi madre— podrías haber continuado con tu vida sin tocarlo en absoluto.

Su sugerencia me pasmó. ¿Cómo podría alguien más saber del saltamontes si no tenía pruebas? Pero no les pedí que me lo aclararan. Para ese momento, la pata en el marco de la ventana ya se había endurecido y vuelto de color café, yo ya estaba cansada de hablar del saltamontes y desgastada por el duelo de su muerte. La pata eventualmente desaparecería del marco de la ventana y sería barrida y desechada con el resto de las cosas muertas de la casa.

Al mirar la carta de William, creo que comienzo a entender la respuesta. No importaba que no tuviera pruebas de la existencia del saltamontes. Si mis intenciones y mis acciones siempre concordaban, yo nunca necesitaría pruebas. Mis padres estaban intentando enseñarme que en un mundo como este solo existo yo y mi palabra.

Entonces lo entiendo y siento una tristeza insoportable por todas las pérdidas. Mis padres nunca fueron simplemente mis padres. Fueron personas que trabajaban por las cosas en las que creían. Creían en mí, así que trabajaron para criarme bien. Creían en la familia, así que crearon un hogar amoroso para todos. Y creían en la decencia humana, tanto que les costó la vida. Sus intenciones y sus acciones siempre fueron congruentes. Eso fue lo que los hizo buenos y eso fue lo que intentaron enseñarme.

—*Sal de ahí* —dice la voz de Lin Daiyu desde un lugar que creo recordar—. *¡Muévete! ¡Tenemos que movernos!*

Su voz es una cuerda atada a mi cintura. Yo dejo que tire de mí y me lleve a través del tiempo, la tierra y el océano, hasta que estoy de vuelta en mi catre, en mi armario, en la tienda.

Mis padres están muertos. Nunca más volveré a verlos en esta vida. Mis padres están muertos.

Comienza en mi vientre una profunda añoranza que viaja por todo mi cuerpo. Es una roca inamovible, un ocaso último, un ventarrón que jamás se detendrá. Los extraño. Los amo. No pasé suficiente tiempo con ellos. Intento cerrar los ojos, olvidar las imágenes de sus momentos finales e imaginarlos junto a mí, su calor, el paso mesurado de su respiración. Haría lo que fuera por volver a tenerlos a mi lado. Escuchar a mi madre volver a decir mi nombre y pensar que, sin importar lo que pasara, que pronunciara mi nombre me protegería de lo que fuera.

En la oscuridad me hago un ovillo, aferrando la carta a mi pecho. Me permito llorar. Lin Daiyu llora conmigo y sus sollozos son como los de quien intenta respirar para no ahogarse. Ambas conocemos este sentimiento. Ambas lo sentimos igual.

❦

—Hoy luces pálido —me dice Nam más tarde esa mañana—. ¿Estarás enfermándote?

Le digo que no, que solo tuve una mala noche. Entonces me dice que puedo tomarme el día.

—Come melón para enfriarte el cuerpo —aconseja mientras presiona el dorso de su mano contra mi frente ardiente. Después lo observo arreglando las tinturas de yodo en la repisa detrás del mostrador. Siento cariño por él. He aquí un hombre que solo intenta hacer todo lo mejor que puede. Todos estamos intentando hacer las cosas lo mejor que podemos.

21

—*¿Por qué no estás estudiando el mapa?* —me pregunta Lin Daiyu—. *¿Por qué no has empacado para el viaje? Mañana nos vamos a Boise, ¿verdad? ¿Verdad?*

No sé cómo contestarle.

—*Lo prometiste* —me ruega Lin Daiyu.

—Sí —le digo, deseando que se calle.

Hubo un tiempo en que, doblada en el interior de una cubeta de carbón, empapada en mis propios orines, imaginaba cómo vengarme de Jasper. En ese entonces era joven, así que ignoraba la palabra para nombrar lo que pensaba hacer. Pero entre aquellos momentos de pesadilla y el despertar, cuando mi frente se recargaba contra el borde de la cubeta y yo podía cerrar los ojos, imaginaba un futuro en el que me volviera a encontrar con Jasper. Pero ahora, siendo más fuerte, poderosa y segura de mí misma. Yo me veía como la muestra de caligrafía más honesta y fuerte. Ni siquiera el viento podría tumbarme. Y Jasper sería pequeño, una cosa que podía marchitarse. Yo me vengaría de él llenando su cuerpo con pescados muertos, podridos. Lo metería en una cubeta y lo haría rodar por una colina hasta llegar al océano.

En esta fantasía yo siempre salía airosa. Pero supongo que esa es la razón de que sea tan peligroso vivir de fantasías. Porque todo este tiempo no me preparé para la verdad: que, de hecho, Jasper y yo jamás volveríamos a encontrarnos.

Él está muerto y yo no. Él está muerto y yo no. Él está muerto. Y yo no.

Debería ser un alivio, soy libre. Debería ser un placer triunfal saber que Jasper sufrió el mismo final al que envió a tantas niñas. La espero, estoy lista para esa gran inhalación, irrestricta, aquella que he estado esperando respirar todos estos años. Pero no siento nada de eso. La noticia de su muerte solo me hace pensar en otra vida extinguida tras de mí. No lo lamento, pero siento un duelo por aquella persona en quien me hubiera convertido de habérmelo encontrado.

¿Qué debo temer ahora que la amenaza de Jasper ha desaparecido? ¿Quién es Daiyu sin su villano? ¿Quién seré ahora que puedo ser quien me plazca?

La última respuesta en la carta de William, otra que no esperaba oír: que madame Lee ya no trabaja en el burdel. Que Pearl ahora tiene su puesto.

Pearl. Esa pequeña niña llorando en la carreta el día que a ambas nos recogieron de la barraca. No parecía capaz de dejar de llorar. ¿Esta niña es la mujer que ahora dirige el burdel?

Y las noticias de la desaparición de Swallow. Todo este tiempo creí que era la niña leal a madame Lee, la que seguiría sus pasos. Recuerdo su voz, algo que dijo en nuestra última conversación: «Pero al menos estando dentro, como madame, puedo hacer mucho más. Puedo hacer mucho más por estas niñas aquí que allá afuera». Yo me enfurecí con ella. No escuché esa oración, al menos no de la manera en que ahora escucho las cosas. Desde dentro, como madame, podía hacer mucho más. ¿Qué había estado planeando?

—*Tú sabes* —dice Lin Daiyu—. *Siempre has sabido. Solo que estabas demasiado lastimada para verlo. No te culpo. Yo me he sentido igual.*

Sí, sí lo sabía. Swallow, quien siempre intentaba protegernos de los peores hombres, quien metía sus cuerpos dentro del de ella para que nosotras no tuviéramos que hacerlo, quería quedarse, tener el poder de ser madame. Destruir el burdel desde adentro. Más que correr de su destino, como yo hice, ella decidió encararlo.

—*Pero no se convirtió en madame.* —Me recuerda Lin Daiyu—. *¿Por qué no se convirtió en madame?*

Tenía razón. Algo había ocurrido con madame Lee que la hizo alejarse de Swallow. ¿Qué habría cambiado?

—*Un pájaro sostiene una flor en el pico* —recita Lin Daiyu—. *Nunca más cantará el pájaro.*

Mi libertad debió costarle la suya a Swallow. Al escaparme esa noche, también admitía la culpa de Swallow, admitía que ella, de hecho, sí conocía mis planes. Todos esos días en que le hice confidencias durante nuestro trabajo en la lavandería, todas aquellas leves sonrisas y miradas cariñosas. ¿Cómo no iba a notar madame Lee nuestra amistad en un lugar donde la amistad no podía sobrevivir? Swallow, quien intercambiaba tan pocas palabras con las demás, me entregó su confianza y yo la puse directamente en las manos de madame Lee. Mis intenciones y mis acciones estaban a kilómetros de distancia. Siempre seré la niña que destroza saltamontes.

Recuerdo ahora que escribí el nombre de Swallow dos veces antes, creyendo que lo escribía correctamente. Pero estuve equivocada en ambas ocasiones. No importaba cómo lo escribiera, todavía no podía comprenderla. Y lo que es más importante, no alcancé a ver ni mis propias debilidades.

¿Podré algún día volver a estar entera en estas condiciones? ¿Podré algún día decir que estoy unificada? No he escrito un carácter perfecto desde hace meses. Quizá no me lo merezco.

En mi listado de pérdidas, anoto mi propio nombre.

22

—*Lo prometiste*—vuelve a recordarme Lin Daiyu—. *Y una promesa es una promesa.*

Una promesa, de hecho, sí es una promesa. Pero ¿se distingue de la promesa que me hicieron mis padres? ¿La de que siempre estarían para mí? ¿O fue una promesa aquella que se hicieron a sí mismos, la de que siempre harían lo que fuera posible para ayudar a quienes carecían de poder? Ambas fueron promesas. Ambas fueron importantes. Mis padres fueron buenas personas. Me amaban. Pero tenían un llamado más importante.

El amo Wang me habló sobre una belleza externa que va con una belleza interna. Me habló de un corazón que ya conoce el arte, una mano que simplemente obedece. Caligrafía y una vida de bondad, belleza y verdad; todas son lo mismo, comienzo a entender. Por mucho tiempo he estado tomando las pocas piezas de sabiduría que el amo Wang me legó y las he estado usando para alumbrar mi vida en sus momentos oscuros. Pero realmente nunca supe cómo usarlas, lo único que hice fue trazar caracteres en una página. Mis padres, Swallow, incluso Nelson, fueron quienes sostuvieron el pincel con firmeza y dejaron que la verdad, la pasión y la integridad lo permearan. Estas eran las personas que seguían a su corazón.

Esa es la intención. Esa es la idea.

Una vez me pregunté si podría perdonar a mis padres por dejarme sola. Me pregunté lo mismo sobre Swallow. Ahora entiendo que la única persona a la que debo perdonar es a mí misma.

—Y espero que tú también puedas disculparme —le digo a Lin Daiyu, quien entorna los ojos y me toma de los brazos con sus dedos afilados.

—*No lo hagas* —dice. Nunca la he visto tan enojada—. S*i lo haces, no habrá vuelta atrás.*

—Siempre podremos regresar el próximo verano —le digo a Lin Daiyu—. Pero en este momento la gente necesita ayuda. Y yo sé que puedo ayudar.

—*¡Esta ni siquiera es tu casa!* —Se mofa, poniéndose de pie. Está descalza y con las manos empuñadas. Está furiosa, echa humo—. *Este no es tu pueblo, este no es tu país, este no es tu idioma. ¿Has olvidado quién eres? Tu hogar es China. Tu familia es China. Lo único que conoces es China. Llegaste aquí en contra de tu voluntad. ¿Por qué elegirías quedarte con esta gente?*

—Con nuestra gente —le respondo. La gente china está muriendo. La gente china ha muerto. ¿Qué clase de persona sería yo si no les ayudara?

—*Nunca te ha importado.* —Llora. Y yo ya no temo que alguien la escuche. Nadie nunca la escucha—. *¿Por qué ahora? ¡¿Por qué?! ¡¿Por él?!*

Se refiere a Nelson. Le contesto que no, que no es por él. De hecho, él tiene muy poco que ver en esta decisión.

—¿Qué hago? —Me ruega y ahora está llorando, tiene la cabeza entre las piernas. Tiene muchas ganas de ir a casa. La miro y lo único que puedo ver es a esa niña pequeña, huérfana, confundida, perdida en una gran ciudad.

Aun con su trágica belleza y su pasado simpático, Lin Daiyu, la ídolo, no era perfecta. Usó la tristeza de su infancia y el horror de su muerte para engranarse en la historia como la niña falta de madre, de amor y de culpa. «Pobre Lin Daiyu», solía decir la gente, sacudiendo la cabeza. «Una tragedia tras otra. Le pasaron más cosas de las que una niña puede aguantar».

Pero en los hechos, Lin Daiyu no fue un ángel. Podía ser mezquina y cruel. Podía gemir, gritar y llorar, y podía ser grosera y desconsiderada. Los otros personajes en la historia estaban cegados por su tragedia, igual que todos en el mundo real.

Ahora puedo verlo. Lin Daiyu no era una heroína; podía ser la villana debido a todas sus sensibilidades, sus proclividades enfermas, su deseo inamovible por un niño que después se casaría con alguien más. La única razón por la que se convirtió en heroína fue porque murió muy pronto en la historia. Me pregunto en quién se hubiera convertido de no haber escupido sangre en su cama y colapsado en un pozo rojo. Aunque no importa. Su historia terminó ahí. La mía no.

—Vuelve —canturreo—. Vuelve a mi interior y entenderás.

Nunca he podido tocar a Lin Daiyu, pero de todas formas extiendo mi mano, la pongo sobre lo que parece ser la suya. No puedo sentir carne debajo de mis dedos. Es extraño pensar que alguna vez la odié y le temí. Ahora siento algo distinto. Y ella también lo siente. Deja de llorar y voltea a verme, sus ojos tienen la forma de pequeñas lunas crecientes.

—*Te cuidé muy bien* —me dice. Y vuelve su tos, y al toser se ve como si olas delicadas atravesaran su cuerpo—. *Tú y yo no debemos separarnos jamás.*

—Lo sé. Regresa a mi interior y déjame que ahora sea yo quien te cuide.

Nos quedamos así sentadas mucho tiempo, Lin Daiyu y yo, y con cada inhalación me siento más segura de mi decisión, menos temerosa. Cuando el sol comienza a reptar por el horizonte, y la luz se derrama por las ventanas y las ranuras de las puertas e ilumina las esquinas de mi ropero, Lin Daiyu vuelve a moverse.

Yo abro la boca para dejarla entrar. Ella levanta un pie y lo desliza por mi boca.

—*Me siento muy cansada* —me dice, de un modo infantil, y su voz suena ronca por tanta tos. Entonces desaparece por mi garganta y yo siento cómo se acomoda en un lugar mío muy profundo. Cierro la boca, esperando que el latido de mi corazón baste para arrullarla.

❧

Lin Daiyu tenía razón: alguna vez no me importó. Esta no era mi casa. En un extenso mundo de cosas, lo único que yo quería era volver a casa y encontrar a mis padres y a mi abuela.

Egoísta. Eso me dijo Nelson.

¿Qué me dirían mis padres ahora? «Tus intenciones y tus acciones siempre deben coincidir, Daiyu». Quiero ser gruesa y fuerte y derecha y que mis líneas sean tan negras como la tinta, que mis esquinas sean filosas y limpias. Quiero ser alguien de quien pueda estar orgullosa. No alguien regida por su destino, sino alguien que pueda estar segura de que su vida es el resultado de sus decisiones. Esta es la clase de persona que quiero ser: la línea perfecta.

Soy Daiyu, quiero gritarle al mundo, y soy la hija de dos héroes. Los últimos tres años he estado poniéndome identidades como quien se pone un abrigo —Feng, Peony, Jacob Li—, pero lo que estaba buscando era mi primera identidad, el nombre que mis padres me dieron.

Swallow lo supo. Ella supo desde el principio quién era y supo cómo proteger a otros. Pienso una vez más en su nombre, en cómo los caracteres con los que se escribe reposan sobre el fuego, y por tercera vez considero el significado de su nombre. Fuego, como la cosa que arde con más brillo que cualquier otra y que solo puede crecer y crecer, alumbrar el camino de los demás, consumir la enfermedad y convertir la oscuridad en oro. Esa era la identidad de Swallow.

Comienzo a trazar los caracteres en mi muslo. No es hasta que termino que entiendo que nunca antes intenté escribirlos juntos.

Daiyu 黛玉. El *dai* es negro, el *yu* es jade. Ya antes había escrito el carácter para negro, aprisionada por la oscuridad de aquella habitación en Zhifu. En ese entonces no pensé en cómo el carácter para *negro* también era parte de mi nombre. La misma boca y tierra descansan sobre el mismo fuego. El mismo fuego que puede hallarse en el nombre de Swallow. Y luego está el *yu*. Un emperador con una raya dentro. Mi nombre está hecho del fuego, la tierra y los emperadores. Soy una pieza preciosa de jade, una oscura franja de grandiosidad. Los caracteres de mi nombre arden contra mi muslo. Me pregunto si puedo vivir para honrar mi nombre. No el nombre de Lin Daiyu, sino el mío.

La respuesta es muy simple.

Parte IV

Pierce, Idaho
Otoño de 1885

1

Cuando Nelson abre la puerta lo único que puedo decir es *Ah.*

—Hola. —Saludo.

Es temprano y el sol acaba de coronar el horizonte. Un bostezo pende sobre nosotros; quiere romperse.

—Aun sigues aquí —dice él, a modo de pregunta. —¿Puedo entrar?

Debería cerrarme la puerta en la cara después de nuestra última conversación, dejarme esperando en el callejón para siempre, pero no lo hace, porque es Nelson y él es bueno. Abre más la puerta y me deslizo al interior, notando la poca distancia entre su pecho y mi hombro. En cada superficie hay periódicos y libros de Derecho gruesos como mis muslos, y hojas con los garabatos de Nelson descansan sobre montones ordenados. No ha desistido de su misión de demandar a Rock Springs.

—Pensé que ya te habrías ido —me dice.

Imagino a William en el tren hacia San Francisco y el asiento vacío junto a él con una opaca punzada de tristeza.

—Decidí quedarme.

—¿Sabe William?

—Le escribí esta mañana. Pero lo sabrá cuando no me encuentre en Boise.

En la chimenea, las llamas centellean como garras de tigre. El contorno de los ojos de Nelson es rojo. Se me ocurre que no ha dormido en días. Quiero extender las manos hacia su interior y encender lo que sea que se haya apagado, soplarle calor a su cuerpo nuevamente. El fuego por sí mismo no basta.

—Tenías razón. —Carraspeo.

—¿Sobre qué?

—Estaba siendo egoísta.

—No debí decir eso —contesta y mira hacia otro lado.

—Sí, debías. Solo estabas diciendo la verdad. Yo estaba siendo egoísta.

—¿Y qué hay de tu hogar?

—Mi hogar puede esperar —le digo—. Quiero ayudarte a luchar. No puedes hacer esto solo.

Al escuchar eso, voltea a mirarme. Me sorprende encontrar tristeza en su mirada. Pero no es tristeza por él o por los mineros de Rock Springs. Es tristeza por mí y por lo que él sabe que tuve que dejar ir para poder estar aquí ahora. No puedo mirarlo a los ojos, su franqueza hace que mi decisión de quedarme sea más definitiva.

—Lo que necesitamos es un abogado —dice Nelson cuando el momento ha pasado—. Le he escrito a todos los que pude encontrar aquí y en Wyoming. Ninguno ha aceptado nuestro caso. Puede que el caso muera antes de que el juicio inicie.

—¿Qué hay de las Seis compañías? Podemos escribirles y pedirles ayuda. Les escribiremos en chino, así nos prestarán atención.

Nelson mira al suelo avergonzado.

—No sé cómo hacer eso.

—Yo puedo hacerlo —digo sin pensarlo. Otra verdad que llevaba años escondiendo y que me toma segundos revelar. Pero ser honesta ya no me asusta—. Mi escritura es hermosa —le cuento—. Un amo de la caligrafía me enseñó a escribir.

Al escuchar eso, se ríe.

—¿Qué? —digo yo, a la defensiva—. ¿No me crees?

—¿Cómo podría no creerte? ¿Ya se te olvidó, Jacob? Antes de siquiera conocerte te dije que tenías las manos de un artista.

&

Ponemos manos a la obra sin titubear, ahí en la habitación de Nelson. Él está de pie mientras yo estoy sentada a la mesa, que ahora está despejada de todos los libros y papeles. En mi mano hay una pluma. No pesa igual que un pincel, y esta experiencia no se parece en nada a escribir arrodillada frente a la amplitud sinfín de un rollo, pero aun así yo siento la euforia que solo podría provenir de un cuerpo que está comenzando a sanarse a sí mismo.

«La ciudad promete proteger a sus residentes, lo que significa a todos sus residentes, no solo a algunos», me recita Nelson. En el tiempo que estuvimos separados él registró todos los periódicos y archivos estatales para encontrar información sobre los pueblos mineros de Idaho, Oregón y Wyoming que tuvieran comunidades chinas de tamaños considerables. Encontró que violentos ataques antichinos han estado ocurriendo desde hace veinte años y que algunos terminaron en demandas en contra de los perpetradores.

Acción negligente… una purga violenta… propiedad destruida, dañada o perdida… violencia brutal multitudinaria… precedente, precedente, precedente.

Yo escribo. Agua. Caballo. Montaña. Diente. Caracteres que había hecho a un lado, poniéndolos sobre repisas de difícil alcance, regresan ahora a mí. Madera. Ojo. Pasto. Pájaro. Los caracteres se apelmazan en la punta de mi pluma, impacientes por ser escritos. No sé cómo escribir en chino algunas de las palabras, y en cuanto a las palabras simples, pienso en los caracteres que podría combinar para crearlas, dejando que mi corazón guíe el camino, justo como me dijo el amo Wang. Para las otras,

Nelson me ayuda a deletrearlas en inglés. Mi brazo se mueve rápidamente y los viejos músculos ahora disparan sin titubeos. Yo imagino a la diosa Nuwa de la historia de Lin Daiyu. Cada golpe de la pluma que yo hago es una reparación celestial de mí misma.

La mente puede olvidar lo que quiera, pero el cuerpo recuerda. Así que paso la tarde aquí con Nelson, recordando. Es, creo, la cosa más íntima que he hecho jamás con otra persona.

—Tú escritura *sí* es hermosa —me dice después Nelson, mientras sostiene la carta terminada entre sus manos. Tres páginas por el frente y el revés. Cuando la pone contra la ventana, la luz la atraviesa y puedo ver todos los caracteres negros juntos, como pequeños huesos en la carne del papel. Luce fuerte.

Le doy las gracias. Nunca he escrito caligrafía en la presencia de alguien que no sea el amo Wang, y el sentimiento me resulta novedoso. Por un momento espero escuchar a mi viejo maestro señalando todas las fallas e inconsistencias del manuscrito. «Aquí aplicaste demasiada fuerza», me diría. «Aquí el corazón no tuvo suficiente armonía». Pero a Nelson no le importan estas cosas. En cambio, se queda en silencio y admira los caracteres que no sabe leer.

—Deberías estar orgulloso.

Le contesto que sí lo estoy.

2

Una semana más tarde, en la víspera del festival de mediados de otoño, Nam y Lum cierran la tienda temprano para celebrar. Corremos las cortinas, ponemos el pestillo a las puertas, colgamos las linternas rojas y quemamos incienso para los dioses, para tener buena fortuna. Nam prepara pasteles de luna llenos de frijoles de loto y me recuerda a los que preparaba mi abuela, hechos con jarabe y agua de cal, con su masa suave y brillante. En ese entonces mis padres se reunían en torno a la mesa de la cocina y esperaban a mi abuela para cortar el pastel de luna en cuatro trozos, repartiendo uno para cada quien. Nam no se apoya tanto en la tradición y la ceremonia, y en cambio los extiende en una superficie y nos invita a comer apresurados. Yo muerdo el mío y el frijol de loto se pega a mis muelas. El sabor es dulce, pero también saben a hogar.

Colocamos naranjas, peras, melones y vino afuera de la tienda. Es una ofrenda a la diosa de la luna, Chang'e. La historia es esta: Chang'e era esposa del arquero Houyi. Un año, se levantaron en el cielo diez soles y su calor colectivo lastimó la tierra. Houyi, con su gran habilidad, le disparó a nueve de esos soles. Impresionada con su trabajo, la reina del cielo le envió el elíxir de la inmortalidad, que transportaría al cielo a quien lo bebiera y lo convertiría en un dios. Como no quiso dejar atrás a su amada esposa Chang'e, Houyi le entregó el elíxir a modo de salvaguarda.

Pero no estaban a salvo, por supuesto que no estaban a salvo. Así son estas historias. Un aprendiz de Houyi, llamado Pengmeng, escuchó el plan a escondidas. Una tarde, cuando Houyi salió a cazar, Pengmeng se metió a la fuerza a la casa y obligó a Chang'e a entregarle el elíxir. Ella se rehusó, y en vez de dárselo se lo tragó y voló a la luna, el lugar en el cielo que está más cerca de la tierra. Quería estar cerca de su esposo, ¿ven? Por eso en las noches de luna llena, Houyi ofrecía las frutas y pasteles favoritos de Chang'e, con la esperanza de que ella estuviera bien y se saciara, con la esperanza de que ella pudiera ver cuánto la amaba y extrañaba, incluso aunque estuviera tan lejos como en la luna.

Cuando era niña, nosotros también desplegábamos esas ofrendas para que la luna llena brillara sobre nuestros frutos y pasteles. Me imaginaba a Chang'e, la diosa solitaria, sentada en la luna y con el estómago a punto de estallar por toda la comida que se disponía para ella. En el fondo, yo sabía que ella jamás podría saciarse por completo, no sin la persona que ella más amaba.

Dentro de la tienda, en la que construimos nuestro hogar, el aroma de la comida nos engulle. Lum guisó un pescado completo en ajo y cebolla verde. Hay arroz, salchichas dulces, pollo al vapor con jengibre y el *lao huo tang* de Nam, que hirvió a fuego bajo durante horas. Cuando salga la luna la adoraremos y mantendremos a raya la maldad del mundo por medio de fuegos artificiales que encenderemos en la calle. Nam y Lum están de buen humor, borrachos por el vino de ciruela y totalmente sonrojados.

Nelson también está aquí.

Nam retira el corcho de otra botella de vino de ciruela y lo vierte desastrosamente en nuestros vasos.

—Sin ustedes dos —dice, y su rostro luce tan rojo que podría quemarnos al tacto—, Lum y yo no habríamos podido lograrlo. Nos da gusto que estén aquí.

—Sí —anuncia Lum, levantando su vaso. El vino lo ha emocionado y vuelto cariñoso, quién sabe dónde quedó el hombre rígido que camina con el rostro escondido detrás del libro de contabilidad—. ¡Por mil años más! ¡Prosperidad y fortuna en Idaho!

Nelson y yo nos reímos y también levantamos nuestros vasos. Pienso que esto es lo más cercano a tener una familia. Por un momento considero despertar a Lin Daiyu para mostrarle cómo podría lucir una familia. Ella querría saber.

Pero antes de que pueda hacer eso, Nam empuja lejos su silla y se pone de pie.

—Miren —exclama, apuntando a la ventana—. ¡La luna ya salió!

Estamos montados en una ola de vino de ciruela y damos un portazo para salir a la calle silenciosa. Es casi media noche. Las ventanas oscuras de BIENES FOSTER nos miran con desaprobación. Nam enciende el primer cohete y lo coloca en la calle.

—Cinco, cuatro… —cuenta Lum.

Nos metemos corriendo a la tienda, susurrando con mucho volumen, como niños que esperan ser descubiertos.

—Tres… —dice Lum.

Nelson me da un pellizco en el brazo y yo lo golpeo de vuelta a modo de burla.

—Dos… —Lum dice con todo el cuerpo. Nam se pone de pie de golpe, sujetándose el mentón con las manos.

—Uno.

Se escucha una explosión, después un aplauso. Los cohetes se rompen y arden, y después explotan con estruendo. Cada uno es una pequeña estrella que se rompe para abrirse, y luego se eleva para unirse con Chang'e en la luna. Nam grita y luego sale corriendo para encender otro, y luego otro más, hasta que la calle entera, el mundo entero, podría llenarse con el repiqueteo de los cohetes. Me pregunto si despertaremos a alguien. No me importa.

Miro a Nelson. Está sonriendo de la forma en que lo hace cuando nadie está mirando, cuando sonríe con libertad y ligereza. Sus párpados están cómodos, pesados por el vino.

—Puedes relajarte, Jacob —dice cuando me descubre observándolo, y me doy cuenta de que incluso en este momento de felicidad extrema, incluso a sabiendas de que Jasper está muerto, sigo tensa, porque aprendí a ser así desde que fui enviada a Zhifu en una carreta. Pero eso Nelson no lo sabe. Él solo conoce al hombre que tiene enfrente. Me abandona para correr en dirección a los cohetes, brincando a su alrededor y gritando, golpeando locamente con los brazos como si pudiera subirse y elevarse con el viento. Lum, que rara vez se conmueve con los espectáculos, se le une, dirigiendo al cielo su mirada. Nam continúa encendiendo cohetes y tirándolos. Yo observo a los tres desde el interior de la tienda y luego me doy cuenta de que estoy sonriendo como Nelson.

—¡Ven, Jacob! —me grita Lum. A contraluz de los cohetes, se ve como si estuviera sumergido en pintura naranja. Yo salgo para unírmeles. Nelson me toma de la mano y me sacude el brazo. Y yo se lo permito, sonriendo. Nuestra carta pronto hallará su camino a las Seis compañías, así que nos permitimos sentirnos invencibles esta noche. Él inclina la cabeza hacia atrás, como mirando al cielo, y aúlla, y yo hago lo mismo, cerrando los ojos y aventando mi voz a algún lugar lejano, con el deseo de liberar todo lo que llevo en mi interior, cada uno de los momentos en que he sentido miedo o me he sentido pequeña o he sido golpeada, incluso tal vez para liberar a Lin Daiyu. Lo dejo ir todo, esperando que ocurra algo distinto.

Esa noche nos vamos a dormir (Nam trajo una colchoneta para Nelson, que bebió demasiado y no puede caminar a casa) con nuestros estómagos más llenos de lo que han estado en meses. Nam y Lum se arrastran hacia su habitación sin importarles que no se han lavado los pies. Nelson se acuesta al lado de los caquis, mientras yo lo observo desde el pasillo. Incluso en la oscuridad puede sentir mi mirada.

—Me siento feliz de que hayas venido, Jacob —me dice—. Y me siento feliz de que sigas aquí.

Hay muchas cosas que quisiera contarle, pero no lo hago. En cambio, espero a que se acomode debajo de su sábana antes de ir a mi propia cama. Los cohetes no dejan de danzar, incluso cuando cierro los ojos.

3

Primero escucho los golpes.

Pienso por un momento que me quedé dormida y que la tienda ya está abierta. Pero luego escucho a Nam y Lum hablando frenéticamente en su habitación, y sé que ellos también acaban de despertarse, como yo.

Me subo los pantalones y batallo con ponerme la camisa. Me reviso para asegurarme de que mi pecho siga vendado y plano. Para cuando llego al pasillo, Nam y Lum se adelantaron y ya están ahí.

El golpeteo continúa. Ahora es más fuerte.

Nam le pregunta a Nelson si reconoce a quienes están gritando y tocando. Nelson responde desde el suelo y su voz se arrastra por el cansancio. Y luego escucho que la puerta delantera está abriéndose. Una voz más profunda, diferente, se une al griterío. Ya he escuchado esa voz antes. Nam y Lum se quedan callados un momento para de inmediato empezar a gritar. Intento escuchar la voz de Nelson, pero no la escucho. Camino fuera del pasillo, hacia la luz de la mañana.

Nelson, Nam y Lum están en la puerta. La voz profunda le pertenece al *sheriff* Bates, a quien no he visto desde la primera vez que estuvo en la tienda después de las protestas. Luce como si llevara horas despierto.

Yo intento acercarme, me tambaleo y me recargo contra una repisa. Un sonido sorprende al *sheriff* Bates y su mano se mueve con rapidez hacia su costado. Saca un pequeño objeto brillante y yo entiendo que es un arma. Escucho un clic y luego la inhalación fuerte de Nelson.

—¡Al suelo! —grita el *sheriff*, apuntándome con el arma.

Nam y Lum ahora están callados y sus manos están levantadas hacia el techo. Nelson se tira al suelo primero, recostando su pecho plano contra el piso. Nam y Lum le siguen. Yo no. No entiendo qué está pasando o por qué el *sheriff* Bates me está apuntando con el arma.

—¡Dije que te tires al puto suelo!

—Jacob —dice Nelson.

No tengo tiempo de entender. Hago lo que los otros y me agacho. El suelo de madera está frío. Anoche, borrachos y exhaustos, olvidamos atender la estufa.

La puerta rechina y el *sheriff* Bates le grita a alguien afuera. Yo estoy temerosa de levantar la cabeza y ver quién es. Escucho que la puerta se vuelve a abrir y luego el sonido de muchas botas pesadas que entran en la tienda. Algo tintinea. Nan y Lum se quejan. Pero Nelson se mantiene callado. Luego escucho las botas junto a mi oreja.

—Si te mueves te disparo —me gruñe alguien.

Pienso en el paquete que William me entregó aquel día en Boise, la pequeña pistola, en cómo la escondí en un saco de mijo al fondo del cuarto de inventario. En lo lejos que está. Y siento que mis brazos son jalados hacia mi espalda y luego siento cómo dos grilletes se golpean contra mis muñecas, lastimándome el hueso. Alguien me levanta para ponerme de pie.

—Están arrestados por la muerte de Daniel M. Foster —espeta el *sheriff* Bates desde un lugar que no puedo ver—. Serán llevados a la cárcel del condado de Pierce, donde esperarán su juicio.

Siento una corriente fría recorriéndome el cuerpo. ¿El hombre de ceño fruncido que solía pararse tan ominosamente afuera de nuestra tienda estaba muerto? Un *espectro,* lo había llamado Lum.

Nam es el primero que reacciona, hace eco de mis pensamientos.

—¿Asesinado? —grita—. ¿Foster?

—¿Cómo? —inquiere Lum desde el suelo—. ¿Cuándo? ¿Por qué?

Nelson es el último en hablar y su pánico apelmaza sus palabras.

—¿Lo sabe su familia?

—No me contestes, niño —dice el *sheriff* Bates—. Ahora van a venir con nosotros y sin oponer resistencia.

Salimos de la tienda uno a uno y nos subimos a un carruaje que espera en frente. La calle ya está llena de gente amontonada enfrente de BIENES FOSTER. Algunas de las mujeres están llorando y otras se están tapando la boca con las manos. Los rostros de los hombres lucen tristes.

—Nelson —Susurro yo cuando subimos a la carroza—. ¿Qué está ocurriendo? ¿De qué hablan?

Nelson no responde. No estoy segura de que me haya escuchado.

No estamos solos en la carreta. Ya hay alguien dentro. Luce como nosotros, pienso. Es un joven que no nos voltea a ver cuando entramos. Uno de sus ojos ha comenzado a ponerse de color púrpura.

La carreta se pone en marcha. Nuestros cuerpos se sacuden. Mis manos están enroscadas en mi espalda y mis brazos están dormidos. Intento escribir algo, lo que sea, con mi dedo índice, pero los caracteres no vienen a mí.

4

Nos sigue la podredumbre mientras atravesamos la cárcel. La caminata a nuestra celda no es larga; la cárcel del condado de Pierce es un bloque simple de dos plantas con diez celdas y sin ventanas. Es el hogar de rateros insignificantes y de intrusos, y ahora también es nuestro hogar. El aire dentro del edificio está frío y añejo. Estar aquí es como estar en una caverna enterrada en la esquina más oscura de la tierra. Es un sitio para las cosas olvidadas.

Un guardia nos guía al frente y otro camina a nuestras espaldas. Avanzamos en fila: primero Nam, luego Lum, luego Nelson, yo y el quinto hombre, que sigue sin decir palabra. Frente a mí, la cabeza de Nelson está firme y centrada, y su cuello aún es muy fuerte. Verlo me hace sentir unida a la tierra.

—No te caigas, niño —nos advierte el guardia a nuestra espalda, sus palabras suenan sarcásticas detrás de nosotros. Quiero hablar con Nelson, hacerles preguntas a los guardias y exigir respuestas, pero el eco triste de nuestros pasos me dice que este no es el momento de liberar mis palabras. Nam, Lum y Nelson también están callados. Todos sabemos, sin que se nos informe, que no decir nada en este momento es nuestra mejor defensa.

—Por fin encarcelaron a esos bastardos culí —Gruñe una voz desde una celda. Otra voz escupe a nuestros pies cuando pasamos frente a su dueño. De una celda salen aullidos espantosos. Yo no me atrevo a mirar en dirección de lo que sea que produjo ese sonido. Los guardias son indiferentes. Me pregunto si ya están acostumbrados a esos ruidos. Si ya no ven como humanos a las personas que habitan las celdas, sino tan solo como carne en una habitación.

La nuestra es la celda vacía al final del pasillo del segundo piso. Es pequeña; si nos acostáramos uno junto al otro, apenas y cabríamos. Otra habitación oscura de la que no hay escapatoria. Otra jaula.

Entramos y el aroma de orines de días anteriores contenidos en la cubeta que está en una esquina es abrumador. El guardia al frente, que ahora cierra de portazo, está alegre.

—Ustedes, ojos de rendija, al fin obtendrán su merecido —brama. Inserta la llave y cierra el cerrojo. Un sonido de clic devastador resuena en el edificio. Entonces él y el segundo guardia se alejan caminando.

—Debe ser un error —digo, volteando a ver a Nelson—, ¿cómo pueden creer que asesinamos a ese hombre?

—Yo no creo que esté realmente muerto —suelta Lum—. Quiero ver el cuerpo. ¿Dónde están las pruebas?

—No puede estar muerto —dice Nam, tímido—. ¿Quién querría matar a un hombre así?

—¿Qué piensas tú? —dice Nelson, y nos lleva un minuto entender que no está hablando con ninguno de nosotros, sino con el quinto hombre.

La luz aquí dentro es tenue, pero volteamos a verlo. Su cabello está sucio y sus labios lucen pálidos y partidos. Su rostro, me doy cuenta, está lleno de moretones que aún no revientan. ¿Los hombres que nos capturaron serían capaces de hacer algo así?

Nam es el primero en dar un paso cerca del hombre.

—Sí —dice, alentador y amable—. ¿Quién eres?

El hombre no está acostumbrado a esta clase de atención. Quizá no la quiere. Da un paso atrás, con los ojos bien abiertos. Sacude la cabeza.

—Puedes hablar con nosotros —dice Nelson con gentileza—. ¿Quién eres? ¿Por qué te trajeron aquí?

El hombre hace otro gesto y apunta hacia su boca. Yo observo sus dedos haciendo círculos una y otra vez, y luego entiendo por qué no habla.

—Es mudo —les digo. Luego me dirijo al hombre—. No podrías hablar, aunque quisieras, ¿verdad?

El hombre nos mira con tristeza. Abre la boca. En lugar de una lengua hay apenas una lombriz parda de carne que se mueve por todos lados. Se la cortaron. Nam da un paso hacia atrás y se aferra a Lum. Yo volteo sobre mi hombro para evitar vomitar.

Solo a Nelson parece no importarle. Pone una mano sobre el hombro del hombre.

—¿Esos hombres te hicieron esto?

El hombre asiente con la cabeza y retuerce las manos. Apunta hacia su boca y luego sacude la cabeza de nuevo. Luego apunta al ojo que está poniéndose morado y por último apunta hacia el lugar en que los guardias estaban parados.

—Debió ser alguien más —digo yo, tragándome mi vomito—. Pero los moretones están frescos.

El hombre asiente. Levanta un dedo y comienza a trazar algo en el aire.

—Está intentando escribir —dice Nam.

—No puedo leer —dice Lum.

Yo camino al hombre y tomo su mano. Me mira como si lo hubiera acuchillado.

—Aquí —le digo, extendiendo mi palma—. Escribe aquí.

Él lo duda y luego extiende un dedo, su uña está afilada y puntiaguda. Sobre mi palma traza un carácter que no me lleva mucho tiempo entender.

—Escuchen todos —digo yo—. Este es Zhou. —E intento no sentir lástima por el carácter de su nombre 周, que incluye una boca bien abierta.

La victoria es pequeña, pero importante. Tomamos turnos agarrándole las manos, y cuando Nam ha reunido suficiente valor de nuevo, incluso mira al interior de la boca de Zhou, y enlista las hierbas que vendemos en la tienda, como si hubiera algo que pudiese hacer brotar de nuevo una lengua cercenada. No obstante, la dicha del descubrimiento es efímera. No pasa mucho tiempo antes de que cada uno de nosotros encuentre su espacio propio al interior de la celda para ponerse de pie, sentarse, abrazar sus piernas contra el pecho y llorar contra las rodillas.

5

Tras descubrir el destino de mis padres, no pude impedirle a mi imaginación retratar sus últimos días. Imaginaba la oscuridad de la prisión, intentaba conjurar el espanto en sus vientres. Pensaba que imaginarme en ese sitio me haría sentir como si estuviera con ellos. Como si por lo menos al final de sus vidas pudiera volver a sentir que estaba con ellos.

Ahora ya no tengo que imaginarlo. Su oscuridad es la mía. Su miedo descansa sólido en mi pecho y, finalmente, siento un miedo que puedo llamar propio. Esta es la reunión que había estado ansiando, pero no es dulce. «¿Qué ocurre, Daiyu?», me pregunto. «Ya has estado antes en malas situaciones y no has sentido tanto miedo como el que sientes ahora».

«Pero ahora es diferente», argumento. «Has atravesado demasiado como para que este sea el final. Ahora importa más que nunca que puedas sobrevivir».

No le temo a la muerte. Le temo a no seguir viva.

Mi voz flota a través de la oscuridad, sin sentido. *Necesitamos un plan*, dice.

La audiencia, nos enteramos gracias a los guardias, ocurrirá la mañana siguiente. Le pregunto a Nelson el significado de esa palabra. ¿Podremos apelar nuestro caso o defendernos? ¿Podrán atestiguar nuestra buena reputación nuestros clientes regulares? ¿Una audiencia significa que alguien va a escucharnos? ¿Quién? ¿Quién decidirá nuestro destino?

—Es bueno estar preparado —me dice Nelson—. Pero no tendría muchas esperanzas. ¿Recuerdas las palabras de William? En California no les permitían a los chinos testificar ni siquiera en sus propios juicios.

—Pero una audiencia no es un juicio —contesto con urgencia. Le recuerdo lo que yo sé, que debemos practicar y prepararnos, sin importar qué siga. Cuando no tienes nada más en este mundo, al menos tienes eso.

Juntos rememoramos el día. Nam y Lum cerraron la tienda temprano por el festival de mediados de otoño. ¿Vimos algo raro en BIENES FOSTER ese día? La tienda, con su dueño en el interior, que ahora está misteriosamente muerto, había recibido a su clientela habitual. Ninguno lucía sospechoso.

—No salimos de la tienda en todo el día —señala Lum—. ¿Cómo podríamos haberlo asesinado? Tendría que haber algún testigo para esta clase de cosas.

—Salvo yo —dice Nelson—. Yo llegué en la noche, después de mis lecciones.

—Pero tú eres un hombre bueno —dice Nam—. ¡Nadie se atrevería a acusarte!

Los cuatro volteamos a ver a Zhou, el hombre sin lengua. Todos nos preguntamos lo mismo.

Yo extiendo mi palma.

—Aquí —le digo—. Dinos dónde estuviste.

Su dedo está duro, y la piel está seca y llena de callos. Yo cierro los ojos e invito a la sensación de su dedo a materializarse frente a mí, haciéndola correr desde los nervios de mi palma, a través de mi cuerpo, hasta un tapiz invisible y flotante frente a mí. Sus movimientos son lentos. Quiere asegurarse de que yo no me confunda.

—Llegó a Pierce anoche, venía de Elk City —le cuento al resto del grupo—. Se tomó algo en el *saloon* y luego fue a su posada, en las cabañas de la ribera. El dueño puede atestiguarlo, dice.

—Bueno, entonces —dice Nam—. Todos somos inocentes.

Pero Lum no está satisfecho.

—Van a tergiversar esto —dice—. Todo mundo sabe que la GRAN TIENDA DE PIERCE es el competidor directo de Foster. Eso nos da motivo.

—Pero nos iba mejor a nosotros —protesta Nam—. Él era el que se plantaba frente a nuestra tienda todos los días. Él tenía motivos para matarnos a nosotros.

Es verdad. Mucho antes de las protestas, la primera amenaza vino de los merodeos silenciosos de Foster afuera de nuestra tienda. Recuerdo su cara de mal agüero y luego la imagino en la podredumbre de su muerte. El pensamiento me hace temblar.

—¿Quién haría algo así? —pregunto—. ¿Y por qué acusarnos a nosotros?

—Es obvio —dice Lum—. Es la mejor manera de sacarnos de Pierce. Nuestro negocio es muy próspero. Nunca nos quisieron aquí en primer lugar, pero si dicen que lo asesinamos, pueden eliminarnos de por vida.

Nam luce como si fuera a llorar. Pensar en abandonar su tienda y la vida que hemos construido le duele mucho.

—Pero a ti, Nelson —dice Nam—. ¿Por qué te meterían en esto?

—Me pregunto… —dice Nelson, pero no acaba su oración.

Nam y Lum se separan y comienzan a hablar en su propia lengua. Zhou se recuesta contra el muro y cierra los ojos, dejando escapar una gran exhalación. La conversación lo agotó. Yo también estoy exhausta, pero busco a Nelson para tranquilizarme. Veo que quiere decir algo, alguna verdad que mantiene lejos de mí. Quiero preguntarle, pero la celda es demasiado pequeña. En cambio, me recuesto y cierro los ojos como Zhou. Puedo sentir a Lin Daiyu respirando contra mi estómago y sus ronquidos atraviesan mi sangre, pero incluso frente a este nuevo peligro, no se despierta. Nuestro último encuentro debió debilitarla. En algún punto, pienso, el cuerpo tan solo dejará de luchar y aceptará que lo que debe ocurrir, ocurrirá. Ese pensamiento me da vergüenza. «¿Cómo podrías no pelear?», me pregunto a mí misma con urgencia. Miro a Nelson una vez más. Está mirando al suelo y su rostro está en blanco; su mirada, vacía. Verlo así me produce pavor.

Unas horas más tarde, la puerta de nuestra celda se abre y un hombre que no conozco cae de bruces. Un aroma agrio llena la habitación y la puerta se cierra de golpe.

El hombre se arrastra hasta un muro y se desploma sobre él, de inmediato se queda dormido. Su cabello negro es largo y está dividido en dos trenzas que descansan contra su pecho desnudo. Trae puestos unos pantalones entallados de ante con un pequeño trozo de tela que cubre la parte en que sus piernas se unen. Una gran porción de su rostro está pintada del color de la madera. Nelson me dijo que los primeros mineros chinos de Idaho habrían muerto de no haber sido por los indios, que les vendieron cosechas y los dirigieron hacia vastos depósitos aluviales de oro en la parte sur del estado. Siento una repentina compasión por el hombre que tenemos enfrente.

—Debió beber mucho —dice Nam, picando al hombre con su dedo.

—¿Lo despertamos? —le pregunto.

—Déjalo dormir —me contesta Lum—. Estar dormido es mejor que estar aquí.

No hablamos mucho más el resto del día y las conversaciones espontáneas mueren rápidamente. En la noche sacan al hombre borracho y lo remplazan por unos pedazos de pan duro para nosotros. Él despierta y se tambalea hacia la salida, con baba colgándole de los labios. Lo observamos marcharse con envidia.

Quiero preguntarle al amo Wang cuál es el paso correcto que hay que dar aquí. Rememoro las lecciones que me enseñó, los caracteres que podrían funcionar aquí. No hay reglas para lidiar con la injusticia o el peligro verdadero. No hay reglas para la falta de certeza del ser. Todo lo que me enseñó se reduce al arte, y eso es lo que apliqué toda mi vida. Pero no hay lección para el lugar en el que me encuentro ahora.

«¿De qué sirvieron todas esas cosas», le pregunto, «si de todas maneras acabaría aquí? ¿Por qué cargar con todos esos caracteres si no hay nada que pueda hacer con ellos?».

6

En la mañana, los guardias nos meten en un carruaje que ya nos espera abajo. Salimos como entramos: con las manos atadas, en fila india, solemnes. El sol no nos da la bienvenida esta mañana, sino que es como un intruso. Yo cierro los ojos, espero a que el vidrio que tintinea en mi cabeza se calle. Dentro del carruaje, nuestros cuerpos se golpean unos con otros. Hace mucho tiempo que no tenemos una comida completa y caliente. Las mejillas de todos reflejan el mismo tipo de vacío.

Afuera del juzgado ya se ha reunido una muchedumbre. Yo reconozco uno de los rostros de inmediato: el hombre blanco que lideró el gentío que protestó frente a nuestra tienda, el que me peló los dientes. Está gritando algo, pero no está solo; todos están gritando. Nelson me da un golpe gentil, significativo, y yo estoy tan distraída que volteo hacia él. Sus ojos me indican que siga mirándolo a él, no a la muchedumbre.

Pero ellos están enojados; más enojados que nunca. Los guardias tienen que gritar para echarlos atrás, aun así lucen furiosos, la masa forma una bestia furiosa que está por devorarnos.

Quiero liberarme del agarre del guardia, salir corriendo, atravesar la muchedumbre hasta llegar a las montañas y de ahí hasta San Francisco, subirme al barco que cruzará el océano y me llevará hasta mi abuela. Pero no sucederá.

Los guardias forman un círculo débil a nuestro alrededor y somos acarreados, ya sea por ellos o por el viento, hacia el interior del juzgado como si fuéramos una sola persona. Yo dejo que mi guardia me empuje y mis pies avanzan sin tocar el suelo. Soy tan ligera que le resulta fácil. Hacia delante, hacia delante, hasta que veo la puerta abierta y a Nam, Lum, Nelson y Zhou empujados a través de ella por los guardias. Yo volteo para mirar atrás. El hombre que pela los dientes tiene los ojos clavados en mí; está haciendo una promesa, la de que me encontrará en donde sea que yo esté. Yo sigo a mis amigos a través de la puerta y al interior del edificio. Y entonces observo cuando se cierran las puertas. Es lo único que nos separa de ellos, e incluso entonces creo que no va a ser suficiente.

No tenemos tiempo de recuperarnos antes de que se abra otra puerta, la que nos lleva al cuarto de la audiencia. Nos succiona una fuerza invisible, uno por uno. Yo siento que mi guardia vuelve a levantarme y me lleva hacia el frente. Respiro hasta que el vacío de mi pecho se llena de pánico. Y entonces dejo que la fuerza invisible me succione a mí también.

7

Nunca he visto al juez Haskin, pero he escuchado las historias. He aquí un hombre cuyo honor y honestidad le han acarreado fama por varios condados. Encarceló a un borracho que mató a su propia hija por negligencia, avergonzó a rateros que violaron a esposas con mala suerte, imputó a un cliente que pasó una noche en una posada e intentó huir sin pagar. Los habitantes dicen que es justo. Pero cuando entra en la habitación de la audiencia y toma su asiento, una gran silla con forma de trono que está colocada sobre un banco alto de madera, solo puedo pensar en un emperador: un emperador tan pálido, furioso y rabioso como la muchedumbre que está afuera.

El cuarto de audiencia ya está lleno, hay filas de banquillos ruidosos, repletos de residentes de Pierce. Nos miran cuando entramos y sus rostros reflejan lo que más temo: la creencia certera de que somos los culpables. No necesitan evidencias. Los que reconozco como clientes de nuestra tienda se rehúsan a mirarme a los ojos. A otros los he visto pasando frente a nuestras vitrinas. Algunos formaron parte de la turba. Y todos están listos para observar cuando nos marchemos.

—Bastardos culí. —Se mofa alguien cuando pasamos frente a él.

—¡Bárbaros! —grita alguien después.

—¡Gargantas oscuras!

Nos llaman *paganos* y *satánicos.* Nos llaman *criaturas.*

—¡Orden! —grita el juez Haskin—. ¡Demando orden!

La muchedumbre se calla. Se nos guía hacia cinco sillas que encaran al juez. Las sillas lucen frágiles, como si un pensamiento errante pudiera astillar su madera.

—Los cinco están aquí —nos llama el juez Haskin cuando nos sentamos— por el presunto asesinato de Daniel M. Foster, dueño de BIENES FOSTER. Por favor, digan sus nombres para atestiguarlos ante la corte.

Uno a uno decimos nuestros nombres: Lee Kee Nam, Leslie Lum. Nelson Wong. Jacob Li. Las sílabas familiares suenan desagradables en esta habitación fría y repleta de extraños.

—Y este es Zhou —digo yo—. No puede hablar.

Alguien entre el público suelta una risa burlona. Y el juez aplaude para instaurar el silencio.

—Esta audiencia no es para decidir su destino —dice el juez—, sino para determinar si hay evidencia suficiente para que su juicio avance. Si la hay, serán transportados al condado vecino de Murray, donde aguardarán su juicio.

Un chispazo de esperanza. Hay un proceso, lo cual significa que también hay una oportunidad para que nuestro caso se desintegre. «Por favor», repito en mi cabeza, «no los dejen hallar evidencia en nuestra contra». ¿Cómo podrían, cuando desde un inicio es imposible que la haya?

—Quiero llamar a la primera testigo para escuchar su testimonio —Ladra el juez—. Señorita Harmony Brown.

Se abre una puerta atrás de donde está sentado el juez y una mujer que yo nunca he visto entra a la habitación de la audiencia. Camina hasta un pequeño podio que está al lado de juez. Puedo ver, por cómo sus manos se aferran a sus costillas, que está temblando.

—Señorita Brown —le grita el juez—, ¿usted fue quien encontró el cuerpo del pobre señor Foster?

—Yo fui, sí. —Y ya suena como si estuviera a punto de llorar.

—¿Puede describir su hallazgo? Tómese su tiempo. Sé que la escena fue muy perturbadora.

Los ojos de la mujer se abren bastante; luce como si prefiriera hacer cualquier otra cosa. Mira hacia el público en busca de apoyo. Alguien tose detrás de mí para darle ánimos.

—Fui a BIENES FOSTER a comprar algunos artículos. —Inicia por fin—. Pero cuando llegué, vi que la puerta de la tienda estaba rota.

El juez la guía.

—¿Qué ocurrió después?

La señorita Harmony Brown gime lastimosamente y luego continúa.

—En el momento en que entré, noté un olor espantoso. Un olor que me hizo devolver el estómago.

—¿Puede describirlo?

Ella tiembla.

—Como carne que estuvo expuesta al calor mucho tiempo. Demasiado tiempo.

—¿Luego qué ocurrió? —pregunta el juez.

—Me horroricé —continúa ella—. En ese momento, la mitad de mí quería salir de ahí. Pero antes de poder hacerlo vi una mano. Una mano completamente sola, no había un cuerpo conectado a ella. Ya había gusanos devorando los dedos. Caminé un poco más adentro y vi…

Y ante esto ella vacila y levanta una mano para enmascarar su llanto.

—¿Qué vio? —La alienta el juez.

—Ahí estaba —dice, y su cuerpo comienza a temblar con los recuerdos—. El señor Foster, en el piso, cortado en pedazos.

—¿Había alguien más en la tienda, señorita Brown? ¿Había algo que luciera fuera de lugar?

—No —contesta ella—, salvo por el señor Foster tirado en el suelo. Eché un vistazo y salí corriendo de la tienda, directo a ver al *sheriff* Bates.

Una vez que acaba su testimonio, su cuerpo colapsa. Un guardia corre a sostenerla antes de que se caiga. La audiencia murmura por simpatía. El juez Haskin palmotea.

—Señorita Brown —dice—. Ha sido usted muy valiente. Le agradecemos su testimonio el día de hoy.

El guardia la ayuda a salir de la habitación.

Yo volteo a ver a Nelson, quien está sentado a mi derecha. La señorita Harmony Brown de hecho no vio lo que pasó. Si esa era la evidencia, entonces podíamos comenzar a sentir esperanza. Sin embargo, Nelson no me devuelve la mirada. Sus ojos miran al frente y su ceño luce tenso.

La voz del juez Haskin se vuelve a escuchar y los susurros cesan.

—Quisiera llamar a nuestro siguiente testigo. El señor Lon Sears.

La puerta detrás del juez se abre. Reconozco a este señor, Lon Sears, es el prisionero borracho que fue aventado en nuestra celda a medianoche. Solo que esta vez su cuerpo luce absolutamente alerta, como si nunca hubiera bebido un solo trago de alcohol. Su largo cabello negro está bien peinado hacia atrás y no hay una sola gota de pintura en su rostro. Junto a mí, Nelson se endereza.

—¿Puede atestiguar su nombre a la corte, señor? —le pregunta el juez.

—Sears —dice el hombre—. Lon Sears.

Por el rabillo del ojo, veo cómo Nam y Lum miran alrededor de la corte como si fueran dos pájaros nerviosos. Me gustaría que dejaran de moverse; la luz se refleja en sus cabellos oscuros y llama la atención para hacer más visible su incomodidad. Me pregunto si los demás en la audiencia verán esto como una señal de que somos culpables.

—¿Puede decirnos todo lo que usted sabe, señor Sears?

El hombre nos mira y sonríe, como si nosotros entendiéramos el chiste. Pero yo sigo sin entenderlo.

—El otro día me llegó un telegrama del *sheriff* Bates —dice—. Me preguntaba si podía venir a Pierce para un proyectito. Dijo que tenía a cinco sospechosos de asesinato y que necesitaba que yo tradujera. Verá, juez, yo aprendí chino en los campos mineros de Warren. Uno tenía que hacerlo, con todos esos culís graznando por todos lados. El *sheriff* Bates me disfrazó de un borracho injun. El plan era sentarme en su celda y escucharlos cuando confesaran.

Yo rememoro la secuencia de eventos. Este Lon Sears había estado con nosotros unas cuantas horas. ¿De qué habíamos hablado? Me cuesta trabajo recordarlo, pues lo que ha pasado en el tiempo que llevamos en la celda está borroso. Ninguno de nosotros habría dicho mucho, porque ninguno de nosotros tenía nada incriminatorio que decir. Yo observo a Lon Sears, a quien ahora odio, y ruego por que no invente nada.

—¿Así que los escuchó? —le pregunta el juez Haskin, como si estuviera dándole un aplauso al hombre—. ¿Qué escuchó?

—Fue un poco complicado de escuchar —contesta Sears—, pero hablaron sobre encender cohetes.

—¿Cohetes?

—Sí —contesta Sears—. Y eso me hizo pensar. ¿Y qué tal si los chinos prendieron los cohetes para cubrir el sonido del asesinato? ¿Qué tal si fue solo una distracción, para que nadie supiera qué estaba ocurriendo?

—Interesante —contesta el juez.

Yo cierro los puños. Eso no es lo que ocurrió, tengo ganas de gritarle. Estábamos todos ahí, todos bailando alrededor de los cohetes casi hasta que amaneció. ¡Está mintiendo!

Pero este no es el momento de que yo diga algo y nada de lo que diga va a importar. Ahora comienzo a entender.

—¿Algo más, señor Sears? —pregunta el juez.

—Una cosa más —dice Sears—. Lo que sí sé es que están planeando una especie de impugnación. En algún punto los escuché hablando al respecto. No se dejen engañar por estos bastardos tramposos. Son culpables y volverán a asesinar, ya sea a ustedes o a alguien más. Yo trabajé en las minas; los he visto reemplazar a los hombres trabajadores que merecía tener los puestos.

Ahora se voltea hacia el público, con los brazos extendidos.

—Cuando empezaron a llegar, los dejamos entrar porque se suponía que no se quedarían mucho tiempo. Pero han abierto tiendas y han puesto a raya a hombres y mujeres buenos y trabajadores. Y ahora miren lo que ha ocurrido. Uno de nosotros fue asesinado. ¿A manos de quién? ¿De quién creen? ¡Esos ojos de rendija lo hicieron! Son culpables ¡Culpables! ¡Todos son culpables!

El exaltado discurso de Sears influyó en la audiencia. Me doy cuenta de que, después de todo, una audiencia no necesita testigos. Basta con que el discurso infunda en los corazones de la gente.

—¡Silencio! —grita el juez—. ¡Orden en el juzgado!

La habitación está caliente y roja de ira. No creo poder soportar mucho tiempo más. Me gustaría que esto acabara pronto.

Después de que Sears se va, el juez declara que hay un testimonio más.

—Pero este es un caso especial —dice—. La testigo es valiente al confesar, dado que su testimonio implica una gran amenaza para su reputación y su bienestar.

Dice el nombre de la testigo. Las puertas se abren detrás de ella, y esta vez no solo nosotros cinco nos sorprendemos. Todo el público se queda en silencio, observando cuando la testigo final camina hacia el estrado.

El juez Haskin usa una voz más gentil que la que usó con los demás.

—¿Puede —pregunta— decir su nombre para la Corte?

—Caroline —dice la testigo—. Caroline Foster.

Es la chica en el claro. Batallo para colocar las piezas en su sitio. ¿La chica que estaba en el claro estaba relacionada con

Foster? Casi agarro a Nelson ahí mismo, para decirle «¡mira! ¡es ella!». Pero él lo sabe. Siempre lo supo. Junto a mí, la chica se pone rígida y el calmado ritmo de la respiración de Nelson de pronto se esfuma.

—¿Puede decirnos lo que sabe, señorita Foster? —pregunta el juez Haskin con la misma voz tranquila.

Caroline cierra los ojos y asiente con la cabeza. Esta vez tiene el cabello rubio peinado hacia atrás, su rostro está desencajado. No es difícil darse cuenta de que ha estado llorando.

—Estuve involucrada con uno de los acusados —dice. Su voz es más profunda de lo que esperaba—. Está ahí sentado.

Abre los ojos y apunta hacia Nelson. Ante esto, el público pierde los estribos. «¡Infame! ¡Infame! ¡Infame!», cantan. «¡Bestia asquerosa!», grita una mujer. Yo quiero ponerme de pie y proteger a Nelson del abuso, pero lo único que puedo hacer es quedarme en mi sitio. Nam y Lum están mirando a Nelson con asombro. Incluso Zhou está aterrado por la nueva información.

Esta vez el juez Haskin no llama al orden de inmediato. Deja que la audiencia haga su trabajo y observa a Nelson con una expresión de horror en el rostro. Cuando al final el clamor se sosiega, se inclina hacia el frente para volver a dirigirse a Caroline.

—¿Le molestaría contarnos cómo fue que este… involucramiento… ocurrió?

Su historia no es muy diferente de la que me contó Nelson. Su hermano pequeño comenzó a tomar clases con Nelson al inicio del verano. Caroline siempre tuvo un interés en la música, pero no tenía talento alguno, y sentía interés de observar y aprender de Nelson.

El juez Haskin llena los vacíos.

—¿Te sedujo? ¿Lo que debió ser una relación inocua terminó convertido en algo más siniestro?

Caroline, llorando, sacude la cabeza.

—No fue así en absoluto —dice—. Sí me enamoré de él, señor. Pero era joven. Inocente. Simplemente estaba enamorada de la música. Ahora lo entiendo.

—Entiendo —dice el juez Haskin con simpatía—. Señorita Foster, ¿puede decirnos lo que sabe sobre los planes de Nelson Wong sobre la supuesta retribución?

Al escuchar esto, vuelvo a ver a Nelson, quien mira a Caroline con una concentración intensa. Todo lo que han dicho los testigos nos hace sonar como personas poderosas y confabuladoras. Si tan solo supieran, si entendieran que todo lo que hemos hecho ha sido solo por supervivencia.

—A mi padre nunca le gustaron los chinos —dice Caroline, y ahora mira directamente a Nam y Lum—. Creía que estaban espiándolo, robándole su clientela.

—¿Y el señor Wong estaba al tanto?

—Yo se lo mencioné una o dos veces —continúa Caroline—. Sabía que era buen amigo de los dueños de la tienda, pero nunca pensé mucho al respecto.

—¿Le habló a su padre del señor Wong?

—Poco —responde Caroline—. Yo quería mantener nuestra relación en secreto, pero él quería ir con mi padre y revelárselo. Me aterraba. Yo no soportaba la idea, así que le dije que ya no podíamos vernos más.

—Una buena niña —dice el juez Haskin, y el público murmura de acuerdo.

—Después de eso vino un par de ocasiones, cuando mi padre no estaba en casa —continúa Caroline—. Me dijo que estaba trabajando en algo grande, en algo que iba a cambiarlo todo, en algo que quizá incluso nos permitiría un día estar juntos. Y entonces, de pronto, un día dejó de venir. Y después de un par de días mi padre fue…

Su cuerpo, que hasta este punto había estado derecho, se empezó a sacudir con sus sollozos. La audiencia contuvo el aliento al escuchar de esta chica bella y casta, que simplemente fue pervertida por un chino.

—Creo que puedo resumir el resto —dice el juez Haskin, dirigiéndose a la audiencia—. Señorita Foster, ¿estoy en lo correcto si digo que usted cree que Nelson Wong y estos cuatro hombres están involucrados en el asesinato de su padre y que él lo eliminó de la forma más brutal de la que fue capaz porque sabía que iba a interponerse entre ustedes?

No podemos oír la respuesta de Caroline porque habla entre sollozos, pero es suficiente para el juez Haskin y para la audiencia. Tengo miedo de mirar a cualquier lugar que no sea al frente; no quiero mirar a Nelson y de verdad no quiero mirar a los animales rabiosos detrás de nosotros. Ya acabó, pienso. Después de esto no hay vuelta atrás.

Caroline es resguardada mientras se retira con el rostro hundido entre las manos. Cuando la puerta se abre, veo al resto de su familia; su madre, con un gesto acusatorio en la cara, el hermano pequeño, que nunca más volverá a tocar un violín, y después la puerta se cierra de golpe. Solo quedamos los cinco acusados encarando al juez Haskin y a la furiosa audiencia que demanda sangre y castigo.

La voz del juez Haskin se sobrepone al escándalo.

—Tras escuchar todos los testimonios de hoy —vocifera—, no me queda más que ordenar que este juicio sea trasladado a Murray. Estos testigos trajeron evidencia indiscutible de que algo espantoso estaba en marcha esa horrible noche, y quizá mucho antes de eso.

Esas palabras están mal, están muy mal. Quiero protestar hasta que mi voz rompa las ventanas. Como si pudiera leerme la mente, Nelson me da un empujón con el pie. Es una advertencia.

—El juicio será llevado a cabo en dos días —continúa el juez—. Saldrán hacia Murray mañana por la mañana. Y que Dios se apiade de sus almas.

La audiencia ha terminado. Observo que el juez baja de su asiento y con un ademán indica a los guardias que nos apresen. El público comienza a vitorear.

8

De vuelta en la celda, Nam no puede parar de frotarse la frente con las palmas, un hábito nervioso que desarrolló después de que comenzaran las protestas en la tienda. Le pregunta a Nelson si es cierto.

Todos los ojos se posan en Nelson, mi amigo, quien, por lo que me doy cuenta, tiene tantos secretos como yo. Veo que su espalda se colapsa de manera rara y sus brazos cuelgan a sus flancos. No puede mirarnos a los ojos.

—Es verdad —dice finalmente.

Nam se vuelve a hundir en el suelo. Lum, sin embargo, da un paso al frente, su rostro luce furioso.

—¿En qué estabas pensado? —Gruñe—. ¡Vas a hacer que nos maten a todos!

Lejos quedaron los días en que Nam y Lum vitoreaban a Nelson como el excelente joven que había salvado la vida de Nam de la turba. La realidad es que Nelson es solo un niño.

—No quería que esto ocurriera —dice—. Ella solo era una chica enamorada, ya lo sabía yo. Pero pensé… pensé que sí podíamos confesarle a Foster nuestra relación, que si él se daba cuenta de lo mucho que alguien de su sangre y su carne amaba a un hombre como yo, quizá cambiaría su forma de pensar. Solo era un hombre. Quise pensar que era capaz de cambiar al menos la forma de pensar de un hombre.

En este punto, viene a mí el recuerdo del comentario sarcástico y pretencioso que William le hizo a Nelson: «Tú siempre asumes que la gente es buena. Siempre has sido así».

Nelson se mira las manos. Sin violín ni arco lucen perdidas.

—No les conté porque no quise preocuparlos —les dice a Nam y Lum—. De verdad pensé que podía hacer algo significativo, representar un cambio pequeño. Estaba equivocado.

—Nelson —dice Nam, sacudiendo la cabeza—. Ay, hijo mío.

—¿Y cuál era la retribución? —pregunta Lum—. ¿Cuáles son los grandes planes que dijo la chica que tenías?

Ahora es mi turno de hablar. Les cuento que escribimos una carta en chino a las Seis compañías y que planeábamos demandar a Rock Springs.

—No tenía nada que ver con Foster —les aseguro—. Solo queríamos defender lo que es correcto.

—Ahora ya no importa —dice Nelson—. El daño está hecho. Todo mundo cree que tuve razones para asesinar a Foster y que ustedes me ayudaron.

Ante esto, la celda se queda en silencio. Zhou, quien ha estado callado durante todo nuestro intercambio, se pone de pie y toma las manos de Nelson, como para indicar que todo va a estar bien. Pero cuando vuelve a su sitio en el suelo, encuentro en su rostro un tipo nuevo de miseria: la de quien sabe que todas las puertas han comenzado a cerrarse.

Las siguientes horas pasan muy lentamente. Nuestras vidas entran en un paréntesis alrededor de la muerte de Foster y lo único que nos queda es la espera. Nam tiene las manos puestas en el pecho, con el mentón descansando encima de ellas. Lum se mantiene recargado en el muro; con la espalda obstinada en su rectitud. Lo admiro por eso. Zhou entra y sale de sus sueños y, cada tanto, sacude las piernas o se queja. Me pregunto por los horrores que ha atravesado. Y me pregunto por los horrores que nos esperan.

Miro a Nelson y me doy cuenta de que él también me está mirando.

—¿En qué piensas? —me pregunta.

—Ni siquiera nos dejaron hablar —le digo—. Era nuestra audiencia. Pasó exactamente como dicen que pasa en California.

Nelson respira profundo.

—No hace mucho —dice—, algún juez en California decidió que todos los asiáticos habían migrado a América a través del estrecho de Bering. Dijo que los indios son nuestros descendientes, y como ellos tienen pocos o nulos derechos en este país, tampoco los chinos debemos tenerlos. Lo que ocurrió hoy no me extraña.

—William —digo—. No puedo creer que me haya tardado tanto en encontrar la solución. Voy a escribirle. Debe estar ya con las Seis compañías. Él sabrá qué hacer. Pide escribir una carta antes de que nos trasladen, Nelson. Deben permitirnos eso al menos.

Nelson mira al piso y exhala.

—No creo que pueda ayudarnos ahora que estamos aquí, Jacob.

Esa no es la respuesta que esperaba oír. No es el Nelson que conozco.

—¿Qué le ocurrió a tu esperanza? —grito. Lum nos escucha y despierta, pero no dice nada, solo nos observa con un silencio cuidadoso—. Todavía no estamos muertos, ¡ni siquiera nos han condenado! Estás actuando como si eso ya hubiera ocurrido.

Juega con las manos nervioso. No me mira.

—Así que debemos esperar —continúo—. Esperar y aceptar lo que sea que ocurra sin intentar nada. Pues bien, ¡que nos corten las lenguas también!

—¡Míralo! —Me regaña Nelson, señalando a Zhou—. ¿Crees de verdad que somos distintos a él? Puede que tengamos lenguas, pero frente a la Corte, frente a esa gente, somos la misma cosa. Nuestros discursos no van a hacer una diferencia. Aunque de nuestras bocas salgan palabras en inglés, la Corte tan solo se va a fijar en la boca de la que salen esas palabras, no en lo que digamos. Para ellos siempre seremos extranjeros.

—Debe haber una manera —le digo. Las palabras suenan huecas y tontas, pero aun así quiero creer en algo. Nelson mira hacia otro lado.

Lum habla por primera vez.

—Quizá sea buena idea descansar ahora, Jacob —me dice.

Zhou es el único que escucha su silenciosa llegada, que huele su perfume a través de la podredumbre. Ella no les pide a los guardias que nos despierten ni llama a la puerta. Se queda de pie con una calma mortal hasta que Zhou comienza a despertarnos uno a uno, y cuando abro los ojos, veo que afuera está esperando una figura familiar, una figura envidiable.

—¿Caroline?

Nelson se pone de pie a mi lado y de tres pasos llega a la puerta de la celda. La chica da un paso atrás.

—¿Qué haces aquí? —murmura él. Nam y Lum también están despiertos, observando a esa chica que lo cambió todo.

Caroline levanta la cara. Lo primero que veo son sus labios. Después su nariz de botón de rosa, y finalmente sus ojos, que son brillantes y están húmedos. Me doy cuenta de que no ha dejado de llorar. Pero hay algo más en sus ojos: una tormenta a punto de empezar.

—Tenía que venir a verlo con mis propios ojos.

—Caroline —dice Nelson, tranquilo—. No puedo creer que me creas capaz de lastimar a tu padre. Por favor, déjame explicarte.

—Mi padre está muerto —dice Caroline—. Ellos dicen que fuiste tú.

Nelson da un paso atrás.

—No puedes creer lo que dicen los demás. Tienes que recordarme. Recordarnos.

Podría haber una pausa ahí. Una duda en sus ojos que quiere creerle. Podría haber el recuerdo de días más felices, en casa de su padre, con su hermanito brincando, Nelson riéndose y ella totalmente encantada con el joven apuesto que posee tanto conocimiento. Pero entonces mira la escena completa que tiene frente a sí; a los cinco chinos sucios dentro de esa celda y la puerta que nos separa de ella, y a Nelson, quien ya no tiene un violín entre las manos, quien no tiene nada más que enseñarle sobre la música. Su rostro cambia. La duda se ha esfumado. Y yo sé que ya ha tomado su decisión.

—Qué estúpido eres —dice ella—. Ni siquiera la ley nos hubiera permitido estar juntos.

—Las leyes pueden cambiarse —objeta Nelson.

—¿Fue eso lo que le dijiste antes de matarlo? —pregunta con furia en la voz—. No puedo creer que dejé que me tocaras, sucio chi…

Pero otra voz la calla, una voz extraña y fuerte.

—Pienso que deberías marcharte —le dice.

Me toma un momento entender que la voz que estoy escuchando es mía.

Me mira por primera vez y su belleza me golpea, así de terrible es su ira, la arrogancia brilla en su sarcástico y pretencioso rostro cuando se da cuenta de mi estatura y mis ojos solemnes. Yo le sostengo la mirada, justo como lo hice con la vendedora de pescado en el mercado aquel día. Caroline me mira, pero no puede verme.

—Que los ahorquen —me dice.

—Lárgate —vuelvo a decir yo. Y ahora levanto la voz, tanto que siento que podría romper la puerta—. ¡Lárgate!

Ella se da la vuelta. Y esta vez escuchamos el repiqueteo de sus tacones sobre las baldosas. Una vez que se ha ido, lo único que queda es el aroma de su perfume, como magnolias.

9

Por la forma en que los guardias nos saludan en la mañana, parecería que van a acompañarnos a una gran celebración.

Nelson les pregunta si puede escribir una carta.

—Claro que puedes —le dicen.

Le entregan papel y pluma. Nelson garabatea algo y se los devuelve. El guardia que recibe la carta le echa un vistazo y luego la arruga y la mete al bolsillo delantero de su abrigo.

—¿La mandará hoy?

—Claro que la mandaremos hoy —dice el guardia. Y mira al segundo guardia, sonriendo.

Abajo, el *sheriff* Bates nos aguarda en otro carruaje.

—*Sheriff.* —Ruega Nam. Pero el hombre no lo mira y Nam se queda en silencio. Sabe que el *sheriff* nunca más lo mirará a los ojos.

—Esto es ridículo —dice Lum en lugar de Nam. A él también lo ignoran.

Nos suben al carruaje uno a uno. Las ataduras en mis pies están muy apretadas y me tropiezo con el estribo mientras intento subir al carruaje. Aterrizo a los pies de Nelson.

—Vamos, Jacob —dice él, levantándome con sus propias manos atadas—. Ponte derecho.

Pienso que he sido muy poco hombre los últimos días.

—¿Crees que cambie de opinión? —le pregunto, a sabiendas de la respuesta. Es la primera vez que hablamos desde la aparición de Caroline la noche anterior.

Nelson baja la cabeza.

—Quería darle el beneficio de la duda —dice—. Pero estaba equivocado. —Es difícil escucharlo a través de su vergüenza.

Recuerdo las cosas que le dije en su habitación de la posada, cómo se distorsionó su rostro cuando le dije que Caroline lo traicionaría al final. Un hombre como William le recordaría esas cosas a Nelson en este momento, se las restregaría en la cara y se regocijaría en el hecho de que había tenido la razón. Pero yo no soy esa clase de hombre.

—¿Estás bien? —le pregunto.

Nelson sabe a qué me refiero.

—No me hables al respecto de esto todavía —me contesta. Después, cuando levanta el rostro para mirarme veo en él una sonrisa en la que se transparenta el dolor—. Lamento sonar tan grosero, pero tengo el corazón destrozado.

—No te mereció nunca —digo de golpe. Sé que esto suena extraño e infantil saliendo de la boca de Jacob Li, pero no me detengo. Necesito que Nelson sepa que vale mucho.

Murray está a un día de distancia. Vamos a viajar hasta la noche. La ira del viento golpea el toldo que cubre la parte trasera del carruaje y con ello crea una endecha inconexa. Lo poco que sé de Murray no es como para pensar que es un lugar prometedor. Es un pueblo minero, lo cual significa que está poblado por gente que será hostil contra cualquier chino que crea que le robó el trabajo. El juez Haskin ni siquiera nos dio una oportunidad, después de todo.

Estoy pensando tantas cosas que no noto cuando el carruaje se detiene.

Una vez más, es Zhou el primero en darse cuenta. Toma el brazo de Lum y lo jala con ambas manos. Lum abre los ojos, hace una pausa y luego jala a Nam.

—Nelson, Jacob, algo está ocurriendo.

Las voces afuera son nuevas, no son como las que nos acompañaron desde la cárcel. Estas voces son más salvajes. Una de ellas está diciéndole algo al *sheriff* Bates, quien le contesta calmado. Es difícil escuchar la conversación a causa del ruido del viento. Entonces una mano desliza el cerrojo del carruaje y aparece un rostro cubierto con una máscara de tela blanca.

—Hagan lo que les diga —nos dice—. ¡Salgan ahora!

Nam y Lum se ponen de pie de un brinco, después también Zhou se levanta.

—¿Vamos a descansar aquí? —le pregunto a Nelson. Él sacude la cabeza, tiene ambas manos contra mi pecho y está jalándome hacia atrás.

—¿Te crees un héroe, verdad, niño? —dice el extraño. Su mano desaparece y luego retorna. Reconozco el brillo del metal negro del arma. La dirige a la cabeza de Nelson—. Veamos qué tan fuerte eres ahora.

—Está bien —dice Nelson, poniendo ambas manos al frente—. Jacob, yo salgo primero.

Salta hacia afuera del carruaje. El hombre lo observa de cerca y luego dirige el arma hacia a mí. Sé que debo seguirlo. Así lo hago, caminando lentamente, cerca y más cerca del rostro enmascarado. El viento golpea los costados del carruaje y sus gritos guturales vienen cargados de advertencias. «Si sales de aquí», me dice, «nunca más volverás».

Doy un salto afuera.

Lo primero que veo al enderezarme no es a un *sheriff* y a sus hombres confundidos, tampoco son mis amigos con el rostro agachado, no veo al nuevo grupo de hombres enmascarados que han llegado con más armas, sino al hombre blanco que pelaba los dientes, el que dirigió a la turba afuera de nuestra tienda. Cumplió su promesa después de todo, me encontró sin importar donde estuviera.

Se me olvida que soy un hombre. Se me olvida que soy Jacob Li. Levanto un pie para volver a subirme al carruaje, pero había olvidado que también estoy atada de los tobillos. Cuando me caigo, mi nariz es lo primero que se golpea contra el estribo.

Escucho un crac, luego siento algo que quema. Los ojos se me llenan de lágrimas.

El hombre comienza a reírse. Sé que es él.

—Levántenlo. —Lo escucho decir—. Levántenlo y pónganlo junto a los demás.

Alguien me jala, me arrastra lejos del carruaje. Yo no puedo abrir los ojos. El dolor es como un tronco gigantesco que me presiona contra el suelo y, bajo su peso, soy inútil.

—*Sheriff*, por favor. —Escucho que dice Nam.

—No hay nada que pueda hacer —dice el *sheriff*—. Teddy y los muchachos tienen nuestras armas. ¿Verdad, Tedddy?

—El *sheriff* está en lo correcto —dice el hombre que se llama Teddy. Suena alegre, como un niño que ha descubierto una nueva manera de hacer cosas malas sin ser castigado—. Bates no puede salvarlos. Ustedes cinco nos pertenecen a nosotros. Los justicieros, ¡los que hacemos el trabajo del Señor! Vamos a mostrarles el verdadero sentido de la justicia por los monstruosos actos que cometieron. Por demasiado tiempo han envenenado a nuestro pueblo. Pero todo eso ya acabó.

—Por favor. —Escucho decir a Lum—. Solo somos dueños de una tienda, una tienda pequeña. Vendemos mermelada y comida rica. No tenemos nada que ver con esto. Déjenos ir a nuestro juicio.

Teddy lo ignora.

—Deja a los prisioneros con nosotros, *sheriff* —dice—. Agarra a tus hombres y vuelve. Cuando te pregunten qué ocurrió con los ojos rasgados, diles que los perdiste en el camino.

—*Sheriff* —dice Nelson por primera vez.

—Está fuera de mis manos —replica Bates, sin un ápice de emoción en sus palabras.

Hay un silbido, una oleada de movimientos. Escucho los caballos dando la vuelta sobre el pasto, y las llantas del carruaje comienzan a rechinar contra las rocas. Un grupo se va y el otro se queda. Nosotros nos quedamos. ¿Por qué nos quedamos?

—¡No! —grito—. ¡No nos dejen!

Algo me cae encima, me golpea en el centro de la cara. Escucho otro crac y mi nariz se rompe, y esta vez no es un tronco que me sostiene contra el suelo, no hay peso suficientemente grande que se compare con este dolor. Solo veo blanco, y este blanco no tiene un nombre.

—Estúpido ojos rasgados —me gruñe quien me golpeó—. Ya aprenderás a escucharme.

Es demasiado para mí. Cierro la boca, intentando tragarme lo que me quema. Creo que también estoy llorando, mis lágrimas, mezcladas con moco y sangre, resbalan cálidas y lentas y se apelmazan en mi mentón.

Vuelvo a escuchar la voz de Teddy.

—El resto de ustedes, muévanse. Ahora —ordena.

10

Nos acomodan en fila. Nam y Lum van al frente, atados el uno al otro de la coleta, sus estupendas trenzas ahora están flácidas y estropeadas. Los hombres enmascarados van a nuestros flancos, con sus armas apuntando a nuestras sienes. Zhou viene al fondo. Los hombres lo patean en los tobillos a cada paso, y se ríen cuando al fin se cae de bruces sobre el lodo. Lo levantan y vuelven a tirarlo a patadas.

Caminamos en silencio. Se ha esfumado el momento en que pensábamos que podíamos rogarles.

Yo miro los árboles y arbustos que pasamos, y trato de encontrar algo que me resulte familiar. Hemos estado caminando con dirección a las montañas por algún tiempo, y el viento acelera con cada uno de nuestros pasos. Pierce queda a una vida de distancia y ya no creo que Murray sea nuestro destino. Me quema la nariz rota y el sangrado por fin se hizo más lento, convirtiéndose en una mera costra carmesí sobre mis labios. Recuerdo entonces las noches en el burdel de madame Lee, en que mis labios no lucían diferentes.

Seguimos y seguimos subiendo una montaña que parece no tener fin. Sobre nuestras cabezas pulsa el sol que alarga las sombras detrás de nosotros. Somos nosotros quienes nos enderezamos y somos también quienes nos caemos de bruces contra el lodo. Yo observo mi propia sombra y le pido que rompa su unión conmigo y salga corriendo. Pero ella se queda aquí, fiel a mí.

Teddy es quien llega a la cima primero. Se baja del caballo y se pone de pie sobre la punta de la montaña. El rayo del sol inunda su cuerpo y lo encierra en su frenesí.

—Vamos a almorzar aquí —le dice a los hombres que siguen subiendo por la montaña. El resto del grupo se mueve hacia el frente, renovados por la promesa de la comida. Un par de hombres se quedan atrás, aferrados a nosotros.

—Átenlos —ordena Teddy.

Nos arrastran colina abajo hacia un grupo de árboles de pino. Nelson, Zhou y yo somos atados cada uno a un árbol individual. Nam y Lum son llevados un poco más lejos, los hombres los jalan del grotesco nudo de sus coletas y los atan juntos. El cráneo debe quemarles. Y aun así ninguno llora, solo por eso me siento orgullosa de ellos.

El rollo de soga es del grosor de mi cintura. Los hombres enmascarados me rodean con ella una y otra vez, atándome los brazos y el torso al tronco del árbol, hasta que soy una con el árbol. Cuando terminan, podría cargar el árbol entero a mis espaldas.

Me cuesta trabajo respirar. Me punza la nariz rota.

Satisfechos con su trabajo, los hombres nos dejan atrás y comienzan a caminar colina arriba para alcanzar al resto de su grupo. No están preocupados. Su trabajo está bien hecho. No podríamos escaparnos.

Nelson está atado a un árbol a mi derecha. Yo volteo la cabeza, la única parte del cuerpo que puedo voltear, y le llamo.

—¿Qué hacemos?

—No hay nada que podamos hacer. Tienen armas, Jacob.

—No —digo yo. Me sacudo, intento mover mi cuerpo. Si me muevo con suficiente fuerza, podría aflojar los nudos y salir de entre las cuerdas. Y lo tengo presente: soy pequeña. Buena para los espacios pequeños. Alguien me dijo eso una vez y tenía razón. «Sé pequeño», canto. Y me tiro contra la cuerda. Sé tan pequeña como te sea posible. Lo más pequeña que serás jamás.

Y funciona. La cuerda comienza a ceder. Yo saco los brazos de debajo de la soga y el aire me llena los pulmones, delicioso y amplio. Con mis manos empujo la cuerda para separarla de mi cuerpo, me muevo hacia arriba y hacia abajo hasta que libero mi torso y me desplomo sobre mis rodillas. Lo único que falta es patear para liberarme de las cuerdas en los pies.

Miro hacia la cima. Teddy y sus hombres están ocupados con el almuerzo, rompen carne seca con los dientes. A mi izquierda, Nam y Lum celebran mi escapada en silencio, y sus cabezas se menean de un lado al otro. Corro primero hacia Nelson. Él podría ayudarme a liberar a los demás.

Pero la traición de Caroline lo tiene diezmado.

—No, Jacob —me dice—. Incluso si ahora escapamos, van a encontrarnos. Siempre lo hacen.

Escucho más risas de Teddy y sus hombres. Pronto acabará el almuerzo y cuando eso ocurra no tendremos más oportunidades. Siento como si aún estuviera cargando el árbol a mis espaldas. Los árboles recuerdan por años y años. Mucho tiempo después de que todos desaparezcamos, ellos permanecerán aquí, con los recuerdos de todo lo que les ha ocurrido aún impresos en sus troncos.

—Nelson —le digo—. Hay algo que nunca te he contado. Comparto mi nombre, mi nombre chino, con el personaje de una historia. Desde que era joven odiaba mi nombre. Me preguntaba si mi nombre me ataba a alguna clase de destino; al mismo destino trágico que acabó con la vida de ese personaje. Me he pasado la vida peleándome con ese destino, pero a pesar de eso siempre termino en pésimas situaciones.

—Entonces todo este tiempo estabas en lo correcto —dice él aún más decepcionado—. Esto podría ser parte de tu destino.

—Quizás. Pero descubrí algo en este camino, mientras estábamos sentados en aquella celda. Todo podría estarme guiando hacia la misma muerte trágica. O todo lo contrario. O todo este tiempo he sido tonto, romántico y supersticioso, y lo único que guía mi camino soy yo mismo.

—No entiendes —contesta, aún sin mirarme.

—No, el que no entiende eres tú. —Presiono más—. Pero estoy diciéndote que debo intentarlo. Incluso si para mí hay un destino trágico ya escrito, no me importa. Me rehúso a creer que es esto que está ocurriendo ahora. No puede ser. Te estoy diciendo que yo debo intentarlo.

Me mira y por un momento creo que ha funcionado. Pero entonces entiendo por qué: olvidé sonar como Jacob Li y la que salió por mi boca fue la lírica suave de Daiyu. Nelson comienza a entender y sus ojos se agrandan, pero yo no bajo la mirada. Quiero contarle. Quiero que lo sepa. Pero antes de que pueda hacerlo, otro rugido de risas proveniente de Teddy y sus hombres bajan por la colina, y la impresión me devuelve a nuestro peligroso presente. No es momento de decirle ahora, porque habrá otros momentos en el futuro. Esto me lo prometo a mí y a Nelson.

—Lamento lo de Caroline —le digo y mi voz vuelve a su grosor cotidiano—, pero no puedes dejar que esto sea el final. No puedes dejar que esto sea nuestro final.

Con eso basta. Sus ojos enfocan al fin y el agudo toque de la caoba ahora vuelve a ser claro e intencionado.

—Por ti —dice—, por ti voy a intentarlo. Y entonces su cuerpo comienza a moverse también.

Yo mantengo los ojos en Teddy y sus hombres. Sus dientes brillan como cuchillos al sol y cortan el plumaje gris de la montaña. Hasta ahora nadie nos ha notado, pero no disponemos de mucho tiempo más.

Nelson se apoya contra las cuerdas y empuja con el pecho. Su cuello se pone rojo por el esfuerzo. Yo entierro los pies en el lodo y jalo.

—No te rindas —le digo—, creo que la cuerda está cediendo. Pero Nelson no es pequeño como yo. Se detiene mucho antes que yo, jadeando, y su cabeza cae de nuevo contra el tronco.

—Jacob —me dice. Pero yo no lo escucho. Yo jalo y entierro las uñas en la cuerda—. Jacob —vuelve a decirme.

Me caigo sobre el pasto. No sé cuándo comencé a llorar.

—Vete —dice Nelson. Por primera vez vuelve a sonreír. Una sonrisa genuina—. Debes irte a casa.

Pero yo no voy a escucharlo. Estoy viendo hacia la cima, donde, a unos pies de distancia de los hombres, las armas descansan en el pasto, están dispersas y sueltas. Recuerdo a la vendedora en el mercado y a todos sus pescados de plata. En ese entonces no tuve tiempo suficiente para correr. Esta vez no voy a cometer el error de titubear.

—¿Qué estás haci…? —comienza a decir Nelson, pero yo ya estoy corriendo para alejarme de él, Nam, Lum y Zhou. Corro montaña arriba, hacia Teddy y sus hombres. El árbol ya no está a mis espaldas, en cambio fue reemplazado por alas que podrían ser tan grandes como el océano. He escuchado cuentos de inmortales que descienden del cielo, dragones que se convierten en guardias, que se convierten en formas humanas. He escuchado de aquellos que protegen a gente como yo, gente como todos nosotros. Esa es la persona que me estoy obligado a encarnar.

Cuántas respiraciones: ¿cien?, ¿doscientas? Ninguno me ve llegar. Ninguno me mira hasta que ya tengo la mano en un arma y su cacha barnizada brilla en el pasto. Está esperándome. El arma es pesada y larga, no se le parece en nada a la pistola que William me entregó aquel día en Boise, pero yo la levanto del pasto, movida por el mismo impulso que me permitió subir corriendo la distancia de la colina. Enclavo el arma en mi clavícula de la misma manera en que vi a los hombres enmascarados hacerlo. No es muy diferente al acto de acunar un violín debajo del mentón.

Encuentro a Teddy y le apunto con el cañón del arma.

Ahora me observan los hombres enmascarados. Ahora gritan, se agachan con las manos sobre la cabeza. El almuerzo los tiene amodorrados.

—¡Deténganse! Deténganse o disparo.

Me miran y luego miran a Teddy. Él me sostiene la mirada por un momento y por su rostro se extiende una sonrisa burlona. Entonces asiente.

Los hombres permanecen en sus lugares.

—Un cuchillo —les grito—. ¿Quién tiene un cuchillo?

Nadie me contesta. Muevo el cañón del arma a la derecha de la cabeza de Teddy y aprieto el gatillo de la manera en que Nelson me enseñó a hacerlo. El arma golpea contra mi pecho y explota un chasquido, que casi me envía colina abajo. Los hombres enmascarados maldicen mientras se agachan. Teddy luce despreocupado.

—Voy a volver a disparar —les advierto.

—Yo tengo uno —dice uno de los hombres enmascarados—. Aquí está.

—¡Arrójalo! —le contesto—. Arrójalo a mis pies despacio.

Se agacha y saca un cuchillo de caza del tamaño de mi antebrazo. Yo mantengo el arma apuntando a la cabeza de Teddy.

—Si intentas cualquier cosa, voy a matarlo —le digo.

El cuchillo cae a mis pies. Coloco uno sobre el mango del cuchillo. Ahora tengo el cuchillo y aún tengo el arma. Pero aun con estas dos cosas, la distancia entre mis amigos y yo podría ser infinita. Desearía haber pensado esto mejor.

«Es una batalla perdida», me dice una voz en la cabeza.

Yo la acallo. Necesito intentarlo.

—Quédense donde están —les digo a los hombres enmascarados, agachándome para recoger el cuchillo—. Si se mueve cualquiera de ustedes, voy a dispararles.

Doy un paso atrás. Mi primer error. Los hombres enmascarados se relajan en el momento en que mi pie derecho toca el pasto, pues ya no están atados por el hechizo del arma. Puedo ver el movimiento de la respiración en sus torsos. No hay momento que esperar. Levanto mi pie izquierdo y lo pongo detrás de mí. De nuevo, la escena cambia. Los hombres se hacen más altos, más sólidos. Ahora los veo intercambiar miradas. Están observándose los unos a los otros, planeando su siguiente movimiento.

Hay quince, quizá veinte. Tendría que correr más rápido que todos y llegar a mis amigos antes de que me alcanzaran. ¿Podría matar a dos o tres mientras corro? ¿Podría matar siquiera a uno? De pronto el arma pesa mucho en mis manos y su peso me empuja contra la tierra. Me pregunto si lo mejor sería echarla a un lado y correr sin trabas.

Abajo, Nelson me llama y rompe mi trance. Doy otro paso hacia atrás. Y luego doy otro, hasta que estoy dando tumbos colina abajo. Con cada paso hacia atrás, los hombres se encojen, pero también crecen, sus pechos se inflan con la anticipación de la persecución que sigue. Me pregunto quién será el primero en actuar, si ellos o yo. Ya no falta mucho.

Al final, son ellos los primeros en actuar. El primer hombre se mueve cuando casi llego a donde están mis amigos. Es un movimiento pequeño, apenas notable, pero veo cómo el viento sopla a su alrededor, cómo la tela de su camisa aletea contra su codo. Él se mueve y sé que yo tendré que correr. Porque ahora se mueven los demás también. Dan un paso al frente, dos. Se truenan los nudillos. Miran hacia sus armas. Detrás de ellos, Teddy está de pie con las manos a los costados, divertido.

Yo levanto el arma y siento que mis manos están entumidas. No hay tiempo para hallar un objetivo; apenas me alcanza para apuntarle a alguna máscara y disparar. Pero están demasiado lejos y mi puntería es pésima. El disparo desaparece con el viento. Disparo una vez más con la esperanza de que el sonido los mantenga a raya.

Al cuarto disparo comienzan a correr. Corren más rápido de lo que esperaba; o quizá tan rápido como temía. ¿Cuántos disparos me quedan? Levanto una vez más el arma, pero esta vez estoy temblando, e incluso mientras disparo por última vez, sé que no ha logrado nada.

Nelson vuelve a gritar mi nombre. Es suficiente. Me doy la vuelta para comenzar a correr.

Mi viaje colina abajo no fue en balde. Mis amigos están más cerca de lo que esperaba. Pero incluso mientras trastabillo en su dirección, siento una gran desesperanza. Zhou ha logrado escaparse de sus cuerdas, pero Nam, Lum y Nelson siguen atados. No hay tiempo para un plan nuevo. Detrás de nosotros, los hombres gritan y ladran, son como lobos al acecho corriendo colina abajo. No va a llevarles mucho tiempo alcanzarnos con esa velocidad.

Yo corro hacia Nam y Lum primero con el cuchillo extendido.

—Al mismo tiempo —musito —y entonces estoy cortando la cuerda mientras ellos la jalan con toda su fuerza. Los tres trabajamos furiosamente hasta que la cuerda cede y cada uno de los hilos explota, y ellos caen de bruces sobre el pasto dando bocanadas para respirar.

Corro hacia Nelson entonces y volteo una vez más sobre mi hombro. Uno de los hombres está casi a punto de alcanzarnos. Casi puedo ver las facciones del hombre bajo la máscara. «¿De quién eres padre?», me gustaría preguntarle. «¿Quién es tu hermano?».

Mis manos no son fuertes. Tiemblan, son como hojas enfrentadas al invierno. No sirvo para empuñar un cuchillo, no sirvo para cortar esta cuerda, no sirvo para pretender que soy esta persona que es capaz, feroz y fuerte. No soy nada más que una niña huérfana. Este lugar no es para mí.

Escucho a Nelson decir mi nombre.

—Escúchame. ¿Estás escuchándome? Tienes que liberarme. Debes hacerlo ahora.

Su voz es urgente, pero está lejos, escondida detrás de un muro. Yo podría estar muy lejos de aquí, pienso. Ha sido tan difí cil seguir huyendo, seguir luchando. Podría dejar que me lleven y ya no tendría que sufrir más.

—Corta la cuerda, Jacob —dice Nam desde algún lugar a un lado de mí.

—¿Qué le ocurre? —dice ahora Lum.

Sería tan fácil rendirme, pienso, sería como al fin recostar la cabeza sobre la almohada después de una larga jornada, o sentarse tras correr por horas, días y noches. Habría dolor, sí. Pero también habría alivio. Ni siquiera Lin Daiyu quiere venir a salvarme ahora. Sabe que el acto de dormir encierra paz.

—Estamos perdidos —gime Lum—. Jacob se ha ido.

Pero la voz de Nelson, aunque lejana y suave, sigue aquí. Y me está llamando.

—Escúchame —me dice—. Tienes que cortar la soga para que podamos correr. Si no la cortas, van a matarnos.

—¿No merecemos vivir? —le grita Nam al viento.

Nelson vuelve a decir mi nombre. Es lo único que es capaz de decir. Y algo más también. Pero lo único que escucho es mi nombre.

Mi nombre.

Abro los ojos.

Veo el cuchillo en mis manos y veo a Nelson, quien sigue atado al árbol. De reojo, puedo ver a Nam, Lum y Zhou por encima de mí. Sí, sería mucho más fácil terminar mi viaje aquí, pero eso también acabaría con el viaje de ellos.

Levanto mi mano, y aunque la siento pesada y cansada, comienzo a serrar.

—¡Sí! —grita Lum.

Voltea a ver al grupo de hombres que se precipitan por la colina. Por alguna razón se hicieron más lentos.

—Todavía hay tiempo —me dice—. Puedes lograrlo.

—Corran tan rápido como puedan —le dice Nelson al grupo—. Corran hacia los árboles y corran rápido. Confíen en que todos nos dirigimos hacia el mismo lugar. No corran en línea recta, eso hace que sea más fácil dispararnos.

Ya estoy a mitad de cortar la cuerda. Los hombres han dejado de correr, pero sus sonidos son más fuertes, hay abucheos y gritos que se funden con la sangre que ahora se apresura por las venas de mi cuerpo. Mi cuerpo, mi cuerpo que sigue muy vivo. Nelson comienza a empujar las cuerdas nuevamente. Nam, Lum y Zhou brincan para ayudar, y sus manos hacen palanca entre las cuerdas. Solo un poco más, pienso.

La primera bala pasa volando contra mi oído y se clava en un tronco, marcándolo con una rasgadura afilada. Yo casi tiro el cuchillo, pero mi mano es más fuerte de lo que recordaba. Otra bala se clava arriba de la cabeza de Nelson. Los hombres gritan con júbilo. Me doy cuenta de que no están apuntando a matar. Están jugando a cazarnos.

Cuando la tercera bala corta el aire, el cuchillo hace a su vez su corte final. Y entonces Nelson está libre. Sabemos qué hacer.

—Que esta no sea la última vez que nos vemos —les ruego.

Y entonces nos dispersamos por entre los árboles. Pienso en el árbol al que Nelson estaba atado, ahora marcado con agujeros de bala, y cómo va a recordar el cuerpo de Nelson y cómo va a sangrar por los huecos de la bala por el resto de su larga vida.

Nelson corre en línea recta. Nam y Lum corren a la derecha. Zhou corre hacia la izquierda y yo corro hacia algún sitio entre todos ellos. A través de los pinos, sobre el piso del bosque, corremos esquivando las raíces y las ramas muertas y los agujeros de los conejos, aferrándonos a todo o a nada, aferrándonos al resto del grupo y obligándonos a que todos salgamos de esta.

—¡Corre, niño! —me gritan los que me persiguen y comienzan su caza una vez más. Me doy cuenta de que esperaban este momento. Nunca existió un mundo en el que nos dejaran correr libremente. Disparan dos veces más y ninguna de sus balas pasa cerca de mí. Pero el sonido es suficiente como para distraerme y me tropiezo y caigo. Me levanto una vez más y comienzo a correr, sangre fresca mana de mi palma. Detrás de mí, los hombres enmascarados gritan con júbilo.

Escucho otro disparo, esta vez a mi izquierda. Entonces otro sonido se une a la refriega, un aullido que atraviesa la copa de los árboles y nos une a todos en su dolor.

Zhou.

Yo podría seguir corriendo. Podría correr y correr hasta que mis piernas me impidieran hacerlo, hasta que de alguna manera llegara a la orilla del océano. Podría hacerlo. Pero los gritos ahogados de Zhou se agolpan en mi pecho y me jalan hacia atrás. Mi cuerpo quiere seguir avanzando, pero mi corazón no lo deja.

Doy vuelta y corro hacia la fuente del grito. Los hombres enmascarados que me persiguen no están por ningún lado; quizá me perdieron o quizá capturaron a alguien más. Puedo alcanzar a Zhou y cargarlo, pienso. Si puede quedarse en silencio, podemos sobrevivir.

Cuando lo encuentro está tirado en el pasto, con los puños golpeando el pasto. La sangre mana de su pantorrilla izquierda.

—Zhou —le digo. Me ve y gime. Su rostro está pálido.

Ahora la sangre mana con más rapidez, caliente en su libertad. Corto la manga de mi camisa y envuelvo la herida con ella de la forma en que vi a mi madre hacerlo con mi padre. Zhou da un brinco. Y la camisa se empapa con el color de la sangre.

—Tenemos que seguir —le digo. Me agacho y envuelvo mi cuello con uno de sus brazos. Es más grande que yo, pero también es ligero. Puedo cargarnos, pienso. Tengo que poder cargarnos.

Se apoya en mí.

—Solo un paso —le digo—. Un paso y nos movemos. —Mi cabeza está repleta con la respiración de Zhou, repleta con los murmullos de los árboles y la sangre que está por todos lados, enjuagando mis sienes. Mi cabeza está repleta con todo, salvo por la única cosa que debería estar intentando escuchar, y cuando sí la escucho, ya es muy tarde.

Clic.

Clic.

Clic.

Uno a uno los hombres enmascarados emergen de los árboles y nos apuntan con sus armas. Dos de ellos arrastran a Nam y Lum de las coletas. Sus cuerpos están sucios de pasto. Yo busco a Nelson, pero no lo veo. Al menos uno de nosotros escapó, pienso.

Pero estoy errada. Claro que estoy errada. Porque el último en emerger de los árboles es Teddy y está arrastrando algo que luce como Nelson.

—¿Lo buscabas? —me pregunta. Los vellos rubios sobre su labio están húmedos y moteados con anticipación. Avienta a Nelson frente a sí. Nelson tropieza y cae al suelo sobre sus rodillas. Tiene los ojos cerrados. Como si no pudiera seguir mirando.

Nosotros cinco, reunidos otra vez.

11

El precio que pagamos por nuestro intento de escape son Nam y Lum, a quienes cuelgan de un viejo roble. No para matarlos, sino para demostrarnos que pueden. Al primero que cuelgan es a Nam, y su rostro va de blanco a rojo y después a violeta, los ojos se le hinchan. Se lleva las manos a la cuerda que le rodea el cuello. Un estertor espantoso sale de él. Y entonces, justo cuando luce como si fuera a tomar su último respiro, la cuerda se afloja y cae al pasto. Tarda un momento. Yo temo que la mera caída lo mate. Pero vuelve, escupiendo e intentando respirar.

Después es el turno de Lum. A diferencia de Nam, no hace mucho ruido. Estoico, impasible, flota en el cielo y fija la mirada en Teddy, quien lo observa con una sonrisa sarcástica. Cuando sueltan a Lum, justo antes de que sus labios palidezcan, cae de cuatro patas y se endereza como si hubiera hecho algo tan mundano como bajar su libro de contabilidad de la repisa.

Toman a Nam una vez más, lo arrastran con la cuerda. Mientras la envuelven en su cuello y lo elevan, comienza a llorar. Me doy cuenta de que el juego no va a acabar jamás. Van a jugar con nosotros una y otra vez hasta que algo, alguien, se rompa.

Como si me hubiera leído la mente, Teddy alza la voz.

—Caballeros —dice—, puedo hacer esto hasta el fin de los tiempos. Lo único que quiero es que uno de ustedes acepte que asesinó al pobre de Foster. ¿De quién fue la idea? Díganme y terminaré con esto.

Protestamos. Nuestras voces demandan ser escuchadas. «¡No fuimos nosotros! ¡Somos inocentes!». Teddy hace una señal a los demás hombres enmascarados, quienes regresan a Lum a la cuerda. Lo levantan del suelo, y es como un ornamento grotesco que pende sobre nuestras cabezas. Cuando lo tiran, puedo ver marcas moradas en su cuello.

Una y otra vez Nam y Lum son colgados por turnos, y cada vez parece que penden por mayor tiempo. Los moretones en sus cuellos comienzan a convertirse en collares negros y sus frentes se ponen tan rojas por la sangre que les punza que temo que exploten. Una y otra vez nuestros ojos los siguen por el aire, y el sol cae tras de ellos; es lo único fijo en el cielo a sus espaldas.

¿Cuántas rondas? ¿Cuántos respiros les quedan? ¿Cuántos huesos deben romperse antes de que un hombre muera? Incluso Lum, el invencible, el desdeñoso Lum, luce como si ya no fuera a aguantar mucho más.

Teddy hace otro gesto y los enmascarados devuelven a Nam para que tome su turno. Cuando lo miro esta vez, sé que esta va a ser la que lo mate. Nam, el feliz dueño de una tienda, a quien yo he llegado a querer, el hombre que es indestructible siempre y cuando esté armado de buen humor y de *man tou* al vapor, quien siempre encaró el mundo con amabilidad y generosidad.

Pero a Teddy no le importa.

—Levántenlo —ordena, porque solo ve a otro chino que necesita conocer su lugar en el mundo.

Los enmascarados trabajan sin titubeos. Ellos también saben que Nam va a morir en esta ocasión y están impacientes por que ocurra. Han comido hasta saciarse, pero ahora los está impulsando un hambre distinta. Uno de ellos toma la cuerda. Otro le da un empujón a Nam para que se acerque.

Pero una voz se desliza, suave y segura, en el espacio entre Nam y la cuerda.

—No —dice la voz—. Fui yo. Yo maté al hombre.

Lo primero que temo es que la voz le pertenezca a Nelson. Volteo a verlo, pero su cabeza sigue gacha.

—¿Tú? —pregunta Teddy. Le está hablando a Lum.

—Fui yo —repite Lum.

¡No!

No sé quién grita; quizá es Nelson, o yo, incluso puede que haya sido Zhou. Quizá somos todos al mismo tiempo. Frente a la confesión de Lum, todos revivimos y la gravedad devastadora de lo que hizo es ahora demasiado clara para todos.

Teddy sonríe.

—No fue tan difícil, ¿o sí, caballeros?

Camina hacia Lum y le escupe en la cara.

—Así que tú lo planeaste. ¿E hiciste que estos cerdos te ayudaran?

—No —contesta Lum—. Fui solo yo. Ellos no hicieron nada.

¡No!

Es nuestro coro de voces de nuevo. Pero ya no importa. La confesión de Lum ya puso en marcha lo que sea que ocurrirá como acto final.

—No fue él —dice la voz rasposa de Nam al lado de la cuerda—. Fui yo. Yo maté al hombre.

Vuelvo a ver a Nelson. ¿Cómo detenemos esto? Ambos están mintiendo. Están intentando salvar al otro. La derrota en su cabeza aun gacha me informa que él tampoco sabe cómo parar esto.

—¿Tú lo hiciste? —demanda Teddy—. ¿Lo hicieron juntos?

—No —replica Nam, esta vez con mayor claridad. —Fui yo solo.

—Está mintiendo —ataja Lum—. Fui solo yo. Puedes dejarlos ir.

Teddy estudia a ambos. Y entonces voltea a evaluar al resto de nosotros: yo, con los ojos desorbitados y muy abiertos; Nelson, con los hombros caídos; Zhou, que está rogándole al cielo. Y entonces los labios de Teddy se retuercen.

—No importa —dice—. Cuando amanezca, todos van a pagar por lo que hicieron.

12

Siento deseos de gritar. Gritar tan alto como me sea posible hasta que mis entrañas salgan de mi cuerpo y pueda ser enterrada en mi propia sangre. Quiero romper mis cadenas, tirar el árbol al que estoy atada, demoler el bosque entero. Quiero sacarle los ojos a todos los que me han causado dolor. Se siente bien tener ira, y tener odio se siente incluso mejor. Podría perderme en esto y quiero hacerlo, fervientemente. Quiero sentarme sobre el dolor hasta absorberlo y que se me reduzca a él.

La pregunta de Swallow vuelve a mí, tan suave y abierta como la noche en que me la hizo, cuando iba a tener a mi primer cliente en el burdel: «¿Tienes dónde refugiarte?».

Solo me queda un sitio. Yo sigo la pregunta de Swallow hasta que otra vez estoy volando, tan estática y con tanto delirio como cuando crucé el océano en una cubeta de carbón, hasta que estoy de pie sobre los escalones sucios del frente de un edificio rojo con el techo color cacahuate.

Pero la escuela está vacía. Solo está el amo Wang, quien espera al frente del salón como si esta fuera cualquier otra noche y él acabara de terminar de dar sus clases. Ver su rostro benévolo me hace caer de bruces. Hay más arrugas de las que recuerdo.

—Me preguntaba cuándo vendrías.

—Lo he intentado. Lo he intentado bastante.

El amo Wang me observa colapsar. No hay juicio en su rostro. Un día, encuentra a un niño de la calle sobre sus escalones. Un solo vistazo le informa que se trata de un niño huérfano de madre, quizá huérfano de padre también. Tiene un rostro taciturno, las mejillas hundidas y un cuerpo que dice que hará lo que esté en sus manos para estar a salvo, ser querido y comer hasta saciarse. Al amo Wang no le cuesta trabajo decirle que sí a eso. Es muy fácil entregarle tu corazón a otro ser humano.

—Estás enojado conmigo —me dice—. Quizá siempre lo estuviste.

—Sí —contesto. Es la primera vez que me permito hablar con libertad. Este hombre me enseñó tanto, sin embargo, me pregunto si siquiera aprendí algo. Me gustaría volver a ser Feng, el niño del viento. Eliminar al resto del mundo, ser un simple estudiante: tener por brazo un pincel y tinta en vez de sangre en las venas. Feng pudo haber tenido una vida pacífica. Feng pudo haber tenido una vida feliz.

—¿Por qué no fuiste a buscarme? ¿Te importó siquiera que desapareciera?

—Sí, me importabas. Fuiste mi mejor alumno.

Me duele oír eso, es otro recordatorio de mis pérdidas.

—¿Entonces por qué fue tan fácil dejarme ir?

—¿Piensas que fue fácil? —contesta el amo Wang—. No lo fue. Me pregunté si hice algo que te molestara, si de verdad no te alimentaba lo suficiente, si simplemente cambiaste de opinión al respecto de la caligrafía. Me pregunté si había sido un mal maestro. Fue hasta meses más tarde que me pregunté si te habían raptado. Pero no importaba. ¿Recuerdas lo que te enseñé? En la caligrafía, como en la vida, no hay vuelta atrás. Debemos aceptar que lo hecho, hecho está.

Yo sacudo la cabeza, sintiendo odio por lo fácil que le resulta decir esas palabras.

—Me dejaste ir. Me sacrificaste en nombre de tus creencias sobre el arte.

El amo Wang me da la espalda y camina hacia el estrado. El estrado que yo recordaba tan majestuoso como el amo Wang ahora luce mundano y moribundo por la falta de uso.

—Nunca hubo tal sacrificio —dice el amo Wang—. Un calígrafo sirve a la demanda del papel. En esta vida yo siempre seré solo un pincel. ¿Y tú? Tú no eres un pincel. No, tú eres la piedra de tinta y siempre lo has sido.

—¡Habla con palabras! —grito—. ¡Lo que dices no tiene sentido! ¡Hice todo lo que me enseñaste! ¡Y mira dónde acabé! No estoy cerca de estar unificada. Estoy cansada de intentarlo.

—Entonces no has estado escuchándome —dice con calma el amo Wang—. Te enseñé los caracteres, la técnica, los movimientos. Te enseñé la manera en que un calígrafo debería comportarse en el mundo. Pero hasta que no aprendas a escribir tus propios caracteres sin mi mano, no estarás unificada jamás.

En este salón estoy a salvo, pero no puedo quedarme por siempre. Miro una vez más hacia los tapices en los muros que nos rodean. Poemas y caracteres, y sabiduría victoriosa, la reencarnación de los calígrafos como el amo Wang. La escuela podría derrumbarse y desaparecer, pero estos caracteres seguirían luciendo tan magníficos para mí como el primer día que di un paso al interior de la escuela.

«Tienes manos de artista», me dijo Nelson alguna vez. En ese entonces desconfiaba de él, creía que me estaba mintiendo solo para atraerme. Pero de quien desconfiaba en realidad era de mí misma. Eran mis manos las que me delataban. El corazón no tanto. Tanta práctica y tantos caracteres. Al final, lo que sea de ellos depende de mí.

El último de los cuatro tesoros del estudio, la piedra de tinta, es el más importante, porque es lo que le permite al calígrafo comenzar. Para que la tinta sea tinta, primero debe molerse contra la piedra de tinta.

La piedra de tinta es considerada un tesoro y debe ser tratada como tal. Hay un dicho: «Un artista ama su herramienta tanto como una madre ama a su hijo». Es bueno saber que una piedra jamás es tan solo una piedra, sino algo vital, incluso poderoso. La piedra de tinta pide que algo se destruya en pos de la creación de algo más: primero debes destruirte, molerte hasta hacer de ti una pasta, antes de convertirte en una obra de arte.

13

En la mañana nos despiertan temprano, justo cuando el sol corona las copas de los árboles. Cualquier otro día, la franja rosada en el cielo sería considerada bella. En un día como hoy, lo único que observo es la promesa de sangre en el horizonte.

Nos atan las manos, usan la cuerda como una correa con nosotros. Nelson va detrás de mí, a mi derecha. Volteo a verlo, pero casi está fuera de mi campo de visión, apenas puedo escuchar el sonido de sus pies arrastrándose por el pasto.

En mi estómago hay una lombriz moviéndose, se retuerce contra la sopa aguada que nos dieron antes de que cayera la noche. ¿Qué me harán si vomito ahorita? ¿Me cortarán la lengua? ¿Me patearán en el rostro para romperme de nuevo la nariz ya rota? El hombre que me guía jala de la cuerda y con ello me jala hacia delante, pero yo ya no aguanto más. Abro la boca, espero a que llegue el vómito.

Pero no llega el vómito. En su lugar, aparece Lin Daiyu.

Estoy, debería decirlo, feliz de verla. Ha pasado mucho tiempo. Durante su estancia en mi cuerpo se ha vuelto más pacífica e incluso más hermosa de lo que la recordaba. Su piel y cabello brillan por la salud y el descanso. Sus ojos están teñidos por el sueño, pero aun así resultan bellos. También ella está feliz de verme, pero después sus ojos miran al hombre que sostiene la cuerda.

—*¿Qué es esto?* —me pregunta. Por primera vez la veo con miedo. Se acerca a mí, con la mano me soba los brazos—. *¿Qué está ocurriendo?*

—Dormiste un buen rato. —Alcanzo a decir—. No quise despertarte.

—*Pero debiste hacerlo. Hiciste esto a propósito.*

—Te prometo que no —respondo, aunque ya no estoy tan segura.

Me abandona para dar una vuelta y revisar a todo el grupo. Se agacha y alza para inspeccionar a Nam, Lum, Nelson e incluso Zhou antes de volver corriendo a mi lado.

—*¿Qué está ocurriendo? ¿Qué pasó?*

—Te contaré —contesto—. No me tomará mucho tiempo.

—*Diles* —me aconseja—. *Revélales tu verdadera identidad. Nunca ahorcarían a una mujer.*

—¿No? Mira lo que le hicieron a mi madre.

—*Eso fue diferente. Eso fue en China. América es distinta. Ya verás.*

Como no respondo, ella se queda callada y se sube a mi espalda, nerviosa y alerta. Su sugerencia me hace pensar. Sí, podría revelar mi verdadera identidad en este momento, pero ¿para qué? Puede que me dejen ir, pero no dejarán ir a mis amigos. O podrían pasarme de mano en mano hasta que no fuera nada más que un depósito para la cosa asquerosa que tienen entre las piernas. Conozco suficiente sobre los hombres como ellos.

O podría quedarme callada e ir a donde vayan todos.

—*No dejes que este sea el final de nuestra historia* —grita Lin Daiyu.

—Pienso que nuestra historia terminó hace mucho tiempo —contesto. No intento ser grosera. Solo estoy diciéndole la verdad.

14

El claro al que nos conducen no luce diferente de aquel en el que Nelson y yo nos recostamos aquel día en Pierce. Para este punto, el sol ya está muy arriba en el cielo, la mañana es bellísima y cálida. Me recuerda a los veranos de mi infancia, en los que cazaba conejos en la hierba alta para después empaparme del agua del océano. El agua siempre dejaba una salmuera en mi piel que cocía mis brazos y piernas. No importaba cuánto me tallara mi madre, creo que la sal nunca se me quitó de encima. Incluso ahora, puede ser que aún haya sal en los pliegues de mis codos y rodillas. «Ten cuidado conmigo», tengo ganas de decirle al hombre que me arrastra al final de la línea donde Nam, Lum, Zhou y Nelson están arrodillados. «Cargo en mí al océano».

Primero toman a Nam, porque es el más fácil. Está debilitado por el viaje y por todas las veces que lo colgaron el día anterior, su cuerpo se dobla sin preguntar, y cuando lo ponen de pie, puedo ver lo grande que le queda la ropa en este punto. Deslizan un poste entre dos pinos negros y de él cuelgan una soga con un nudo lo suficientemente grande para pasar una cabeza por uno de sus extremos. Esta vez no es un juego.

Le ponen la soga al cuello a Nam. Su mandíbula luce más grande que la abertura de la soga. Así que tienen que jalarla para bajarla hasta su cuello. Mientras hacen esto, Nam habla. Le ruega a cada hombre que lo deje ir.

—Tienen al chino equivocado —suplica—. Sé que todos lucimos iguales para ustedes, caballeros, ¡lo sé! Pero tienen al chino equivocado. ¿Por qué mataríamos a Foster? ¡Era tan solo un competidor amable!

Y como siempre ha ocurrido, lo ignoran. En cambio, Teddy da un paso al frente y habla.

—Has sido traído aquí para responder por el crimen espantoso que cometiste —dice él—. Por la corte frente a ti, has sido encontrado culpable. Hoy serás ahorcado.

—Por favor —interrumpe Nam, mirando en todas las direcciones. Ninguno de los enmascarados se mueve.

—¿Tienes algo que decir antes de morir? —grita Teddy.

Nam abre la boca. Nos mira a cada uno de nosotros. Cuando sus ojos me alcanzan, sé que es la última vez que los veré abiertos.

—Que nos bebamos algo la próxima vez que nos encontremos —nos dice a nosotros.

Son tres los hombres que se necesitan para jalar la cuerda. Tres hombres y la soga comienza a deslizarse por el poste en el que descansaba. Tres hombres y los pies de Nam comienzan a elevarse del suelo. Patean hacia un lado y hacia el otro. Podrían estar danzando. Recuerdo la noche del festival de mediados de otoño, cómo bailó frente a los cohetes y ofreció su cuerpo al cielo. Ahora ya no hay tierra debajo de ellos que pueda sostenerlo.

Tres hombres y el rostro de Nam se pone cada vez más rojo. Tres hombres y el rostro de Nam se torna de un tono violeta y opaco.

El respiro final, después un sonido. Tres hombres y Lum tiene el rostro sobre el pasto.

Nam cae.

—¡Bastardos! —Llora Lum una y otra vez—. ¿Qué han hecho?

No hay mucho tiempo para que él diga algo. Porque es el siguiente. Lo toman con facilidad, al alto y flaco de Lum. Lum, cuya columna luce como si tuviera púas en la camisa, cuyos pantalones cuelgan de sus muslos, la parte de él que ahora es más amplia. Nos hacen mirar mientras le quitan la cuerda a la cabeza de Nam. No puedo mirar su cadáver, así que miro a Nelson. Nelson tampoco está observando.

—*¿No vas a decir nada?* —me pregunta Lin Daiyu.

Meter la cabeza de Lum a través de la cuerda no les cuesta trabajo. Es un rostro tan afilado como el de un pájaro, un cuello que muestra cada tendón y músculo. Teddy repite el decreto. Lum está furioso. No deja que Teddy hable sin gritar él mismo ante cada una de las palabras de su verdugo. Los hombres enmascarados se ponen nerviosos y comienzan a tocar sus armas. Sé que Lum no puede hacer nada, pero me alegra saber que tiene el poder de hacer que estos hombres sientan un poco de miedo, incluso en este momento.

—¿Tienes algo que decir antes de morir? —finalmente grita Teddy.

—Que sufras —brama Lum—. Que sufran todos y cada uno de ustedes.

Y entonces cierra los ojos. Sus pies dejan la tierra. Se mantiene derecho y erecto, deja que la cuerda haga su trabajo.

—El siguiente —dice Teddy.

Es Zhou. Trabajan rápidamente. Teddy vuelve a preguntar.

—¿Quieres decir tus últimas palabras? —Los hombres que observan el espectáculo se ríen, están excitados por lo que viene a continuación. Zhou abre la boca y una lombriz se mueve de muela en muela.

—Nelson —le digo al hombre al lado de mí. Estoy pensando el momento en que me salvó la vida, el día en que la turba se amontonó afuera de la tienda y en cómo después desconfié tanto de él, cuando en realidad lo único que siempre quise fue que él me conociera, me conociera de verdad, de la forma en que yo terminé por conocerme. Es lo único que me queda para darle y quiero hacerlo, muchísimo—. Tengo algo que decirte —le digo.

—Todo está bien. Todo está bien.

Zhou es colgado. Es rápido.

—Rápido porque no tiene lengua el niño —dice el hombre que está junto a mí, pero no se dirige a nadie en particular—. Hay menos carne que la soga tiene que cortar—. Volteo para gruñirle, pero él golpea mi cabeza con la base de su palma.

—El siguiente —dice Teddy—. El niño del violín.

—Nelson.

Lo están levantando ahora.

—Nelson —digo una vez más.

Sus ojos no abandonan los míos, son de color café y están llenos de seguridad. Los cuerpos de Nam, Lum y de Zhou están tirados a un lado, tres montañas pequeñas que la tierra un día va a devorar.

—Nelson —digo una vez más. Y a modo de disculpa, su cabeza se inclina hacia un lado.

—No —le digo—. Eras perfecto.

Incluso con la soga al cuello, luce guapo. Se para tan derecho como le es posible, la espalda erecta, las piernas firmes. Las manos que tanto he admirado entrelazadas bellamente frente a él. Incluso ahora, pienso, lo amo más que nunca.

—Has sido traído aquí para responder por el espantoso crimen que cometiste —dice Teddy. Las palabras ya me resultan familiares, ya no son terroríficas, sino aburridas—. No solo por tu involucramiento en el asesinato de Daniel M. Foster, sino por tu violación de la ley más sagrada: acostarte con una mujer que no es de tu raza.

—Sucio ojos rasgados —escupe el hombre que es mi guardia.

—Perro callejero, ojos de rendija —añade otro.

—Apuesto a que rogó que tuvieras una verga bella y blanca —grita un tercero. Los hombres enmascarados gritan alegres al escuchar eso hasta que todo el bosque que nos rodea se llena con el volumen.

—La Corte ante ti —concluye Teddy— te ha encontrado culpable. Y hoy serás ahorcado.

Nelson mira al frente y su mirada ya vuela más allá de donde estamos ahora. No luce asustado.

—*¿Quieres que vaya con él?* —me pregunta Lin Daiyu—. *Puedo ir para que no esté tan solo.*

No espera mi respuesta. Me conoce bien. Cuando Teddy le pregunta a Nelson si quiere decir unas últimas palabras, Lin Daiyu se desliza sin esfuerzo hasta el lado de Nelson. Se para derecha como él. Nunca había visto lo alta que es.

—Solo diré esto —responde Nelson. Sus ojos se deslizan hasta enfocar los míos—. Cuando sus esposas, hijas y nietas les pregunten quién mató a quién, espero que recuerden que ustedes son los asesinos.

—¡Que te ahorquen! —gritan los hombres enmascarados.

—Nelson —digo yo.

—*Estoy aquí* —dice Lin Daiyu.

Cuando lo ahorcan, no puedo evitar pensar que luce hermoso. No patea, no protesta. En cambio, su cuerpo pende en el aire, se parece mucho a un pincel justo antes de tocar el papel, cuando sigue en la mano del calígrafo, sagrado y tibio, un instrumento amado, algo en lo que puede confiarse y que puede ser amado y cuidado. Y yo podría jurar, aunque sea tan solo un deseo en mi propia cabeza, que dice mi nombre antes de que todo se aquiete.

—Vamos por el último, entonces —anuncia Teddy.

El hombre sobre mí me levanta. Estoy sorprendida de la rapidez con la que soy capaz de mantenerme equilibrada. Todos esos años de caminar junto al océano me resultan de provecho. En algún punto mis pies aprendieron cómo cargar más que mi propio peso.

—*Haz algo.* —Me ruega Lin Daiyu. Está de vuelta a mi lado. Y sus manos son como velas de un barco al lado de mi rostro—. *Déjame hacer algo.*

La decisión pende frente a mí: no decir nada y ser ahorcada, o revelar mi identidad de mujer y mantenerme viva, pero a un precio espantoso. Ninguna parece ser una buena opción. Mis amigos están muertos.

Toda mi vida me he sentido empujada por las circunstancias. Solo estuve en Zhifu porque mi abuela me envió; solo hallé al amo Wang porque la dueña de la tienda de fideos me dijo que fuera ahí; solo estoy en América por culpa de Jasper; solo estoy aquí por el asesinato que alguien más cometió. Y a través de todo eso, una pregunta insistente: ¿Mi vida es mía? ¿Siempre he estado destinada a una tragedia a causa del nombre que llevo?

Mi nombre. Los caracteres que me han acosado y plagado desde el principio vuelven a aparecer frente a mí, preciosos en su peso y su familiaridad. Esto que he escondido, todo lo que he cambiado y lo que he añadido, esta cosa que he añorado desde siempre. Soy la constelación de todos los nombres en mi interior, cada nombre que he habitado. Y esta es la verdad que por primera vez soy capaz de ver: solo he podido sobrevivir a causa de mi nombre.

Me lo vuelvo a preguntar: ¿seré quien sostiene el pincel o el objeto sobre el cual otro escribe?

La respuesta es simple. Sé cómo escribir bien. «Toma el pincel en tus manos, Daiyu. Mira, de verdad observa el espacio vacío frente a ti. Es mucho espacio. Entinta el pincel en el pozo del mundo, deja que tu corazón cante a través de tu brazo. Muévete como lo desees. No te muevas como se te ha indicado, no de la forma que los académicos toman por mejor, ni siquiera de la manera en que el amo Wang te indicó. Haz de tu arte lo que te plazca. Es tuyo, después de todo. No le pertenece a nadie más. Esa es la belleza. Esa es la intención. Esa es la unidad».

Lin Daiyu entiende lo que esto significa. Quizá lo entendió desde siempre.

—*¿Sabes que te amo?* —me pregunta.

—Yo también te amo —le contesto—. Hemos estado juntas desde antes de que yo naciera.

Y eso es verdad. Sí, la amo. Pero la amo como a otra persona, no como parte de mí.

Una es una niña, la otra un fantasma. Pero aun así no sé a cuál amé más.

*

Un hombre enmascarado desliza la cuerda por mi cabeza. Yo miro el cielo. Las nubes sobre mí se apelmazan a la derecha y pronto estarán lejos de donde ahora están, en otra tierra, flotando sobre el océano, y quién sabe dónde irán a terminar su camino o si lo terminarán siquiera. Nunca pensé en eso, pero cada nube que he visto debió estar camino a algún lugar. Aquellos que miran las nubes solo pueden observar un momento de su viaje. De esta forma, podría decir que yo misma soy una nube.

—Has sido traído aquí —comienza Teddy, pero yo ya no puedo escucharlo. Lin Daiyu jala de la cuerda en mi cuello.

—*Quiero liberarte.* —Me ruega una vez más, pero no puedo. No tengo nada en mí que sea filoso.

—Está bien —le digo. Las lágrimas inundan su rostro, son brillantes, gotas lo bastante gordas para inundar este bosque entero—. ¿No estás cansada?

—*Sí* —dice ella, casi con culpa.

—Yo lo sé —le contesto—. Quizá será bueno descansar.

Ahora vuelve la voz de Teddy. Quiere saber si tengo unas últimas palabras que decir. Bajo mi mirada y veo a los hombres enmascarados frente a mí. Podría estar viendo a un grupo de fantasmas.

—Sé quiénes son —les digo, y mi voz es tan derecha y gruesa como el más atrevido de los movimientos de un pincel—. Pero ustedes no saben quién soy yo. Déjenme decirles. Mi nombre es Daiyu.

Incluso mientras las palabras salen de mi boca, me maravillo de mi propio nombre, el nombre que me dieron mis padres, enteramente mío, sobre todo ahora, es lo último que me queda y que ninguno de ellos, ni Teddy, ni los hombres enmascarados puede quitarme. Los nombres existen antes de las personas a quienes nombran, es la parte más vieja de nosotros. Mi nombre existía antes de que yo naciera, así que, pienso, he vivido por mucho tiempo.

Sus ojos están fijos en mí y esta vez no es por desprecio. Esta vez tienen miedo. No saben si creerme o no, pero incluso cuando intentan borrar mis palabras, comienzan a entender. El hombre frente a ellos no luce como un Jacob Li, después de todo. El hombre que observan está convirtiéndose en alguien más, en una mujer quizás, sus ojos están alineados con el sol, su cuerpo está en llamas con un calor que no viene de este día de otoño. La soga en su cuello es solo una formalidad. Podría liberarse si quisiera hacerlo. De hecho, podría salir volando.

—Nunca van a olvidarme —les digo a todos.

La cuerda me aprieta el cuello. Mis pies dejan el suelo y soy levantada al cielo. Es un vuelo diferente. Debajo, uno de los hombres enmascarados hace rodar el cuerpo de Nelson junto a los de Nam, Lum y Zhou. Lin Daiyu vuelve a mi lado, aunque ya no está llorando.

En la caligrafía, hay una técnica avanzada llamada *pincel dividido.* El calígrafo doblará el pincel de forma que las cerdas se separen y se transformen en miles de pinceles más pequeños. «Una infantería de pinceles», solía llamarlo el amo Wang. Para cualquiera que observe el trabajo final, parecería como si el calígrafo hubiera hecho miles de movimientos, pero es simplemente la destreza de la mano. Siempre fue una sola pincelada.

Cuando era niña, nadie nunca me preguntó por el significado de mi nombre, porque siempre asumieron que fui nombrada en honor a Lin Daiyu. Por ello odié mi nombre. Pero si me pidieran en este momento que lo escribiera, el nombre con el que nací, lo haría con mucho cuidado, con la más grande de las atenciones. Lo escribiría con amor. Y si tú, como muchos otros antes que tú, me preguntaras qué se siente ser una niña que lleva el nombre de otra, una mujer que sigue los pasos de otra mujer, una vida que ya está escrita en el destino de otra, diría que no es nada, en verdad. O que lo es todo. Mi vida fue escrita para mí desde el momento en que se me otorgó ese nombre. O tal vez no. Esa es la verdadera belleza. Esa es la intención. Podemos practicar cuanto quieras, contando y recontando la misma historia, pero la historia que saldrá de tu boca, de tu pincel, es la que tú puedes contar. Así que déjalo ser. Deja que tu historia sea tuya y que la mía sea mía.

Epílogo

Zhifu, China
Primavera de 1896

Hoy la marea es muy fuerte. El barco que atraca ha estado viajando por un tiempo, su recorrido inició en la costa de California. Pero su descanso no durará mucho. Pronto será preparado para volver a cruzar el océano Pacífico. Por ahora, sin embargo, los miembros de su tripulación tienen permitido el desembarque, están alegres de poder poner los pies en tierra nuevamente.

La tripulación baja hacia el muelle. Cargan contenedores, paquetes, barriles, cubetas. Todos son bienes que han traído de California y otros lados. Cargan paquetes pesados, objetos personales, cosas que pueden ser vendidas y revendidas. Algunas veces también cargan cadáveres.

En un contenedor hay cinco cosas de ese tipo: cinco cajas de madera. No es el único contenedor. Hay varias pilas de este tipo.

—Algunos no tienen dirección —le dice un miembro de la tripulación a su camarada.

—Oye, camarada —contesta el otro—. El jefe dice que los tiremos en el océano si nadie viene a reclamarlos.

—¿Qué hay dentro?

—¿No lo sabes, camarada? Son los huesos de todos los chinos que murieron en el extranjero.

El tripulante se aleja de los contenedores como si estos fueran a cobrar vida.

—¿Se tomaron el trabajo de repatriar los cuerpos de todos ellos?

—Escuché que es un asunto religioso. Desentierran los huesos, los lavan y los mandan de vuelta aquí. Es de hecho algo lindo. Les da la oportunidad de tener un entierro digno.

—Debe ser solitario morir hasta allá —dice el miembro de la tripulación—. Tan lejos de casa y todo eso.

No lejos de la orilla, una mujer vieja camina sin rumbo por las calles de Beach Road, en Zhifu. Nadie la ha visto antes y están seguros de que acaba de llegar, pues su pelo blanco está sucio y sus zapatos llenos de lodo. Su boca está abierta y está gritando un nombre. Nadie ahí ha escuchado de una persona llamada así, pero se preguntan si la vieja ha confundido el nombre con otro proveniente de una historia famosa. Le preguntan a la vieja si se siente bien. Le preguntan si en casa hay alguien que pueda cuidarla. «¿Dónde están tus hijos?», le preguntan. «¿Dónde está tu esposo?».

La vieja no les contesta. Continúa gritando el nombre. Pasa junto a un edificio rojo con un techo de color cacahuate, que está abandonado y comienza a caerse; un edificio que parece haber sido cerrado hace muchos años. Se pregunta si la persona que busca podría estar ahí dentro. Quizá irá a preguntarle al dueño, piensa. Pero decide no hacerlo, en vez de eso vuelve al océano.

¿Pero está sola? En algún lugar de la orilla, una figura, alguna vez una niña, después una mujer, después algo por completo diferente, observa a la anciana gritar ese nombre. Y entonces los gritos de la figura se unen a los gritos de la vieja, hasta que ambas están gritando el nombre mucho tiempo después de que todo el mundo se ha ido a dormir y no queda nada más que las nubes de la tormenta que se avecina en el horizonte, haciendo de sus gritos un eco que llega hasta el lugar en el que la luna se encuentra con todo lo demás.

En la mañana, lluvia de primavera.

Nota de la autora

En 2014, mi padre volvió de un viaje de negocios a través de la región del noroeste de Estados Unidos con una anécdota interesante. Estaba manejando por Pierce, Idaho, cuando vio una placa histórica que atestiguaba el «ahorcamiento de unos chinos». La placa contaba la historia de cómo cinco hombres chinos fueron colgados por justicieros por ser los presuntos culpables del asesinato del dueño blanco de una tienda local. Mi padre preguntó con toda seriedad si podría escribirle la historia para que él pudiera resolver el misterio de lo ocurrido.

Cinco años después, retomé esa petición en el último semestre del programa de maestría en el que estaba inscrita, en Wyoming. Después de una investigación inicial, me sorprendió encontrar que había un par de fuentes útiles en línea, que documentaban exactamente qué había ocurrido: tres resultados de Google, de hecho. El único vestigio del evento descansaba en esa placa histórica de Pierce, Idaho, pero entonces leí que incluso el letrero había sufrido vandalizaciones frecuentes y que había sido robado. Lo que me resultó más alarmante, sin embargo, fue descubrir que no había sido un evento solitario. Hubo mucha violencia antichinos a lo largo de todo el país durante la segunda mitad del siglo diecinueve, incluyendo la masacre de Rock Springs, Wyoming, y la masacre de Snake River, en el condado de Wallowa, Oregón, así como muchas otras (el libro de Jean Pfaelzer, *Driven out: The forgotten war against chinese americans*, documenta cientos de ejemplos).

Me resulta importante mencionar que mientras que esta historia de violencia antichinos no ha sido olvidada por los académicos y los historiadores, sí es desconocida por la mayoría de los estadounidenses. Incluso como una inmigrante china estadounidense, yo no me enteré de la *Ley de Exclusión China* hasta que tomé un curso de introducción a los asiáticos estadounidenses, en mi último año de la universidad. Mientras crecía, a mí misma me gritaron al pasar cosas como «¡Regresa al lugar de donde vienes!», pero no tenía idea de que este llamado era un descendiente directo de las iniciativas racistas en contra de los inmigrantes chinos en Estados Unidos. Los chinos habían ayudado a construir las vías del tren, eso sí lo sabía, pero ¿qué hay de todo lo demás? ¿Qué hay de la parte en la que no fuimos bienvenidos, en la que se nos asesinó por estar aquí?

Terminé el primer manuscrito de este libro en la primavera de 2020, justo cuando el COVID-19 se estaba diseminando por todo el país y el expresidente se refería a él con nombres racistas y peligrosos, como *Kung Flu* y *Virus chino*. Leí artículos sobre personas mayores de origen chino a quienes se les escupió, se les atacó física y verbalmente o se les deshumanizó. Pensé en mis propios padres, que estaban en su quinta década de vida, y temí que les ocurrieran las mismas cosas. «Las cosas no son muy diferentes ahora», pensaba al escribir sobre Daiyu, Nelson y sus amigos. En la era de Trump, y después en el mundo posterior a él, se volvió aún más vital para mí recordarle a la gente (no a los historiadores y académicos, sino a mis amigos, colegas y hasta a mi estilista), de lo que Estados Unidos fue y sigue siendo capaz de hacer.

El pueblo de Pierce es una versión ficticia del verdadero Pierce, en Idaho. Además, la historia y sus circunstancias son inventadas. Hay partes más grandes (como el asesinato del dueño de la tienda, el involucramiento de los justicieros y el ahorcamiento colectivo) que son verdaderas, pero he cambiado los nombres de los involucrados. También son verdaderas las incontables atrocidades, los actos de violencia y las microagresiones experimentadas por los personajes. Si las placas históricas son una de las pocas cosas que documentan estas agudas instancias de la violencia antichinos para el público en general, y esas placas históricas están en riesgo de ser reescritas o destruidas, ¿qué nos quedará para que eso no quede en el olvido? Quería contar la historia, no solo la de los cinco chinos que fueron ahorcados, sino de todo: las leyes, tácticas y complicidades que permitieron que ese evento y muchos otros ocurrieran. Mi esperanza es que este libro saque de la academia y la investigación la historia estadounidense de la violencia antichinos y la lleve a la memoria colectiva.

Este libro no podría haber sido escrito sin investigación. Por ello, estoy agradecida con los historiadores y académicos cuyo trabajo me guio. Lo que sigue es mi mejor intento de documentar y agradecer el cuerpo de trabajos del que este libro abrevó:

La historia de Nuwa y de Lin Daiyu viene de la traducción de David Hawkes de *Dream of the red chamber*, escrito por Cao Xueqin.

Los cuatro tesoros del estudio, un nombre que se refiere al pincel, la tinta, el papel y la piedra de tinta 文房四宝, es una expresión que proviene de las dinastías del sur y del norte (420-589 d.C).

Para desarrollar las partes sobre la caligrafía en este libro, cité y consulté varias fuentes. Haré mi mayor esfuerzo por citarlas aquí. La investigación de Peimin Ni fue instrumental en la creación de la filosofía sobre la caligrafía del amo Wang, en tanto que varias de sus ideas sobre la caligrafía son una adaptación del artículo del doctor Ni titulado «Moral and philosophical implications of chinese calligraphy». También resultó crucial el artículo de Xiangbo Shi, titulado «The aestethic concept of Yi» 意, en la creación de caligrafía china".

«La práctica hará que [...] tengas energía y tu espíritu estará completo» es una cita parafraseada de Wu Yuru.

El Dao como la naturaleza celestial de los seres humanos proviene de Fuguan Xu.

La idea de que la caligrafía es el cultivo del carácter de uno mismo proviene de Shodo, como fue documentado en *Dictionary of chinese calligraphy*, de Liang Piyun.

La cita sobre las piedras de tinta proviene del libro *Chinese brushwork in calligraphy and painting*, escrito por Kwo Da-Wei. Las descripciones de los cuatro tesoros del estudio y de la técnica del pincel dividido también son una adaptación del mismo libro.

Finalmente, también hay referencias al libro Chinese *Calligraphy (the culture & civilization of China)*, escrito por Zhongshi Ouyang y Wen C. Fong.

Me apoyé en los escritos de Lucie Cheng para entender cómo las niñas y mujeres chinas eran contrabandeadas para entrar a Estados Unidos; su artículo "Free, indentured, enslaved: chinese prostitutes in nineteenth-century America" fue fundamental.

No se sabe mucho sobre las operaciones internas de los burdeles chinos de San Francisco; se sabe aún menos sobre su aspecto interior. Los escritos y trabajos de Lucie Cheng, Jingwoan Chang, Gary Kamiya, Sucheng Chan, así como el libro de Lynne Yua y Judy Yung, *Unbound voices: a documentary history of chinese women in San Francisco*, ayudaron a darle forma a mi interpretación de cómo podría haber sido la vida de las mujeres en esos burdeles.

El origen de madame Lee está basado en Ah Toy, supuestamente la primera prostituta china de San Francisco.

La descripción que da la abuela de Daiyu sobre la construcción de las primeras vías de tren en China en la página 158 proviene de un artículo de Yong Wang, que puede encontrarse en Sina Online.

Las descripciones de los chinos en Idaho y en el oeste se basan en los siguientes libros: *Gold mountain turned to dust: Essays on the legal history of the chinese in the nineteenth-century american west* de John R. Wonder; *Ghosts of gold mountain: the epic story of the chinese who built the transcontinental railroad*, de Gordon H. Chang; *Idaho chinese lore*, de M. Alfreda Elsensohn; y de los archivos de la Sociedad Histórica de Idaho, así como en los trabajos de Ellen Baumler, Randall E. Rohe, Liping Zhu, Priscilla Wegars y Sarah Christine Heffner, entre muchos otros.

Los templos chinos que describe Samuel eran conocidos como *joss houses*.

El libro de Jean Pfaelzer, *Driven out: the forgotten war against chinese americans*, y el libro de Beth Lew-Williams, *The Chinese must go: violence, exclusion, and the making of the alien in America*, fueron fundamentales para entender las incontables atrocidades cometidas en contra de los chinos en el siglo diecinueve, muchas de las cuales quedaron reflejadas en este libro.

Consulté los escritos de Lawrence Douglas Taylor Hansen para encontrar información sobre las Seis compañías chinas, así como *Chinatown squad*, de Kevin J. Mullen, para encontrar información sobre las *tongs*. Mis descripciones de la Sociedad Cielo y Tierra son resultado de los trabajos y los escritos de Cai Shaoqing, Helen Wang, Tai Hsuan-Chih, Ronald Suleski y Austin Ramzy.

Se ha escrito y documentado poco sobre el asesinato y el ahorcamiento en los que está inspirada la última parte de este libro. Sin embargo, sí tuve suerte al consultar los periódicos de la época, así como *The No Place Project* y las placas históricas en el Pierce real de Idaho. La placa histórica del ahorcamiento se encuentra en la Autopista 11, en la milla 27.5, justo al sur de Pierce. Está categorizada como el sitio histórico #307 del estado de Idaho.

Para la información acerca de los procesos de enterramiento, consulté los estudios de Terry Abraham y Priscilla Wegars.

Y, como ocurre con toda obra de ficción, hay partes en las que me tomé libertades creativas; un ejemplo es la tendencia de Jasper a guiñarle el ojo a Daiyu. No creo que los guiños fueran comunes en la China del siglo diecinueve, pero se entiende como un gesto sugerente y lujurioso en la cultura china. Además, lo que hoy conocemos como el Acta de Exclusión de Chinos de 1882, en realidad era referida en ese tiempo como el Acta de Restricción de Chinos.

Finalmente, me gustaría hablar sobre un anacronismo en la escritura de este libro. El texto usa el *hanyu pinyin* para latinizar los caracteres chinos. Sin embargo, la versión del *pinyin* que aparece en este libro no fue estandarizada sino hasta 1950. A mi yo idealista le gusta creer que Daiyu habría sido capaz de conjurar un sistema de latinización similar, basada solo en lo que conoce del inglés y el mandarín.

Agradecimientos

Dicen que escribir es un acto solitario, pero yo he encontrado que mientras que el acto físico de escribir es algo que se hace a solas, el acto emocional y espiritual de la escritura y de ser una escritora es algo que compartes con una comunidad. Como tal, debo agradecerle a mi comunidad, aunque ninguna acción baste para hacerlo:

A todo el equipo de Flatiron y Macmillan, por creer en mi libro. Especialmente a Megan Lynch, Bob Miller y Malati Chavali por ser abogados tan tempranos y vitales.

A mi editora, Caroline Bleeke, quien defendió este libro y lo escoltó, y quien de alguna forma hizo que la abrumadora tarea de publicar mi primer libro fuera la cosa más tranquila y placentera de la historia. Yo no sabía que era posible que fuera así, pero me alegra que lo haya sido, y me alegra que haya ocurrido contigo.

A mi agente, Stephanie Delman, quien debe haber salido de un sueño. Gracias por creer en mí. Gracias por creer en Daiyu. Este libro no habría sido lo que es sin ti, y todos los días te agradezco por ello.

A mi editor de Reino Unido, Jillian Taylor, por su candor, sus amables notas y por entender el libro y mi visión desde el inicio. Y a todos en Penguin Michael Joseph, por la misma razón.

A Stefanie Diaz, Sydney Jeon, Katherine Turro, Claire McLaughlin, Keith Hayes, Kelly Gatesman, Erin Gordon, Eva Diaz, Molly Bloom, Donna Noetzel, Kathleen Cook, Muriel Jorgensen, Steve Wagner, Emily Dyer, Drew Kilman, Vi-An Nguyen y a Iwalani Kim, por su trabajo excepcional en favor de este libro.

A espacios como el programa Kenyon Review Young Writers, VONA y al taller Tin House Writing, por darme un espacio donde escribir y conectar con otros escritores, y más que nada, por permitirme volver a mí. A Catapult y, especialmente, a mi editor Matt Ortile, quien me dio ánimos para lanzar la columna que dio inicio a todo.

A mis profesores de escritura y de lengua inglesa a través de los años: la señora Kriese, la señora Dupre, Reyna Grande, Oscar Cásares, Brad Watson, Alyson Hagy, Andy Fitch, Rattawut Lapcharoensap, Danielle Evans, Courtney Maum y T Kira Madden. Gracias a todos por levantarme el ánimo una y otra vez.

A la Universidad de Wyoming y al programa de maestría, pero especialmente a Alyson y a Brad. Alyson, quien nutrió este libro para que viviera. Brad, con quien desearía poder compartir un whisky en este momento. A mis amigos y compañeros de clase, siempre tendremos el Ruffled-Up Duck. Y a mi grupo: Tayo, Francesca y Lindsay, por hacer que mi tiempo en Laramie fuera mágico y extraño.

A quienes leyeron los primeros borradores de este libro y me dieron su invaluable tiempo y retroalimentación: Garrett Biggs, Laura Chow Reeve, Lindsay Lynch, Rachel Zarrow, Sue Chen y Cuihua Zhang. Este libro no sería lo que es si no fuera por ustedes.

A todos mis amigos por su amor y apoyo. A Jennifer Choi y Mala Kumar, mi pandilla de estudio y mis relajadas baes. A Sue, quien siempre me dice las cosas de forma directa y se asegura de que siempre esté bien abrigada. A Bangtan, por ser un proveedor de risas y, algo crucial, listas de música.

A Joe Van, mi pareja de aventuras, por el baile y el karaoke y los dumplings de la sopa. Y a Maebe, el mejor trasero y el que más ritmo tiene.

A mi familia en China. 我想你们

A Lao Ye, quien escribía la caligrafía más bella y mantenía el jardín más hermoso.

A Zhang Cuihua a y Zhang Yang, mis padres, quienes son incansables, desinteresados y admirables, y a quienes amo más que a nada en el mundo.